Rule Breaker

K.I. LYNN

RULE BREAKER

ROMAN

Traduit de l'anglais (États-Unis) par
TIPHAINE SCHEUER

Titre original :
WICKED RULE

Ce livre est publié avec l'aimable autorisation de Brower Literary Agency.

HARPERCOLLINS FRANCE
83-85, boulevard Vincent-Auriol, 75646 PARIS CEDEX 13.

www.harlequin.fr

ISBN 978-2-2804-8371-1 — ISSN 2271-0256

Playlist

Wow – Zara Larsson
Must be the One – She Wants Revenge
Eyes Closed – Halsey
Blow Your Mind – Dua Lipa
Hold Me Down – Halsey
Lions Inside – Valley of Wolves
Take Me To Church – Hozier
It Was Always You – Maroon 5
Queen of Broken Hearts – Blackbear
Not Afraid Anymore – Halsey
Castle – Halsey
One Thing Right – Marshmello et Kane Brown
The World We Made – Ruelle
Can't Get Enough – Jaxson Gamble
Until We Go Down – Ruelle
Stay – Rihanna (feat. Mikky Ekko)
Fallin' (Adrenaline) – Why Don't We
Where We Come Alive – Ruelle
Lonely – Benny Blanco
Don't You Want Me – Human League
Unstoppable – Sia
Fire on Fire – Sam Smith
Always Been You – Shawn Mendes
Dancing With The Devil – Demi Lovato
Follow You – Imagine Dragons

The Business – Tiesto
Weak – AJR
The Time of Our Lives – The Venice Collection
Secrets and Lies – Ruelle
Save Your Tears – The Weekend
Monsters – Ruelle
Stay With Me – Sam Smith
Obsessions – Animotion
Closer – Nine Inch Nails
Lasting Lovers – Sigala

À l'époque

Dix mois plus tôt…

La femme au-dessous de moi était brûlante, humide. Chaque gémissement qui s'échappait de ses lèvres, chaque hoquet que lui arrachaient mes profonds coups de reins provoquaient des décharges électriques le long de ma colonne vertébrale.

Quand j'étais sorti boire quelques verres avec mon cousin dans l'un de ses clubs huppés, je ne m'attendais pas à me retrouver plongé dans les yeux irrésistibles de cette sirène blonde. Je ramassais rarement des femmes et, quand ça arrivait, je ne les ramenais certainement pas chez moi. Enfin, pas techniquement chez moi. À l'hôtel que je possède.

Quelques heures plus tôt, j'avais à contrecœur pénétré dans le cloaque qu'on appelle une boîte de nuit. Ma peau s'était aussitôt hérissée et j'avais envisagé d'opérer un demi-tour pour battre en retraite dans mon sanctuaire, mais une main s'était abattue sur mon épaule pour m'en empêcher.

— N'y pense même pas, cousin, dit Rhys en m'attirant dans la foule de corps tournoyants.

La musique résonnait bruyamment alors que nous passions à côté des haut-parleurs, faisant battre mon cœur en rythme.

— Ce n'est pas nécessaire, arguai-je tandis qu'on approchait du cordon de velours au pied d'un escalier où un vigile montait la garde.

— Bonsoir, Omar ! lança Rhys avec un sourire jovial.

Le garde lui rendit son sourire.

— Bonsoir, monsieur de Loughrey, répondit-il avant de décrocher le cordon et de s'écarter. Passez une bonne soirée.

— C'est le plan, assura Rhys en montant jusqu'à la section VIP.

Après une longue semaine de dur labeur, tout ce que je voulais, c'était m'effondrer dans mon lit et ne plus bouger pendant quelques heures, mais, comme d'habitude, mes désirs n'entraient pas en ligne de compte.

— Détends-toi. On est ici pour profiter de la soirée et éventuellement de la compagnie d'une dame ou deux. Peut-être trois, avec de la chance.

Les clubbeuses n'étaient pas mon truc, mais ça ne voulait pas dire que je ne pouvais pas profiter de la vue.

Nous sommes arrivés dans un espace privé délimité par de grands et lourds rideaux qui dissimulaient des banquettes et une table. Peu après, une serveuse à peine vêtue est entrée et a pris notre commande.

— Tu veux bien te détendre ?

Je plissai les yeux vers lui.

— Dit la vipère.

— Au lion. Si quelqu'un doit bouffer les autres, c'est bien toi.

Je poussai un soupir en me frottant la mâchoire.

— On a quelque chose à fêter.

— Ça fait six mois, répliquai-je.

Il leva les yeux au ciel.

— Six mois que tu es devenu P-DG, et tu n'as pas fêté l'événement une seule fois.

— Difficile de fêter une chose qui nous est destinée depuis toujours.

— Ça reste une réussite malgré tout. Tu n'as pas obtenu le poste uniquement parce que tu es l'aîné. Tu t'es crevé le cul pour arriver au sommet.

Il avait raison. Dès mon plus jeune âge, on m'avait fait comprendre que je devais être le meilleur, et seul le meilleur pourrait faire perdurer l'héritage de Loughrey. Si j'avais échoué, les rênes auraient été passées à celui qui l'aurait mérité.

La musique m'attira vers la balustrade, et je passai la foule en revue en observant les lumières qui pulsaient en rythme avec les basses. La musique était trop forte à mon goût, mais Rhys avait raison – j'avais besoin de faire la fête.

Pendant des années, j'avais tout sacrifié pour atteindre le sommet – au point que l'entreprise était devenue toute ma vie. J'avais consacré chaque minute de mes journées aux nombreux rouages de notre entreprise familiale presque bicentenaire. Nous nous étions sortis indemnes de la Révolution industrielle, nous avions survécu à la Grande Dépression et explosé pendant l'ère technologique.

— Est-ce que ce sont des cheveux blancs que je vois sur cette tête blonde ? demanda Rhys, me forçant à reporter mon attention sur lui.

Je plissai les yeux en me tournant vers lui. Ses yeux gris pétillaient de malice. Il avait les mêmes que mon frère cadet, Hamilton. Les mêmes que mon père, que mon oncle et que mon grand-père.

Les yeux d'un prédateur.

Une remarque intéressante.

Les miens étaient bleus, comme ceux de ma mère – suffisamment chaleureux pour attirer l'attention, suffisamment froids pour pousser au doute, et suffisamment calculateurs pour effrayer les plus fortes personnalités.

— Pas plus que ceux que je vois dans tes mèches sombres. Tu devrais aller chez le coiffeur.

Rhys passa une main dans ses cheveux qui avaient besoin d'un coup de ciseau depuis déjà plusieurs semaines.

— C'est pour être mieux saisi et tiré quand je suis entre les cuisses d'une femme.

Un point sur lequel il n'avait pas tort. Le désir d'éprouver cette simple sensation me picota le cuir chevelu.

— Je parie qu'on pourrait te trouver un joli spécimen pour couronner ta soirée.

— Ce serait plus simple d'appeler Bridget ou Antonia.

Je faisais souvent appel à elles pour m'accompagner à des événements ou quand j'avais besoin de me soulager.

— Oui, mais où sont le fun et l'excitation dans tout ça ? Le frisson de trouver une jeune femme agile et nubile pour réchauffer ta queue ?

Malheureusement, cette seule description réveilla en moi l'envie de tout ce qu'il évoquait.

— Où est-ce que tu trouves toute cette énergie ?

— Pour commencer, mon cerveau n'est pas connecté à la société vingt-quatre heures sur vingt-quatre. Ensuite, je ne gaspille pas toute mon énergie à la salle de sport. Troisièmement, j'aime la chasse. Une queue en manque fera tout ce qui est nécessaire pour plonger dans la chaleur humide d'une jeune chatte étroite.

— Tu réalises que tu commences à parler comme Hamilton ?

Il haussa les épaules.

— Je ne suis pas aussi… viril que lui. Mon appétit est plus raffiné et je ne m'y adonne pas chaque semaine. En plus, les bimbos sans cervelle qu'il se tape ne m'attirent pas plus que ça. Je préfère la chasse.

— Je suis ici pour me détendre.

— Rien de plus relaxant que de jouir dans la bouche d'une fille, ici, avec des centaines de personnes sous tes pieds.

— Je tâcherai de ne pas l'oublier.

Il soupira et s'appuya contre la balustrade.

— Si tu n'as pas envie de faire d'effort, dis-leur simplement qui tu es. J'ai vu des femmes se battre pour grimper sur ma queue après avoir entendu mon nom de famille. Tout le monde connaît le nom de Loughrey. On est une putain de légende américaine.

La serveuse arriva avec nos boissons avant que j'aie pu formuler une réponse, et je vidai volontiers la moitié du liquide ambré.

Le verre à la main, j'observai une femme aux courts cheveux blonds quitter la piste de danse et se diriger vers le bar. Elle n'avait pas vraiment l'air dans son élément ici, ce qui avait attiré mon regard. Alors que la plupart des femmes étaient vêtues de bouts de tissu moulants qui laissaient peu de place à l'imagination, le bas de sa robe flottait derrière elle. Elle aurait semblé plus à son aise à une garden-party qu'à une soirée en boîte.

Le bleu marine contrastait avec la pâleur de sa peau et quelques motifs blancs venaient rompre la monotonie du tissu.

Personne ne l'avait suivie, et elle s'installa sur un tabouret libre à l'extrémité du bar. Tout en poursuivant ma conversation avec Rhys, je jetai régulièrement des coups d'œil dans sa direction. Pas une âme ne s'approcha d'elle.

Après avoir terminé mon verre, je lui accordai un nouveau regard et constatai qu'elle était toujours seule.

Le petit discours de Rhys au sujet de la chasse – et la détente procurée par l'alcool – me fit tourner la tête.

— Je vais chercher un autre verre.

Il fronça les sourcils.

— Cindy va revenir dans quelques minutes.

Je me raclai la gorge en me levant.

— Pas grave.

Il secoua la tête.

— C'est le bordel, au bar. À ta place, j'éviterais.

— Je reviens, dis-je sans attendre de réponse.

J'écartai les lourds rideaux et m'engouffrai dans le couloir sombre.

Lorsque je la vis de plus près après avoir descendu les marches, une curieuse sensation palpita dans ma poitrine. Elle sirotait un verre rempli d'un liquide clair. Un gin tonic, peut-être ?

Il y avait quelque chose de décalé chez elle, au-delà de son côté mystérieux. Elle était habillée d'une façon un peu sage en comparaison avec les autres femmes, avec sa jupe ample qui lui arrivait à mi-cuisses, et ses inhibitions ne semblaient pas avoir été impactées par l'alcool. Son attention était portée sur le mur derrière le barman, et mon intérêt n'en fut que davantage piqué. Je mourais d'envie de savoir à quoi elle pensait. La curiosité me poussa à me rapprocher encore.

— Qu'est-ce que vous fêtez ? demandai-je.

Les mots m'avaient échappé avant même que je me sois rendu compte que je m'étais penché vers elle.

Elle sursauta et tourna vers moi ses yeux bruns étonnés. Les femmes aux cheveux courts ne m'attiraient généralement pas, mais sa coupe pixie lui allait bien. Des pommettes hautes, de grands yeux, une peau impeccable et des lèvres à croquer d'un rose parfait, le tout sur un visage ovale.

— Excusez-moi. Je ne voulais pas vous faire peur.

Elle cligna des yeux et secoua la tête.

— Non, désolée, je rêvassais. Quelle était la question ?

— Qu'est-ce que vous fêtez ?

Elle soupira et s'efforça de sourire.

— Mon anniversaire.

Je fronçai les sourcils.

— On dirait que ça vous donne le cafard.

Elle regarda le verre dans sa main.

— Honnêtement, je me demande ce que je fous ici.

Je jetai un regard autour de nous et notai qu'elle ne m'imitait pas. Elle n'attendait personne.

— Ne me dites pas que vous êtes ici toute seule.

Elle détourna les yeux et déglutit.

— Personne n'était disponible.

Je me redressai. Quelque chose chez elle m'attirait, m'empêchait de m'éloigner – elle me faisait penser à une petite nymphe assise sur son rocher.

Je tendis la main.

— Venez avec moi.

— Pardon ?

Elle fixa ma main tendue.

Je laissai échapper un gloussement.

— J'ai une table. On va vous aider à fêter ça.

Elle secoua la tête.

— Merci, mais je pense que je vais rentrer chez moi.

— J'insiste.

J'attirai l'attention du barman.

— Oui, monsieur. Que puis-je faire pour vous ?

— Pouvez-vous faire monter son verre ? Et un bourbon, sec.

— Oui, monsieur.

Il s'empara de son cocktail malgré ses protestations.

— Et sa note est pour moi.

— Oui, monsieur.

— Qu'est-ce que vous faites ? demanda-t-elle, les yeux écarquillés.

Je me raclai la gorge et baissai les yeux sur ma main tendue. Elle finit par accepter avec un soupir, et je savourai la chaleur de son contact tandis qu'elle se levait en serrant son sac dans son autre main. Puis je la glissai au creux de mon bras et la guidai vers les escaliers. Le volume de la musique baissa à mesure qu'on s'éloignait des haut-parleurs. Le vigile m'adressa un signe de la tête et s'écarta pour nous laisser monter.

— Comment vous vous appelez ?

— Ophelia.

— Ophelia. C'est un très beau prénom. Moi, c'est Atticus.

— On va où ? Les tables sont en bas.

Elle pointa le doigt derrière son épaule, une note d'appréhension dans la voix.

Avec un sourire chaleureux destiné à la rassurer, chose extrêmement rare chez moi, je répondis :

— Dans l'espace VIP.

Elle entrouvrit les lèvres, et ses yeux s'agrandirent. En haut des marches, on pénétra dans un espace à la lumière tamisée dont un côté était équipé de larges rideaux. J'écartai ces derniers et la laissai passer.

Rhys écarquilla les yeux en regardant la femme qui entrait dans la pièce privée.

— Tiens, mais que voilà ? demanda-t-il en esquissant un sourire.

La lueur dans ses yeux ne m'échappa pas, ni le « Je te l'avais dit » que signifiait sa petite moue.

— Ophelia, dit-elle en lui tendant la main.

Rhys, toujours aussi létal, lui prit la main et y déposa un baiser.

— Qu'ai-je fait pour être gratifié d'une telle beauté ?

Elle haussa un sourcil.

— Cette réplique fonctionne vraiment ?

J'éclatai de rire, ce qui les prit tous deux de court.

— Je t'ai dit que tu en faisais toujours trop. Et voilà la preuve que j'avais raison.

— Qu'est-ce qu'il vous a dit pour vous convaincre de monter ? lui demanda-t-il avant de me fusiller du regard. Sache que mes répliques m'ont permis de réchauffer mes draps la nuit chaque fois que j'en ai eu besoin.

— Il n'a pas dit grand-chose, seulement de le suivre.

— Si direct, Atticus. C'est scandaleux.

Je plissai les yeux en sirotant le verre que la serveuse avait déposé.

— Il se trouve que, parler sans détour, ça fonctionne.

— Ophelia, répondez-moi : la flatterie n'a aucun effet sur vous ? Atticus est assez impertinent et souvent qualifié d'insensible par les femmes, et vous m'intriguez.

— Ce ne sont pas vraiment ses paroles qui m'ont fait venir, mais je ne suis pas sûre non plus de comprendre le fait que vous m'associiez à lui. Oui, il m'a convaincue de l'accompagner, mais ça ne veut pas dire pour autant que je suis à lui.

Rhys se rapprocha.

— Est-ce que ça veut dire que vous pourriez être à moi pour la soirée ?

— Non.

Son absence d'hésitation me fit ricaner. Elle ne tombait pas dans le panneau.

— Pourquoi pas ?

— Vous êtes putain de louche, dit-elle sans se démonter.

Je fus une nouvelle fois incapable de retenir mon rire. Qu'est-ce qui m'arrivait ? La confusion de Rhys face à ma réaction était flagrante dans ses yeux écarquillés.

— Ça fait deux fois qu'il rigole. Je vais devoir vous demander de ramener cet homme en bas et de revenir avec le vrai Atticus. Mais, avant, expliquez-moi ce qui vous fait dire ça ?

La fierté blessée de Rhys saignait abondamment.

— C'est quelque chose dans votre attitude. Les ondes que vous dégagez.

— Et, juste pour ça, vous lui faites plus confiance, à lui, qu'à moi ?

Rhys était à la fois sérieusement offensé et amusé. Étant donné que j'étais connu sous le nom du Roi Mauvais, je trouvais très intéressant qu'elle puisse éprouver un semblant de confiance en moi.

— Elle a une bonne intuition. Les avocats tueurs sont louches.

Il plissa les yeux.

— Dois-je te rappeler que ce caractère véreux a plus d'une fois servi tes intérêts ?

Je cognai mon verre contre le sien.

— C'est vrai. Cela dit, nous ne parlons pas d'une entreprise commerciale, mais de la compagnie d'une femme.

— Qu'est-ce que vous faites ici tous seuls, tous les deux ? s'enquit-elle, mettant un terme à notre chamaillerie.

— On essaie de se détendre après une longue semaine.

Je ricanai. Rhys, qui était généralement réservé et impitoyable, avait également une nature espiègle. Il était plus sociable que moi, mais je savais pourquoi il enchaînait les verres et se cachait derrière une façade. Je percevais le vide obscur qui l'habitait.

— Que faites-vous dans la vie, Ophelia ? demandai-je, curieux.

— Pour l'instant, je suis serveuse.

J'avais espéré qu'elle exercerait un métier un peu plus intéressant pour expliquer mon attirance. Malgré tout, sa réponse ne suffit pas à atténuer ma curiosité.

— Pour l'instant ? répéta Rhys en haussant un sourcil.

Elle hocha la tête.

— J'ai un diplôme de biologie et j'ai travaillé un temps dans l'industrie pharmaceutique, mais ça n'a pas été concluant. Je n'ai pas encore trouvé ce que je veux faire.

Voilà qui était plus intéressant. Au moins, elle était intelligente.

— Et vous, qu'est-ce que vous faites ? me demanda-t-elle.

Il me sembla déceler une étincelle que je n'avais pas remarquée jusque-là, et j'appréciais la flamme frémissante qui brûlait entre nous.

Je jetai un coup d'œil à Rhys avant d'adresser un sourire crispé à Ophelia. Je n'avais pas envie de le lui dire. Ça aurait tout gâché et j'appréciais sincèrement ce moment.

— Je travaille dans l'entreprise familiale. Un truc ennuyeux.

— Vous n'aviez pas le choix ?

Ma mâchoire s'est serrée.

— Pas vraiment.

— Son avenir était tracé depuis sa naissance, ajouta Rhys, déguisant la vérité et redirigeant son attention sur le sujet.

— Et vous ? Le droit, c'est ça ?

— Avocat d'affaires, acquiesça-t-il avec un sourire.

Rien n'était faux dans sa réponse, à l'exception de l'omission qu'il s'agissait aussi de l'affaire familiale.

— Rappelez-moi, est-ce que c'est un autre terme pour « avocat charognard qui profite des victimes » ?

Un autre rire m'échappa spontanément. Que m'arrivait-il ? Je n'étais pas du genre à manifester de l'amusement. Quelque chose chez cette petite nymphe m'en procurait beaucoup.

Et, malgré ce qu'elle avait déclaré, elle était *bel et bien* à moi, ne serait-ce que pour la nuit.

— Vous me blessez, Ophelia.

Elle sourit et secoua la tête.

— Je doute que vous puissiez être véritablement blessé. Comment vous a appelé Atticus ? L'Avocat Tueur ?

— J'aime les filles fougueuses.

Elle haussa les épaules et se tourna vers moi.

— Et vous ?

Mon cœur se mit à battre frénétiquement dans ma poitrine lorsque ses yeux bruns plongèrent dans les miens.

— Fougueuses ou non, ça ne fait aucune différence. J'apprécie votre compagnie quoi qu'il en soit.

Elle s'adossa de nouveau à la banquette en calant ses épaules sous mon bras. Le courant s'intensifiait, me provoquant des fourmillements à chaque endroit où nos peaux se touchaient.

— Il gagne.

Peut-être bien que j'allais ramener quelqu'un chez moi, ce soir.

Ophelia

L'alcool me réchauffait, mais pas autant que l'homme duquel je m'étais rapprochée au cours de la dernière heure. Malgré un début de soirée maussade, je m'amusais désormais beaucoup en compagnie de ces deux sublimes inconnus dans l'espace VIP de chez Angelino.

C'était l'un des clubs les plus branchés de la ville, et je n'étais venue que sur l'invitation de mon amie Jennifer.

On s'était à peine parlé ces dernières années, mais elle avait vu un post sur Facebook et m'avait invitée. Pour ensuite annuler à la dernière minute. Bref.

J'étais venue quand même, en utilisant son nom, qui était sur la liste – disons que fréquenter un joueur de base-ball professionnel a ses avantages –, coupant la file de personnes qui espéraient passer le seuil.

J'étais à deux gorgées de m'en aller lorsque Atticus était apparu à côté de moi. Ses yeux bleus et sa voix m'avaient captivée, et ce n'étaient que les deux premières choses que j'avais remarquées chez lui.

L'ombre d'une barbe naissante accentuait sa mâchoire musclée ; il avait un nez droit, des cheveux châtain clair parfaitement coiffés, et des sourcils de la même teinte qui assombrissaient son regard intense.

Ses lèvres.

Mon corps s'était enflammé à la seule pensée de ses lèvres effleurant ma peau. Je m'étais forcée à détourner les yeux pour me concentrer sur le costume anthracite qui lui allait à la perfection.

Quand je lui avais pris la main, j'avais été agréablement surprise par sa taille. Malgré mon mètre soixante-dix, et près de dix de plus en talons, il me dominait encore de plusieurs centimètres.

Deux heures plus tard, j'étais tout aussi fascinée par ses yeux, ses lèvres et son corps qu'à la première minute de notre rencontre. Dès le début, sa voix m'avait mise dans tous mes états. Je venais de revenir à l'espace VIP après avoir fait un tour aux toilettes, où j'avais retiré mon string que j'avais fourré dans la poche de ma robe. Je préférais le contact de l'air frais que la sensation d'humidité.

Quand j'écartai le lourd rideau, je fus accueillie par le sourire chaleureux d'Atticus.

— Vous ne vous êtes pas enfuie.

Je haussai un sourcil.

— C'est un code pour me faire comprendre que j'aurais dû ?

Il se leva et me rejoignit à la balustrade. Rhys avait disparu en mon absence, nous laissant seuls avec les étincelles qui crépitaient entre nous.

Je déglutis et parcourus la foule des yeux pour essayer d'étouffer les pensées lubriques qui me traversaient la tête.

Je laissai mon esprit dériver et balançai mes hanches au rythme de la musique. Un hoquet m'échappa, ma peau s'électrisa, et je ralentis le mouvement de mes hanches.

Le torse ferme d'Atticus était contre mon dos, ses bras tendus autour de moi, me bloquant contre la balustrade. La chaleur de son corps m'embruma l'esprit. Son souffle dans mon cou puis le frôlement de ses lèvres et de sa barbe me poussèrent à me lover contre lui.

— Je ne fais jamais ça, mais j'ai une chambre d'hôtel à quelques rues du club. Je n'ai pas envie que la soirée se termine ici, dit-il dans mon oreille, sa voix grave, rauque, profonde et intense faisant naître des frissons le long de ma colonne.

Chacun de ses mots respirait le pouvoir et l'assurance.

Je n'avais jamais eu de coup d'un soir mais, au vu de l'alchimie palpable qu'il y avait entre nous, je sentis que c'était sur le point de changer.

— Ce serait une première pour moi, dis-je en levant la tête pour la poser contre lui.

Il laissa échapper un grognement avant de me mordiller le cou, juste sous mon oreille, ce qui provoqua des étincelles dans mon système nerveux.

— C'est un oui ?

Il se plaqua un peu plus contre mes fesses, et ma bouche s'ouvrit toute seule au contact de son membre dur pressé contre moi.

Je remuai les hanches pour les frotter contre lui, avant de me tourner pour le regarder. Ses yeux étaient sombres, ses lèvres à quelques centimètres à peine. Je tendis le cou pour mordiller sa lèvre inférieure, puis j'y passai ma langue pour apaiser la piqûre en savourant l'intensité de son regard.

— Oui.

Il s'empara de mon menton et le maintint immobile tandis que ses lèvres se pressaient férocement contre les miennes.

— Allons-y.

Rhys entra juste au moment où l'on sortait, et la surprise sur son visage se transforma en un sourire en coin.

— Passez une bonne nuit, dit-il avec un clin d'œil.

— Bonne nuit. Merci pour ce bon moment, répondis-je tandis qu'Atticus m'attirait dans le couloir.

Il fendit la foule comme un bulldozer et ne se détendit que lorsqu'on eut atteint la rue.

— Je ne voulais pas te perdre, fut tout ce qu'il déclara tandis qu'il ralentissait l'allure.

Main dans la main, nous rejoignîmes quelques rues plus bas le Magnifique, un hôtel cinq étoiles bien au-dessus de mes moyens.

Il me tenait avec une énergie qui me paraissait désespérée, une force qui ne faisait qu'attiser la flamme en moi. Il semblait incapable de lâcher ma main. Et plus on avançait, plus il me serrait fort. Avait-il peur que je change d'avis ? Comme si c'était une option.

Je n'avais jamais été autant attirée par un homme. Je n'avais jamais eu autant envie de sentir les lèvres ou le corps d'un homme contre le mien.

On parvint tant bien que mal à ne pas se sauter dessus dans l'ascenseur, mais on avait à peine passé le seuil de la chambre qu'il me plaqua contre le mur et écrasa ses lèvres sur les miennes. Le feu qui avait pris naissance à l'instant où j'avais croisé son regard de saphir explosa en un brasier incontrôlable qui fit bouillir mon sang dans mes veines.

Il tenait ma mâchoire serrée en me dévorant la bouche. Son autre main agrippait l'arrière de mes cheveux comme s'il avait essayé de me posséder.

Sa langue provoqua une vague de désir qui parcourut mon corps. J'étais trop concentrée sur lui pour remarquer que ses doigts dénouaient l'arrière de ma robe, jusqu'à ce que le haut se détache et que le tissu retombe sur mes hanches.

Une légère traction sur la fermeture Éclair, et ma robe tomba à mes pieds.

— Pas de culotte ?

— Je l'ai perdue.

— Perdue ?

— Oui. Elle était mouillée d'être aussi près de toi.

Il laissa échapper un grognement, et l'intensité qui se dégageait de lui ne fit que croître davantage.

— Dis-moi pourquoi.

Je pressai mes doigts contre son torse en me mordant la lèvre.

— Parce que chaque mot qui sort de ta bouche me fait immédiatement mouiller.

Il esquissa un petit sourire satisfait.

— On dirait que tu as perdu tous tes vêtements, poursuivit-il en promenant son regard sur mon corps, enflammant ma peau sur son passage.

— C'est encore ta faute. Je crois que tu voulais me voir nue.

Sa main glissa entre mes cuisses, et je retins mon souffle lorsque ses doigts effleurèrent mon clitoris, avant de s'enfoncer en moi. Un cri aigu m'échappa, et une soudaine explosion de plaisir contracta mes muscles.

— Tu as sûrement raison. Et tu sais quoi ?

Je relevai les yeux, les lèvres entrouvertes, tandis que ses doigts entraient et sortaient, glissant sur mon clitoris.

— Qu… quoi donc ?

Il ouvrit mes lèvres pour y glisser son pouce. Je me mis aussitôt à lécher, ce qui lui arracha un grognement.

— Tu seras sublime quand tu jouiras sur ma queue.

Je tendis la main pour empoigner son membre. Un souffle s'échappa de sa poitrine et la pression de ses doigts s'accentua.

Merde, il était énorme.

Il fit basculer ma tête en arrière en retirant son pouce de ma bouche, et mordilla la peau de mon cou.

Il avait le contrôle total, et c'était enivrant.

— Tu sais ce qui sera sublime aussi ? demandai-je.

Chaque respiration devenait plus aiguë à mesure que je me rapprochais de l'orgasme.

Il remonta ses lèvres dans mon cou jusqu'à attraper mon lobe d'oreille entre ses dents.

— Quoi donc ?

Je tournai la tête pour approcher mes lèvres de son oreille, et il posa la main sur ma nuque.

— Mes lèvres autour de ta queue, murmurai-je.

Il grogna, mordit mon cou, et ses mains disparurent de mon corps.

Je poussai un gémissement mais, lorsque je croisai son regard, le prédateur qui me fixait en retour me provoqua un frisson d'excitation.

— À genoux.

Il retira sa veste de costume avant d'ôter sa ceinture, puis son pantalon. Le temps que mes genoux heurtent le sol en marbre, j'étais à hauteur d'yeux. Ça faisait un moment que je ne m'étais pas retrouvée aussi proche et intime avec un homme, mais je ne me souvenais pas avoir jamais été aussi intimidée.

Tout mon corps s'embrasa sous le coup de l'anticipation, et je tendis la main. Il était chaud, épais, lourd. Je n'étais pas une petite créature fragile, mais mes doigts ne parvenaient pas à faire le tour de son membre. Les muscles de mon sexe se contractèrent à l'idée de l'avoir en moi, de le sentir me *remplir, m'étirer.*

Je levai la tête vers ses yeux assombris qui m'observaient. Il saisit de nouveau mon menton et glissa son pouce dans ma bouche.

— Suce-le, comme ça, ordonna-t-il avant de me relâcher.

Je me penchai en avant pour lécher le dessous de son membre, donnai un coup de langue sur l'extrémité avant de le prendre en bouche. Puis je l'enfonçai de plus en plus en savourant les soupirs et les bruits qui s'échappaient de lui.

— Tu as raison. C'est un sacré spectacle de voir ta bouche remplie par ma queue.

Je le relâchai et me baissai encore pour lécher une de ses couilles avant de l'aspirer dans ma bouche. Il proféra un nouveau juron entre ses dents serrées, et je répétai le geste de l'autre côté, tout en pompant son membre. Je le repris ensuite en bouche le plus profondément possible.

— Putain, tu es douée.

Il poussa sur l'arrière de ma tête, et je m'étouffai, incapable d'aller aussi loin qu'il l'aurait voulu.

Un autre grognement résonna dans sa poitrine, et il me tira pour me remettre sur mes pieds. Je poussai un petit cri lorsqu'il appliqua une claque douloureuse mais jouissive sur mon clitoris avant de m'attraper par les fesses.

Il me souleva, et j'enroulai instinctivement mes jambes autour de sa taille.

— Tu as un cul d'enfer. Je vais adorer te prendre par-derrière et le regarder rebondir quand tu seras sur ma queue.

— Des promesses, des promesses, dis-je avant de mordiller son cou.

Puis il me donna une claque sur les fesses et se dirigea vers la chambre.

Je sentis l'extrémité brûlante de son sexe claquer contre moi à chaque pas. Encore quelques mètres, et il nous fit tomber sur le lit. Ses hanches s'écrasèrent contre les miennes, et je m'abîmai dans l'avidité enivrante avec laquelle il me possédait.

Il s'éloigna, et je poussai un gémissement, ce qui me valut une nouvelle claque sur le clitoris.

— Tu es une gourmande, petite nymphe, dit-il en retirant ses vêtements.

Sa cravate disparut la première, suivie par sa chemise et son maillot de corps, puis par tout ce qui se trouvait encore sur la partie inférieure.

Le costume qui semblait taillé sur mesure dissimulait le corps d'un dieu. Une silhouette fine, des muscles dessinés, un torse et des épaules larges et puissants, des abdos sculptés, et même le V prononcé de son bassin. Cet homme était la perfection de l'espèce masculine.

Je m'apprêtai à retirer mes talons, mais il m'arrêta.

— Garde-les pour l'instant.

Il s'empara de ma poitrine, pinça mes tétons et m'arracha un cri.

— Mmm, j'adore ce son.

Il se détourna à nouveau afin de récupérer un préservatif dans le tiroir de la table de nuit et de l'enfiler. Je frottai mes cuisses l'une contre l'autre en me mordant les lèvres, fascinée par le spécimen sans défaut qui se trouvait devant moi.

Puis, de ses mains puissantes, il écarta mes cuisses et détailla mon entrejambe en se léchant les lèvres.

Il fit claquer sa queue contre mon clitoris, m'arrachant un sursaut. Je pressai mes hanches contre lui pendant qu'il se positionnait.

— Je vais te faire une promesse, déclara-t-il avant de s'enfoncer.

Toutes mes pensées rationnelles s'envolèrent quand il s'enfouit en moi. Il me semblait que jamais aucun homme ne m'avait pénétrée de cette façon. Mes paupières papillonnèrent, mes lèvres s'entrouvrirent. Les siennes étaient posées contre mon oreille, mais j'étais toujours perdue dans la stupeur et le plaisir.

— Je vais te baiser tellement fort que tu ne pourras plus marcher quand j'aurai fini.

Il instaura un rythme dur et implacable, et je me cambrai sous son assaut. Ses lèvres enflammées me brûlaient la peau.

— Atticus, gémis-je, la tête rejetée en arrière.

— Tu m'excites tellement, grogna-t-il.

Il inonda mon cou de feu liquide, me noyant dans le désir tout en réclamant davantage. Incapable de penser, j'étais consumée par le plaisir à mesure qu'il me poussait de plus en plus haut dans l'extase.

— Regarde-moi, dit-il.

Il m'agrippa de nouveau le menton pour orienter ma tête dans la direction souhaitée.

Je me forçai à rouvrir les yeux et me perdis instantanément dans l'intensité de son regard.

Les grognements gutturaux qui s'échappaient de lui contractèrent mes muscles de plus belle. Ses coups de reins devinrent plus agressifs, plus rapides, et je laissai échapper un cri au moment où tous mes muscles se crispèrent, avant de se relâcher.

— C'est ça putain, jouis, gronda-t-il.

Je pris à peine conscience de ses derniers violents coups de hanches, mais je ressentis chacun des tressaillements de son sexe au fond de moi.

Son souffle était court et haché dans mon cou, et c'était pareil pour moi.

Waouh.

Jamais un homme ne m'avait jamais fait ce qu'Atticus venait de me faire. Pour commencer, j'avais joui. Très fort. Et j'avais la sensation que ce n'était qu'une promesse d'autres moments similaires à venir.

Ensuite, notre alchimie était hors normes.

Il se retira au bout de quelques minutes, un sourire détendu sur les lèvres. Je gémis, regrettant la sensation de l'avoir en moi.

Il se releva et ôta le préservatif avant de le jeter à la poubelle.

— Un peu d'eau ? proposa-t-il en se dirigeant vers la porte.

— Oui, merci.

Je roulai sur le côté juste à temps pour voir son merveilleux cul s'éloigner.

Joyeux anniversaire, moi-même !

Ma soirée avait pris un virage à 180 degrés par rapport à ce à quoi je m'attendais en quittant mon appartement.

Quand il revint, il me tendit une bouteille d'eau. Je la vidai goulûment pendant qu'il s'asseyait à côté de moi. Le menu du room service était dans sa main, et il l'ouvrit avant de me le tendre.

— J'ai faim. Pas toi ?

Je clignai des yeux.

— Je me suis ouvert l'appétit.

— Choisis ce que tu veux. Tu vas avoir besoin de calories.

Un frisson remonta le long de ma colonne.

— Ah oui ?

Il esquissa un sourire en coin.

— Je n'en ai pas encore terminé avec toi.

— Vraiment ?

Je me mordis la lèvre en parcourant la carte. Un soupir de déception m'échappa.

— Ils n'ont plus grand-chose à cette heure.

— Prends ce que tu veux. Ne t'inquiète pas pour l'heure.

— Qu'est-ce que tu as de si spécial ? demandai-je, curieuse de savoir d'où lui venait cette assurance.

— On est dans le penthouse. Fais-moi confiance.

C'est à ce moment-là que je m'en rendis compte – on était effectivement dans le penthouse.

Au petit matin nous avions tous les deux succombé à la fatigue et nous étions endormis. Je me réveillai blottie contre Atticus, la tête posée sur sa poitrine, mes jambes entremêlées aux siennes.

En soulevant la tête, je vis des yeux bleus posés sur moi et je sentis des doigts me caresser le dos.

— Bonjour.

Je détournai les yeux, les joues brûlantes.

— Bonjour.

J'aurais pu croire qu'il me jetterait dehors après l'acte, et que j'aurais dû filer honteusement vers la station de métro, mais ce n'était pas du tout ce qui s'était passé. Même si je n'attendais pas, ni ne souhaitais, la moindre déclaration, j'étais soulagée de la sérénité qui régnait entre nous, de la légèreté de la situation, et je savourais la chaleur de sa peau qui s'infiltrait dans mes os en manque d'affection.

— Comment tu te sens ? demanda-t-il sans interrompre ses caresses.

— Un peu endolorie, mais bien. Et toi ?

— Je suis affamé.

Je croisai son regard, dont l'éclat avait diminué. La connexion fut interrompue par le grondement de son estomac sous ma main.

Je ne pus m'empêcher de rire, et il m'imita.

— De quoi tu as envie en premier ?

— Descends un peu ta main, et je pense que tu le sauras.

— Je dois d'abord aller aux toilettes.

Je m'écartai pour aller me soulager, et sa chaleur me manqua instantanément. Dès que j'eus terminé, Atticus entra et s'approcha d'un lavabo pour se brosser les dents. Une brosse neuve était disponible à côté de l'autre lavabo, et je l'imitai.

Il fit ensuite couler l'eau dans l'immense douche. J'étais incapable de détourner le regard de son membre qui se balançait, dur, totalement hypnotisant, surtout après les événements de la nuit.

Il m'entraîna avec lui sous la douche et me plaqua contre le carrelage froid. Comme il l'avait fait la veille, il me souleva et j'enroulai mes jambes autour de lui sous le jet d'eau chaude. Il taquina mes lèvres avant de s'en écarter avec un petit sourire espiègle. Avant qu'il puisse recommencer, je saisis son visage entre mes mains et collai ma bouche sur la sienne.

Ce qui avait débuté langoureusement prit rapidement un tour ravageur. Je savourai chaque seconde. Je retins mon souffle en sentant l'extrémité de son sexe plonger entre les lèvres de ma vulve, et je m'empalai sur lui.

Sa frénésie sembla se calmer, ses gestes devinrent plus lents et sensuels.

— Tu es absolument divine.

Bien qu'endolorie par la nuit que nous avions passée, je sentis monter la pression, et la flamme s'intensifia à chacun de ses coups de reins.

— Je veux jouir, siffla-t-il en regardant nos deux corps joints.

Il tendit la main pour caresser mon clitoris. Il serra les dents en m'écoutant gémir.

— Jouis, Ophelia. (La pression de ses doigts augmenta en rythme avec ses mouvements.) Je veux que tu jouisses, bébé.

Mes cuisses se mirent à trembler, et mes muscles se contractèrent autour de lui. Je rejetai la tête en arrière dans un cri. Il enfonça ses dents dans mon cou et se retira en gémissant, la queue palpitante ; il éjacula sur mes seins et sur mon ventre.

On s'écroula sous la douche, et je posai mon front contre le sien.

— D'où tu viens ?

Il gloussa et m'embrassa sur la bouche.

— Viens, rinçons-nous.

Une fois lavée et séchée, je me dirigeai vers la porte d'un pas instable à la recherche de ma robe. J'entendis un rire dans mon dos alors que je m'appuyais contre le mur.

— Et voilà, mission accomplie.

Il gloussa de nouveau.

— Je suis connu pour être un perfectionniste.

Au prix d'une certaine douleur et d'un certain effort, je me penchai pour récupérer ma robe par terre. Je sursautai quand ses mains me saisirent par les hanches et me tirèrent en arrière. Il se frotta contre moi.

— Ne t'exhibe pas comme ça si tu ne veux pas sentir ma queue. J'ai encore envie de toi.

Je le sentis durcir derrière moi.

— Tu as avalé un flacon de Viagra ou quelque chose ?

— Tu es ma drogue. Aucun autre stimulant n'est nécessaire. (Il donna un coup de hanches en grognant.) J'adore regarder ce cul.

Je me redressai, à sa grande déception, mais il promena ses mains sur mon corps. L'une empoigna ma poitrine pendant que l'autre se glissait entre mes jambes.

— Atticus, gémis-je.

— Putain, j'adore quand tu prononces mon nom comme ça.

Je penchai la tête en arrière pour la poser sur son épaule.

— Je devrais y aller.

— Devrais ?

— C'est déjà l'après-midi.

À quelques minutes près.

Il plongea ses doigts en moi avant de les porter à mes lèvres. J'ouvris la bouche et lui léchai les doigts.

— Tu es la perfection, murmura-t-il contre mon oreille avant de s'écarter, me laissant chanceler. Laisse-moi t'appeler une voiture.

J'enfilai ma robe et la nouai sur ma nuque.

— C'est bon, je peux prendre le métro.

Je voulais partir rapidement pour tenter d'éviter la gêne qui grandissait en moi, mais je m'aperçus que mes cuisses ne voulaient pas coopérer, et je me laissai tomber sur une chaise à proximité. Atticus pouffa et récupéra son téléphone.

— Il me semble bien t'avoir promis de te baiser si fort que tu ne pourrais plus marcher.

En effet, pourtant je pensais qu'il n'était qu'un enfoiré de plus qui se vantait un peu trop. Non, il avait bel et bien tenu sa promesse, et j'avais mal absolument partout.

— Bon d'accord, je ne suis peut-être pas contre un taxi.

— Je pense que je peux faire mieux qu'une de ces poubelles.

Je clignai des yeux. Quelle autre option existait-il ?

— Il y a une voiture qui t'attend en bas, dès que tu seras prête, dit-il un instant plus tard. Je ne peux pas te convaincre de rester, si ?

Je secouai la tête.

— Désolée, je dois travailler ce soir.

Il m'attira contre lui et me serra fort dans ses bras.

— Merci pour cette merveilleuse soirée, dit-il en déposant un baiser sur ma joue, puis sur mes lèvres.

— Merci pour cet anniversaire mémorable. Je ne l'oublierai pas, celui-là.

Cette soirée serait difficile à surpasser.

— Je ne t'ai pas demandé quel âge tu avais eu.

— Vingt-six.

— Hmm.

— Hmm quoi ? demandai-je, ne sachant pas si c'était bon ou mauvais signe.

Un petit sourire flotta sur ses lèvres tandis qu'il lissait mes cheveux en arrière.

— La meilleure nuit de ma vie a eu lieu avec une femme de près de dix ans ma cadette. C'est inattendu.

— La meilleure nuit de ta vie ?

Il hocha la tête.

— C'était un vrai plaisir de te rencontrer.

— Pour moi aussi.

— Serait-il présomptueux de ma part de supposer que tu as passé un moment suffisamment bon pour accepter de me revoir ?

Je me mordis la lèvre inférieure en souriant.

— Ça me plairait beaucoup.

Il me donna un dernier baiser passionné avant de me laisser partir.

Je profitai pleinement du trajet de retour chez moi dans la berline noire réservée par Atticus. J'avais, comme lui, passé la meilleure nuit de ma vie, et mon sourire ne quitta pas mes lèvres de la journée.

Quelques jours passèrent sans nouvelles d'Atticus. Je ne pouvais nier qu'une partie de moi était déçue mais, à en juger par son costume et sa chambre d'hôtel luxueuse, il devait être très occupé.

C'était du moins le raisonnement que je suivais pour atténuer ma déception.

Un jour, je crus le voir mais, quand l'homme s'était retourné, je m'étais aperçue de mon erreur. Le plus embarrassant était que je l'avais appelé par son prénom avant de me rendre compte de ma méprise.

Pour le chasser de mes pensées, je me plongeai dans le travail. Je n'étais pas allée chez 50 Degrés depuis près de deux mois, mais l'atmosphère du grill haut de gamme me plaisait. Un plat pour deux personnes coûtait au minimum deux cents dollars, et les pourboires étaient tout aussi élevés.

— Ophelia ! appela Mitchell, mon manager.

Il me fit signe de le rejoindre.

— Qu'est-ce qu'il y a, patron ?

Il me guida dans son bureau et ferma la porte. Ce geste me noua soudain l'estomac, car il me semblait pouvoir signifier « Tu es virée. »

— Nous accueillons une grosse réunion d'affaires demain. Nos investisseurs seront là.

— D'accord.

— Je veux que tu t'en charges.

Je clignai des yeux, ravie de constater que je m'étais trompée sur toute la ligne.

— Moi ? Et Chris ou Megan ? Ils sont là depuis plus longtemps. Je suis encore en formation.

Ce n'était pas que sa proposition me rebutait, mais j'étais encore la petite nouvelle.

— Ils sont bons, mais c'est toi qui as le meilleur contact avec les clients. Ils t'apprécient. Je veux que ta personnalité rayonne et que tu montres à ces hommes pourquoi les plats ici sont aussi chers.

— Mon sourire ne suffira pas à rajouter une centaine de dollars à l'addition.

Il s'esclaffa.

— Non, mais tu es douée pour associer les saveurs et faire en sorte que tout soit parfait.

— Merci. Merci beaucoup.

Il me sourit.

— Demain ne sera pas une journée facile, mais tu auras de l'aide. Rends-moi fier.

— C'est promis.

Le lendemain matin, je m'assurai que la grande table de réception était impeccablement dressée.

Pendant les préparatifs, j'avais l'estomac noué. Je voulais faire bonne impression, à la fois pour le restaurant et pour moi-même. C'était ma première grande réception, et Drake serait là pour me seconder. Il était un petit peu bizarre, mais sympa.

— Ophelia, ils sont arrivés, annonça Mitchell en passant sa tête en cuisine.

Je hochai la tête. La nervosité me gagna, et je soufflai avant de me diriger vers la salle.

L'atmosphère transpirait l'argent et le pouvoir, et je tentai de deviner quelles boissons ils allaient commander en scrutant leurs visages. En arrivant au bout de la table, je restai bouche bée. Il n'avait pas encore relevé la tête, mais quelques jours à peine s'étaient écoulés et je ne risquais pas d'avoir oublié ses traits.

La personne assise en bout de table n'était autre que mon aventure d'un soir, d'une beauté diabolique. Lorsque nos regards se croisèrent, je vis qu'il m'avait reconnue, puis une expression de dégoût se forma sur son visage.

Qu'est-ce que ça veut dire ?

Je ravalai une déception amère en réalisant qu'il n'avait jamais eu l'intention de m'appeler, et je plaquai un sourire factice sur mon visage pour masquer ma peine. C'était une réaction stupide, mais je croyais vraiment que nous avions eu le même sentiment de vivre une connexion exceptionnelle.

J'étais apparemment la seule à l'avoir ressenti. Il était évident qu'il était trop bien pour moi, mais je ne pouvais m'empêcher de me poser des questions. Tout cela, c'était du passé. Je devais me sortir cette soirée de la tête. Étouffer la tristesse écrasante provoquée par ce seul regard et essayer d'oublier la meilleure nuit de ma vie.

— Bonjour, messieurs. Je m'appelle Ophelia et je suis à votre service aujourd'hui.

Chapitre 1

Aujourd'hui
Atticus

Mon grand-père est mort.

J'avais beau me répéter ces quatre mots en boucle, ma réaction restait chaque fois la même. Je ne souffrais pas et ne ressentais pas vraiment de tristesse. C'était plus un soulagement qu'autre chose.

Il n'avait jamais été un homme aimant et, si je le respectais, je ne l'avais jamais aimé. Dur et cruel dans tous les sens du terme, il avait fait de ma vie un enfer.

Il avait fait de moi l'homme que j'étais devenu.

— Tu viens ? demanda mon frère, Hamilton, alors que j'attendais à l'extérieur de la salle à manger.

— Je ne préfère pas.

Rien de bon n'allait sortir de là.

— C'est la lecture de son testament, et on doit tous être présents. Pitié, ne me torture pas aujourd'hui en faisant traîner ça.

Je soupirai avant de le suivre dans la pièce bondée. Tous étaient vêtus de noir, mais peu le pleuraient. Les plus cupides voulaient seulement savoir ce qu'il leur laissait, tandis que j'appréhendais d'entendre le dernier coup bas que le vieux m'avait réservé.

Les vingt chaises autour de la table étaient occupées. À un

bout était assis mon père, à l'autre bout se tenait l'avocat de la famille, Alexander Corwin, avec ceux que je supposais être ses collègues de la firme.

Je me plaçai contre le mur entre Hamilton et mon cousin Will. Les de Loughrey étaient alignés, attendant impatiemment l'annonce de leurs gains. Le balcon qui donnait sur la pièce depuis l'étage était également plein à craquer.

— Tout le monde est là ? demanda Alexander en jetant un coup d'œil à la ronde.

D'après l'épaisseur du dossier posé devant lui, la procédure s'annonçait interminable, surtout avec une assemblée composée de plus de soixante-dix personnes.

— Nous sommes ici aujourd'hui pour la lecture des dernières volontés et du testament d'Atticus Charles de Loughrey.

À ses frères, mes grands-oncles, il léguait de l'argent et des objets personnels.

Sans surprise, de l'argent, des actions et des propriétés, ainsi que quelques objets personnels, allaient à ses enfants – mon père, oncle Henry, tante Katherine et oncle Hugh.

Puis vint mon tour, car j'étais l'aîné de ma génération.

— « À mon petit-fils, Atticus William de Loughrey, je lègue Stronghold – cette résidence. »

Alexander marqua une pause et regarda autour de lui. Puis il ajouta :

— « La position de nouveau chef de la famille de Loughrey. Il reprendra également le poste de P-DG de la De Loughrey Corporation, et, à son quarantième anniversaire, héritera de toutes mes parts de la De Loughrey Corporation. »

Je plissai les yeux. Pourquoi ferait-il de moi le plus gros actionnaire ?

Apparemment, je n'étais pas le seul à me poser la question, car de nombreux regards convergèrent dans ma direction. Il y avait un piège. Je le savais.

J'étais déjà au courant de mon accession imminente à la position de leader de la famille de Loughrey, le patriarche de tous : mon père prenant sa retraite, bien que lentement, la couronne me revenait. Je sentis un changement presque palpable dans l'air – une forme de respect et de soumission.

C'était le jour de mon couronnement.

— Je vous prie de m'excuser, Atticus. Je me rends compte que vous êtes déjà P-DG. Ce testament date de deux ans.

— Pas de problème, Alexander.

— Ce n'est pas tout.

Non, bien entendu.

— « Afin de recevoir ses parts, ainsi que Stronghold, et de conserver son poste de P-DG et de leader, il doit remplir deux conditions. Atticus Charles a tout placé dans un fonds privé soumis à une clause conditionnelle, ce qui signifie qu'Atticus William n'obtiendra ses droits sur la propriété et les parts qu'à condition de les respecter. Les termes sont les suivants : si Atticus n'est pas marié à ma mort, je lui accorde un an pour se marier ou il devra renoncer à la totalité de son héritage. Il doit également donner naissance à un héritier avant son quarantième anniversaire. Ces deux conditions doivent être remplies avant les dates spécifiées, sans quoi il ne recevra rien. S'il ne remplit pas les conditions requises, les éléments énoncés reviendront à mon deuxième petit-fils, Rhys Geoffrey de Loughrey, selon les mêmes exigences. Et ainsi de suite, pour chaque héritier masculin, jusqu'à ce que les conditions soient respectées. »

Merde.

Merde, merde, merde.

Le vieux n'y était pas allé de main morte.

« Obéis, ou tu perdras tout ce pour quoi je t'ai préparé. » Je pouvais presque l'entendre, sentir son regard d'acier fixé sur moi.

Il n'avait jamais apprécié qu'aucun de ses nombreux petits-enfants – nous étions plus d'une douzaine – ne soit marié, à l'exception d'Elizabeth. Cela dit, il ne la considérait plus comme une de Loughrey puisqu'elle n'était pas un homme et ne portait plus notre nom de famille. Il avait toujours sous-estimé Elizabeth et les femmes en général.

À mon âge, mon père avait déjà plusieurs enfants. Idem pour mes oncles et ma tante. Par conséquent, mon grand-père estimait que nous devions avoir des enfants.

Bien joué, grand-père.

Il me léguait également quelques millions de dollars et des œuvres d'art. D'autres sommes d'argent et propriétés furent réparties, divisées entre mes frères et sœurs et mes cousins, et un trust avait été créé pour onze maisons de Loughrey à travers le globe. Ce n'était que la partie émergée de l'iceberg, car la famille en possédait bien davantage. Le trust regroupait les plus anciennes propriétés, et c'est pourquoi il était curieux qu'il me laisse Stronghold. La demeure était dans notre famille depuis mon arrière-arrière-grand-père ; un étalage de la fortune des de Loughrey destiné à rivaliser avec celle des Vanderbilt. À mes yeux, elle aurait dû être la propriété suprême du trust.

Alexander devait boire une gorgée d'eau à intervalles réguliers et, à la fin de la deuxième heure, sa voix était devenue rauque. Lorsqu'il eut terminé, ses assistants se déployèrent à travers la pièce dans une chorégraphie élaborée pour faire circuler toute la paperasse liée à la succession.

D'un coup de stylo, j'acceptai tout, y compris mon rôle, mon statut et les modalités qu'il avait stipulées.

J'étais le nouveau chef.

Le roi des de Loughrey.

— Il a eu le dernier mot, comme d'habitude, dit Hamilton à côté de moi, tandis que l'assistant me rendait mon exemplaire.

Il restait encore des papiers à régler, mais cela attendrait.

— Jusqu'au bout il aura réussi à me surprendre. J'aurais dû m'y attendre.

Quand Alexander se leva, les occupants de la pièce commencèrent à se disperser. Certains rentrèrent chez eux, d'autres bavardèrent en attendant le dîner.

Les divers membres de la famille m'adressèrent des signes de tête ou me serrèrent la main. Pour autant, tout le monde n'était pas satisfait par la nouvelle répartition des pouvoirs et par la distribution de la richesse excessive de mon grand-père.

— Ce n'est pas juste. Atticus a eu beaucoup trop, lança Daniel, ce qui me figea sur place.

Je me tournai vers lui et répondis.

— C'était ton grand-oncle. Pourquoi t'aurait-il légué plus qu'à son petit-fils aîné et successeur ?

Il sursauta, n'ayant certainement pas remarqué que j'étais juste là. À vingt-cinq ans, Daniel subissait peu de pression et incarnait le stéréotype des familles comme la nôtre en agissant comme un enfant gâté.

— Je…

Je me penchai en avant, le coupant dans son élan.

— N'y a-t-il pas une clause conditionnelle dans l'héritage qui stipule que tu dois réussir à garder un boulot ?

— S-Si.

Quelle faiblesse. J'en bouillonnai de rage.

Je me penchai plus près pour m'assurer qu'il puisse discerner mon mécontentement et les flammes dans mes yeux.

— Alors estime-toi déjà heureux d'avoir été là. Maintenant, ferme-la et dégage avant que je te vire.

Il écarquilla les yeux. Pathétique. D'où sortait cette lâcheté ?

— Tu ne peux pas me virer.

Je haussai un sourcil. Il osait me répondre ? Je laissai échapper un ricanement grave et grognai :

— Ne me tente pas.

Je le regardai déglutir alors que son visage perdait ses couleurs. Il pencha la tête en signe de soumission.

— Excuse-moi, Atticus.

De temps en temps, un de ces enfants gâtés se prenait pour un dur, pour plus que ce qu'il était. Les exemples servaient à garder les ego sous contrôle, et mon règne venait de trouver sa première cible.

Commencer fort pour limiter l'insubordination. Ce qu'on attendait d'eux était trivial. Bien se tenir. Pourtant, cette manie de sortir du rang ne cessait de me surprendre.

Fort heureusement, Daniel fila sans demander son reste en direction de la porte d'entrée, suivi de Petra et de Phillip.

Une fois qu'ils eurent disparu de ma vue, je sortis mon téléphone et rédigeai un bref message pour geler les comptes de Daniel. L'action était temporaire, mais la panique et l'hystérie qui s'empareraient de lui quand il découvrirait qu'il n'avait plus d'argent suffiraient à le remettre dans le droit chemin.

— Atticus, appela mon père.

Je rangeai mon téléphone dans ma poche et levai les yeux. Le sourire sur ses lèvres et la frénésie qui émanait de son regard me firent grincer des dents. Cinq minutes ne s'étaient pas écoulées qu'il manigançait déjà quelque chose.

— Ne t'inquiète pas, j'ai la femme parfaite pour toi, déclara-t-il en se plantant devant moi.

— Excuse-moi ?

— Un mariage arrangé. Il y a une fille…

— Stop, dis-je, je t'arrête tout de suite.

Combien de fois avions-nous eu cette dispute ces dix dernières années ?

Son regard se durcit.

— Ne fais pas le difficile, Atticus. Un mariage avec une famille influente, c'est la solution idéale.

— Je refuse.

— Tu refuses ? (Il se rembrunit.) Tu n'es pas vraiment en position de refuser.

— C'est *moi* le patriarche, maintenant. Pas toi, grommelai-je.

— Comment peux-tu être un patriarche alors que tu n'as même pas d'enfant ? railla-t-il.

— Écoute-moi bien, père, car je ne le répéterai pas. (Je haussai le ton pour que tout le monde puisse m'entendre.) Je suis votre nouveau roi. Il importe peu que tu sois mon père. Je dirige cette famille, pas toi. Si grand-père était mort il y a dix ans, cette responsabilité te serait revenue, mais tu es déjà presque à la retraite, et c'est moi qui dirige la société.

— Je suis ton père, et je ferai le nécessaire pour que tu réussisses. Tu épouseras la femme de mon choix.

— Je n'accepterai jamais de mariage arrangé, alors efface cette idée de ton esprit, répliquai-je, sentant ma colère prête à exploser.

— Tu finiras par te rallier à mon point de vue.

— Vieil homme têtu. C'est toi qui vas te ranger à mon avis. Ou je t'écraserai.

— Tu n'es pas assez fort, mon fils.

— À ta place, j'éviterais de me défier.

— Tu n'as aucun pouvoir sur moi.

Il sourit.

Je n'avais pas réellement de prise sur lui, et il le savait. Charles de Loughrey était quasiment intouchable et serait une épine constante dans mon pied.

— Ton accès à la tour de Loughrey a été révoqué pour la semaine à venir.

Il écarquilla les yeux.

— Pardon ?

Ce n'était pas grand-chose, mais mes armes étaient pour l'instant réduites au minimum. J'allais devoir me montrer plus rusé à l'avenir.

— À chaque mot que tu prononceras, je rajouterai une semaine. Tu en es désormais à deux. Et ta petite liaison avec l'une de tes assistantes ? Elle est virée dès aujourd'hui.

Son visage était rouge de rage, mais il parvint tant bien que mal à se maîtriser. J'esquissai un sourire en coin.

— Incline-toi avant que je ne te retire aussi ta domestique.

Ses yeux s'agrandirent encore davantage.

— Oh oui, je suis au courant pour elle aussi. Tu ne peux pas me cacher tes frasques, père.

Tous ses muscles étaient crispés. Il réussit à incliner vaguement la tête.

— Je suis heureux que nous soyons parvenus à un accord. Désormais, abstiens-toi de me tester de nouveau.

Je le plantai là et allai récupérer un verre au bar avant de me diriger vers la terrasse. Je m'installai dans l'un des confortables fauteuils en faisant tournoyer le liquide ambré du whisky Bowmore 1957 dans mon verre tout en contemplant le lac. La combinaison du soleil qui brillait sur l'eau et de la boisson que j'avais à la main m'apaisait.

Les hostilités étaient déjà lancées, et cette explosion n'était qu'un début. Je pouvais sentir les regards plantés dans mon dos, je pouvais entendre les chuchotements portés par la brise. Leur poids alourdissait mes épaules et m'oppressait la poitrine.

L'expansion de mon statut mettrait la plupart au pas mais, au début, ils allaient se comporter comme des enfoirés pour me tester. Je ferais d'eux des exemples, et les sanctions pour les enfants gâtés commençaient déjà à se former dans mon esprit.

Le Bowmore n'eut pas l'effet escompté pour apaiser le stress qui bouillonnait en moi. Un stress que je ne devais montrer à personne, qui serait perçu comme une faiblesse, une faille à exploiter.

Le nouveau chef de la famille. Grand-père avait vécu jusqu'à un âge avancé et était décédé au moment où mon père commençait à se retirer de l'entreprise. C'était la seule chose que ses modalités ne touchaient pas. Quoi qu'il arrive, j'étais le nouveau dirigeant de centaines de Loughrey.

Le roi.

Ma parole ferait loi.

C'était un rôle que mon père et mon grand-père avaient partagé au cours des vingt dernières années, mais aujourd'hui il me revenait entièrement.

Je n'étais peut-être pas aussi sévère et brutal que mon père, mais je saurais remettre chacun d'eux à sa place sans le moindre remords. Être le chef de famille n'était pas une tâche facile et, même si mon père avait toujours une part de responsabilité familiale, l'essentiel reposait sur mes épaules.

Le soleil scintillait sur l'eau, lui donnant une magnifique teinte dorée ; une main se posa alors sur mon épaule. Les doigts délicats, mais calleux, furent une indication suffisante.

Elle ne dit rien, même si je savais qu'elle avait beaucoup de choses en tête. Après l'incident, ma petite sœur s'était renfermée sur elle-même. Elle s'était juré de ne plus jamais se retrouver sous le feu des projecteurs de la honte. C'était une période pendant laquelle nous nous étions rapprochés, ce que nos neuf années d'écart n'avaient pas permis jusqu'alors.

De tous mes frères et sœurs, Pénélope était la plus intuitive, et le seul contact de sa main sur mon épaule me transmettait davantage que quiconque n'aurait pu le comprendre.

— Ils s'installent pour le dîner, déclara-t-elle.

Je poussai un soupir avant de me lever et jetai un dernier regard sur le lac avant de la suivre à l'intérieur. La table, dressée de manière exquise, avait été rallongée pour accueillir les visiteurs. La porcelaine aux liserés dorés et les verres en cristal étincelaient.

Les regards se tournèrent vers moi alors que tous se tenaient debout, dans l'attente, et je fus heureux de constater que personne ne profitait de l'instant pour me tester.

Au moment de prendre place en bout de table, ma colonne vertébrale se redressa pour porter la charge qui pesait sur mes épaules. Une fois que je fus assis, mon père m'imita avant que le grincement des autres chaises ne brise le silence.

Bien que ce ne soient pas les mots exacts de Shakespeare, l'expression était plutôt appropriée :

Lourde est la tête qui porte une couronne.

Chapitre 2

Atticus

Installé sur le balcon, les yeux rivés sur l'extérieur, je percevais d'une oreille le bavardage de ma famille qui résonnait depuis la salle à manger en duplex. Les feux d'artifice qui crépitaient au-dessus du lac créaient des déflagrations aux couleurs vives dans le ciel obscur.

Le décor m'était familier. J'avais grandi à Stronghold, et j'étais à présent le seigneur de tout ce qui se trouvait devant mes yeux.

À condition que je me marie.

À condition d'avoir un enfant.

Je savais qu'il était impossible que le vieux passe l'arme à gauche sans me faire une dernière vacherie.

La maison m'appartenait. *La* maison de la famille de Loughrey.

Et je devais désormais fonder une famille pour l'occuper.

Cette perspective m'emplissait d'effroi. J'avais passé ma vie à me battre pour être le meilleur, exceller dans les affaires, développer nos horizons, et j'étais sur le point de tout perdre pour une putain de femme.

Le parfum des draps et de la lavande emplit mes sens, et des gémissements étouffés envahirent mes oreilles. Ce n'étaient pas les souvenirs des femmes dans le lit desquelles j'avais passé tant de nuits. Non, Bridget et Antonia étaient bien loin de mes pensées. Ce souvenir fantomatique était celui d'une femme avec laquelle je n'avais couché qu'une seule nuit. Une femme qui me torturait chaque semaine, et que je payais pour ça.

Ophelia.

Cette pensée errante était aussi folle que mon comportement ce soir-là. Non, plutôt complètement démente. Sa simple image me faisait basculer à tel point que je me demandais s'il fallait que je consulte le médecin de la famille.

La ramener dans ma chambre, ce soir-là, était l'une de ces manœuvres que je n'avais pas prévues. Quelque chose dans sa beauté, dans sa solitude, m'avait attiré. Une sirène dans un océan de corps tournoyants et de basses bruyantes. À la dérive, sans personne pour la sauver.

Était-ce pour ça que je n'avais pas pu lui résister ? Que je continuais de penser à elle ?

— Tu en as marre ? demanda une voix familière.

Je n'eus même pas besoin de tourner les yeux pour savoir qui était appuyé contre la balustrade à côté de moi. La distraction était la bienvenue.

— Ça se voit à ce point ?

Rhys ricana.

— Tu as beau ressembler à tante Vera, tu me fais aussi beaucoup penser à oncle Charles.

— Si ce n'est que je ne vais pas me cacher dans une chambre d'amis avec la bonne. Je suis simplement fatigué par ces bavardages ineptes.

— Est-ce que tu te caches avec le maître d'hôtel ?

Je braquai mon regard sur mon cousin. Nous étions les plus âgés de notre génération, issus des aînés de la génération précédente et chargés des responsabilités que la position de notre naissance nous imposait.

— Ce n'est pas parce que je ne me tape pas toutes les salopes de je ne sais quel club de luxe comme toi que tu dois en tirer des conclusions. Ma vie sexuelle ne te regarde pas.

— Elle devrait te préoccuper, toi.

— Pourquoi ?

Il haussa un sourcil.

— Tu n'as pas de petite amie.

— Quand veux-tu que je trouve le temps pour un truc pareil, merde ?

Il leva une main. On avait déjà eu cette conversation cent fois. Ce bombardement constant de questions sur ma vie amoureuse m'épuisait, tout comme la menace d'un mariage arrangé.

Malheureusement, la situation avait atteint un point critique.

— Tu as entendu les clauses du testament, comme moi. La famille exige un héritier.

— Et où est ta contribution ? demandai-je. (Rhys m'adressa un sourire sournois de démon.) En plus, mon père semble ravi de continuer à produire des héritiers.

— Ils ne sont pas légitimes.

— Tu le sais mieux que personne, raillai-je.

En tant qu'avocat le plus redoutable de la société, c'était Rhys qui rédigeait tous les contrats et les accords de confidentialité concernant les batifolages de mon père. Ils n'étaient pas confiés à Alexander, l'avocat de la famille. Rhys s'assurait de blinder ces contrats pour qu'aucune mère ou enfant ne puisse jamais essayer de nous extorquer de l'argent ou d'exposer notre linge sale en public.

Les conséquences de la moindre incartade étaient traitées rapidement.

— À ce rythme, mes frères et sœurs éparpillés auront des héritiers avant nous. Et donc, la société.

Je laissai échapper un sombre ricanement.

— Elizabeth nous a déjà battus sur ce terrain. Quant au reste de mes frères et sœurs ? Il n'y a pas la moindre chance qu'un d'entre eux se case. Je pense honnêtement que la prochaine sera Georgiana.

— Ma petite sœur débutante ? demanda-t-il d'un air songeur. Elle est la deuxième plus jeune de nos deux familles, mais aussi la plus pure.

— Je ne serais pas surpris qu'elle soit encore vierge.

Il secoua la tête.

— Elle a perdu ça il y a bien longtemps, mais je ne pense pas qu'il y ait eu beaucoup de prétendants dans son lit.

— Contrairement à Genevieve.

La plus jeune était aussi la plus insoumise. Elle ne rentrait pas dans le rang et s'avérait difficile à maîtriser.

— Genevieve se rebelle, c'est tout. Tu connais ça.

— Peut-être, mais elle est la plus grosse épine dans mon pied. Et maintenant ça ? Grand-père a vraiment eu le dernier mot.

— Tu t'attendais à autre chose ?

— Les feux d'artifice, c'est bizarre.

Il laissa échapper un rire brusque avant d'avaler une gorgée de son verre.

— C'est lui qui crache depuis les profondeurs de l'enfer.

Je me renfrognai en observant les étincelles rouges qui scintillaient dans le ciel noir.

— Pourquoi ne pas demander à l'une de tes poupées de remplir le rôle ? demanda-t-il.

— Tu es vraiment en train de me pousser à me marier ?

— Si tu ne le fais pas, tu sais que je suis le prochain sur la liste, et je serai incapable de remplir les conditions. Puis ce sera au tour de Hamilton et, s'il échoue, le rôle reviendra à Silas et Atlas. Je ne veux pas que l'héritage de la famille tombe en ruine.

— Quelle foi tu as envers tes frères.

Il laissa échapper un soupir.

— Ce n'est pas ça, tu le sais bien. Silas… je déteste vraiment le voir… mal.

— Il doit trouver un putain de moyen de se contrôler.

— Atlas essaie. C'est le seul qui arrive à communiquer avec Silas.

Les jumeaux étaient brillants quand ils travaillaient ensemble. Cependant, ces dernières années, Silas avait montré son côté de Loughrey le plus sombre.

— Elizabeth ferait une bonne P-DG.

— Une femme comme P-DG ? (Rhys écarquilla les yeux en se tournant vers la fenêtre.) Regarde, tu vois ? C'est grand-père qui crache sa désapprobation.

Une nouvelle série de feux d'artifice crépita.

— Il est parti. Les choses peuvent certainement évoluer.

— Elizabeth est la seule à avoir les qualités nécessaires.

— Et ta sœur ?

Il marqua une pause, et je réalisai que j'avais involontairement abordé un sujet explosif pour Rhys. Il vida le reste de son verre et secoua la tête.

— Georgiana est trop douce. C'est à se demander si elle est véritablement une de Loughrey.

Crise évitée.

— Elle vient de trouver sa voie. Une façon pour elle de se démarquer.

— Un peu comme Genevieve. Et comment oublier la Fausse Princesse ?

Un grognement m'échappa.

— C'est un problème. Qu'est-ce que je vais faire ?

Il soupira.

— Je ne sais pas mais, quoi qu'il arrive, tu vas devoir te dépêcher ou tu n'auras pas d'autre choix que d'accepter un mariage arrangé.

Je serrai les dents.

— Jamais. Si je suis forcé de passer ma vie avec quelqu'un, ce sera avec la femme de mon choix.

Il posa sa main sur mon épaule.

— Alors, mets-toi en chasse.

Des flashs de cette nuit affluèrent de nouveau. Sa façon de se mouvoir sous moi. Le besoin qui m'avait poussé à continuer plus fort, plus longtemps que jamais.

Regarde-moi.

Regarde-moi… qu'est-ce qui m'avait pris, putain ?

Le sexe était un moyen de relâcher la pression mais, cette nuit-là, j'avais eu besoin de plus. Deux mots qui m'avaient fait implorer quelque chose que je n'avais jamais désiré auparavant. Un aperçu de son âme tandis que je lui faisais perdre la tête.

Et ça m'empêchait de l'oublier.

Chapitre 3

Ophelia

Lasse, je me glissai dans la file pour régler mes achats : un pantalon noir et une chemise blanche, pour changer. C'était le problème quand on bossait dans un restaurant haut de gamme – le moindre signe de délavage, la moindre tache, le moindre trou, aussi minuscule soit-il, et il fallait racheter un uniforme. J'avais vu plus d'un employé se faire renvoyer à cause de ça.

Je n'aurais jamais cru dépenser davantage en tenues de travail qu'en vêtements personnels. Je me fichais que mes habits de tous les jours soient délavés, tachés ou troués. D'accord, pas complètement, mais combien de jeans aux genoux déchirés possédais-je ? Ou de T-shirts que je portais jusqu'à ce que le trou soit trop visible, me contentant souvent d'enfiler un débardeur pour le dissimuler ?

Le restaurant dans lequel je travaillais, 50 Degrés, était bien au-dessus de mes moyens, et j'avais de la chance de pouvoir goûter aux restes.

— Ophelia ? appela une voix familière.

Je me tournai, dépitée, mais plaquai mon plus grand sourire sur mon visage.

— Salut Jennifer. Comment ça va ?

Nous avions été colocataires à l'université. Et amies.

Elle n'avait pas changé d'un pouce. Brune à la coupe sans un pli, des yeux marron chocolat, l'attitude et le style de celles qui se pensaient au-dessus des autres.

Je l'avais découvert en quittant mon travail de commerciale dans les produits pharmaceutiques. Je n'avais même pas tenu un an. Malgré le salaire, ce n'était pas pour moi. Depuis que j'avais trouvé un job de serveuse pour payer mes factures, je n'étais plus assez bien pour elle.

— Merveilleusement bien. Et toi ?

— Bien.

— Qu'est-ce que tu fais en ce moment ? Toujours serveuse ?

— Heu, en fait, oui. Je travaille chez 50 Degrés.

Elle ouvrit de grands yeux.

— Vraiment ? Mon fiancé et moi… oh, oui, Luthor et moi, on est fiancés !

Elle projeta sa main sous mon nez, manquant me frapper avec un énorme assortiment de diamants par la même occasion.

— C'est génial ! m'exclamai-je avec tout le faux enthousiasme dont j'étais capable. Quelle jolie bague.

« Vulgaire » aurait mieux convenu. Les bagues Cluster pouvaient être jolies, mais celle-ci n'était vraiment pas mon truc.

— N'est-ce pas ? Trois carats au total. (Elle contempla sa propre main.) Bref, on cherche une salle pour fêter nos fiançailles. Est-ce qu'il y a un espace chez 50 Degrés où on pourrait organiser ça ?

— Pour combien de personnes ?

— Une quinzaine. Tu pourrais peut-être obtenir une ristourne pour une amie, ajouta-t-elle avec un sourire.

— Le tarif de base pour ce genre d'événement est d'environ deux cent cinquante dollars par personne, sans compter l'alcool.

Je tirai un certain plaisir malsain à voir ses yeux s'arrondir.

— Deux cent cinquante par personne ? C'est monstrueux.

Je haussai les épaules.

— J'ai un client qui vient toutes les semaines. Son addition, juste pour le déjeuner, s'élève toujours à deux cents dollars.

— Bon, je vais voir ce que Luthor en pense.

Je lui adressai le plus grand sourire forcé dont j'étais capable.

— Bien sûr. Si vous vous décidez, tu n'as qu'à passer voir le gérant, Mitchell.

— Qui peut bien s'offrir chaque semaine un déjeuner pareil ? demanda-t-elle.

Je savais qu'elle mordrait à l'hameçon. J'avais appris, ces dernières années, que certaines personnes ne s'intéressaient qu'au statut social et aux signes extérieurs de richesse. Certes, ils rendaient le quotidien bien agréable, surtout l'argent, mais la vie ne se résumait pas à ça.

J'étais également persuadée que, si elle rencontrait un jour Atticus, il ne faudrait pas cinq minutes à ce dernier avant de la faire fondre en larmes. Je l'avais déjà vu à l'œuvre avec des blondes de la haute société qui essayaient de lui tenir compagnie.

— Oh ! un type que je connais.

En omettant de préciser son nom et en donnant l'impression que j'avais des relations occasionnelles avec un mystérieux homme fortuné, j'étais certaine d'attiser sa curiosité. Le statut social et les choses matérielles avaient plus d'importance pour elle que les gens.

Quand étais-je devenue aussi vache ? Oh oui ! depuis que je ne pouvais plus être son amie parce que j'étais une simple serveuse.

— Alors il faudra peut-être que je passe pour rencontrer M. Mystère.

— Bien sûr.

Je souris, sans lui préciser que c'était uniquement sur réservation.

À moins de s'appeler Atticus ou d'être un acteur financier de premier plan.

— J'étais super contente de te revoir, Ophelia, dit-elle.

Je lui fis un signe de main.

— Salut.

Mon sourire s'envola et je levai les yeux au ciel. Elle se la racontait tout simplement trop pour moi.

Je sursautai en voyant le caissier me dévisager avec de grands yeux.

— Ce n'était pas la fiancée de Luthor Anderson ?

Je soupirai en jetant mes articles sur le comptoir.

— Si.

Bien sûr qu'on la reconnaissait. Après tout, Luthor était l'un des joueurs de base-ball les plus prometteurs. Un joueur du champ centre qui venait de signer un contrat de vingt millions de dollars pour trois ans avec les Yankees. C'est pourquoi j'étais surprise par la bague à son doigt et par sa réaction face aux tarifs pratiqués chez 50 Degrés. Peut-être que leurs finances étaient étroitement surveillées.

Mais bon, on était à Manhattan.

Après un passage à l'épicerie, un changement de métro et un changement de bus, j'arrivais enfin chez moi. J'avais l'impression de passer la moitié de la journée à faire la navette entre mon domicile et Manhattan, mais je n'y pouvais pas grand-chose. Je ne pourrais jamais trouver dans mon quartier un restaurant pratiquant les mêmes pourboires que chez 50 Degrés et, jusqu'à ce que je trouve ce que je voulais faire de ma vie, j'étais coincée dans cette épouvantable routine.

Je pénétrai dans mon studio d'un pas las et laissai tomber mes sacs et mes vêtements par terre avant de me diriger vers la cuisine.

Je tirai sur la poignée de la porte du réfrigérateur et poussai un juron lorsqu'elle claqua contre le four et se referma aussitôt.

— Merde.

Je répétai le geste plus doucement et déposai les deux litres de lait et les garnitures pour sandwichs à l'intérieur avant de refermer le frigo. Le comptoir était déjà encombré, et par comptoir je voulais dire les quinze centimètres qui entouraient l'évier. Cette cuisine était une blague, tout comme les prix des locations.

Aussi craignos que ce fût, je ne pouvais pas vraiment me plaindre. Au moins, je ne vivais plus chez ma mère et mon beau-père, Lou. Je l'avais détesté dès l'instant où il était entré dans ma vie. Il faisait ressortir le pire chez ma mère. C'étaient des parents minables pour les deux filles qu'ils avaient eues ensemble. J'avais rechigné à laisser Brooke et Andrea avec eux, mais je devais m'éloigner d'un homme capable de me gifler simplement parce que je n'étais pas sa fille ; parce que ma mère avait osé avoir un enfant avant de le rencontrer.

Et m'éloigner d'une mère qui m'accusait de le « provoquer ».

J'avais déguerpi dès la fin du lycée. J'avais passé l'été à travailler, dormant chez des amies, et, dès l'université, je m'étais installée sur le campus. Heureusement, j'avais aussi pu y passer les étés suivants, ce qui ne m'avait donné aucune raison de rentrer chez moi.

Au moment de passer mon diplôme, j'avais une dette de trois cent mille dollars.

Rien que pour le premier cycle.

C'était surréaliste.

Par chance, j'avais trouvé un boulot bien payé dès la sortie des cours, et j'avais gagné cent mille dollars la première année. J'avais un appartement correct, je pouvais sortir avec des amies comme Jennifer, enfin économiser et vivre une petite vie modeste mais décente.

Cependant, il ne m'avait pas fallu longtemps pour découvrir que je n'avais pas la personnalité pour ça. Je détestais ce boulot de représentante dans le commerce pharmaceutique. Je détestais fourguer des produits que je n'étais même pas sûre d'approuver, et encore moins de vouloir injecter dans mon corps.

La personne que j'étais en train de devenir baissait ans mon estime. Ce métier souillait mon âme.

Au bout de onze mois et quatre jours, j'avais démissionné. Abandonné mon super appartement et déménagé dans un mon ancien quartier, qui était moins cher.

J'aimais le travail en laboratoire de biologie et de chimie, l'aspect scientifique de mon diplôme, mais j'avais candidaté à des dizaines de postes de technicienne de laboratoire dans divers domaines sans jamais aboutir. Parallèlement, j'avais découvert que je pouvais me servir de mes connaissances dans la nourriture, ce qui avait constitué la première étape dans la création de mes recettes.

Le chef de 50 Degrés avait été formidable avec moi. Je l'aidais à élaborer certains des plats signature du menu. J'appréciais ce rôle, mais ce n'était pas un vrai travail.

Malgré mes maigres revenus, j'étais bien plus heureuse qu'à l'époque où j'étais commerciale. Je continuais malgré tout à postuler aux offres d'emploi qui m'intéressaient.

Je n'avais pas de vrais amis, seulement quelques personnes avec lesquelles il m'arrivait de sortir, et je fréquentais peu d'hommes, mais c'était mieux ainsi. J'étais une solitaire. Je l'avais toujours été. Lou ne m'avait pas autorisée à inviter des amis dans mon enfance. Et ce que Lou ordonnait, ma mère s'y soumettait.

C'était ce trait de ma personnalité qui m'avait valu de me retrouver seule pour mon anniversaire l'année précédente, anniversaire qui avait fini par être le meilleur de ma vie. Tout ça grâce à un seul homme.

Dommage que cette expérience n'ait pas eu de suite. J'avais découvert qu'Atticus, à la lumière du jour, n'était pas l'homme avec lequel j'avais passé la nuit.

Près d'un an plus tard, il continuait de me hanter. Il revenait chaque semaine, toujours aussi beau. Chaque semaine, ses yeux bleus croisaient les miens, et j'entrevoyais un aperçu de l'homme que j'avais rencontré.

Il était réservé et exigeant ; tout devait être parfait, et il n'hésitait pas à se plaindre à la moindre contrariété.

Plusieurs mois s'étaient écoulés depuis que mon prénom était sorti de sa bouche, sur un ton qui me comprimait le bas-ventre, mais ses yeux restaient impassibles. Ils n'étaient pas véritablement inexpressifs, mais quelque chose de complexe transparaissait dans leurs profondeurs. Une lourdeur que je n'arrivais pas à analyser. Je connaissais par cœur ses sourcils froncés en permanence, ses lèvres en un parfait arc de Cupidon, son nez droit, ses pommettes bien dessinées, sa mâchoire tendue qui créait une ligne dure parfois couverte d'un début de barbe, le tout couronné d'une chevelure blond foncé toujours parfaitement coiffée.

Son costume qui semblait moulé sur sa silhouette cachait un corps de dieu vivant, je le savais. Je l'avais vu. Je l'avais touché. Je l'avais intimement côtoyé.

Et j'étais tombée dedans.

C'était ce qui arrivait chaque fois que je pensais à Atticus. Je me remémorais ses lèvres sur les miennes, son corps sur le mien pendant qu'il s'enfonçait en moi. Un adonis qui m'emportait avec une promesse de plaisir.

Le fait de n'avoir été avec aucun autre homme depuis n'arrangeait pas les choses et ne me laissait que ce souvenir avec lequel il serait difficile de rivaliser.

Lui arrivait-il de penser à moi ?

C'était un désir vain et sans espoir, dirigé vers un homme qui avait eu une quarantaine de semaines pour me proposer de me revoir et n'avait pas fait la moindre allusion au fait qu'il se souvenait seulement de moi. Il n'éprouvait pas pour moi le désir que je ressentais pour lui.

Enfin, c'était son corps que je désirais. Sa personnalité restait à revoir. Disons que c'était sûrement à ça que servaient les œillères.

Quand bien même, il y avait quelque chose chez mon mystérieux Atticus qui me fascinait, qui me poussait à penser à lui contre mon gré.

Mon inoubliable bourreau.

Chapitre 4

Atticus

Je fixai l'écran des yeux, les dents serrées. Depuis la lecture du testament, mon univers s'était transformé en un formidable merdier. Frères, sœurs et cousins, et même oncles et tantes, venaient pleurnicher et se plaindre que mon grand-père ne leur ait pas laissé davantage.

Comme s'ils voulaient quelque chose.

Et puis on me harcelait constamment à propos du mariage. Je m'étais mis à me planquer à la moindre occasion, à me cacher de mes proches, ce qui n'était pas facile quand on travaillait dans un immeuble avec plus d'une trentaine d'autres de Loughrey, chacun sachant précisément où se trouvait votre bureau.

— Monsieur de Loughrey ? lança mon assistante depuis le seuil.

— Quoi ? répondis-je sèchement sans même la regarder.

Holly ne m'en tiendrait pas rigueur. Elle subissait mon attitude depuis des années, et peu de personnes me connaissaient aussi bien.

— Ton père est en chemin.

— Merde, sifflai-je.

Le vieux devait prendre sa retraite, mais semblait incapable de lâcher la bride. C'était à mon tour de régner mais, chaque fois qu'il venait dans mon bureau me réprimander sur ma gestion des choses, je redevenais un petit garçon.

Il avait pris ses distances après un quatrième scandale. Rien qui n'ait affecté la famille ou l'entreprise, ça, Charles de Loughrey ne l'aurait jamais permis.

En revanche, il en résultait bel et bien que je devenais le nouveau chef de famille, le responsable de nombreux ratés, de rats mondains qui se la racontaient et de membres de la famille qui auraient préféré me trancher la gorge pour gagner de l'influence plutôt que de me soutenir. Il était là pour en rajouter une couche.

— Atticus, mon garçon, tonna la voix enjouée de mon père lorsqu'il apparut.

Charles aimait avoir un public et être le centre de l'attention, et il se décomposa en découvrant que le bureau était désert – que j'étais seul.

— Père. Qu'est-ce qui t'amène ? demandai-je avec un sourire crispé.

— Rien. Je m'ennuyais et je voulais voir comment ça allait.

Menteur. Il avait vu la chute du marché boursier, et je savais que le testament allait revenir sur la table. La question du mariage arrangé m'avait poussé à l'éviter autant que possible.

— La société se porte bien. Ce revers était lié à l'économie et non à l'entreprise. Ou alors tu n'as pas remarqué la chute globale des actions ?

— Si. Ce n'est pas pour ça que je suis venu te voir aujourd'hui. Je voulais aborder un sujet personnel avec toi.

Un sujet personnel ? Putain. Qu'avait encore fait le vieux ?

— Tu n'as qu'à donner à Holly son nom et son adresse en partant, et le montant.

Je reportai mon attention sur le téléphone qui vibrait sur mon bureau.

Hamilton.

Il pouvait me servir d'excuse.

— Je dois prendre…

— Tu as presque trente-six ans, déclara-t-il, détournant mon attention de ma sortie de secours. La quarantaine approche. Il ne te reste plus beaucoup de temps avant de trouver une femme et de faire un enfant. D'autant plus que tu n'as plus que onze mois pour te marier.

— J'ai encore le temps. Toi, tu étais encore en train de concevoir, à la quarantaine. Dois-je préciser que tu le faisais également à la cinquantaine et la soixantaine ?

Ses yeux s'assombrirent, et je vis la colère bouillonner sous la surface.

— Fais attention à ce que tu dis.

— Alors arrête de sauter sur tout ce qui bouge. Tu es trop vieux pour engrosser les bonnes ou je ne sais quelles jolies créatures qui attirent ton regard. J'en ai assez de signer des chèques pour acheter le silence de tes conquêtes.

Quelque part dans le monde étaient éparpillés des enfants qui n'avaient aucune idée de l'identité de leur père, et au moins l'un d'entre eux était plus jeune que la fille d'Elizabeth, Madeline.

Et ils ne la connaîtraient jamais. Certaines de ces femmes choisissaient de mettre un terme à leur grossesse après avoir encaissé le bakchich, mais il y en avait au moins deux en vie.

Ils ne sauraient jamais quel enfoiré était leur père. Ils avaient au moins gagné ça.

— C'est ta mission de nettoyer le bordel, maintenant. Tu es le leader.

— Alors que dirais-tu de te taper ta propre femme ? Ou est-ce que ça fait tellement longtemps que tu ne sais même plus comment adresser la parole à celle qui partage ton lit depuis quarante ans ?

— Vera sait très bien pour quoi elle s'est mariée, et ce n'était pas pour ma fidélité.

Encore une allusion qui laissait présager l'existence d'autres demi-frères et sœurs quelque part dans le monde, et plus proches de mon âge. Sale connard de coureur de jupons.

— Et tu feras la même chose.

— C'est ça, oui.

Deux semaines plus tôt, je lui avais assuré qu'il était hors de question pour moi d'accepter un mariage arrangé. Et voilà qu'il remettait ça sur le tapis, avec davantage de malveillance et de puissance pour me convaincre par l'intimidation. Il aurait dû savoir, depuis le temps, que ça ne fonctionnait pas avec moi. Je n'étais pas assez faible pour me plier à ses exigences.

Il insista :

— J'ai la fille parfaite pour toi.

— Arrête, grondai-je.

Il refusait de se rentrer ma décision dans son putain de crâne épais.

— Amelia Harris, des Hôtels Harris.

Le nom me surprit. Une héritière d'hôtels de troisième génération. Pire encore que ce sur quoi je tombais habituellement – des michetonneuses égocentriques cherchant à grimper dans l'échelle sociale. Au moins, ces dernières étaient prêtes à me sucer la bite comme si mon sperme était des billets de cent dollars pour espérer obtenir quelque chose.

J'avais suffisamment subi ça avec ma famille pour avoir envie de vivre la même chose dans mon lit.

Ce n'était pas pour rien que je restais célibataire et que je me limitais aux plans cul. Je ne les considérais absolument pas comme des amies.

— Non.

— Ce serait une très bonne acquisition et une très bonne alliance pour l'entreprise.

— Je te l'ai déjà dit. Je ne ferai pas de mariage arrangé. Jamais. Je croyais avoir été assez clair.

— Tu seras bien obligé si tu veux rester P-DG.

Je contournai mon bureau et me plantai devant lui. Pour le soumettre à *mon* autorité, à *ma* domination.

— Écoute-moi bien. Je refuse de participer à un mariage arrangé. Point final. J'ai plus développé cette entreprise au cours des cinq dernières années que toi pendant les vingt précédentes.

— Ton impitoyable frère y est pour quelque chose.

— Peut-être, mais c'est moi qui ai initié les deals. Je ne compte pas épouser une pauvre fille sans âme qui ne me fait même pas bander. Si tu veux un héritier, je t'en donnerai un, mais avec la femme de mon choix.

Il ne flancha pas.

— Elle viendra bientôt dîner.

Nos regards ne se lâchaient pas, et aucun de nous ne reculait.

— Amusez-vous bien.

— Tu seras présent.

— Sinon quoi ? Je ne suis plus un enfant.

— Mais tu es *mon* enfant, Atticus. Et tu garderas le contrôle de cette société par tous les moyens nécessaires, y compris en acceptant un mariage arrangé.

Ah, c'était donc ça. La fierté. Il ne supportait tout simplement pas de voir l'entreprise tomber entre les mains de qui que ce soit d'autre que sa progéniture.

Je me replaçai derrière mon bureau.

— Je choisirai ma propre femme, et ce ne sera pas un mariage de convenance.

Il laissa échapper un rire dur.

— J'ai hâte de rencontrer cette licorne que tu espères dénicher, faire succomber à cette stupide émotion qu'on appelle l'amour, et épouser, le tout en moins d'un an. Quand tu auras échoué, je serai là pour tirer ton petit cul d'ingrat du feu, et tu prendras la main d'Amelia.

Sur ces mots, il quitta la pièce.

Tous les muscles de mon corps étaient tendus. J'avais besoin de me décharger et choisis le téléphone posé sur mon bureau comme exutoire ; je l'attrapai et le projetai contre le mur en poussant un rugissement.

Je contemplai, le souffle court, les morceaux de plastique éparpillés sur la moquette. Mes veines bouillonnaient de rage.

Familia ante omnia. Petit, je croyais qu'il s'agissait seulement d'une référence à la loyauté familiale. Mais notre famille l'interprétait d'une tout autre manière.

La famille avant tout. La famille avant tes propres besoins et tes propres désirs.

Le mariage arrangé était à l'origine d'une large partie des problèmes de la famille de Loughrey, du moins pour la branche dirigeante. De l'infidélité aux enfants nés de liaisons, en passant par l'affichage du couple parfait qui n'avait aucune idée de ce à quoi une relation normale était censée ressembler – et ce n'était que la surface.

Les plus jeunes se rebellaient, la laisse autour de leur cou se relâchait. Genevieve, ma plus jeune sœur, était une vraie casse-pieds, et la détermination inflexible de Penelope à être elle-même lui faisait mener un combat quotidien à cause de la surveillance constante à laquelle nous étions soumis. Les pitreries de Gen permettaient souvent de soulager la pression des autres membres de la famille, comme les jumeaux. Surtout Silas.

Ce qu'il me fallait était plus qu'une simple épouse. Plus que quelqu'un pour me vider les couilles. C'était là, à la lisière de mes pensées. Ce que je voulais. Ce dont j'avais *besoin*.

On frappa à la porte, et je détournai les yeux du carnage à mes pieds.

— Entrez.

— Tout va bien, patron ? demanda Holly en refermant la porte derrière elle.

— Je le hais.

Elle pinça les lèvres et s'approcha de moi.

— Tu veux en parler ?

Je soupirai.

— Pourquoi es-tu mon assistante ?

Elle haussa les épaules.

— Parce que j'aime t'embêter.

— Mais tu ne m'embêtes pas.

Elle souffla.

— Écoute, Att, nous sommes amis, commença-t-elle en utilisant le diminutif que je détestais. Je sais que tu es aussi mon patron, mais je suis attachée à toi. Je supporte l'attitude de ta famille depuis dix-huit ans. Je pense être la seule à pouvoir te gérer.

— Et je crois que tu es ma seule véritable amie.

Elle sourit et me tapota la joue.

— Eh oui. Et c'est pour ça que tu me gardes même si j'oublie parfois de te commander à déjeuner.

Je laissai échapper un petit rire et secouai la tête.

— Tu t'en tires parce que tu es la seule à pouvoir me remonter le moral.

— La malédiction des gens trop doués.

Mon regard se perdit dans l'horizon tandis que la conversation avec mon père passait en boucle dans ma tête. Il n'était pas du genre à proférer des menaces sans fondement. Ce n'était pas la manière de procéder de Charles de Loughrey. Le soupçon d'une idée, une lueur de possibilité se raviva.

La seule solution.

Avec elle, j'avais baissé ma garde comme ça ne m'était encore jamais arrivé.

— Je suis sur le point de faire quelque chose de vraiment brillant ou d'épouvantablement stupide.

— Les parachutes sont prêts.

— Appelle Jack pour moi, demande-lui de me préparer un échantillon des plus grosses bagues en diamants de la ville dès que possible. Pour la pierre centrale, pas moins de six carats.

Normalement, je m'entretenais moi-même avec mon assistant personnel, mais Holly et lui avaient développé un partenariat de travail très efficace et réglaient souvent les détails sans me consulter. C'était une bonne chose, car je n'avais pas de temps à consacrer à des questions futiles qui m'emmerdaient. Depuis quatre ans, Jack était un assistant modèle. Il gérait à la perfection l'organisation de ma vie en dehors du bureau tout en restant très discret.

Elle laissa échapper un soupir.

— Oh ! alors on saute tout de suite.

— Il ne me reste que onze mois pour me marier. Le temps presse.

Elle hocha la tête.

— Je trouverai un créneau dans ton emploi du temps. Qu'est-ce que tu vas faire ?

— Que fait-on quand on met en place un arrangement commercial ?

Un sourire illumina son visage.

— On consulte l'Avocat Tueur.

J'acquiesçai, et elle quitta le bureau.

Holly était à mes côtés depuis plus de quinze ans. Sans son amitié pour calmer mes colères, aucun doute que j'aurais fini comme mon père. Peut-être que Hamilton et moi aurions été plus proches, vu qu'il lui ressemblait beaucoup.

Je consultai mon agenda, puis celui de Rhys, à la recherche d'un bon moment pour parler. Par chance, nous étions tous les deux libres, du moins en ce qui concernait les réunions, et l'occasion semblait idéale pour le mettre au courant de mon plan.

— Je reviens, lançai-je à Holly en me dirigeant vers les ascenseurs.

— Atticus ! appela Hamilton, me stoppant dans mon élan.

Je n'évitais pas particulièrement mon petit frère, j'évitais tout le monde. C'est pourquoi il me fallut fournir un effort surhumain pour me diriger vers son bureau et refermer la porte derrière moi.

Aussitôt que je fus assis, il plissa ses yeux gris.

— Pourquoi j'ai une réunion calée avec les Hôtels Harris ? demanda-t-il.

Je soufflai.

— Parce que notre père est un sale fourbe.

Hamilton poussa un grognement, contracta sa mâchoire et étira ses doigts.

— Il veut qu'on obéisse tous à ses ordres.

— Exactement.

— Je sais qu'on n'a pas beaucoup parlé depuis la lecture du testament. Qu'est-ce que tu vas faire ?

— C'est une question que je me pose depuis quelques semaines. Qu'est-ce que tu ferais, à ma place ?

J'étais rongé par la curiosité. Il avait beau être aussi implacable que notre père, Hamilton détestait lui aussi l'idée des mariages arrangés.

Honnêtement, je n'étais pas sûr qu'il se marie un jour, car il méprisait tout autant l'infidélité.

— Je lui dirais d'aller se faire foutre, je jetterais un coup d'œil à mon petit tableau de chasse et je déciderais qui je voudrais voir au bout de ma queue pour les années à venir. Mon conseil ? Tu as déjà Bridget et Antonia. Décide à laquelle tu as envie de passer la bague au doigt et c'est tout.

Bridget et Antonia.

Hamilton n'était pas le premier à mentionner les femmes que je fréquentais et baisais occasionnellement depuis des années. Sans engagement, juste des rencards pour des soirées et pour réchauffer mon entrejambe quand j'en éprouvais le désir. Elles étaient habituées à la vie mondaine et ne s'intéressaient pas à moi uniquement pour mon argent. Le problème, c'était que, chaque fois que je pensais à elles et que j'essayais de faire mon choix, c'étaient ces putain d'yeux bruns qui me venaient en premier à l'esprit.

Regarde-moi.

— Mère a déjà commencé à planifier ton mariage.

Je haussai un sourcil.

— Vraiment ?

Il acquiesça.

— C'est Elizabeth qui me l'a dit.

— Merveilleux, grommelai-je.

— Atticus… choisis quelqu'un très vite. Je vais essayer de retarder cette réunion le plus longtemps possible, mais je ne peux pas faire attendre Harris éternellement. Père va fourrer son nez dans l'affaire, et tu sais qu'il n'attendra pas ton accord pour lancer le processus de fusion.

— Je suis le putain de P-DG. Et tu es mon second.

— Je suis au courant. Inutile de me le rappeler. Ce que tu dois faire, c'est demander à quelqu'un, n'importe qui, de t'épouser et l'amener au dîner de famille.

Je secouai la tête.

— Ça ne l'arrêtera pas.

— Non, en effet. Assure-toi que celle que tu choisiras ne soit pas corruptible.

Ses mots me glacèrent le sang. Ça ne gênerait pas mon père de tout faire pour contrecarrer mes désirs. *Familia ante omnia*, après tout.

Après avoir quitté le bureau de Hamilton, je me rendis au service juridique quelques étages plus bas. Le bureau de Rhys était situé à l'ouest du bâtiment et donnait sur l'Hudson.

Un petit bout de femme s'arrêta devant moi, les yeux écarquillés, des dossiers pressés contre sa poitrine. Avec un couinement, elle s'écarta vers la gauche et s'enfuit précipitamment.

Je la regardai, confus, avant de m'arrêter devant le bureau de l'assistante de Rhys. La brune clignait des yeux devant l'écran de son ordinateur, les lèvres entrouvertes, avec une expression horrifiée. Elle semblait paralysée.

Rhys renouvelait ses assistantes à une fréquence que je ne m'expliquais pas vraiment, mais après tout je m'en fichais. En revanche, c'était agaçant quand la fille n'avait même pas de badge à son nom, et que je devais rester planté là à essayer d'attirer son attention.

Je me raclai la gorge, et elle releva son visage pâle et apeuré vers moi.

— Il est là ?

Elle hocha la tête, puis fronça les sourcils comme si elle essayait de comprendre ce qu'elle devait faire ensuite.

— Premier jour ?

— O-oui, couina-t-elle.

Elle me regardait avec l'espoir que je la rassure, que je lui dise que tout allait bien se passer, ou je ne sais quelle connerie dont Holly était spécialiste. Au lieu de cela, je la regardai en me demandant si elle allait passer la journée.

— Si vous êtes aussi perdue le premier jour, vous feriez peut-être mieux de démissionner.

Toute espérance disparut de son visage, et ses yeux s'embuèrent.

— Atticus, es-tu encore en train de terroriser mon assistante ? lança Rhys alors que je tournai la tête vers la porte qui venait de s'ouvrir.

— Hmm, si je me souviens bien, ce n'est pas moi qui ai utilisé un pétard pour faire exploser le chariot du petit déjeuner. Ce serait donc plutôt toi, le terroriste d'assistantes.

J'entrai et refermai la porte, avant de m'installer dans le fauteuil en face de son bureau.

— Margie m'a évité pendant des années, ricana-t-il. Qu'est-ce qui t'a fait descendre de ton trône ?

— J'ai besoin que l'on rédige deux contrats.

— Envoie les infos à Jennifer, ou à Jessica… Comment elle s'appelle ? demanda Rhys en regardant la porte, avant de hausser les épaules.

— Ce n'est pas du business. C'est personnel.

Il haussa les sourcils en me regardant et se redressa sur son fauteuil.

— Je t'écoute.

Le fait de m'adresser à Rhys plutôt qu'à Alexander signifiait que c'était top secret, et Rhys adorait connaître toutes les petites cachotteries pour pouvoir s'en servir à son avantage plus tard.

Je sortis un morceau de papier de la poche intérieure de ma veste et le lui tendis. Il s'en empara et le déplia. Son front se plissa tandis qu'il le parcourait.

— Vraiment, cousin ?

— Mets-la au broyeur quand tu auras fini.

Il soupira.

— Tu auras un premier jet dans la journée.

Après un bref signe de la tête, je sortis et retournai dans mon bureau. L'air à mon étage était infiniment plus pur. C'était peut-être dû au fait qu'il y avait beaucoup moins d'occupants, mais je me sentais bien mieux dans mon arène.

À un coin du couloir, je manquai heurter une petite brune. Les dossiers lui échappèrent des mains et révélèrent un splendide pare-chocs.

Qu'est-ce qu'elles ont toutes à se mettre en travers de mon chemin aujourd'hui ?

— Je suis vraiment désolée, monsieur de Loughrey. S'il vous plaît, ne me virez pas, m'implora-t-elle en se baissant pour tout ramasser.

Je clignai des yeux. Avais-je acquis une réputation telle que cette pauvre fille tremblante était terrifiée par moi ? Était-ce la malédiction de diriger la famille de Loughrey ? Je ne connaissais pas son nom, mais elle était là depuis assez longtemps pour savoir qui j'étais, ce qui signifiait qu'elle travaillait pour mon père ou mon frère, peut-être pour mon oncle. Cela dit, elle aurait aussi bien pu travailler pour moi. En dehors de Holly, je ne prêtais pas attention aux assistantes.

— Je ne comprends pas pourquoi vous pensez que je pourrais vous virer parce que vous m'êtes rentrée dedans.

Je serrai les dents en attendant que ses yeux rencontrent les miens, mais elle sembla s'y refuser. C'était une petite chose timide, mais la vue de sa poitrine éveilla quelque chose en moi, et je commençai à me demander si elle ne serait pas un bon moyen de soulager ma frustration.

— Il y a deux solutions. Soit je vous aide à rassembler vos dossiers et vous retournez travailler, soit vous me suivez dans mon bureau pour poser ces jolies petites lèvres sur…

Je m'interrompis. Je me retins de divulguer mes désirs, cette envie d'évacuer un peu de l'agressivité qui montait en moi.

Elle me fixa de ses grands yeux, une rougeur apparaissant sur ses joues pâles. Cet air innocent ne fit qu'attiser le feu en moi, réveillant le Roi Mauvais bien trop empressé de succomber à ses besoins les plus élémentaires.

Je n'étais pas mon père et je refusais de m'attaquer aux employées. La fille, qui continuait de me fixer, mettait cette détermination à l'épreuve. Je n'aimais pas mélanger le travail et le plaisir, surtout avec une jeune stagiaire naïve, peu importe à quel point ma queue en avait envie.

Au lieu de ça, je lui lançai un regard noir.

— Vous ne devriez pas regarder les hommes comme ça, à moins de chercher la débauche.

Je n'attendis pas sa réponse. Je me contentai de m'éloigner. Bridget était brune, elle aussi. J'aurais peut-être dû l'appeler. Apaiser mon envie de me faire sucer.

— Dans mon bureau. Tout de suite.

Holly bondit de sa chaise et me suivit. Je refermai la porte et me dirigeai vers le minibar pour me servir un verre.

Je ne dis rien, et Holly me connaissait assez bien pour ne pas poser de question.

— Est-ce que je suis vraiment aussi effrayant que ça ? lui demandai-je en faisant claquer le verre vide sur le comptoir avant de me resservir.

— Att, tu es un de Loughrey. C'est dans ton sang.

Je la fusillai du regard pour avoir de nouveau utilisé ce surnom et allai m'installer dans l'un des fauteuils du coin salon. Elle s'assit en face de moi.

— J'ai de grandes attentes.

— Et tu ne fais aucune concession. Et tu as un air de tueur en série.

— Sérieux ?

Elle haussa un sourcil.

— Et une aura qui hurle « dégagez de mon chemin » partout où tu vas.

— C'est le métier qui veut ça. J'ai constamment l'impression de me débattre avec une meute de gamins, en particulier ces derniers temps.

— Il y a une contrepartie à ta réputation difficile.

Je fis la moue.

— Ah, et laquelle ?

— Personne ne te contrarie.

— C'est de pire en pire.

Le téléphone de remplacement que Holly avait déjà installé et configuré se mit à sonner, mais je l'ignorai.

— Tu as besoin de vacances, dit-elle en sortant son téléphone, probablement pour consulter mon emploi du temps.

— Qu'est-ce que c'est que ça ?

Elle leva les yeux au plafond.

— Du temps passé loin du bureau.

Je secouai la tête.

— Ce n'est pas le moment.

Je ne me souvenais même pas de la dernière fois que j'avais pris deux jours de congé d'affilée.

— Ce n'est jamais le moment.

— C'est peut-être mieux comme ça. Moins de relations à gérer.

— Je dis seulement que de siroter un mai tai assis sur une plage pourrait te faire du bien.

— Merci, Holly.

— J'ai toujours assuré tes arrières. Ne te soucie pas de faire peur aux gens.

Je lui adressai un regard dur.

— Est-ce que tu m'as déjà vu m'inquiéter de ce que les gens pensent de moi ?

Elle rit.

— Non, mais je sais que cet ego a besoin d'être flatté de temps en temps.

— Comment se fait-il que je n'aie jamais couché avec toi ?

Mon téléphone se mit à sonner dans ma main et le nom de ma mère apparut sur l'écran ; je l'ignorai.

— Tu n'es pas mon type.

— Je suis le type de tout le monde.

L'argent faisait tourner le monde et tomber les femmes à genoux devant moi, la bouche grande ouverte.

— Je suis mariée. À une femme magnifique.

— Ça ne fait que me donner envie d'un plan à trois.

Elle secoua la tête et roula de nouveau les yeux vers le plafond.

— Tu veux que je ressorte ton tableau de chasse pour que tu y pioches ?

C'était tentant, mais beaucoup plus galère que d'appeler Bridget. Les mondaines avec lesquelles j'avais passé la nuit par le passé étaient toutes insipides, et je ne supportais pas qu'elles cherchent constamment à s'immiscer dans ma vie.

Il n'y avait qu'une seule femme qui allait accomplir ce miracle, et c'était parce qu'elle n'essayait même pas.

— Non. Mais il me faut une réservation pour déjeuner. J'ai besoin de sortir d'ici une heure ou deux. On dira que ce sont mes vacances.

Le mot « réservation » était incorrect. Je n'avais jamais eu besoin de réservation là où j'allais, mais ça permettrait à Holly de les informer de ma venue et de la préparer.

— Un seul couvert ?

Je hochai la tête.

— Comme d'habitude. Et je vais te laisser mon téléphone.

Elle cligna des yeux comme si j'avais parlé dans une langue étrangère.

— Me laisser ton téléphone ?

— Oui.

— Pourquoi ?

L'appareil se mit de nouveau à sonner, et je me frottai les tempes.

— Cinq putain de minutes de paix.

Une chose dont j'avais désespérément besoin, surtout ces derniers temps, avec la famille qui surgissait d'un peu partout : des cousins éloignés que j'avais peut-être rencontrés lors d'une réunion de famille, un cousin germain du côté maternel, et même des parents plus proches qui voulaient profiter de mon héritage.

Après tout, si je respectais les termes du testament, je deviendrais le plus riche et le plus puissant des Loughrey après mon grand-père. Je surpasserais même son règne.

Elle m'adressa un bref hochement de tête.

— Je suppose qu'un déjeuner sans ton téléphone fera office de vacances, et tu auras Damien pas loin. Mais, quand même, tu devrais aller passer le week-end à Haven, histoire de t'éloigner un peu de la ville.

Haven, notre île aux Bahamas, n'était pas une mauvaise idée. Je pourrais y emmener l'une de mes compagnes de jeu et passer le week-end à la baiser jusqu'à plus soif. Elle adorerait cette île privée, et je pourrais me faire sucer au bord de la piscine surplombant les eaux turquoise et cristallines.

Le problème, c'était que, si un seul membre de ma famille

apprenait où j'allais, je pourrais oublier l'intimité avec mon petit joujou.

— Je vais y réfléchir, répondis-je en me dirigeant vers la porte.

Mon après-midi étant bien remplie par un défilé de réunions, je pressai le pas. Plus je restais là, plus il allait me falloir de la concentration pour ne pas me lâcher sur quelqu'un. Pendant les cinq minutes qu'avait duré notre conversation, le téléphone avait sonné cinq fois, et j'allais craquer si je ne faisais pas une pause. La mèche était beaucoup plus courte ces derniers temps.

Être libéré des chaînes de mon téléphone était un soulagement. Chaque pas m'éloignait des exigences qui me pesaient constamment. S'il y avait une véritable urgence, Holly savait où me trouver.

Je passai le seuil de 50 Degrés et fus immédiatement accueilli par Mitchell, le gérant.

— Bonjour, monsieur. C'est un plaisir de vous revoir.

— On fait des civilités maintenant, Mitchell ?

C'étaient des manières que nous avions supprimées de nos échanges au profit de rapports moins formels.

— Désolé, murmura-t-il en me guidant jusqu'à mon box privé. On reçoit un critique gastronomique aujourd'hui et j'essaie de faire bonne impression.

— Je suis ravi de vous revoir, Mitchell, répondis-je pour jouer le jeu.

Même si 50 Degrés s'en sortait merveilleusement bien auprès des critiques, autant donner la meilleure image possible.

Si je ne m'en préoccupais pas, je savais que ce n'était pas le cas de Mitchell. Il était fier de son travail, et ça se voyait.

Il écarta le rideau, et je me glissai sur la banquette. Je laissai échapper un soupir de soulagement lorsqu'il retomba, étouffant les sons des autres clients. De petits haut-parleurs diffusaient des morceaux classiques remixés avec des instruments à corde. C'était un style pointu qui ne pouvait venir que de Penelope, mais que je trouvais à la fois apaisant et joyeux.

Je doutais que quiconque me connaissant puisse deviner que je pensais ça.

— Bonjour, Atticus, annonça ma serveuse en pénétrant dans mon sanctuaire avant de déposer un brandy devant moi.

— Ophelia. Ce sera un double aujourd'hui.

Elle hocha la tête.

— Comme d'habitude ? Ou puis-je vous tenter avec le wagyu ?

Le plat habituel était une option plus saine, mais le steak pourrait peut-être m'aider à supporter cette journée.

— Tentez-moi.

— Pommes de terre grelots rôties à la poêle avec de la pancetta ?

— Oui.

— Broccolini ?

Je hochai la tête.

— Pas…

— Carbonisés. Oui, monsieur. Autre chose ? demanda-t-elle en croisant mon regard pour la première fois.

Ses grands yeux bruns étaient pleins de respect et de bienveillance, ainsi que de cette pointe de regret des occasions manquées qui prévalait entre nous, et que j'étais désormais bien décidé à effacer.

— Ce sera tout pour le moment.

— Je reviens vers vous, dit-elle avec un sourire avant d'écarter le rideau et de disparaître.

Ophelia était ma serveuse attitrée au moins une fois par semaine depuis cette réunion d'affaires, près d'un an plus tôt.

Je m'en étais assuré.

Juste pour pouvoir la revoir.

Ça faisait longtemps que je déjeunais chez 50 Degrés, mais pas aussi souvent que depuis que j'avais découvert qu'elle travaillait ici.

Avant elle, j'avais fait fuir plus d'une serveuse du restaurant. Ophelia, en revanche, avait rapidement saisi mes habitudes et mes humeurs. Elle ne me connaissait que sous le nom d'Atticus, tout comme le reste du personnel, et la table était réservée pour moi et moi seul.

J'étais sûr que des rumeurs circulaient à ce sujet, mais les gérants avaient pour consigne de les étouffer ou de dire qu'il s'agissait de la table des investisseurs dont je faisais partie. La vérité, c'était que j'étais le propriétaire. C'était l'une de mes entreprises secondaires, gérée par ma holding, Aegean Rule. Elle s'occupait de quelques autres entreprises, toutes dégagées de l'emprise de Loughrey.

Tout n'appartenait pas à la De Loughrey Corporation ; nombre d'entre nous possédaient aussi d'autres petites sociétés ainsi que des associations caritatives. C'était plus une question de contrôle que de revenus. L'argent gagné en un an au restaurant couvrait à peine la rémunération de mon personnel pendant quelques mois.

Mes visites chez 50 Degrés étant devenues très fréquentes depuis que j'avais découvert Ophelia, ma présence aujourd'hui ne devait étonner personne. Cependant, mes raisons dépassaient le simple besoin de me remplir l'estomac.

C'était une torture chaque fois que je posais les yeux sur elle. Un désir pour une chose que je me disais ne pas pouvoir obtenir.

Après avoir terminé mon repas et réglé l'addition, je sortis une unique carte de visite et la lui tendis.

— Viens à mon bureau, demain. À 9 heures. Et ne sois pas en retard.

Elle cligna des yeux, jeta un coup d'œil à la carte et revint sur mon visage.

— Pourquoi ?

Je me levai et m'approchai d'elle.

— Je dois te parler d'un sujet personnel.

Il n'y avait pas suffisamment d'intimité au restaurant pour discuter de mon idée.

— Ne me dis pas que tu m'as refilé quelque chose l'année dernière.

Je me figeai et la dévisageai. C'était la première fois en un an que l'un de nous faisait la moindre allusion à cette fameuse nuit.

Je me penchai vers elle et inspirai le doux parfum de sa peau. Cette seule bouffée suffit à me calmer, comme rien d'autre ne le pouvait.

— Ça n'a rien à voir avec cette soirée mais, si tu veux que je t'offre la même chose que l'an dernier pour ton anniversaire, je serai plus que ravi de m'exécuter. (Je savourai son petit hoquet.) À ton arrivée, donne cette carte à la réception.

Mes lèvres effleurèrent son cou, juste sous son oreille.

Après que j'eus franchi les portes, mon sang se mit à bouillonner dans mes veines, faisant palpiter ma peau. Le matin n'arriverait jamais assez vite.

Chapitre 5

Ophelia

— C'est une putain de blague, sifflai-je en relevant les yeux du plan affiché sur mon téléphone pour les poser sur le bâtiment en face de moi.

Les papillons battirent des ailes dans mon ventre. Je ne devais pas être au bon endroit. C'était impossible. La carte qu'Atticus m'avait donnée était noire, incrustée d'or métallisé, et ne comportait qu'un symbole sur un côté et une adresse de l'autre. Mais le symbole ne correspondait pas au logo gravé dans le verre.

L'immeuble de Loughrey était le troisième plus haut de la ville. Il était entièrement occupé par la De Loughrey Corporation, l'une des plus grosses entreprises du monde. Tellement considérable que le nom de la famille de Loughrey était connu de tous.

J'avais passé la nuit à me demander pourquoi Atticus voulait me voir. C'était tellement inattendu que ça m'avait noué l'estomac et que j'avais à peine fermé l'œil.

Tout au long de l'année, l'attendre chaque semaine était devenu une torture. Les regards, l'attirance ; ils n'étaient peut-être qu'à sens unique et je me détestais pour ça. Je me détestais de le laisser continuer à me troubler. D'obéir à sa requête au lieu de lui dire d'aller se faire voir, rien que pour un regard de ses incroyables yeux bleus et un frôlement de son épaule contre la mienne.

Au lieu de ça, je me tenais devant le symbole de l'une des familles les plus puissantes du monde, en me demandant ce que je fichais ici. Je rangeai la carte dans mon sac en prenant une profonde inspiration et passai les portes vitrées.

Les ascenseurs étaient entourés par un immense bureau où la sécurité devait scanner des cartes d'identification. Le processus semblait chronophage, et je me demandai combien d'employés étaient en retard à cause des files d'attente matinales, bien que le processus semblât se dérouler à un rythme rapide.

Il y avait même une queue à la réception pour contrôler l'identité des invités.

En jetant un regard aux costumes formels et aux tenues impeccables, je regrettai aussitôt mon accoutrement. Un legging noir, des ballerines, une tunique fluide couleur lilas, une veste en jean et ma besace élimée me valurent quelques regards dubitatifs.

— Je peux vous aider, mademoiselle ?

Je clignai des yeux et m'approchai du comptoir.

— Heu, oui, je viens voir…

C'est là que je réalisai que je ne connaissais même pas son nom de famille.

— Le nom, s'il vous plaît.

Je hochai la tête, soulevai le rabat de mon sac et cherchai la carte que j'avais en main quelques instants plus tôt.

— Il m'a donné une carte…

Je finis par la trouver dans l'une de mes poches et la tendis.

— Il m'a dit de vous donner ça ?

C'était sorti comme une question car j'étais perturbée par la façon dont l'employé avisa la carte, puis moi, puis de nouveau la carte. Il s'en empara précautionneusement, comme si elle détenait un pouvoir mystique, la retourna sous la lumière du scanner, puis me la rendit.

— Une pièce d'identité, s'il vous plaît.

Je clignai de nouveau des yeux avant de sortir mon portefeuille de mon sac. Avec une grimace, j'extirpai ma carte tant bien que mal. Le regard que le réceptionniste m'adressait n'était pas hostile, plutôt curieux.

Après avoir enregistré ma carte d'identité, il me la rendit, avec une nouvelle carte noire qui ressemblait beaucoup à celle d'une chambre d'hôtel.

Il se pencha et pointa du doigt un ascenseur isolé.

— Prenez cet ascenseur et passez la carte. Les portes s'ouvriront et vous monterez à l'étage indiqué.

— À savoir ?

— Au bureau de M. de Loughrey. L'une de ses assistantes vous accueillera.

Je me figeai en essayant de comprendre ce qu'il venait de dire. Le nom tomba au fond de mon estomac, puis le sol se déroba sous mes pieds.

— Qui ?

— Monsieur Atticus de Loughrey. Vous feriez mieux d'y aller – il ne tolère pas le retard.

Je hochai la tête en tremblant, essayant de trouver mes mots, et parvins à balbutier un remerciement avant de m'éloigner.

De Loughrey.

Atticus était un de Loughrey.

Je connaissais Atticus depuis un an. Je savais qu'il était riche. Depuis le penthouse de cette nuit-là aux centaines de dollars qu'il dépensait pour déjeuner deux fois par semaine. Mais de là à être un de Loughrey ? Jamais de la vie je n'aurais pensé en rencontrer un, encore moins coucher avec.

Je déglutis péniblement, mon cœur battant un peu plus fort à chaque pas qui me rapprochait de l'ascenseur. Je glissai la carte dans le lecteur, les portes s'ouvrirent immédiatement, et je montai dans la cabine. Ce fut alors que ça me frappa.

Oh mon Dieu, je me suis tapé un de Loughrey !

J'avais pensé à cette nuit tellement de fois depuis mon anniversaire. Une semaine plus tard, j'avais été choquée de le découvrir assis en bout de table dans une salle à manger privée. La façon dont il avait écarquillé ses yeux bleus sous le coup de la surprise… Je n'avais pas su quoi faire d'autre qu'aller me présenter, et on n'avait jamais abordé le sujet. On n'y avait même jamais fait la moindre allusion jusqu'à la veille, mais je n'avais jamais cessé d'y penser.

L'homme dont je me souvenais n'était qu'une illusion en comparaison avec la réalité. Au début, je pensais qu'il était simplement furieux à cause d'une erreur que j'avais commise, mais j'avais fini par comprendre qu'il était seulement arrogant. Un contraste frappant avec l'homme que j'avais rencontré ce soir-là.

Les portes se refermèrent. C'est en constatant que l'ascenseur ne ralentissait qu'à l'approche des étages les plus élevés que je compris : les étages supérieurs étaient généralement réservés à la plus haute hiérarchie, et les portes s'ouvrirent au sommet du bâtiment.

Le mauvais caractère d'Atticus venait de sa position. Une charge élevée de travail et de responsabilités allait de pair avec un stress important. Même si cela n'excusait pas son attitude, je comprenais enfin pourquoi il se terrait dans son box à l'heure du déjeuner. Pourquoi le restaurant s'efforçait de lui créer un sanctuaire.

Je n'avais pas mis un pied hors de l'ascenseur qu'une femme apparut devant moi. Elle faisait presque ma taille en talons, avec une soyeuse chevelure brune et des yeux foncés et chaleureux.

— Bienvenue, mademoiselle Evans. Je m'appelle Holly. Je suis l'assistante personnelle de M. de Loughrey.

— B-bonjour, bredouillai-je.

Les pièces du puzzle étaient en train de se réunir.

— Suivez-moi, dit-elle avec un sourire rassurant.

Je lui emboîtai le pas, des crampes à l'estomac, et, au moment de passer devant la plaque accrochée devant l'immense porte en bois, je faillis vomir – Atticus de Loughrey, P-DG.

Président-directeur général.

La personne la plus haut placée dans l'entreprise.

Oh mon Dieu, j'ai couché avec le P-DG de la De Loughrey Corporation !

Ce n'était pas de l'excitation que je ressentais, mais un mélange de peur et de confusion. Comment pouvais-je ne pas le savoir ? J'essayai de repenser à tous les magazines dans lesquels j'avais aperçu la famille, mais la plupart des visages qui ornaient les couvertures étaient ceux des femmes, et pas toujours pour les bonnes raisons.

Holly ouvrit la porte, et mon cœur s'arrêta à la vue de l'homme installé derrière un imposant bureau en bois.

La jeune femme me sourit, mais je sentis le sang quitter mon visage tandis que j'essayais de faire obéir mes pieds.

— Monsieur de Loughrey, Mlle Evans pour vous.

Il se contenta de hocher la tête sans relever les yeux.

— Merci, Holly.

Quelques frappes sur son clavier, puis son regard se posa sur le mur derrière moi.

— Ponctuelle. Parfait.

— Qu'est-ce que tout cela signifie, monsieur *de Loughrey* ?

Je mis l'accent sur son nom. Pour autant que je sache, personne au restaurant ne connaissait son identité, sinon qu'il était un investisseur.

— Bonjour, *mademoiselle Evans*, dit-il en m'imitant. J'espère que tu n'as pas eu de problème à la réception ?

— Aucun, répondis-je. Juste un peu surprise, après tout ce qu'on a vécu.

— Tu n'avais pas besoin de mon nom de famille pour apprécier ma queue, si je me souviens bien.

Je croisai mes bras sur ma poitrine, ignorant son geste qui m'indiquait de m'asseoir. Qu'on en vienne aux faits.

— C'est pour ça que je suis là ? Mon anniversaire approche mais, cette année, je pense que je me passerai de ta queue.

Le sourire qui flotta sur ses lèvres me donna des frissons.

— J'ai bien envie de te faire changer d'avis sur ce point, mais ce n'est pas pour te donner des orgasmes multiples que je t'ai demandé de venir aujourd'hui. J'ai une proposition commerciale à te faire.

Commerciale ?

— Je ne suis pas sûre d'avoir envie de l'entendre.

— Ça implique une indemnisation à huit chiffres.

Je me figeai, les yeux rivés sur la ligne d'horizon de New York de l'autre côté des baies vitrées.

Huit chiffres ? Avec ce montant, je pourrais changer de vie. Quitter le trou qu'était cette ville, m'éloigner de ma famille et tout recommencer. Le problème était : qui voulait-il que j'assassine pour une telle somme ?

Je tournai lentement la tête pour rencontrer son regard d'acier rivé sur moi.

— S'il s'agit de sexe, tu peux oublier.

— Ça n'impliquera du sexe que si tu en as envie. (Il parcourut mon corps des yeux, et sa lèvre fut prise d'un tic.) Je n'y serais absolument pas opposé.

Je plissai les yeux. Oui, ça sentait l'assassinat. La seule raison pour laquelle les gens étaient prêts à payer ce genre de montant, non ? Le sexe et la mort ?

— Qu'est-ce que tu veux, alors ?

— Assieds-toi.

Il désigna de nouveau les fauteuils en cuir noir placés face à son bureau. Je m'assis en soupirant et croisai les bras sur ma poitrine.

— Avant qu'on commence, je veux que tu signes ça.

Il fit glisser vers moi une feuille et un stylo.

— Qu'est-ce que c'est ?

— Un accord de confidentialité. Tu ne devras jamais parler à qui que ce soit de ce qu'on va aborder aujourd'hui.

Mon ventre se noua de nouveau. Il donnait un cadre juridique à une simple conversation ? Je soutins son regard et personne ne bougea pendant un moment, jusqu'à ce que je me penche en avant. Je parcourus la page des yeux et ne trouvai rien d'anormal, juste un accord de confidentialité classique.

D'un simple coup de stylo, mes lèvres furent scellées.

Il prit ensuite l'accord en photo avant de reporter son attention sur moi.

— Je suis à la recherche d'une commissionnaire.

— Qu'est-ce que c'est ?

Il tourna la main en l'air.

— Disons, en ce qui concerne ce sujet, d'une vacataire.

— Pour quel poste ?

— La future Mme de Loughrey.

Je secouai la tête.

— Je ne comprends rien.

— Et tu ne comprendras rien tant que tu n'auras pas accepté. Pour l'instant, tout ce que tu as besoin de comprendre, c'est que, en échange de cinq ans de ta vie, je te donnerai dix millions de dollars. Plus les vêtements, la nourriture et toutes les nécessités du quotidien, bien sûr. Les dix millions, c'est le forfait.

Dix millions.

— De dollars ?

— Oui, de dollars.

— Qu'est-ce qu'il faut que je fasse ?

— M'épouser et me donner un enfant.

Je clignai des yeux en essayant de comprendre ce qui était en train de se passer. Est-ce qu'on était en train de me jouer un tour ? C'était une farce de riches ? Il avait parié avec son frère pour voir si j'allais marcher dans une idée pareille ?

— Tu veux m'épouser ?

C'était la demande en mariage la plus tordue que j'aurais jamais pu imaginer et elle resterait gravée dans l'histoire comme ma première demande en mariage. Et je ne comptais même pas m'attarder sur la partie « me donner un enfant » pour l'instant.

— Oui.

J'éclatai de rire, mais le sérieux de son expression me coupa net.

— Tu plaisantes, n'est-ce pas ?

— Je ne plaisante jamais.

Putain. Il était sérieux.

Je me repassai l'essentiel dans ma tête – cinq ans, dix millions de dollars, un enfant. C'était trop beau pour être vrai, surtout avec son physique et son statut. Pourquoi avait-il besoin d'une fille fauchée de Brooklyn ?

— C'est quoi le piège ?

— Il y en a quelques-uns, mais pas ceux auxquels tu penses. On se mariera en janvier et, avec un peu de chance, un an plus tard, tu mettras au monde mon premier héritier. Si un deuxième arrive pendant ce laps de temps, tant mieux. Une fois les cinq ans écoulés, tu seras libre de faire ce qui te chante.

Je clignai des yeux, totalement perdue. Rien de tout ça n'avait de sens. Il avait de l'argent, des tonnes, et grâce à ça, et à son physique de dieu, il pouvait avoir toutes les femmes qu'il désirait. J'en revenais donc à la question : pourquoi moi ?

Non, il y avait quelque chose de louche.

— Et pourquoi penses-tu que je pourrais seulement envisager d'accepter un truc aussi dingue ? M'acheter pour être ta femme ?

— Parce que je t'offre une vie que tu ne pourrais avoir que dans tes rêves et une indemnisation qui pourrait t'assurer de ne plus jamais avoir à travailler.

— C'est surréaliste, comme proposition, dis-je alors que je commençais à comprendre.

— Le fait que tu sois encore assise devant moi me laisse espérer que tu pourrais envisager l'idée de devenir ma femme. J'insiste sur le fait qu'il s'agit d'une offre unique. Tu auras évidemment le temps d'y réfléchir mais, si tu décides de refuser et que tu finis par changer d'avis, la proposition ne tiendra plus.

— Combien de temps ?

— Je te reverrai ici demain à la même heure.

Je me levai, étourdie.

— Alors à demain.

— Avant que tu partes, ajouta-t-il en me coupant dans mon élan, je te rappelle que tu dois garder le silence sur cette affaire. Ne parle à personne de ce que je t'ai dit.

Je hochai la tête et avalai ma salive. Comme si on allait me prendre au sérieux, de toute façon. L'idée était absurde. Tellement barrée que j'avais moi-même du mal à y croire.

Je n'en parlerais à personne, quoi qu'il arrive, car je savais qu'ils avaient les moyens de me poursuivre en justice et de m'enlever tout l'argent que je gagnerais dans cette vie et la suivante si je rompais notre accord. On ne contrariait pas les de Loughrey, ou bien on en payait le prix – et il ne s'agissait pas forcément d'argent.

Un dossier en cuir fut placé devant moi, l'un de ceux qui s'ouvraient en haut. Le logo de Loughrey était imprimé sur le rabat.

— C'est le contrat préliminaire. Regarde-le, et je pourrai répondre à tes éventuelles questions demain matin.

J'acquiesçai d'un air hébété. J'éprouvais soudain une expérience extracorporelle tandis que le poids de la réalité s'imposait à moi. Après avoir glissé le dossier dans mon sac, je tournai les talons pour partir.

— À 9 heures pétantes, dit-il alors que je saisissais la poignée de la porte.

Je me retournai pour le regarder, et nos regards se verrouillèrent un moment.

Je rejoignis la station de métro en pilote automatique, le regard vide, rivé devant moi. D'un côté, j'aurais dû me sentir insultée. D'un autre… dix millions de dollars.

Pourrais-je supporter cinq ans avec lui ? C'était un homme très occupé donc, techniquement, je ne le verrais pas beaucoup, si ?

Me vendre comme fausse épouse. Étais-je capable de prétendre incarner quelqu'un que je n'étais pas, de jouer le rôle de la femme dévouée avec un homme comme Atticus de Loughrey ? D'être une de Loughrey ?

Voilà les pensées qui tournoyaient dans ma tête.

Atticus représentait tout ce qui clochait dans le monde : la cupidité et les privilèges, le patriarcat et l'idée que les femmes ne sont rien d'autre que des trous à baiser. Je détestais ça, mais pas autant que je me détestais moi-même pour avoir envie de repasser une nuit avec lui.

Ce serait une vie qui ferait rêver la plupart des gens, mais était-ce celle dont j'avais envie ? Plus que ça, était-ce quelque chose dont j'étais capable ?

Pouvais-je réellement m'agenouiller devant le roi ?

Chapitre 6

Ophelia

Je contemplai mon minuscule studio. La pièce principale était tellement étroite qu'elle ne pouvait contenir que mon canapé-lit, mon fauteuil et ma table de bistrot. La télévision était posée au sommet d'un meuble de rangement composé de huit cubes, tous pleins à craquer. Dans ma minable cuisine, je ne pouvais même pas ouvrir entièrement la porte du four à cause du frigo… qui, lui aussi, ne s'ouvrait qu'à moitié. Et mon évier n'offrait pas l'ombre d'un plan de travail.

Mille cinq cents dollars par mois, c'était une somme scandaleuse pour un espace aussi restreint. Mais sans voiture et avec juste assez d'argent pour joindre les deux bouts, je n'avais pas d'autre solution. J'étais coincée dans le cercle vicieux des prix des logements absurdes dans une ville hors de prix et bondée.

J'étais convaincue que, si je vivais avec Atticus, ma salle de bains serait plus grande que la pièce dans laquelle je me trouvais. Mais sa proposition était insensée. Comment accepter une chose pareille ?

J'ouvris ma facture de carte de crédit et grimaçai devant le chiffre indiqué, et ce n'était que le montant minimum à payer.

Pour échapper à la vie merdique que j'avais à la maison, j'étais condamnée à vivre chichement, et voilà que l'un des hommes les plus sexy que j'avais jamais rencontrés me proposait de me libérer de tout ça. Plus de dettes ni d'argent à économiser pour le coût bon marché de ma dignité, cinq ans, et un bébé avec un homme que je n'appréciais pas vraiment.

Un homme qui ne me déplaisait pas vraiment non plus.

Surtout tard le soir avec mon vibromasseur.

J'avais peut-être menti au sujet de mes souvenirs de cette nuit-là. Encore vifs, érotiques, ils m'avaient fait jouir plus d'une fois. Ils étaient également un frein à ma vie sentimentale. Qu'est-ce qu'on disait, déjà ? On ne peut pas rivaliser avec la perfection ? Je n'étais pas sûre de pouvoir vivre mieux que ma nuit passée avec Atticus. Une partie de moi n'avait même pas envie d'essayer.

Il y avait une attirance, et elle m'inquiétait pour le cas où je déciderais de me lancer dans cette folie. Je ne voulais pas accepter et tomber dans le piège d'être un trou à disposition, contrainte de céder à ses avances parce qu'il détenait l'argent et le pouvoir. Aussi plaisant que cela pourrait être, je n'avais pas l'intention de me prostituer, et c'était l'impression que son plan me donnait.

Si j'acceptais, il y aurait des concessions, et c'était l'homme qui possédait tout, sauf une femme, qui allait devoir les faire. Je comptais bien obtenir un certain pouvoir, ne serait-ce qu'une miette, uniquement pour lui prouver que je ne me laissais pas marcher dessus.

Moi qui avais eu du mal à trouver le sommeil la veille de notre rendez-vous, je passai la nuit suivante à regarder la lumière danser sur le plafond en retournant la situation dans tous les sens. La réponse n'était pas évidente ; c'était un mélange complexe d'émotions, d'attirance et d'attentes superposées.

À la lumière crue du jour, je pris enfin conscience de l'état dans lequel je me trouvais. J'avais presque vingt-sept ans, ce qui voulait dire que j'en aurais trente-deux quand tout serait terminé. Tout le temps de trouver l'amour de ma vie et, grâce à mon dédommagement, la possibilité de le faire avec style.

Malgré tout, je ne cessais de changer d'avis. Je n'avais rien mangé, et prendre des décisions majeures le ventre vide n'était probablement pas idéal, mais j'étais trop angoissée pour avaler quoi que ce soit.

Le passage de la sécurité se déroula de la même façon et, comme la veille, Holly m'accueillit tout sourire à l'ouverture des portes de l'ascenseur. Vu son expression, je me demandai si elle était au courant. C'était certainement le cas, non ?

Lorsque je pénétrai dans le bureau d'Atticus, il boucla rapidement ce qu'il était en train de faire sur son ordinateur puis reporta son attention sur moi. Je me rendis compte à ce moment-là que, la veille, il n'avait pas détourné sa concentration de moi une seule seconde durant toute notre entrevue.

Je m'assis, plus à l'aise, pris une profonde inspiration et redressai les épaules pour me préparer au combat. Atticus était un homme puissant, mais il n'allait pas m'écraser.

Il m'adressa un petit signe de la tête quand nos regards se croisèrent. Je supposai que c'était pour m'indiquer qu'il était prêt.

— Pourquoi moi ?

J'allai droit au but, sans échanger de banalités. S'il voulait parler affaires, j'allais aborder le sujet comme tel. À en juger par le petit mouvement de ses lèvres, c'était une approche qu'il appréciait.

— Parce que tu me connais mieux que beaucoup de personnes.

Je secouai la tête.

— Je ne sais pratiquement rien de toi. Jusqu'à hier, je ne connaissais même pas ton nom de famille.

— Dans ce cas, pourquoi m'as-tu proposé le wagyu l'autre jour ?

Merde. Il avait raison. Si je ne connaissais pas certains détails comme son nom de famille, j'avais, au cours de l'année passée, appris à décrypter ses humeurs.

— Ça ne veut rien dire, répliquai-je en faisant mine de ne pas y attacher d'importance. Je peux deviner ton humeur à la profondeur de la ride entre tes sourcils. Plus elle est creusée, plus tu as envie de saveurs fortes.

— Et tu me connais d'une autre manière. Intimement.

Je m'efforçai d'ignorer la gravité soudaine de sa voix, qui fit dresser les poils sur mon corps et m'électrisa.

— Je ne me souviens pas de grand-chose.

— Vraiment ? (Son regard s'assombrit, ses lèvres s'étirèrent.) Tu sens la lavande, les draps frais et une touche de pamplemousse. Ton minou est doux et étroit, et il étreint ma queue comme si c'était un moule fait sur mesure pour moi et moi seul. Tu es une experte pour m'engloutir jusqu'à la base. Tu as la peau douce, et tes gémissements à eux seuls pourraient faire jouir n'importe quel homme.

J'avalai ma salive et triturai la lanière de mon sac. Je sentais mes joues chauffer et la même chaleur s'installer entre mes jambes, mais je n'avais pas l'intention de faire savoir à cet enfoiré suffisant qu'il me faisait de l'effet.

— Pas de sexe.

Il était presque impossible qu'il accepte ces conditions, ce qui me donnait un moyen de refuser.

Il se pencha en arrière et croisa les mains devant lui. Son regard sévère me transperça. C'était un regard auquel je m'étais habituée au fil de l'année.

— Comment comptes-tu me donner un héritier, dans ce cas ?

J'agitai la main en haussant les épaules.

— Insémination artificielle ou je ne sais quoi. En tout cas, je ne veux pas devenir le jouet sexuel d'un gosse de riche. Tu as dit que c'étaient les affaires, alors ce sont les affaires. Ton argent ne te donne pas automatiquement le droit de me toucher.

— Tu penses que je vais accepter de procréer via des moyens aussi stériles ?

— Pas. De. Sexe.

Son regard se durcit encore, mais je ne flanchai pas, et il céda.

— Bien.

Mais, avant que je puisse fêter ma victoire, il ajouta :

— Alors, si on ne couche pas ensemble, j'ai le droit d'avoir des maîtresses.

Je secouai la tête, ferme dans ma conviction.

— Quand je dis « pas de sexe », ça veut dire pas de sexe. Je n'ai pas l'intention de parader à ton bras pour me faire humilier en public par tous ceux qui savent que tu me trompes. Imagine un peu les gros titres.

Il serra les dents.

— Tu attends de moi que je me passe de sexe pendant cinq ans ?

— Si je le fais, alors toi aussi. Si tu veux que j'accepte ce rôle, c'est mon prix.

C'était un pari, et sa réponse m'en apprendrait plus que lui – il me voulait comme épouse, moi et pas une autre. J'étais son premier choix.

La rigidité de sa silhouette montrait qu'il tentait de garder son sang-froid, et qu'il ne tenait qu'à un fil. Les hommes comme Atticus avaient l'habitude d'obtenir ce qu'ils voulaient sans la moindre objection. Personne ne le défiait. Son mécontentement irradiait de lui. Tous les muscles de son corps étaient tendus.

— Je croyais que le prix, c'était dix millions de dollars et une vie de luxe pendant cinq ans, avec la satisfaction du moindre de tes caprices et de tes désirs.

C'était donc une partie de ping-pong. Une bataille. Cela dit, le fait de ne pas nous avoir envoyés balader, mes conditions et moi, était révélateur.

— Parce que je vois ça comme une transaction qui va changer ma vie, et je ne parle pas de l'argent. Je veux pouvoir sortir de là avec mon amour-propre intact.

— Il y a beaucoup de femmes qui balanceraient leur amour-propre par la fenêtre pour cette proposition.

Je ne m'attendais pas à ça. Un homme de son importance aurait dû poser un ultimatum, et sa réticence à le faire me prouvait que c'était moi qu'il voulait, et moi seule.

Et c'était une information puissante.

Je me levai.

— Très bien. Tu n'as qu'à proposer à l'une d'entre elles, dans ce cas.

Encore un autre pari.

— Assieds-toi.

Je dressai le menton.

— Soit tu acceptes, soit je m'en vais.

Sa mâchoire se contracta si fort que je craignis qu'il ne se brise les dents, et il plissa les yeux.

— Pas de sexe, grommela-t-il.

Je hochai brièvement la tête et me rassis en me retenant d'applaudir et sans m'éterniser sur le fait qu'il me voulait, moi.

— Avant de poursuivre, j'ai besoin de certains éclaircissements.

— Je t'écoute.

Sa demande contenait beaucoup de variables. Des choses qui pouvaient mal tourner.

— Que se passera-t-il si l'un de nous est stérile ?

La question sembla calmer une partie de la colère qui le consumait, et il se détendit dans son fauteuil.

— On fera comme si rien de tout ça n'était arrivé. Mais, pour nous faire gagner du temps, on passera des examens avant de signer le contrat. Ainsi que d'autres dépistages.

Pour les MST, sans doute. Étant donné que je venais d'une classe populaire, tout ça. Je dus me retenir de ricaner.

— Ensuite : et si je ne tombe pas enceinte pendant le temps imparti ?

— À la seconde où tu diras « je le veux », mon sperme se retrouvera au fond de toi par tous les moyens nécessaires jusqu'à ce que ça arrive.

Quelque chose dans cette phrase me fit frissonner, durcir mes tétons et frémir mes cuisses. Je dus me racler la gorge pour revenir au sujet et chasser les images qui menaçaient de submerger mes pensées. Des images de lui en train de plaquer ses hanches contre les miennes, des tressaillements de son membre au fond de moi.

Putain ! Ressaisis-toi, Ophelia.

— Et quand j'aurai un bébé et que l'arrangement touchera à sa fin… alors quoi ?

Il fronça les sourcils.

— Qu'est-ce que tu veux dire ?

— Est-ce que je pourrai toujours voir mon enfant, ou est-ce que tu me l'enlèveras ?

Il écarquilla les yeux, l'air offensé. Je pensais que c'était une bonne question, directe. Pour ce que j'en savais, il avait peut-être prévu de me couper de tout aussitôt que le divorce serait prononcé. C'était la limite ultime. Même si je n'avais encore jamais pensé à avoir un enfant, je savais qu'il serait hors de question qu'on essaye de me l'enlever.

— Bien sûr que tu continuerais de le voir. Tu n'aurais simplement plus d'obligation à rester ma femme. Je ne t'interdirai jamais de voir notre enfant.

Je désignai la feuille sur laquelle il prenait des notes.

— Je veux la garde partagée, et je veux que ce soit stipulé par écrit.

— Tu ne me fais pas confiance ?

Je secouai la tête.

— Non.

Il laissa échapper un petit rire.

— Autre chose ?

Mon ventre se noua de plus belle, et je déglutis péniblement. En faisant ça, en disant oui, en signant le contrat, je remettais ma vie entre ses mains. Tous mes rêves et mes aspirations allaient devoir être mis de côté.

Je me mordis la lèvre inférieure tout en fouillant mon esprit en quête d'une dernière objection, d'une dernière source de préoccupation. L'essentiel était couvert et, le cœur martelant mes côtes, je rencontrais des difficultés à accepter.

— Mes dettes…

— Seront réglées.

Je haussai un sourcil.

— Tu ne sais même pas à combien elles s'élèvent.

— Trois cent mille dollars de dettes d'études, deux mille sur ta carte de crédit. Je paierai aussi la fin de ton bail.

— Comment…

— Tu pensais que je n'allais pas enquêter avant de te demander de m'épouser ?

Le choc dura quelques secondes, puis tout prit son sens. C'était le putain de P-DG de la De Loughrey Corporation. Évidemment qu'il s'était renseigné avant de me proposer une somme pareille.

— Eh bien, techniquement, tu ne m'as jamais fait ta demande. En ces termes.

— Autre chose ?

Je déglutis. Je cherchais à gagner du temps.

— Et si j'ai des cadavres dans le placard ?

Son regard dur croisa mon regard effrayé. J'espérais seulement qu'il ne percevait pas à quel point j'étais paniquée au fond de moi. Mon pied tapait le sol compulsivement, et j'avais presque effiloché la lanière de mon sac.

— Il y a quelque chose que je devrais savoir ?

— Mon beau-père…

Je m'interrompis, ne sachant trop quoi dire. Était un connard ? En qui je n'avais aucune confiance ? Qu'il m'avait déjà frappée ?

— … est un sale type et un alcoolique.

— Je le sais. Cela dit, je ne considère pas ça comme un problème.

— Pourquoi ?

— Quand est-ce que tu l'as vu pour la dernière fois ?

J'ouvris la bouche pour répondre, puis me figeai.

— À Noël.

— Et avant ça ?

— En août, quand j'ai déposé le cadeau d'anniversaire de ma sœur.

— C'est peut-être un enfoiré, mais je le suis encore plus. Je n'ai pas du tout peur de ce minuscule cadavre. Il est quelconque et n'a aucune influence sur ces négociations.

Ah, des négociations. Tout ce que j'avais toujours rêvé d'entendre au sujet de mon futur mariage.

Comme c'était romantique.

— Ta réponse, Ophelia.

Je me mordis la lèvre, au bord de la nausée.

— Si mes conditions te conviennent, alors nous avons un accord.

Je vis ses lèvres se retrousser en un sourire.

Qu'est-ce que j'ai fait ?

Chapitre 7

Atticus

Elle a accepté.

Putain, elle a accepté.

Quand elle eut officiellement dit oui, je me suis soudain senti infiniment plus léger. Bien qu'hésitante, elle avait dit oui, et la version finale du contrat était en cours de rédaction.

Elle et moi avions passé les derniers jours à enchaîner les examens, tout en laissant le temps à Rhys de terminer le contrat.

Le dernier obstacle venait d'être franchi : nos bilans de santé. Déjà, et c'était primordial, aucun de nous n'avait de MST. Ensuite, le bilan de fertilité ne révélait aucun problème flagrant. Les taux d'hormones et de spermatozoïdes étaient dans les valeurs réglementaires.

Et rien à signaler au sujet de nos antécédents médicaux.

Son père était mort, mais je savais que ce n'était pas lié à des problèmes de santé. Je m'étais renseigné avant de mettre mon plan en action, ce qui incluait une vérification approfondie des antécédents d'Ophelia. Il aurait été irresponsable de ma part de me lancer dans un arrangement pareil sans procéder à un historique complet, et je n'étais pas du genre à me précipiter.

Oui, j'avais déjà demandé une enquête un an plus tôt, mais

c'était à cause des soupçons que j'avais eus en la voyant apparaître soudain comme serveuse dans mon restaurant après me l'être tapée. J'avais simplement mis à jour mes informations et trouvé les réponses à quelques questions.

Je me frottai les yeux. La journée avait été épuisante. Mon père était de nouveau venu me rendre visite pour essayer d'arranger un dîner avec Amelia Harris. Ce type était obstiné, et j'allais devoir lui faire rentrer Ophelia dans le crâne pour qu'il comprenne que je n'accepterais jamais de mariage arrangé.

Le soleil était couché depuis longtemps, et mon bureau n'était éclairé que par les lumières intégrées dans les meubles et par ma lampe de bureau. Je me penchai en arrière et consultai l'horloge. Il était 21 heures passées, et j'étais probablement le dernier dans le bâtiment.

Un grincement attira mon attention tandis qu'une silhouette pénétrait dans mon bureau.

Je n'étais finalement pas le dernier.

— Voici ton contrat, annonça Rhys en jetant le dossier en cuir sur mon bureau.

Je l'ouvris et parcourus les feuillets. Puis je le regardai s'asseoir en face de moi.

— Il est blindé ?

Rhys plissa les yeux.

— Sérieux, cousin ?

Il joignit les mains devant lui.

— Et sa clause ?

— Truffée de failles.

— Bien. (Il me dévisagea un instant, et je refermai le portfolio en soupirant.) Crache le morceau.

Il leva les mains.

— Je suis surpris, c'est tout. Le contrat est implacable, pourtant tu as volontairement laissé du flou pour pouvoir coucher avec elle sans le rompre.

Bien sûr que oui. Il était absolument hors de question que je passe cinq ans sans sexe, et j'allais m'assurer que ce soit elle qui se retrouve sous moi. Nos enfants seraient engendrés par ma queue pressée confortablement contre le col de son utérus.

— Elle va me donner un héritier, et je ne laisserai pas un putain de labo faire ce que ma queue est parfaitement en mesure d'accomplir.

— Je comprends bien. Seulement, c'est un geste que j'aurais plutôt attendu de ton père ou de Hamilton.

La comparaison avec mon père ne me plaisait pas. Toute ma vie, j'avais tout fait pour ne pas lui ressembler, par tous les moyens possibles.

— Hamilton est peut-être un requin, mais pas un serpent. Tu corresponds mieux à cette description.

— Tu me blesses, cousin, répondit-il avec un rictus.

— On ne t'appelle pas l'Avocat Tueur pour rien. Au fait, j'ai entendu dire que tu allais avoir une stagiaire cet été ?

On n'était que début juin, mais la nouvelle circulait déjà.

La mâchoire de Rhys se crispa, et il plissa les yeux.

— Père a *offert* à son *alma mater* un stage unique. Comme je suis le seul avocat de la famille à part lui, c'est tombé sur moi.

— La pauvre enfant qui va tomber sur toi.

— Tu peux rigoler, n'oublie pas que tu es obligé de t'acheter une épouse.

— Je refuse de prendre part à un mariage arrangé comme mes parents. La dernière chose que je veux, c'est une espèce de riche mondaine qui ne serait même pas capable de me sucer sans en retirer une compensation financière.

Il haussa un sourcil.

— Est-ce que ce n'est pas exactement ce que tu fais ?

— La différence, c'est que c'est moi qui l'ai choisie.

— Je pense que tu as besoin d'appeler l'une de tes petites poupées pour libérer un peu la pression avant de signer ce contrat. Qui sait quand tu pourras te vider les couilles à nouveau ? Ça pourrait être dans cinq ans.

Ce n'était pas une mauvaise idée. Ophelia venait signer le contrat le lendemain matin, ce qui me laissait la soirée pour me détendre. Le problème, c'était que j'en parlais depuis des mois et que je n'étais toujours pas passé à l'acte, et c'était sa putain de faute.

— Je mettrai Ophelia dans mon lit en moins de six mois.

— On lance les paris ?

— Contente-toi de garder tout ça pour toi. Je ne veux pas que mon père l'apprenne.

— Il va péter les plombs. Elle n'a aucun statut social. C'est une serveuse, pour l'amour du ciel. Pourquoi diable l'as-tu choisie, elle ?

— L'accessibilité combinée à la baisabilité.

— Tu assumes réellement ton côté sans scrupule. Je suis fier de toi.

— Je n'ai pas besoin de ça pour faire prospérer cette entreprise.

— Et pourtant tu le fais dans le but d'éviter un mariage arrangé et, à la place, tu épouses une femme qui est payée pour être à ton service.

Je tapotai le contrat.

— Une femme que je contrôlerai. Elle n'a rien et, par conséquent, elle est plus malléable en ce qui concerne l'argent.

— Je vais me faire l'avocat du diable… et si l'argent ne suffit pas ? Je n'ai que de vagues souvenirs d'elle étant donné que ça fait près d'un an mais, à en juger par la manière dont tu l'as décrite, elle ressemble à un cheval sauvage.

— Un cheval que je dompterai. L'argent est la carotte que j'agite pour la mettre au pas.

— Très vicieux, cousin.

Sur ces mots, il s'en alla, et je décidai de l'imiter.

Le lendemain matin, je me sentais curieusement tendu. J'avais à peine fermé l'œil, incapable de supporter l'idée qu'Ophelia change d'avis. Que ferais-je dans ce cas ?

L'angoisse n'était pas un sentiment familier pour moi. Pas dans ma position. Pourtant, l'assurance dont je ne me départais jamais, quelle que soit la situation, semblait voler en éclats en présence d'Ophelia.

Et je ne pourrais jamais lui laisser entrevoir à quel point elle m'affectait.

Sachant qu'elle allait arriver, je laissai exceptionnellement la porte de mon bureau ouverte et consultais l'horloge en jurant toutes les dix secondes. Les secondes me paraissaient des heures.

Les émotions qui tourbillonnaient en moi étaient absurdes. Pourquoi étais-je aussi stressé ?

Je relevai la tête à la seconde où elle entra. Dès que mes yeux se posèrent sur elle, mes muscles se détendirent.

Elle est venue.

— Bonjour, dis-je.

J'inclinai la tête à l'intention de Holly, qui se tenait sur le seuil. Elle referma la porte, me laissant seul avec Ophelia.

— Bonjour.

Malgré mon soulagement, mes nerfs continuaient de vibrer. Je n'avais pas le souvenir d'une seule fois où j'avais été aussi pressé de signer un contrat.

Je remarquai alors les cernes sous ses magnifiques yeux marron.

Je n'étais peut-être pas le seul à qui ma proposition avait fait perdre le sommeil. Elle paraissait si jeune. Elle avait dix ans de moins que moi, et elle était tellement belle que j'avais du mal à ne pas la regarder comme un pauvre idiot transi d'amour.

— Tu es prête à devenir la future Mme Atticus de Loughrey ?

— Ophelia de Loughrey, chuchota-t-elle.

Elle voulait simplement voir ce que donnait son nom à voix haute, mais l'entendre provoqua en moi une vague de chaleur qui accéléra mon rythme cardiaque.

Ce nom toucha mon cœur avec une sensation d'absolue perfection.

Je me raclai la gorge dans l'espoir de chasser ces émotions.

Je rapprochai les dossiers en cuir reliés avant d'en choisir un et de le lui tendre.

— Tu veux passer en revue les modifications ?

Elle hocha la tête, puis écarta une mèche de cheveux de son visage.

— Oui. Mais, d'abord, quelles sont les conséquences d'une éventuelle rupture de contrat ?

— Je croyais que tu avais tout lu.

— Oui, mais peux-tu les clarifier pour moi ?

J'acquiesçai.

— Si tu romps le contrat, tu devras me rembourser les pertes financières que j'aurai subies, pour des choses comme tes dettes ou d'autres dépenses. Si c'est moi qui le romps, ton compte en banque sera crédité de cinq millions de dollars.

Elle mordilla sa lèvre inférieure puis hocha la tête.

Une demi-heure plus tard, nous avions terminé les révisions du contrat et je lui tendis un stylo. Sa main trembla légèrement quand elle le saisit. J'observai intensément la pointe du stylo se poser sur la ligne située à côté de son nom. Elle le releva de nouveau et marqua une pause, et je jure que mon cœur s'arrêta ne serait-ce qu'une fraction de seconde.

Puis, avec une merveilleuse fluidité, les lettres de son nom apparurent alors que le stylo glissait sur le papier.

Le procédé fut répété sur un deuxième exemplaire, le mien, et le soulagement m'envahit.

Une fois les papiers signés, une étrange sensation de chaleur me submergea. Ophelia était enfin à moi.

Enfin ?

Je n'avais pas le temps de fouiller dans ma psyché et, honnêtement, je n'en avais pas envie. Elle déconnait depuis ce matin, de toute façon. Ce que je voulais, c'était rendre la chose officielle.

Un petit écrin presque banal était posé à côté de mon téléphone, mais il contenait un symbole très important. Un courant électrique passa entre nous lorsque je lui pris la main.

— Et, avec ça, nous voilà fiancés, annonçai-je en lui glissant la bague au doigt.

— Nom d'un chien, ce truc est énorme.

Elle observa de ses yeux écarquillés les diamants qui ornaient son doigt délicat.

— Elle te plaît ? demandai-je.

Je crois que j'espérais réellement une réponse positive.

Curieux.

Elle me sourit et hocha la tête.

— Elle est magnifique.

J'étais heureux qu'elle l'aime, d'avoir fait le bon choix avec cette pièce à neuf carats cerclée d'élégants petits diamants.

— Je vais faire comme si c'étaient des faux, car, si je savais son prix, je serais capable de te la refourguer.

Je ris. Il n'y avait aucun doute là-dessus, compte tenu de ce qu'elle m'avait coûté ; mais elle était certainement la seule femme de ma connaissance capable de faire une telle remarque.

— On a beaucoup de choses à voir ensemble.

— À savoir ?

— À quel point ta vie va changer au cours des prochaines quarante-huit heures.

Elle me regarda d'un œil vide, un peu comme une biche prise dans les phares d'une voiture. N'avait-elle pas anticipé les changements radicaux que sa vie était sur le point de subir ?

— Ma fiancée ne peut pas vivre dans un trou à rat de Brooklyn donc tu vas emménager chez moi dès demain après-midi.

Elle grogna, et sa tête retomba en arrière.

— Putain, siffla-t-elle. Pourquoi je n'ai pas pensé à ça ?

Nous avions pourtant abordé le remboursement de ses dettes, et j'avais clairement mentionné que je réglerais la fin de son bail.

— Ne t'inquiète pas, tu auras tout l'espace que tu veux pour toi. Ensuite, je vais demander à Jack de te prévoir quelques rendez-vous.

— Des rendez-vous pour quoi ? Et qui est Jack ?

— Jack est mon assistant personnel. Il ne suffit pas de jouer le rôle, tu dois aussi avoir la tête de l'emploi.

— Je croyais que c'était Holly, ton assistante personnelle.

— Tu vas apprendre beaucoup de choses et on va t'en faire voir de toutes les couleurs, alors j'espère que tu es prête.

L'expression de biche prise dans les phares d'une voiture ne la quittait plus, me confirmant qu'elle était totalement dépassée. Elle avait réfléchi à ma proposition, lu le contrat, évoqué les clauses avec moi, mais elle semblait avoir oublié de penser à ce qui allait se passer après avoir signé sur les pointillés.

— Pour faire simple : Holly, c'est le bureau, Jack, c'est la maison.

Elle fronça les sourcils.

— Pitié, ne me dis pas que tu as un assistant pour gérer ta vie en dehors du bureau.

— On en a tous un. Pour l'instant, Jack sera aussi le tien. Tu peux lui demander tout ce que tu veux.

— Est-ce que c'est trop tard pour faire marche arrière ? demanda-t-elle en se penchant.

— Oui. (Je n'allais certainement pas la laisser se dégonfler maintenant.) On a signé tous les deux. Tu vas t'habituer à tout ça – là, c'est juste virage un peu abrupt pour toi. Tu as un passeport ?

— Non.

— On va devoir t'en faire un tout de suite.

Je rédigeai sur mon téléphone un message que j'envoyai à Jack.

— Pourquoi ?

— Parce que je quitte souvent le pays, et je vais t'emmener avec moi.

— Oh ! fut sa seule réponse. (Elle se mordilla la lèvre en regardant sa main.) Et maintenant ?

— Maintenant, rentre chez toi. Une équipe de déménageurs arrivera demain matin pour t'aider à emballer tes affaires et les installer chez moi.

Je marquai une pause, saisis mon téléphone pour consulter mon agenda, avant de le reposer.

— Ils seront là à 10 heures. Une fois que ce sera fait, tu viendras ici et je t'emmènerai.

Elle me dévisagea, déjà chamboulée, incertaine.

— Bon, j'y vais, alors. Je dois aller travailler.

— Tu ne travailles plus, dis-je en l'interrompant.

Elle cligna des yeux.

— Comment ça ?

— J'ai déjà contacté ton gérant pour lui annoncer que tu ne reviendrais pas.

— Pourquoi ?

— Parce que tu n'as plus besoin de cet argent.

Elle secoua la tête.

— Même si tu paies ma nourriture, mon logement et que tu couvres mes dettes, j'ai encore des factures.

— Comme quoi ?

Elle jeta ses mains en l'air.

— Mon téléphone, pour commencer.

Elle semblait se creuser la cervelle pour trouver quelque chose que je ne pourrais pas lui fournir, mais rien ne lui vint.

Je décrochai le combiné pour appeler Holly.

— En ce qui concerne ton téléphone, tu vas passer sur mon forfait, lui annonçai-je alors que Holly passait la porte, les bras chargés d'une pile d'objets qu'elle déposa sur le bureau avant de tourner les talons. Merci, Holly.

Au sommet de la pile se trouvait son nouveau téléphone, que je lui tendis. Je savourai la façon dont elle écarquilla les yeux.

— Il n'est même pas encore sorti sur le marché, dit-elle, bouche bée.

Ses doigts effleurèrent les miens alors qu'elle glissait le téléphone dans sa main, et une chaleur se répandit en moi à ce contact.

C'était pour ça que je l'avais choisie. Parce que personne ne m'avait jamais fait éprouver ce genre de réconfort.

— Pas avant encore un mois.

— Comment est-ce possible ?

Je souris.

— Les avantages d'être un de Loughrey.

Elle inspira profondément.

— Je vais essayer de ne pas paniquer.

En vain. Ça m'agaçait un peu, mais je me calmai en me rappelant qu'elle était une de Loughrey depuis environ dix minutes. Une fille de la haute société aurait été capable de gérer ça avec grâce et sans broncher. Une fille fauchée de Brooklyn vivait dans un autre monde. Ce que je lui imposais lui était totalement étranger.

Sans Holly, je n'aurais jamais compris à quel point tout pouvait être différent pour Ophelia et j'aurais probablement été irrité par le temps qu'il lui fallait pour comprendre et s'acclimater à sa nouvelle vie.

Même là, je n'étais pas sûr de la façon dont elle prendrait tout cela. Dans ses rêves les plus fous, elle n'aurait jamais pu anticiper ce qui allait arriver, j'en étais certain.

— Qu'est-ce qu'ils ajoutent toujours dans les jeux télévisés ? « Et attendez, ce n'est pas tout ! », dis-je pour essayer de l'apaiser.

Elle cligna des yeux, fronça les sourcils, puis un petit ricanement flotta sur ses lèvres à croquer.

— Tu viens de faire une blague ? Je veux dire, elle était nulle, et ça vient du télé-achat, ça, mais quand même.

— J'ai l'air d'être du genre à faire des blagues ?

Je ne comptais pas revenir sur ma tentative ratée d'humour.

Elle secoua la tête.

— Absolument pas.

— Donc, la suite.

Je lui tendis une carte de crédit noire à son nom.

Elle cligna de nouveau des yeux.

— Sérieux ?

— C'est pour ton usage personnel. Si tu as besoin de quoi que ce soit, sers-t'en.

Elle tendit lentement la main et s'empara prudemment de la carte.

— Un peu submergée ?

— Oui.

— Ce n'est pas tout.

— Putain, siffla-t-elle.

Nous avions d'autres choses à voir ensemble mais, vu la pâleur de sa peau, je décidai d'attendre d'être à la maison pour lui déballer le reste. Ça lui laisserait plus de temps pour digérer ce pour quoi elle avait signé.

— Ça attendra demain. Pour l'instant, profite des prochaines heures pour faire tes adieux à ton ancienne vie.

Elle hocha la tête, une lueur d'effroi dans les yeux, mais j'y décelai aussi une pointe d'émerveillement.

— Quand ils seront partis, reviens ici, ajoutai-je en sortant une nouvelle carte. C'est ta carte pour accéder à cet étage. Tu n'auras plus besoin de t'enregistrer à l'accueil, tu pourras prendre directement l'ascenseur.

Elle hocha la tête et rangea d'une main tremblante la carte, le téléphone et la carte de crédit dans son sac.

La plupart des femmes à qui l'on donnerait accès à des fonds illimités seraient submergées par l'excitation. Le signe du dollar clignoterait comme un néon dans leurs yeux. Mais pas Ophelia. Je tendis la main pour caler une mèche de ses cheveux courts derrière son oreille avant que ma paume ne se pose sur sa joue. Elle se mit à rougir, et je dus me retenir de me pencher en avant pour l'embrasser – un geste dont je mourais d'envie depuis qu'elle avait quitté mes bras, près d'un an auparavant.

Cette pensée me ramena brutalement à la réalité, et je me raclai la gorge en m'efforçant d'ignorer son expression confuse.

— Je t'appelle une voiture.

Elle secoua la tête.

— Pas la peine.

— Ophelia…

Elle poussa un soupir et leva les mains.

— Laisse-moi… laisse-moi cette dernière soirée pour être moi-même.

Je hochai brièvement la tête.

— Passe une bonne soirée. On se voit demain.

Elle m'adressa un sourire crispé et recula avant de tourner les talons. Sur le seuil, elle jeta un dernier regard dans ma direction puis disparut.

Je pensais que je serais calmé une fois le contrat signé, mais quelque chose d'autre s'éveilla en moi : un besoin irrésistible de la toucher que je dus réprimer violemment.

Après le départ d'Ophelia, Holly entra et referma la porte derrière elle. Un petit sourire flottait sur ses lèvres, et je la fusillai du regard.

— Tu ne me fais pas peur, grand méchant loup.

— Qu'est-ce que tu veux ?

— Elle est très belle. Pas ton type habituel.

— Et ?

Elle haussa les épaules.

— Je comprends.

— Qu'est-ce que tu comprends ? grondai-je.

— Je comprends pourquoi elle t'attire.

Aussi proche que je fusse de Holly, je ne lui avais jamais parlé de cette fameuse nuit. Seul Rhys savait que j'avais ramené Ophelia à l'hôtel.

— C'est la seule femme à laquelle je n'ai jamais réussi à arrêter de penser.

Elle écarquilla les yeux, puis les plissa avant de me donner un coup de poing dans le bras. Heureusement, c'était une toute petite chose d'à peine un mètre cinquante sans véritable force.

— Pourquoi tu ne m'as rien dit ?

— Comment va Becca ?

— Ne change pas de sujet. J'ai déjà compris qu'elle était ta serveuse à 50 degrés, et maintenant je comprends mieux pourquoi tu t'es mis à y aller plus souvent, mais il y a autre chose.

Je poussai un soupir. Si je ne lui disais pas la vérité, Holly ne cesserait de creuser.

— Tu te souviens quand Rhys m'a convaincu de l'accompagner chez Angelino, l'été dernier ?

Elle laissa échapper un gloussement.

— Oui. J'étais sous le choc.

— J'ai passé la nuit avec Ophelia. Jusqu'à bien après le lever du soleil.

Elle entrouvrit les lèvres.

— Oh ! Att…

Il y avait une pointe de pitié dans sa voix.

— Me traite pas comme un putain d'animal blessé par une femme, grondai-je.

— Très bien. Insulte-moi, mais fais gaffe avec elle. Tu n'arriveras pas à me faire peur, mais cette attitude pourrait la faire fuir. Et au fait, là, dans ma tête, je te colle une monumentale gifle virtuelle.

Elle quitta le bureau en claquant la porte.

J'attrapai la pile d'informations restantes destinées à Ophelia et la déposai sur mon bureau avant de m'affaler dans mon fauteuil.

L'introspection n'était pas mon point fort ; alors, lorsque je me demandai ce qui clochait chez moi, j'obtins le silence pour seule réponse. J'aurais dû être en train de célébrer la charge de stress dont je m'étais délesté, mais ma préoccupation s'était muée en quelque chose d'autre. Quelque chose qui bourdonnait sous la surface.

Une émotion non indentifiable que je m'efforçai d'étouffer, d'enfouir jusqu'à ce qu'il ne reste que le Roi Mauvais, sur le point de ruiner une nouvelle vie.

Chapitre 8

Ophelia

Bien qu'Atticus m'ait dit qu'il avait déjà parlé à Mitchell, je passai au restaurant. Mitchell m'avait donné une chance, un an plus tôt, et je n'aimais pas l'idée de le laisser tomber. Quand nos regards se croisèrent, il me fit signe de le suivre. Une fois que nous fûmes dans son bureau, il referma la porte.

— Atticus a déjà appelé, dit-il en s'asseyant dans son fauteuil.

— Je suis vraiment désolée, Mitchell.

Un soupir lui échappa. Il était fébrile.

— Je ne suis pas fâché. Je n'en ai pas le droit et, si c'était le cas, ce ne serait pas contre toi. Je perds ma meilleure serveuse. Tu étais plus que ça, ici, Ophelia. Tu vas nous manquer.

— Vous aussi.

Au cours des onze derniers mois, 50 Degrés était devenu ma famille, mes amis. Je n'arrivais pas à croire que je n'avais pas anticipé cette étape. J'avais pensé que je pourrais encore travailler, au moins jusqu'à l'approche du mariage et peut-être même après.

— Qu'est-ce qu'il a dit ? demandai-je.

Il secoua la tête.

— Pas grand-chose. Seulement que tu ne travaillerais plus ici.

— Tu n'as pas posé de question ?

— On ne pose pas de question à Atticus de Loughrey quand il t'annonce un truc pareil.

Tous mes soupçons étaient confirmés.

— Alors tu savais qui il était ?

— Je ne pouvais le dire à personne. Je ne peux toujours pas.

Je déglutis.

— J'aimerais pouvoir t'expliquer.

Il pinça les lèvres.

— Je sais, ma petite.

— Sache seulement que ce n'est pas moi qui l'ai voulu. Mais tu connais Atticus.

Il acquiesça.

— En effet. (Il se leva et me prit dans ses bras.) Prends soin de toi, Ophelia. S'il se passe quelque chose, viens me voir, d'accord ?

Je le serrai en refoulant mes larmes.

— Promis.

Sachant que c'était le restaurant préféré d'Atticus, j'avais le sentiment que je reviendrais, non plus pour le servir, mais pour m'asseoir en face de lui dans son box privé.

Après un dernier adieu, je partis. Un malaise s'empara de moi, et je commençai à me demander ce que j'avais fait. C'était comme si, dès que j'avais signé, j'avais renoncé à ma vie. D'accord, c'était la base de toute cette affaire, seulement je ne m'attendais pas à ce que tout se produise aussi vite.

J'avais ôté ma bague et l'avais glissée dans mon soutien-gorge pour éviter que Mitchell ne la voie. Et puis je n'étais pas à l'aise avec l'idée de porter un diamant aussi gros dans les transports en commun.

Une fois de retour chez moi, j'avais toujours l'impression d'être dans une sorte de transe. La situation semblait surréaliste. Comme un rêve étrange dont j'allais me réveiller. Avais-je été renversée par une voiture et étais-je plongée dans un coma qui se focalisait sur Atticus et un étrange conte de fées composé autour de lui ?

Je me pinçai le bras pour confirmer que je n'étais pas dans le coma. Ce poids à mon doigt n'était pas un oxymètre mais bel et bien un énorme diamant.

Pourquoi avais-je accepté tout ça ?

Tu sais pourquoi. Parce que tu ne t'es jamais remise de cette fameuse nuit.

C'était vrai. Je n'avais fréquenté personne ni couché avec personne depuis mon anniversaire. Un an à le voir plusieurs fois par semaine au travail avait fini par l'installer de manière permanente dans mes pensées.

Ce que j'avais signé, c'était purement et simplement une torture pour nous deux. Le côtoyer en sachant que je ne le sentirais plus jamais entre mes cuisses, et que j'étais à l'initiative de cette règle.

Je ne voulais pas qu'il se fasse l'illusion de pouvoir accéder de façon illimitée à mon corps. J'aurais eu l'impression de me prostituer. Je devais considérer la chose pour ce qu'elle était : un travail. Ma carrière, pour les cinq années à venir, consistait à me tenir à ses côtés, à porter son nom et son enfant.

Attendez, pourquoi avait-il tant besoin de tout ça ? Avais-je seulement pensé à poser la question avant de me jeter la tête la première dans cet arrangement ?

Ophelia Marie Evans… tu n'es qu'une idiote.

Je fixai des yeux la bague à mon doigt en contemplant, au-delà du diamant, les chaînes qu'elle représentait réellement. Dans quoi m'étais-je embarquée ? J'arborais un bijou qui, à lui seul, valait plus cher que ma dette d'études, probablement quatre fois plus.

Une somme dont je serais débarrassée d'ici quelques jours.

C'était le point le plus étrange de tous. Les sommes d'argent qu'il balançait, rien que pour m'avoir comme fiancée, étaient astronomiques. Il me faudrait un bon moment avant d'assimiler le fait que j'aurais bientôt moi aussi accès à ces ressources.

Sur mon compte en banque, j'avais un peu plus de deux cents dollars. J'effectuai quelques recherches en ligne sur la carte de crédit qu'il m'avait donnée. C'était le type de carte à propos de laquelle personne ne posait de question. Il suffisait de la brandir et, où que vous soyez, on vous fournissait un rein si nécessaire.

Ce n'était pourtant pas le marché noir ; en réalité, c'était le summum du prestige.

Je passai la soirée à dévorer une pizza pepperoni-champignons tout en vidant ma penderie et en remplissant des cartons qui me restaient de mon dernier déménagement. Heureusement que je les avais gardés. Je dus malgré tout en racheter, ainsi que du scotch. Jusque tard dans la nuit, j'alternai entre crises de panique et vagues de nausée.

Je complétai le tout avec un plateau de brownies pour faire bonne mesure.

Je me sentis mieux l'espace de quelques secondes.

Ce dans quoi je m'embarquais était de la folie. Mon minuscule studio bourré à craquer de cartons ne faisait que rendre plus réel le fait que je ne passerais pas la nuit suivante dans cet espace qui n'appartenait rien qu'à moi.

Vers 4 heures du matin, je m'écroulai au milieu d'une pile d'emballages, pour être réveillée en sursaut quelques heures plus tard par les bruits de la circulation extérieure.

Il ne fallut pas longtemps pour vider mon appartement, surtout avec les déménageurs qu'avait embauchés Atticus. En fait, après avoir avisé ma triste petite collection d'objets, ces derniers chargèrent le tout en quelques minutes dans le camion. Je comptais entreposer certaines choses. Je n'étais pas assez bête pour ne pas anticiper que cela pouvait mal tourner et que je pourrais me retrouver à la rue en moins d'une semaine, sans avoir ne serait-ce qu'un lit pour dormir.

Non, je ne voulais pas de ça. Cela dit, mes meubles se résumaient à un canapé-lit, un fauteuil (que je gardais), un service à café, un meuble de rangement et une table de nuit avec une lampe de chevet.

Après le départ des déménageurs, je retirai la bague et la glissai à une chaîne que j'accrochai à mon cou. Hors de question de prendre le métro avec ça au doigt. Mais, une fois au rez-de-chaussée, je découvris une voiture noire garée devant l'entrée et un homme debout à côté, les mains dans les poches. Il se redressa à mon arrivée.

— Mademoiselle Evans, dit-il.

— Oui ? répondis-je prudemment.

— Votre fiancé m'a demandé de vous emmener le rejoindre.

Il semblait qu'Atticus n'aimait pas non plus l'idée que je prenne le métro avec la bague. Mes petites libertés en tant qu'Ophelia Evans, serveuse, étaient révolues. J'étais à présent officiellement Ophelia Evans, fiancée d'Atticus de Loughrey.

Le chauffeur m'ouvrit la portière, et je m'installai sur la confortable banquette en cuir. L'espace pour les jambes à l'arrière était trompeur de l'extérieur, et je me retrouvai à jouer avec les boutons sur les accoudoirs. Un couinement m'échappa lorsqu'un repose-pied apparut sous mes mollets.

Un gloussement retentit à l'avant, et je sentis mes joues rougir.

— Alors, heu, vous êtes un chauffeur personnel de l'entreprise ? demandai-je en captant son reflet tandis qu'il démarrait.

Il ne semblait pas beaucoup plus âgé que moi, peut-être trente, trente-cinq ans. Il avait des cheveux bruns, des yeux verts et un visage amical.

— Non. Je suis un chauffeur personnel de la famille de Loughrey.

— Il y en a plus d'un, c'est ça ? demandai-je, submergée une nouvelle fois par cette question : « Dans quel merdier je me suis fourrée ? »

Nouveau gloussement.

— Oui, beaucoup.

— Comment vous vous appelez ? demandai-je en croisant son regard dans le rétroviseur central.

— Michael, mademoiselle Evans.

— Je vous en prie, appelez-moi Ophelia. Ravie de vous rencontrer.

— Pareillement.

Les haut-parleurs diffusaient une douce musique instrumentale. À mesure qu'on se faufilait dans la circulation, le manque de sommeil me rattrapa. Je fus réveillée par la main de Michael posée sur mon épaule.

— On est arrivés, dit-il.

Je lui adressai un petit sourire.

— Merci.

Depuis la veille, je n'avais plus besoin de passer par la réception – je possédais ma propre carte d'accès à l'ascenseur privé qui menait au dernier étage. Les trois ascensions déjà effectuées m'avaient rendue plus confiante au moment où je pénétrai dans son bureau sans être escortée par Holly. Elle était cependant toujours là pour m'accueillir avec un sourire.

— Salut, dis-je en entrant.

Il releva les yeux vers moi, avant de terminer ce qu'il faisait sur son ordinateur. Ensuite, l'écran devint noir, et il repoussa son fauteuil.

— Prête à rentrer à la maison ? demanda-t-il avec une moue provoquée par l'étrangeté de ses paroles.

Au moins, je n'étais pas la seule à me sentir comme un poisson hors de l'eau.

Il enfila sa veste de costume et la boutonna avant de fourrer son téléphone dans sa poche et de s'approcher de moi. Cet homme portait les costumes trois pièces comme de la lingerie, et j'eus toutes les peines du monde à ne pas le siffler. Ça ne pourrait pas bien se passer, c'était impossible, surtout compte tenu du combat que j'avais mené pour lui imposer ma clause d'abstinence.

Nos regards se croisèrent, et le malaise ne fit que croître. Aucun de nous ne semblait savoir quoi faire, même si tout ce plan était son idée.

Après tout, l'idée et son exécution étaient deux choses bien différentes. Après avoir tracé son plan sur le papier, il devait à présent réellement interagir avec moi et jouer au fiancé transi. Lui et moi étions deux novices, et l'atmosphère ressemblait à celle d'un bal de fin d'année au collège.

Il se racla la gorge et me regarda.

D'accord, j'étais peut-être la seule à avoir cette impression. L'homme face à moi n'incarnerait jamais que la domination et l'autorité. Qu'est-ce que j'avais fumé ? Il eut une légère hésitation lorsqu'il leva la main pour prendre la mienne. Très légère, mais elle ne m'échappa pas.

Je déglutis en glissant ma main dans la sienne, et je m'efforçai de ne pas me liquéfier au contact électrique de sa peau. Je rendis brièvement l'âme en mon for intérieur tandis que je repoussai les souvenirs de la dernière fois qu'il m'avait pris la main.

Je soufflai, puis lui adressai un petit sourire et un signe de la tête.

L'heure matinale nous valut quelques regards sur le chemin vers l'ascenseur. Je baissai la tête pour me faire toute petite, lorsque Atticus se pencha vers moi.

— Tête haute, épaules droites.

Un ordre simple, mais qui en disait long. Il me rappelait que je n'étais pas un vilain secret ou quelqu'un qu'on payait… enfin, si, on me payait. Le fait était que je portais la bague. *Sa* bague. Et j'allais devenir une de Loughrey, il fallait donc que je joue mon rôle.

Je vais devenir une de Loughrey.

Une nouvelle vague de nausée me submergea.

En passant devant une porte ouverte, je captai un regard d'un gris brillant et surpris. Il avait un air familier, et j'étais pratiquement certaine que c'était aussi un de Loughrey.

— Atticus ? lança-t-il.

Atticus s'arrêta en serrant ma main.

— Hamilton ?

Hamilton s'approcha en nous observant tous les deux. Mon estomac commença à se tordre sous son regard.

— Qu'est-ce qui se passe ?

— Hamilton, je te présente Ophelia. Ophelia, voici mon petit frère, Hamilton.

Je lui adressai un petit sourire.

— Ravie de vous rencontrer.

Ce fut mon tour d'exercer une pression sur la main d'Atticus.

— Ophelia ? répéta Hamilton en nous dévisageant successivement. Vous joindrez-vous à nous lors du prochain dîner de famille ?

Du coin de l'œil, je vis Atticus crisper la mâchoire.

— Il se trouve que oui.

Hamilton m'étudia un moment avant d'émettre un petit bruit sarcastique.

— Tu n'avais pas l'intention de m'en parler ?

Au moins, son frère n'était pas idiot – il avait saisi.

— Si, mais pas aujourd'hui. Pour l'instant, on doit rentrer à la maison. On en discutera demain.

— Passez un bon après-midi, dans ce cas.

— Il n'avait pas l'air content, murmurai-je tandis qu'on s'éloignait.

— Hamilton n'est content que quand sa queue est enfouie dans le trou d'une femme.

— Le cliché du play-boy plein aux as ?

— Je ne sais pas pour le cliché, mais c'est un play-boy plein aux as.

La cabine de l'ascenseur était déserte, et je rompis le silence assourdissant.

— Est-ce que quelqu'un est au courant pour moi ?

— Je comptais te présenter au dîner de famille, mais je me rends compte maintenant que ce n'est peut-être pas la meilleure des idées.

— C'est mieux qu'un post sur Facebook.

Il grogna.

— Pas de réseaux sociaux. Aucun.

— Je n'en avais pas l'intention. Je dis seulement qu'il vaut mieux un dîner de famille qu'une annonce dans les médias.

— C'est dans plus d'une semaine, et tu vas forcément en croiser un ou deux de plus d'ici là.

— De tes frères et sœurs ?

— Frères, sœurs, cousins, tantes, oncles, parents, cousins éloignés. (Il poussa un soupir.) En attendant, j'ai des devoirs pour toi.

— Des devoirs ? Génial.

Je ne pus étouffer mon manque d'excitation et le sarcasme dans ma voix.

Michael nous attendait toujours sur le trottoir et nous montâmes dans la voiture. À vol d'oiseau, c'était un court trajet, mais la circulation à Manhattan était une autre paire de manches. Lorsqu'on se gara au pied du gratte-ciel qui n'avait rejoint la ligne d'horizon de Manhattan que depuis quelques années, j'étais médusée.

L'Olympus Tower était un nom approprié pour la résidence des de Loughrey. En entrant, nous fûmes accueillis par un portier, puis par le concierge. Les ascenseurs se situaient sur la droite, et je commençai à prendre cette direction, mais Atticus me tira par la main. Surprise, je le suivis sur la gauche. Une grande porte en fer donnait sur une autre zone. Je distinguai deux ascenseurs ornés d'un écusson doré représentant un bouclier flanqué de deux lions.

Les portes s'ouvrirent à notre approche. Puis celles de l'ascenseur glissèrent sans qu'on ait eu besoin d'attendre ou d'appuyer sur un bouton.

— Est-ce que toutes les portes font ça ? demandai-je en montant.

Les boutons commençaient au quarantième étage.

— Non. Le bâtiment est équipé de capteurs qui enregistrent un signal unique de ton téléphone associé à une reconnaissance faciale.

— De quel genre de sorcellerie tu me parles ?

L'ascenseur grimpa à une vitesse telle que mes oreilles se bouchèrent, et je me frottai celle de droite.

Ma remarque le fit rire.

— Le bâtiment est équipé d'une technologie de géolocalisation.

— Ça veut dire que tu es surveillé aussi chez toi ?

Ce serait sérieusement flippant.

— Non. Seulement dans les espaces communs – le hall d'entrée et les ascenseurs.

La cabine décéléra et s'arrêta au soixante-troisième étage – le dernier. Bien sûr. D'immenses doubles portes se dressaient devant nous et, lorsqu'il appuya sur un bouton près de la poignée, je perçus un clic. À l'entrée se trouvait ce qui ressemblait à un bureau ou une bibliothèque. On tourna sur la gauche et je me figeai.

Je m'étais promis de ne pas me ridiculiser avec des airs béats mais, bon, il ne faut pas rêver. J'étais une pauvre fille qui habitait dans vingt-sept mètres carrés et qui se retrouvait subitement dans un appartement plus vaste que son immeuble tout entier.

Je n'en croyais pas mes yeux.

Ma sidération fut impossible à masquer lorsque je pénétrai dans un salon gigantesque donnant sur une terrasse, puis une immense salle à manger surmontée d'un lustre cascade en cristal. Mais ce qui me stupéfia le plus se trouvait dans la grande pièce à vivre : un mur entier de baies vitrées de six mètres de haut surplombant l'Hudson. On aurait dit un musée, et il y régnait le même silence. La voix d'Atticus résonnait entre les murs. Déstabilisée, j'hésitais à bouger de ma place, par crainte de perturber l'espace immaculé qui s'ouvrait devant moi.

La cuisine était tout aussi impressionnante, et je me demandai le plus sérieusement du monde si l'îlot central n'était pas plus grand que mon studio. C'était peut-être un peu exagéré, mais c'était l'impression que j'avais.

— Tu as le choix entre quatre chambres. Elles sont toutes équipées de leur salle de bains privée.

Il m'en montra une petite située du même côté de la rivière, puis me désigna les grandes portes de sa chambre. Elle était au bout d'un couloir orné de tableaux. On s'arrêta à la porte suivante – la chambre était un peu plus grande que la précédente et orientée au sud.

— Celle-ci, dis-je à l'instant où on pénétra dans la troisième chambre.

C'était une pièce d'angle et les impressionnantes baies vitrées donnaient au sud-est. Plus vaste que les deux précédentes, elle était pourvue d'un dressing et d'une grande salle de bains.

— Elle est à toi.

On poursuivit la visite, comprenant la quatrième chambre, qui était mon second choix. Une buanderie et un débarras donnaient accès au vestibule. On entra dans la première pièce que j'avais vue à la sortie de l'ascenseur. Elle semblait chaleureuse comparée au reste, en partie grâce aux bibliothèques en bois sombre qui couraient du sol au plafond. Un bureau se dressait d'un côté, un espace salon de l'autre.

Il me fit signe de m'asseoir pendant qu'il récupérait quelque chose sur son bureau, avant de me rejoindre.

— Tes devoirs.

Il tapota le portfolio en cuir rouge qu'il posa sur la table basse entre nous.

— C'est un compte rendu de ma vie pour que tu te familiarises un peu plus avec moi, la famille de Loughrey et notre entreprise. Lis-le attentivement.

Je m'emparai du lourd classeur et l'ouvris. Il était vraiment épais et je dus me retenir de lever les yeux au ciel en avisant la page de couverture – *Vie et Règne d'Atticus William de Loughrey.*

— Ton téléphone a été intégré au système de sécurité de ce bâtiment, et voici les instructions.

Il poussa une feuille de papier vers moi, puis me tendit une carte semblable à celle qu'il m'avait donnée au restaurant, mais qui ressemblait davantage à une carte de crédit.

— Garde-la toujours sur toi. C'est la preuve que tu fais partie de la famille.

En l'examinant de plus près, je remarquai le même bouclier couronné et flanqué de deux lions que celui aperçu sur la porte du hall d'entrée.

— Qu'est-ce que c'est, cette porte ? Est-ce que tu possèdes le bâtiment ?

Il hocha la tête.

— Il y a soixante-trois étages, et on les occupe tous à partir du quarantième.

— Vingt-trois étages ?

Nom d'un chien. Non seulement il était propriétaire du gratte-ciel, mais toute sa famille y logeait.

Il hocha la tête.

— Les étages quarante à quarante-trois sont des services et infrastructures réservés à la famille.

— Qu'est-ce que ça veut dire ?

— Tu crois vraiment qu'on va partager quoi que ce soit avec le reste du gratte-ciel ?

Un point pour lui.

— Qu'est-ce qu'il y a, à ces étages ?

— Une salle de sport, un spa et, au quarantième, une piscine.

— Attends, dis-je en levant la main pour l'interrompre. Il y a une piscine au milieu de l'immeuble ?

— Oui.

— Uniquement réservée aux de Loughrey ?

— Oui.

— Waouh.

— Puis-je continuer ? demanda-t-il d'un ton vaguement agacé.

Je hochai la tête en me demandant quelles autres merveilles allaient sortir de sa bouche.

— Au quarante et unième, tu trouveras tout ce qui est voué au plaisir et au divertissement. Des tables de billards et divers autres jeux, une salle de cinéma et même une petite boîte de nuit.

Une boîte de nuit ? Cela dit, avec les antécédents de Genevieve de Loughrey, ça n'aurait pas dû me surprendre.

— Le quarante-deuxième est occupé par des salons et des espaces de jeux pour les enfants.

— Des salons ?

— Ce sont les gens qui viennent nous voir, pas l'inverse. Tu y trouveras aussi le bureau de Jack, ainsi que ceux d'autres assistants personnels. À partir du quarante-troisième, ce ne sont que des résidences privées, avec deux appartements par étage. Actuellement, il y a un membre de la famille à chaque étage, à l'exception des jumeaux qui sont sur le même palier, et certains sont inoccupés.

— Ça laisse de l'espace pour s'agrandir.

Je n'arrivais pas à imaginer combien ils perdaient comme revenus de location avec autant d'espace vide.

— Exactement. (Il se racla la gorge et se leva.) Les déménageurs ne devraient pas tarder. Jack t'aidera. Je dois retourner au bureau, mais je te retrouve au dîner. En attendant, installe-toi.

Je le saluai maladroitement, et nos regards se croisèrent tout juste quand les portes de l'ascenseur se refermaient. C'était ce regard, le même que celui que j'avais vu au restaurant – le désir conjugué à l'hésitation. Peut-être que c'était juste moi, mais c'était ce que je ressentais.

Je tournai la tête des deux côtés du couloir avant de décider de me diriger vers la pièce de vie et de m'autoriser à analyser les lieux. Cet appartement était absolument immense, avec des tonnes d'espace gaspillé sachant qu'il n'était occupé que par un célibataire. Il n'avait vraiment pas l'air habité. J'étais persuadée que la moitié des fauteuils n'avaient jamais été utilisés, et la réalité devait être pire encore. Du marbre, du bois sombre et du cristal. Une magnifique association de matériaux modernes et classiques. Le parquet, omniprésent, créait une douce unité.

Après ma visite en solo, je me dirigeai vers ce qui allait devenir ma chambre. Le soulagement m'avait envahie quand je m'étais rendu compte que je n'allais pas partager la sienne ! Je ne savais vraiment pas à quoi m'attendre, étant donné qu'on était censés être bientôt mariés. Dormir dans des lits séparés allait être très utile pour m'empêcher de faire ce que je m'étais juré de ne pas faire ; ce que je lui avais demandé d'intégrer au contrat. S'il s'y tenait, j'allais devoir maîtriser mes hormones.

Je me postai devant la fenêtre pour admirer la vue qui serait la mienne tous les jours à partir d'aujourd'hui. Elle était sublime. Le One World Trade Center se dressait fièrement et semblait si proche que j'aurais pu le toucher, avec l'Upper Bay en arrière-plan. Je me tournai ensuite vers le lit et me jetai dessus à plat ventre. Je poussai un grognement en m'enfonçant dans le matelas moelleux.

Mes paupières commencèrent à se fermer. Après ce qui me parut quelques secondes, un coup frappé à la porte me réveilla en sursaut. Le soleil s'était couché et mon téléphone m'indiqua qu'il s'était écoulé plus d'une heure.

— Oui ?

— Mademoiselle Ophelia, les déménageurs sont là, annonça une voix masculine.

Je me levai en essuyant une trace de bave sur ma joue, et allai accueillir le nouveau venu, qui qu'il soit.

— Bonjour, dis-je avec un sourire.

Il m'adressa un signe de la tête.

— Bonjour, mademoiselle Ophelia, je m'appelle Jack. Je suis l'assistant personnel de M. Atticus. Je suis ravi de vous rencontrer.

Jack était un homme mince, de près d'un mètre quatre-vingts, avec des cheveux auburn lissés en arrière et des yeux marron clair. Il semblait avoir environ mon âge.

— Juste Ophelia, s'il vous plaît.

Il hocha la tête.

— Les déménageurs sont arrivés. Souhaitez-vous qu'on apporte vos affaires ici ?

— Oui. Merci.

Une fois que tout, ce qui ne s'élevait pas à grand-chose, fut déposé contre le mur, et que l'équipe eut disparu, je sortis mon enceinte des cartons et mis de la musique.

Il ne me fallut pas longtemps pour tout déballer. J'étais allée récupérer une petite commode à trois tiroirs dans l'une des chambres inoccupées pour y poser ma télé. Quand tout fut installé, la pièce ne semblait guère différente, et je commençai à dresser une liste d'éléments qui m'aideraient à m'y sentir un peu plus « chez moi ».

J'étais plongée dedans lorsque j'entendis des voix et des bruits de pas. Je crus d'abord qu'il s'agissait seulement d'Atticus, mais il y avait également une voix de femme. Au bout de quelques minutes, je me dirigeai vers l'entrée en tendant l'oreille.

Ce n'était effectivement pas Atticus, mais je sursautai lorsqu'il m'appela par-derrière.

— Ophelia ?

Je fis volte-face, les yeux écarquillés.

— Coucou.

— Qu'est-ce que tu fais ? s'enquit-il, m'ayant certainement vue avancer sur la pointe des pieds.

— Il y a quelqu'un dans la cuisine ?

Je ne savais pas vraiment si je posais une question ou s'il s'agissait d'une affirmation.

— C'est le chef Loreno.

— Tu as un chef ? demandai-je, stupéfaite.

Les de Loughrey faisaient-ils quoi que ce soit eux-mêmes ?

— Oui. Il prépare le dîner.

— Qui d'autre est là ?

— Amara, sa femme. Elle l'aide.

— Il ne cuisine que pour toi ?

— Non. Pour les autres aussi, mais il utilise ma cuisine, qui est la plus grande. Laisse-moi te les présenter.

Il me prit par la main, et je m'efforçai d'ignorer la chaleur de sa peau.

— Bonsoir, chef.

— Atticus ! s'exclama-t-il avec un grand sourire. Quel plaisir de vous revoir, mon ami.

Je les vis s'étreindre, étonnée. Puis Atticus alla déposer un baiser sur les deux joues d'Amara. Elle sourit avant de me regarder avec des yeux ronds.

Ils se mirent à parler dans ce qui devait être de l'italien, jetant régulièrement des coups d'œil furtifs dans ma direction, puis Amara s'approcha. Je n'avais aucune idée de ce qui s'était dit, mais je me retrouvai soudain dans ses bras.

— Bienvenue, mademoiselle Ophelia, s'exclama-t-elle avec un sourire chaleureux. C'est un tel plaisir de voir Atticus en compagnie d'une femme.

Puis ce fut le retour de l'italien et, à en juger par la moue d'Atticus, il me sembla que certaines paroles d'Amara le vexèrent.

— Ophelia, dit Loreno. S'il vous plaît, si ça ne vous dérange pas, au cours des prochains jours, pensez à me dresser une liste de vos plats et saveurs préférés, ainsi que ceux que vous n'aimez pas, et de vos allergies. Soyez le plus précise possible.

— Précise dans quel sens ? demandai-je, l'esprit en ébullition.

— Atticus n'aime pas la roquette ou autres verdures un peu amères.

— La roquette ?

Il sembla réfléchir.

— La salade.

Atticus intervint avec une moue.

— Pas d'herbes.

Je laissai échapper un rire.

— Des herbes ?

— C'est une plante dégoûtante. (Il braqua ses yeux sur moi.) Qu'est-ce que tu ne supportes pas ?

Je haussai les épaules.

— Je n'aime pas les noix. Enfin, je les aime bien toutes seules, mais je ne les aime pas mélangées à autre chose.

Je sentis la chaleur du regard d'Atticus.

— Comme les cacahuètes, les noisettes et les amandes. (Je me sentis rougir.) Je n'aime pas les amandes, mais j'aime le goût amande. En revanche, les noisettes, c'est niet. Mais la sauce aux cacahuètes dans les plats thaïlandais, j'adore ça.

Je continuai de divaguer, ne faisant qu'amplifier le malaise.

Atticus s'approcha et se pencha vers moi.

— Il me semble pourtant me souvenir que tu aimes les noix, murmura-t-il assez bas pour que je sois la seule à l'entendre. (Ses lèvres effleurèrent mon oreille et provoquèrent des frissons dans le bas de mon dos.) Toutes seules. Dans ta bouche. Ta façon de les sucer, de les tenir dans ta main avant de les engloutir avec tes lèvres charnues…

Mon rythme cardiaque s'accéléra, et je jetai un regard à Loreno et Amara, mais ils avaient reporté toute leur attention sur leur cuisine.

— Je ne parlais pas de…

— Je sais, me coupa-t-il sans cesser de murmurer. Mais ça ne me fait penser qu'à ça. Ta langue chaude et humide enroulée autour de mes couilles. Autour de ma queue.

Mes cuisses se contractèrent, et je dus reculer avant de me racler la gorge.

— Qu'y a-t-il au menu ce soir ? demandai-je pour essayer d'effacer les soixante dernières secondes de ma mémoire.

Une demi-heure plus tard, je fixai des yeux une assiette vide en me demandant si je pouvais la lécher sans qu'Atticus le remarque.

— Loreno est un dieu, dis-je avec un grognement.

Cet homme avait un don inouï.

— Tu comprends maintenant pourquoi c'est notre chef personnel.

— C'est lui qui prépare les dîners de famille ?

Il secoua la tête.

— Ces dîners ont lieu à Stronghold, notre maison de famille à la campagne. On y emploie plusieurs chefs.

Plusieurs chefs ? Waouh. Combien de personnes vivaient là-bas ?

J'évitai de regarder les restes de sauce qui me faisaient de l'œil et me mettaient au défi de les récupérer avec mon doigt.

— D'accord… Qui d'autre vient ici, que je sois au courant ?

— Comment ça ?

— À quel genre de personnel dois-je m'attendre ?

Je détestais m'exprimer comme ça. On aurait presque dit que je les prenais pour des personnes inférieures à moi, ce qui n'était pas le cas. Elles étaient là pour effectuer un travail, exactement comme moi.

— Des équipes entières font tourner la famille de Loughrey. Chaque propriété possède son propre service. Nous avons tous des assistants.

— Jack. Donc, tu as besoin d'un assistant rien que pour gérer ton personnel ?

Il fallait que je trouve un autre terme. Des auxiliaires ? Est-ce que ça sonnait moins dévalorisant ? Ils paraissaient tous avoir un poste différent, mais je ne trouvais pas de mot pour les englober sans avoir l'air d'une garce prétentieuse.

Des employés ? C'était probablement le mieux. Des employés de maison ? Ainsi, je pourrais les distinguer de ceux de son entreprise.

— C'est essentiellement à ça que sert Jack. Je n'ai pas le temps de dire à Loreno à quelle heure je rentrerai ou ce qui me tenterait pour le dîner – c'est Jack qui s'en charge.

— Est-ce qu'il est au courant pour nous… la vérité ?

— Non.

— Et selon lui, d'où je sors ?

Atticus soupira.

— Il n'a pas à se poser de questions.

— Je suis sûre qu'il est curieux.

— Peut-être, mais ça ne le regarde pas.

— Il travaille pour toi, par conséquent, ça le regarde.

Sa main claqua à plat sur la table, ce qui me fit sursauter.

— Il n'a pas besoin de connaître notre histoire, Ophelia, seulement que tu es désormais associée à moi.

Sur ces mots, il se leva, me laissant désemparée par sa réaction. Je le regardai s'éloigner dans le couloir et se retirer dans sa chambre en claquant la porte.

J'expirai longuement et me passai une main dans les cheveux. La partie « rapprochement » de la soirée était apparemment terminée. Même si je n'étais pas sûre de ce qui l'avait mis en colère aussi soudainement, j'avais ma petite idée.

Atticus fréquentait 50 Degrés, où il s'installait dans un box masqué par des rideaux, avec le minimum d'interaction. Son appartement n'en était qu'une version plus vaste. Ma présence bouleversait un équilibre, surtout avec le million de questions que j'avais à lui poser.

Je perturbais sa paix, j'envahissais son sanctuaire, et je supposais qu'il venait d'avoir le premier avant-goût d'une colocation qui allait durer des années.

Ce qui me laissa avec une question en tête : quelqu'un avait-il déjà posé le pied ici, en dehors de la famille et des employés ?

Chapitre 9

Atticus

La première soirée avec Ophelia à la maison ne s'était pas déroulée exactement comme prévu, même si je ne savais pas trop à quoi je m'attendais.

Ce n'était pas comme au restaurant, où nos conversations se limitaient à quelques mots. Elle voulait *parler*.

Je n'avais peut-être pas assez réfléchi à ce à quoi ressemblerait le quotidien en vivant avec elle. Cela m'avait paru aller de soi.

On se fiance, donc elle emménage chez moi.

La seule idée que les médias puissent la traquer jusque dans son minuscule appartement me révoltait. Elle ne pouvait pas se balader comme si elle était pauvre. Elle allait avoir accès aux plus belles choses et n'aurait plus d'efforts à faire pour joindre les deux bouts.

Je donnais peut-être l'impression de vouloir passer pour un chevalier blanc, alors que c'était tout le contraire. J'assumais que ma décision avait été basée sur l'attirance. Elle m'avait obsédé pendant près d'un an, ce qui ne m'était jamais arrivé, sauf envers Delephina Monroe, en deuxième année de fac. Un léger béguin pour une jolie fille qui s'était terminé quand elle avait attiré le regard de Rhys.

Ophelia était la déesse que j'avais envie de vénérer, et je n'avais pas la moindre idée d'où et comment cette conviction avait émergé. Tout ce que je savais, tout ce que je comprenais, c'était mon désir d'être auprès d'elle, quoi qu'il arrive. Avoir besoin d'une épouse n'avait réussi qu'à faciliter l'exploration de cette toquade.

Le fait qu'elle ait dit oui constituait une nouvelle énigme pour moi. Je ne savais pas comment me comporter avec elle dans ma propre maison, et ses questions n'avaient fait que me frustrer davantage.

Désormais, il y avait cette femme que je connaissais à peine, que je voulais baiser et que j'avais décidé d'épouser. C'était un fantôme que j'avais créé et qui ne me quitterait plus jamais. Je pensais ne pas y prêter attention mais, même sans la voir, je pouvais sentir sa présence. Elle provoquait un véritable bouleversement dans mon seul et unique sanctuaire. Elle n'avait rien à voir avec les employés qui allaient et venaient le plus silencieusement possible.

Et c'était moi qui avais créé la situation qui anéantissait ma paix. C'était le genre de changement que je détestais, et auquel j'allais devoir m'habituer, car elle n'irait nulle part. La partie « adaptation » était difficile. Sa petite série de questions m'avait rendu fou, et j'avais craqué.

Des petits doigts claquèrent devant mon visage, et je clignai des yeux. Holly se tenait face à moi, une tasse fumante à la main.

— Ça va ?

— J'ai fait une erreur ? demandai-je en fronçant les sourcils.

Elle s'appuya contre mon bureau et but une gorgée de sa tasse.

— Tu as déjà tout gâché ?

Je m'adossai.

— Je ne crois pas.

— Est-ce que je pense que, peut-être pour la première fois depuis toutes ces années qu'on se connaît, tu as fait quelque chose de très spontané et de totalement contraire à tes habitudes en ne réfléchissant pas à tout ? Oui.

— J'y ai réfléchi, protestai-je.

Elle secoua la tête.

— Tu as réfléchi aux détails du contrat. Tu n'as pas réfléchi au fait de devoir être collé à une personne vivante, qui respire, et je ne te parle pas d'un bébé. Je parle de cette pauvre fille qui n'a aucune idée de ce qu'elle a accepté, projetée dans un monde dont elle ne sait rien, avec un homme qu'elle ne connaît pas.

— Personne ne me connaît.

— À qui la faute ?

— Va-t'en, dis-je en soupirant.

Elle déposa sa tasse devant moi.

— Tiens, je veux bien partager.

Je haussai un sourcil. Je ne partageais rien, encore moins une tasse de café à moitié bue.

— C'est un mélange spécial de Becca.

Ou peut-être que si.

— Pourquoi ne pas finir cette tasse et m'en apporter une nouvelle ? Puisqu'il est évident que tu l'as préparée ici.

— Vraiment ? demanda-t-elle sur un ton de conspiration.

— Pourquoi je te paie pour que tu me casses les pieds ?

— On en a parlé des dizaines de fois. Quelqu'un avec une mémoire aussi vive que la tienne devrait se souvenir de la réponse.

— Dehors. Et rapporte-moi une tasse.

— À vos ordres, capitaine. Ah, au fait, Rhys a appelé.

Je consultai mon téléphone, confus.

— Je n'ai pas d'appel en absence.

Elle secoua la tête.

— Tu ignores un paquet de gens depuis quelques semaines. Il a organisé un déjeuner.

Un soupir m'échappa.

— D'accord.

Elle rit.

— Tu n'es qu'un milliardaire reclus, Atticus. Ce n'est pas difficile de savoir ce qui te passe par la tête quand il s'agit d'interactions sociales.

— Je n'ai pas atteint le statut de reclus.

— Pour l'instant.

— Pour l'instant, grommelai-je.

Elle n'avait pas tort d'autant que, depuis la lecture du testament, j'avais évité tout et tout le monde.

Au bout de tant d'années sans nouvelles, mes anciens amis d'école n'étaient désormais plus que des connaissances. Les amis étaient l'un des rares luxes que je ne pouvais pas me permettre.

Holly, elle, m'avait prise au dépourvu. Quand on s'était rencontrés à l'université, elle était déterminée à apprendre à me connaître, comme un chien qui ne veut pas lâcher son os. Compte tenu de mon éducation, j'avais cru qu'elle cherchait à obtenir quelque chose, mais ce n'était pas le cas. Elle était simplement exubérante. Elle avait perçu ma solitude et s'était incrustée de force dans mon espace personnel alors que je détestais ça.

Puis elle avait fini par me faire craquer, s'était autoproclamée ma meilleure amie, et était restée à mes côtés depuis lors. Je la payais grassement pour qu'elle me supporte tous les jours.

La journée fut remplie de réunions et de bilans financiers. La croissance ralentissait, ce que mon père attribuait au fait que mon frère et moi n'avions pas réussi à épouser quelqu'un de fortuné. Malgré tout, la société se portait bien. L'objectif était de continuer ainsi, tout en prouvant que je n'étais pas obligé d'épouser une héritière d'hôtels pour que la famille de Loughrey reste leader sur de multiples marchés.

J'avais mis en place des plans de développement pour l'avenir, mais ils prenaient du temps et exigeaient beaucoup d'organisation.

Après le déjeuner, ma porte s'ouvrit. Les protestations de Holly s'élevèrent dans son dos, mais Hamilton, qui s'en fichait totalement, lui claqua la porte au nez.

— Tu lui présenteras tes excuses quand tu auras terminé, dis-je.

Holly et Hamilton ne s'étaient jamais entendus, car elle ne le laissait pas lui marcher dessus à cause de son nom, tandis que Hamilton n'avait pas l'habitude d'être rejeté, même si la femme abordée était lesbienne.

— Qu'est-ce que tu manigances avec cette fille ? demanda-t-il en s'asseyant devant moi.

Comme d'habitude, il ne perdait pas de temps pour en venir au fait.

— Ce n'est qu'un arrangement.

— Je ne pense pas que ce soit une bonne idée.

Je jurai que la veine dans ma tempe palpita. Pourquoi chacune de nos conversations se terminait-elle en dispute ?

— Je me fiche de ton avis. C'était ça ou un mariage arrangé, et tu sais ce que j'en pense.

— D'accord, enfoiré, mais quand ça tournera mal, ne viens pas me demander de l'aide.

Je plissai les yeux.

— Parce que tu m'as déjà aidé une seule fois ? Ou qui que ce soit, d'ailleurs ? C'est toujours moi qui dois prendre les décisions difficiles pour protéger cette famille.

— Encore à te donner de grands airs.

— Tu veux gérer tout ce merdier ? grondai-je. Je te laisserais volontiers régler le foutoir de Gen. Rien que ça, ça t'occuperait et te donnerait un avant-goût de la merde que je me tape au quotidien. Diriger une entreprise, c'est un jeu d'enfant comparé à la gestion de cette famille de ratés pourris gâtés.

Même si le rôle n'était officiellement le mien que depuis un peu moins d'un mois, cela faisait déjà plusieurs années que j'aidais à orchestrer la famille en guise de préparation. Moi seul. Personne d'autre n'avait été soumis aux sales petits secrets des de Loughrey.

— Je me demande juste pourquoi tu ramènes une inconnue, et quelle est la différence avec la fille que père avait choisie.

— La différence, c'est que je sais l'effet que ça fait d'être entre ses cuisses, et que ça me plaît.

Et que cette nuit alimentait mes fantasmes depuis près d'un an.

Hamilton poussa un soupir.

— C'est risqué. Comment tu vas t'y prendre ?

— Elle s'est installée hier dans l'une de mes chambres d'amis. Pour l'instant, je la prépare pour le dîner de famille.

— Est-ce qu'elle est bonne actrice ? Ou bien tu comptes avouer la vérité aux autres ?

Son déluge de questions m'irritait.

— Le seul moyen pour que père me fiche la paix, c'est de lui faire croire qu'il y a des sentiments, et même alors je n'en suis pas certain.

— J'espère que tu sais ce que tu fais, frérot.

— Ce sera soit la meilleure idée du siècle soit la pire. Seul le temps nous le dira.

— Tu comptes m'expliquer qui elle est ? demanda-t-il.

Je le fixai des yeux en fronçant les sourcils.

— Qui elle est ?

— Oui. Qu'est-ce qu'elle apporte ?

Je clignai des yeux. Il avait compris en la voyant, la veille, que c'était la femme que j'avais choisie, mais il n'avait pas saisi qu'elle n'avait pas un rond.

— Rien.

Il ouvrit de grands yeux en se rapprochant du bord de sa chaise.

— Rien ? Qu'est-ce que tu entends par « rien » ?

— J'entends que jusqu'à hier elle était serveuse et vivait dans un studio à Brooklyn.

— Tu es fou ? demanda-t-il, incrédule.

— La personne que j'ai choisie ne te regarde absolument pas, Hamilton. C'est *moi* qu'elle va épouser.

— Alors tu as intérêt à exceller dans ton rôle d'amoureux transi, parce qu'il verra les failles et se jettera dessus. Il ne lâchera pas le morceau jusqu'à ce qu'il te l'arrache.

Je serrai les dents.

— Je ne le laisserai pas faire.

— Il a toujours autant de poigne qu'avant. Ce besoin de contrôler et de manipuler ne s'est pas estompé avec l'âge.

Un sourire flotta sur mes lèvres, et je laissai échapper un ricanement sévère.

— Pas cette fois. Si c'est nécessaire, s'il décide de me tester, je n'hésiterai pas à l'isoler à l'autre bout de la planète.

Le règne m'avait été transmis. C'était *moi* qui régnais désormais, et il ne me contrôlerait plus. Le vent avait tourné, et je ferais tout ce qui était nécessaire pour m'assurer qu'Ophelia soit à moi.

— Le problème, c'est… combien de temps vas-tu le laisser faire avant de craquer ?

Je m'adossai sur mon siège.

— Quoi que je fasse, il va continuer à pousser la fille Harris, mais ça ne suffira pas.

— Tout de même, je n'aime pas ça.

— Peu importe, que ça te plaise ou non. C'est le chemin que j'ai choisi.

Le silence s'installa. Je voyais bien qu'il avait envie d'insister et de continuer à argumenter, c'était son passe-temps favori, alors je choisis de changer de sujet.

— Comment se passent les négociations avec Worthington ? demandai-je, déterminé à détourner la conversation de ma fiancée.

Hamilton resta mutique, une rareté qui retint toute mon attention.

— Qu'est-ce qui s'est passé ?

— Un nouvel enchérisseur.

— Et ?

— Et le directeur des acquisitions de Donovan Trading and Investment n'est pas du genre à se laisser marcher sur les pieds.

— Arrête de tourner autour du pot et dis-moi.

— Carthwright leur a proposé une meilleure offre. Ça va permettre à Donovan d'occuper une grande place sur le marché.

— C'est toujours nous qui le dominons.

La mâchoire de Hamilton se crispa.

— Ce n'est pas la première fois que Thane Carthwright nous met des bâtons dans les roues.

— Tu as peur d'une société d'investissement de petite envergure ?

— Au rythme où elle se développe, oui.

Intéressant. Comme Donovan, nous montions notre propre société d'investissement pour soutenir nos activités financières.

— Apparemment, c'est nous qui aurions dû embaucher ce Carthwright.

— On a essayé, il y a cinq ans, à la première occasion qui s'est présentée, mais il a refusé.

Mon téléphone fixe se mit à sonner, et je tendis la main.

— Je ne veux pas perdre cette négociation au profit d'une entreprise de moindre importance. Fais le nécessaire.

— Engager un tueur à gages ? Pas de problème, compte sur moi, répondit mon frère en récupérant le dossier avant de disparaître.

Je secouai la tête et laissai échapper un petit rire avant de décrocher.

Chapitre 10

Ophelia

Mes paupières se fermèrent avant de se rouvrir subitement. Je secouai la tête et fixai la feuille des yeux. Les lettres noires se mélangeaient. J'avais pourtant déjà fait une longue sieste réparatrice dans un lit d'un incroyable confort. Tout ça ne faisait pas le poids face à *Vie et Règne d'Atticus William de Loughrey*. Après environ cinq pages format A4 remplies de caractères en police 10 et sans la moindre marge, je luttais contre une vague de torpeur qui menaçait de m'emporter.

Quand Atticus m'avait confié le classeur en cuir, je n'avais pas été emballée. Le vrai problème, c'était que ça se lisait comme un manuel d'histoire et qu'il m'avait assommée en quelques pages. Je détestais l'histoire, au lycée, et je l'avais évitée autant que possible à la fac. Mémoriser des dates et des événements, les vainqueurs de telle ou telle bataille, les noms de ceux qui avaient conquis tel pays pour le céder de nouveau plus tard ou pour se le faire reprendre, pour moi c'était de la torture.

Et, ça, c'était la même chose. À quatre ans, Atticus maîtrisait trois langues et était en bonne voie pour devenir un champion d'escrime.

À quatre ans.

Au moment d'arriver à ses vingt ans, allais-je apprendre qu'il était en passe de devenir le maître suprême de l'univers ?

Ça va me prendre une éternité.

Je feuilletai les pages et les regardai défiler. Je n'en viendrais jamais à bout. Je n'avais même pas encore dépassé ses exploits de l'école maternelle, et il restait encore plus d'une trentaine d'années ensuite. Sans parler de l'histoire des de Loughrey, qui commençait à la page 97.

Je m'effondrai sur le classeur avec un soupir abattu. Mon objectif de terminer avant le week-end la lecture de ce que j'avais baptisé le Classeur Maudit partait en fumée. À ce rythme, arriver à la page 20 serait déjà un exploit qui mériterait une célébration.

Si je me fixais un challenge de dix pages par jour, je pourrais, en théorie, en finir en quelques semaines.

C'était déprimant. J'avais obtenu mon diplôme à l'Université de New York avec un score final de 3.9 en biologie, mais cette lecture me donnait envie de m'arracher les cheveux.

Le grondement de mon estomac attira mon attention sur l'horloge. Il était midi, ce qui me donnait l'excuse parfaite pour faire une pause. Ensuite, je m'y remettrais peut-être en m'installant sur la terrasse.

Après avoir avalé un sandwich confectionné avec les restes de la veille, je sortis sous le soleil radieux. L'air était chaud, porteur d'une légère brise annonciatrice de l'été à venir. J'eus soudain envie de sortir me promener – faire un peu d'exercice pour chasser le sommeil provoqué par le Classeur Maudit.

Je retournai dans ma chambre, où j'attrapai un petit sac que je remplis du nécessaire, y compris mon nouveau téléphone et ma carte d'accès. J'enfilai des baskets, calai le sac en bandoulière et me dirigeai vers l'ascenseur.

Devant la porte, je pris conscience que c'était ma première

sortie depuis mon arrivée, vingt-quatre heures plus tôt. Je tournai la poignée, et la porte s'ouvrit sans résistance sur l'ascenseur. J'appuyai sur le bouton d'appel et, quelques minutes plus tard, je débouchai dans le hall d'entrée.

C'était une autre première, et je ne pus m'empêcher de regarder autour de moi. Je ne me sentais tellement pas à ma place que j'avançai d'un pas hésitant. Comme si ma présence n'était pas légitime. Alors que je m'approchai des portes dorées, celles-ci s'ouvrirent en grand, tout comme mes yeux.

— Bonjour, mademoiselle Evans, dit un homme en costume installé au bureau du concierge.

— B-bonjour, répondis-je avec un sourire tendu avant de filer vers les portes.

Une fois hors du luxueux immeuble et sur le trottoir dur et bétonné de la ville, je poussai un soupir. La familiarité des sons urbains m'apaisa. C'était la première fois que le bourdonnement régulier des rues bondées me procurait une sensation de paix.

Je ne me sentais vraiment pas chez moi dans l'appartement d'Atticus et j'avais presque l'impression, en sa présence, de marcher sur des œufs.

Sa crise et son départ soudain, lors du dîner, m'avaient totalement désemparée et, le lendemain matin, il était parti avant mon réveil. Certes, mon manque de sommeil et le confort du lit m'y avaient fait rester jusqu'à 9 heures passées.

La soirée avait plutôt bien commencé, malgré une certaine gêne ambiante, et s'était conclue par cette explosion. Est-ce que ça se passerait toujours comme ça ? Ou seulement le temps que l'on s'habitue l'un à l'autre ? J'espérais que c'était la deuxième option. On devait apprendre à se connaître. C'était la seule façon de tenir cinq ans.

Je n'avais aucune destination particulière en tête, mais la marche m'aida à me recentrer. Au bout d'un moment, je me retrouvai comme par hasard devant le building de Loughrey. Ce n'était pas là que j'avais eu l'intention de me rendre mais, sans la moindre raison, je décidai d'y entrer.

Et j'empruntai l'ascenseur jusqu'au dernier étage.

Je jetai un regard autour de moi, le cœur battant. Le siège de Holly était vide.

— Il est au téléphone, lança une voix féminine.

Je me retournai et découvris une femme qui devait avoir à peu près mon âge. C'était difficile à dire. Elle avait la peau sombre, sans la moindre imperfection.

— Oh ! fut tout ce que je trouvai à dire.

— Vous désirez patienter ? demanda-t-elle avec un petit sourire.

Je me penchai vers elle.

— Je ne me sens pas du tout à ma place. Est-ce que ça se voit ?

Elle gloussa.

— Vous avez effectivement un petit air de biche apeurée, ma chère.

Je pinçai les lèvres et soupirai.

— Qu'est-ce que je fais ici ?

— Vous voulez un café ? On a une très bonne machine à expresso, proposa-t-elle.

Je secouai la tête.

— Ne vous embêtez pas. Je vais sûrement redescendre, en fait.

Elle tendit la main vers moi.

— Attendez. Restez. Parlez-lui.

Je hochai la tête et me mordillai la lèvre inférieure, l'estomac noué.

— Je suis désolée, je ne connais pas votre nom.

— Alexis, répondit-elle avec un sourire chaleureux.

— Merci, Alexis.

— Je vous en prie. Le fauteuil de Holly est libre, vous pouvez vous y asseoir, si vous voulez.

Je hochai la tête et contournai la paroi vers le bureau de Holly. En entendant le timbre profond de la voix d'Atticus, je posai la main contre le mur. Elle dégageait une certaine nervosité, un peu comme au restaurant, mais en beaucoup plus effrayant.

— Si vous n'êtes pas d'accord, Vincent, vous allez m'obliger à employer la méthode forte.

— Espèce d'enfoiré, siffla la voix de Vincent à travers le haut-parleur du téléphone.

— On avait un accord.

— Vous êtes un sale fourbe de fils de…

— Faites attention à la suite. Très attention. Je ne tolérerai aucune insulte. (La froideur de son ton me fit frissonner.) Nous avons un contrat. Si vous n'en respectez pas les termes, je détruirai tout ce qui vous est cher.

— Putain de de Loughrey. Vous pensez pouvoir vous en tirer avec…

— On avait un accord ! rugit Atticus, ce qui me fit sursauter. C'est *vous* qui n'avez pas respecté vos engagements. Moi, j'ai rempli les conditions dont nous avions convenu. Je vous ai fourni tout ce que vous avez demandé. Je ne suis pas une espèce de simplet que vous pouvez piétiner. Avec qui pensiez-vous faire affaire ?

La conversation aurait pu être un reflet de ma propre situation. Avec qui avais-je fait affaire ?

— Ne rejetez pas la faute sur moi ou sur l'entreprise pour vos échecs. Si vous voulez déclencher une guerre d'ego, vous allez tomber sur une facette de moi bien plus sombre. Je vous garantis que le résultat ne vous plaira pas.

Je n'avais encore jamais vu cet aspect de sa personnalité. Il avait déjà été de mauvaise humeur devant moi, renvoyant des serveuses avec les larmes aux yeux. J'étais moi-même bien placée pour savoir ce qu'il était prêt à faire pour obtenir ce qu'il voulait. La colère et l'irritation, oui, mais pas le pouvoir oppressant avec lequel il s'exprimait.

La trace de méchanceté dans son ton était troublante. Le pouvoir, l'autorité et la force qui émanaient de lui, dans cette conversation, étaient suffisamment intenses pour mettre un homme à genoux.

Mon ventre se noua, et une étrange sensation de vide s'insinua en moi.

— Je vous laisse vingt-quatre heures avant de démolir votre société, brique par brique.

Il ne laissa pas à son interlocuteur le temps de répondre et raccrocha brutalement le combiné sur son socle.

— Il y a un bouton pour faire ça, dit Holly, ce qui me prit par surprise.

J'avais supposé qu'elle était partie déjeuner.

— Je sais qu'il y a un putain de bouton, mais c'est le seul putain de moyen d'évacuer ma colère, là tout de suite, à moins que tu aies envie de me racheter un nouveau téléphone quand j'aurai jeté le mien par la fenêtre.

Elle soupira.

— Ça ferait deux en un mois. Va donc à la salle de sport taper dans un sac.

— Sérieusement ?

— Putain de de Loughrey.

— Est-ce que tu vas attendre toute la journée derrière ma porte ?

La voix d'Atticus flottait dans l'embrasure de la porte ouverte. Je sursautai. Comment savait-il que j'étais là ?

Je déglutis puis poussai la porte. À mon entrée, Holly se redressa derrière lui, les mains posées sur ses épaules.

C'était une pose intime, inhabituelle pour un patron et son

employée, et cette attitude me contraria. Elle récupéra quelque chose sur le bureau et s'approcha de moi sans me quitter des yeux.

Un sourire apparut sur ses lèvres, et je me hérissai littéralement. Au premier coup d'œil, il n'avait rien de différent de tous les autres sourires qu'elle m'avait adressés jusque-là mais, après l'avoir vue si proche d'Atticus, je la considérais sous un nouveau jour. Un jour qui ne me plaisait pas.

Lorsque je m'approchai de son bureau, Atticus avait les paupières fermées, la mâchoire tendue, et il se tenait la tête d'une main en se massant les tempes pour se calmer. Ça ne semblait pas fonctionner. La rage qui irradiait de lui me donnait envie de déguerpir, mais je ne bougeai pas.

Je n'aurais pas dû venir. Quelle qu'elle soit, la conversation qui allait suivre allait me mettre dans la même humeur que lui, je le savais.

— Ophelia, dit-il en me toisant d'un air dégoûté.

Il s'empara de son téléphone, pianota sur l'écran et le reposa.

— Il va falloir t'acheter de nouveaux vêtements dès demain. Ma fiancée ne peut pas avoir l'air d'une putain de clodo.

Je jetai un œil à ma tenue. Qu'est-ce qui n'allait pas avec mon jean, mes baskets et mon T-shirt ? Quand je reportai mon attention sur lui, la différence me sauta aux yeux. Chaque costume que portait Atticus épousait son corps comme une œuvre d'art, taillé sur mesure au millimètre.

Je dus fournir un effort surhumain pour ne pas me lécher les babines à sa vue.

— Je me baladais simplement, et…

— Tu es venue ici à pied ?

J'acquiesçai.

— Oui.

— Non.

— Non ?

— Te balader dans les rues de New York avec ce que tu as au doigt ? (Il jeta un coup d'œil à ma main en fronçant les sourcils.) Où est ta bague ?

J'étirai les doigts.

— Dans ma chambre.

— Cette bague doit être à ton doigt chaque fois que tu quittes la maison.

— Eh bien, je voulais te parler et j'avais aussi envie de sortir, donc j'ai fait d'une pierre deux coups.

— C'est terminé, les promenades seule en ville.

— Sérieusement ?

— Sérieusement. L'annonce aura bientôt lieu et, une fois que ce sera officiel, tu vas te retrouver au top des recherches Google pendant plusieurs semaines.

— Pardon ?

Il hocha la tête.

— Tu vas m'épouser. Le public va vouloir savoir qui tu es.

— Les gens vont faire des recherches sur moi ?

Ce fut comme un coup de poing dans l'estomac. Tout ça parce que j'allais l'épouser ?

— Pour connaître le moindre détail.

— Merde.

Mon ventre se tordait.

— Tu as lu le dossier que je t'ai donné ?

— Tu parles du manuel d'histoire sur la vie d'Atticus William de Loughrey ?

Il ne bougea pas, mais ses yeux étaient braqués sur moi.

— Qu'est-ce que c'est censé vouloir dire ?

Je levai les yeux au ciel.

— Ça veut dire que c'est à peu près aussi ennuyeux que la

plus impersonnelle des frises chronologiques avec des séries de dates qui s'enchaînent.

— Il faut que tu apprennes à me connaître.

— Oui, toi, mais pour l'instant je n'ai pas besoin de savoir que tu étais capitaine de l'équipe d'aviron de Harvard ou que tu as volontairement raté un contrôle de chimie au collège en guise d'expérience sociale. Et qui prend l'option chimie au collège, de toute façon ?

Quelques points que j'avais retenus en feuilletant les pages du classeur.

Il se redressa et me fixa des yeux, les sourcils froncés.

— Ce sont deux anecdotes intéressantes de mon histoire.

— Peut-être, mais elles ne m'apprennent rien sur toi en tant que personne, en tant qu'homme que je pourrais trouver un tant soit peu attirant.

— Et qu'est-ce que tu préférerais, dans ce cas ?

Je levai les mains.

— Pourquoi pas un vrai tête-à-tête, un dîner normal pour apprendre à se connaître en discutant ?

C'était la raison pour laquelle j'avais parcouru plus de trois kilomètres à pied. Je ne le réalisais que maintenant.

Une soirée au cours de laquelle deux personnes apprenaient à se découvrir. Ce qui arrivait normalement avant que ces deux personnes se fiancent.

Il cligna des yeux, un peu comme si je parlais une langue étrangère, une langue qu'il ne pouvait même pas identifier. Qu'est-ce qui clochait chez lui ? Comment avait-il pu devenir aussi indifférent à toute interaction sociale ?

— On a dîné ensemble hier soir.

— On a *partagé un repas* hier soir, puis on s'est enfermés dans nos chambres respectives. Tu ne sais rien de moi, et ce serait un super moyen d'apprendre à me connaître.

— Je sais beaucoup de choses sur toi. De ta scolarité à la mort de ton père, et l'âge que tu avais quand tu as perdu ta virginité. Je connais aussi ta cote de solvabilité, le montant de tes dettes qui s'accumulent, et je sais que tu as sérieusement besoin d'une *vraie* coupe de cheveux et pas de ce massacre que tu as payé cinq dollars.

— Excuse-m…

— Et, tant qu'on aborde le sujet des cheveux, une fois que quelqu'un aura arrangé cette coupe excessivement masculine, tu commenceras à les laisser pousser.

Je fis claquer mes mains à plat sur le bureau.

— Qu'est-ce qui te donne le droit de me dire quelle putain de coupe de cheveux je dois avoir ? C'est une coupe pixie. Mignonne. Féminine. Et, le plus important, elle me plaît. Et ce n'est que la première de mes récriminations contre tout ce que tu viens de dire.

— Dois-je encore te rappeler qui je suis ? Penses-tu vraiment que j'ai omis de faire mes recherches avant de mettre mon plan à exécution ?

J'étais désarçonnée de découvrir qu'il avait fouillé aussi profondément dans ma vie. Il n'avait fait qu'évoquer certains faits marquants, mais c'était suffisant pour comprendre qu'il en savait beaucoup plus sur moi que je l'avais réalisé. Quelle naïveté de ma part ! Il m'avait dit qu'il avait procédé à une vérification de mes antécédents, on avait parlé de Lou, mais ça n'avait pas fait tilt dans ma tête en fin de compte.

— Je ne changerai rien à mes cheveux.

— Oh que si. Je t'ai pris un rendez-vous avec ma styliste personnelle. Elle a monté une équipe de coiffeurs et de maquilleurs qui arriveront avant que Melanie t'apporte ta nouvelle garde-robe.

— Ma nouvelle garde-robe ?

J'avais envisagé quelques nouvelles tenues mais, avec le peu que je savais de lui, je pressentais qu'après le départ de Melanie ma penderie serait bourrée à craquer. Qui que fût Melanie.

Il parcourut ma silhouette des yeux.

— Je suis sûr que ta tenue entière coûte moins cher que mon déjeuner.

Aïe. Pourtant, il n'était probablement pas loin de la vérité.

— Si tu dois jouer le rôle de mon épouse, tu dois aussi en avoir l'allure. Tu seras à mes côtés aux dîners caritatifs, aux réunions de famille, à des séances photos, et il faudra que tu présentes la bonne image.

Je secouai la tête.

— Tu ne changeras pas mon look.

— Conformément au contrat, si. Ou alors tu ne l'as pas bien lu avant de signer.

Je me figeai, prise de vertige. Un vague souvenir remonta à la surface de ma mémoire, une petite phrase parcourue en diagonale qui indiquait que je devrais avoir l'allure qu'il souhaiterait, ce qui incluait tous les aspects de ma garde-robe, de mes cheveux et de mon maquillage.

— Merde.

— Tu as rajouté une clause d'abstinence, et j'ai ajouté une clause de contrôle de ton apparence. Si les dix millions de dollars ne t'intéressent pas, je peux te présenter la facture pour le temps que tu m'as fait perdre, et tu pourras reprendre ta route.

— Tu n'es qu'un sale fils de pute arrogant, sifflai-je.

C'était un aspect de sa personnalité que je n'avais pas l'habitude de voir – un type vicieux dans ses transactions, capable de modifier la situation à son avantage.

— Attention, Ophelia. Surveille ton langage quand tu insultes la matriarche de ma famille. Les murs ont des oreilles, et Vera a des griffes tellement acérées qu'elles te transperceront sans même te toucher.

Ma tête se mit à tourner. Quelle idiote. Quelle idiote d'avoir cru qu'il était le remède miracle à tout ce qui déconnait dans ma vie. Désormais il me possédait, littéralement, pour cinq ans. Pourquoi n'en avais-je pas pris conscience plus tôt ? Est-ce que j'étais si envoûtée que ça par l'homme que j'avais connu cette unique nuit ?

— Je veux un rendez-vous.

— Demande à Holly d'organiser ça en sortant.

— Tu ne peux même pas le faire toi-même ?

Compte tenu de toutes les personnes qui géraient sa vie, ça n'aurait pas dû me surprendre.

Il plissa les yeux.

— Si je n'ai même pas le temps de trouver une femme appropriée pour devenir mon épouse, tu penses que j'ai le temps de programmer des pertes de temps futiles comme des rendez-vous ? Pas juste un rendez-vous, mais un tête-à-tête avec ma fausse fiancée ?

Le mot « fausse » me fit tressaillir. C'était à la fois vrai et faux. J'étais légitimement sa fiancée – j'avais cette énorme pierre pour le prouver. La partie vraie, c'était que j'avais été achetée et payée. Nous n'avions pas de véritable relation. Nous étions une transaction contractuelle. Quand même, c'était vexant.

— Peut-être pas, mais, si tu veux que j'incarne la jolie compagne amoureuse ou la potiche en formation, tu devrais peut-être essayer de faire en sorte que je t'apprécie avant que je décide de t'arracher les yeux.

Ses lèvres tressaillirent, et il se pencha en arrière.

— Vendredi soir. À 7 heures. Rejoins-moi ici.

— Tu ne vas pas passer me prendre ?

— Ici à 7 heures tapantes.

Je levai les yeux au ciel.

— Bon.

— Michael t'attend dehors. Il va te ramener à la maison.

J'étirai les doigts et serrai les dents. Plutôt que de mener un combat perdu d'avance, j'acquiesçai et sortis en claquant la porte derrière moi.

Le son fit sursauter Holly, et je poussai un grognement de frustration. Elle m'adressa un petit sourire qui, bizarrement, ne fit que renforcer ma suspicion. Pour ce que j'en savais, elle passait peut-être ses après-midis à genoux sous son bureau à le faire jouir.

Mais dans quelle merde m'étais-je fourrée ?

Chapitre 11

Atticus

Je ne fus pas surpris qu'après la visite de Hamilton dans mon bureau la rumeur de mes fiançailles se soit répandue dans la famille. Les ragots se propageaient comme une traînée de poudre entre nos membres, mais jamais au-delà de notre cercle familial. Les de Loughrey ne parlaient pas de la famille aux non-de Loughrey.

— Comment ça, tu es fiancé ? demanda ma mère d'une voix stridente.

— Je viens de te le dire. Elle sera présente au dîner de famille.

Il y eut une pause, puis un soupir.

— Pourquoi tu fais ça, Atticus ?

— Faire quoi ?

— Défier la volonté de tout le monde.

— De tout le monde ? Je me fous complètement des autres. J'ai sacrifié ma vie pour cette famille, et cet acte est le seul qui m'appartienne, à moi et rien qu'à moi. Je ne laisserai personne me l'imposer !

— Tu n'aurais pas pu choisir quelqu'un comme Lucinda Carmichael ?

Luci ?

— La petite sœur d'Aldrich ? Enfin, mère. Non.

— Il doit bien y avoir quelqu'un d'autre. Antonia ? Bridget ?

Ma mère devait être désespérée pour en venir à les évoquer. Elles venaient toutes deux de milieux aisés, même si elles étaient loin de compter parmi les plus vieux amis de la famille, mais elles savaient se comporter dans la haute société.

Ce qui, j'en étais certain, présenterait quelques difficultés pour Ophelia compte tenu de son éducation.

— Je dois me remettre au travail. Au revoir.

Je raccrochai sans même attendre sa réponse.

Mon irritation ne cessait de croître, et je jetai mon stylo sur le bureau. Cet endroit était mon refuge loin d'Ophelia, mais plus la nouvelle circulait, plus elle envahissait ma vie professionnelle. Même s'il s'agissait simplement de ma mère, au téléphone, c'étaient autant de minutes consacrées à ma nouvelle fiancée sur mon lieu de travail.

Mon portable sonna au moment où un nouvel e-mail apparaissait.

Rhys : Tu es fiancé ?!

La veine sur mon front palpita, et je dus prendre une inspiration pour me contrôler.

Atticus : Tu n'es qu'un idiot.

Rhys : C'est du lourd. Au fait, est-ce que je te prépare ton contrat de mariage ?

C'était Alexander qui gérait habituellement ce type de contrats, mais Rhys était le seul au courant de celui que j'avais passé avec Ophelia, et par conséquent le seul à être en mesure de le faire.

Atticus : Oui. Prépare un brouillon.

Malgré le contrat pour le mariage, les enfants et le paiement pour les cinq ans, l'accord prénuptial restait nécessaire.

Rhys : Est-ce que j'inclus la « clause d'abstinence » ?

Je serrai les dents en soufflant.

Atticus : Non.

Atticus : Et un million de dollars par an de prestation compensatoire jusqu'à ce qu'elle se remarie au cas où on divorcerait.

Une semaine à peine s'était écoulée depuis que j'avais mis mon plan au point, mais la seule perspective d'un divorce me noua le ventre. Si, au bout de cinq ans, elle ne me supportait plus, je ne pourrais pas la forcer à rester à mes côtés, même en sachant combien ce serait dur de la laisser partir. Je ne supportais pas non plus l'idée qu'elle puisse retourner vivre dans un appartement miteux à cause des loyers faramineux pratiqués à New York. Pourrait-elle seulement vivre et fournir un endroit sûr à nos enfants avec dix millions ?

Non, ce serait à moi de subvenir aussi à ces besoins.

Rhys : Sérieusement ? Tu lui cèdes déjà une jolie somme. Que se passera-t-il si elle ne se remarie jamais ?

Atticus : Peu importe. Et aussi une pension alimentaire. Je suis responsable de tous les frais concernant nos enfants, et la domiciliation dans la Tour en plus de sa prestation compensatoire.

Rhys : Tu n'es qu'un putain d'idiot.

Ce fut à ce moment-là que la réalité me frappa, et je poussai un juron en reposant brutalement mon téléphone sur le bureau.

Je voulais prendre soin d'elle, quoi qu'il arrive.

Je n'avais jamais eu la moindre notion de ce désir avant de la rencontrer. Et voilà qu'il avait pourtant imprégné la moindre de nos interactions depuis un an.

Je m'étais assuré qu'elle soit ma serveuse attitrée, je lui laissais de généreux pourboires, tout ça pour la garder proche de moi et être certain qu'elle s'en sortait. Elle était très douée dans son travail, à tel point que je n'avais jamais pris conscience de ce que je faisais. Que, dans une certaine mesure, j'essayais de prendre soin d'elle.

Mon ordinateur émit un nouveau tintement et détourna mes pensées d'Ophelia.

L'e-mail provenait de notre enquêteur interne, Hugo. C'était un ancien policier qui avait changé de voie à la suite d'une grave blessure au travail. Il avait très vite endossé un rôle essentiel dans notre équipe de sécurité. Il gérait tout ce qui allait des antécédents professionnels jusqu'aux rendez-vous privés, et il était grassement payé pour dénicher tout ce qu'il pouvait. C'était à lui que j'avais fait appel pour obtenir des informations sur Ophelia.

L'objet m'arracha un grognement, et je jurai tout bas. Les de Loughrey ne pouvaient-ils pas bien se tenir une seule putain de journée ?

À : de Loughrey, Atticus

De : Dennings, Hugo

Objet : Randonnée dans les Appalaches

Preston envisage de faire une randonnée.

Bref, délicat, direct. C'était ce que j'aimais dans nos communications. Je n'avais pas le temps de m'intéresser aux subtilités interminables des informations recueillies. Même si nous étions obligés de communiquer par codes, les messages étaient clairs et m'apprenaient tout ce que j'avais besoin de savoir.

Mon beau-frère devait être remis à sa place.

À : Dennings, Hugo

De : de Loughrey, Atticus

Objet : Randonnée dans les Appalaches

Tiens-moi au courant s'il programme une date, qu'on puisse annuler tous les plans.

Comme toujours, ma famille avait un timing impeccable. Comme si l'invasion de mon sanctuaire ne suffisait pas, mon beau-frère cherchait à tromper ma sœur enceinte. Heureusement, Hugo restait toujours à l'affût des scandales. Il travaillait uniquement pour la famille de Loughrey et appréciait l'aspect enquête, mais sans danger, de sa mission.

Cette journée aurait nécessité un peu de musique et un verre pour me détendre, mais non, pas cette fois. La présence d'Ophelia était plus perturbante que prévu. Sa seule proximité me déstabilisait.

On s'était sortis relativement indemnes des derniers jours. Je n'avais pas anticipé qu'il serait difficile de partager mon espace avec elle. C'était atroce. Et ce n'était pas seulement son parfum et la proximité de son corps enfermé dans ma maison.

Quand j'avais décidé qu'elle viendrait s'installer chez moi, je pensais que près de huit cents mètres carrés suffiraient à m'éviter des interactions trop fréquentes. Mais, où que j'aille, elle était là. En quelques jours à peine, elle avait déjà dîné avec moi, regardé la télévision et lu des livres dans la bibliothèque pendant que je travaillais.

Je n'avais pas l'habitude de vivre avec quelqu'un. En tout cas, pas depuis que j'avais emménagé en ville à plein temps, dix ans plus tôt. Le besoin de quitter Stronghold et de m'éloigner de mes parents et de mon grand-père m'avait conduit jusqu'à un appartement non loin de là où s'était plus tard construit l'Olympus Tower. Sans parler du désir de prendre mes distances avec mes jeunes frères et sœurs. À l'époque, Genevieve et Penelope étaient toujours au collège et au lycée, et les quatre mille mètres carrés de Stronghold n'offraient aucun répit face à deux adolescentes.

Désormais, dans mon propre appartement, j'avais été forcé de me retrancher dans ma chambre plus d'une fois pour me sentir en paix. C'était la seule pièce dans laquelle Ophelia n'avait jamais mis les pieds, et qui n'était donc pas emplie de sa présence.

Elle avait demandé un tête-à-tête qui aurait lieu dans quelques heures, et cette perspective me rendait nerveux. La plupart de mes rencards ne nécessitaient aucune conversation banale, pourtant je savais, au fond de moi, que c'était ce qu'Ophelia voudrait.

Elle avait envie de me connaître, mais je n'étais pas certain que ce fût une bonne idée. Je ne pourrais pas lui cacher éternellement ma noirceur. Elle finissait toujours par ressortir, mais le Roi Mauvais avait été tenu en respect jusqu'ici.

À ce moment-là, un sentiment d'insécurité que je n'avais jamais éprouvé apparut – j'avais peur qu'Ophelia apprenne à me connaître.

Et qu'elle déteste ce qu'elle allait découvrir.

Chapitre 12

Ophelia

Après ma visite très « instructive » au bureau d'Atticus, j'avais été assaillie pendant plusieurs jours.

Melanie, la *personal shopper* d'Atticus, avait débarqué avec des dizaines de portants de vêtements. Elle et ses trois assistantes avaient dû faire deux allers-retours jusqu'à l'étage des salons où se trouvait une immense loge remplie de miroirs, bien plus nombreux que nécessaire, suffisamment vaste pour tout accueillir et plus encore. Peut-être que c'était une salle de danse, en réalité ? On me confirma un peu plus tard que je m'étais trompée – il y avait aussi une salle de danse.

Des heures d'essayage, des heures pour me convaincre que j'avais vraiment besoin de tel ou tel vêtement. En conclusion : ma penderie débordait et je possédais des tenues pour toutes les occasions – même si Melanie avait promis de revenir, ce que je n'avais pas vraiment su comment prendre.

Un peu comme une menace, finalement.

Le lendemain, je passai la journée au salon où mon « massacre à cinq dollars » eut droit à une restructuration. Je dus admettre à contrecœur que ma coupe était mieux qu'avant. Épilation, manucure, pédicure, soin du visage – j'avais l'impression d'être

Sandra Bullock, dans ce film, même si je ne pensais pas être en si mauvaise forme.

Ce soir-là, quand Atticus me vit, il écarquilla les yeux. Il tourna autour de moi en détaillant toutes les améliorations.

— Très joli, dit-il.

— Monseigneur approuve ? demandai-je avec un sourire narquois.

Son visage se décomposa, et il tourna les talons et disparut.

Un soupir m'échappa. Ça finirait par aller mieux, ça prendrait seulement un peu de temps. J'espérais que notre petit rendez-vous allait aider.

Le lendemain après-midi, assise sur mon lit, je me mordillai la lèvre inférieure en me demandant si j'avais envie d'appeler ma mère.

Envie ? Pas vraiment. Besoin, avant qu'elle n'apprenne mes fiançailles dans les journaux ? Voilà.

Lou, mon beau-père, était un bon à rien d'ivrogne et je n'avais aucune envie qu'il découvre que j'étais fiancée à un homme plus riche que la reine d'Angleterre. Mince, les de Loughrey étaient probablement plus riches qu'une dizaine de pays combinés.

Ce qui me taraudait, c'était d'informer ma mère du merdier dans lequel je m'étais fourrée. Enfin, pas la vérité, mais le mensonge, avant que la presse ou un site de potins ne s'en charge. Nous n'étions pas en très bons termes, principalement à cause de mon beau-père, et ce depuis le jour de leur mariage, quinze ans plus tôt.

— Salut, maman.

— Lia ? Tu as changé de numéro ?

— Heu, oui, mon… (Je soupirai pour rassembler le courage de prononcer la suite.) Mon fiancé m'a mis sur son forfait.

Un silence.

— Ophelia, je ne suis pas d'humeur à plaisanter.

— Ce n'est pas une blague.

— Comment s'appelle-t-il ?

— Atticus.

J'omis intentionnellement de donner son nom de famille. Elle n'avait pas besoin de savoir. Du moins jusqu'à ce que ce soit absolument nécessaire.

— Et où vous êtes-vous rencontrés ?

— Dans une boîte, l'année dernière, puis au travail. C'était une évidence, dis-je en m'efforçant de paraître légère, enjouée.

Je déglutis en croisant les doigts pour qu'elle y croie.

— Et tu ne m'en parles que maintenant ?

— Ce n'est pas comme si on se parlait souvent.

Il y avait une touche d'amertume dans ma voix. J'avais pris mes distances avec Lou, puis avec mes demi-sœurs. C'était un soûlard qui me détestait car j'étais le rappel concret que, par le passé, ma mère avait aimé un autre homme que lui.

Il était d'une jalousie maladive et peu lui importait que mon père fût mort, j'en étais le produit. Il avait éloigné l'attention et l'affection de ma mère, et me battait jusqu'à ce que je ne puisse plus le supporter. C'était la raison pour laquelle j'avais accepté volontiers de souffrir et de me démener au cours de la dernière décennie.

Tout était bon pour m'éloigner d'eux.

C'était aussi ce pour cela que je vivais dans un minuscule appartement de Brooklyn. Au moins, c'était chez moi, rien qu'à moi.

J'entendis Lou brailler en arrière-plan.

— Qui est au téléphone ?

— Lia.

— Qu'est-ce qu'elle veut, la morveuse ?

Je serrai les dents et me préparai à ce que ma mère ne prenne pas ma défense.

— Elle va se marier.

Il y eut un drôle de bruit, comme si elle posait sa main sur le récepteur, ce qui ne fit qu'étouffer la suite :

— Mais je ne suis pas sûre d'y croire.

— Le mariage aura lieu en janvier, dis-je. Vous recevrez bientôt le faire-part.

— Un faire-part ? Quelle ânerie… pourquoi tu as besoin de ça ? railla-t-elle.

Je savais que des pensées venimeuses à propos d'Atticus lui traversaient l'esprit. Elle ne pouvait pas s'empêcher de me démonter.

— Ce n'était qu'un appel de courtoisie, maman. Je voulais que tu le saches avant que ce ne soit officiel.

— D'accord. Mais n'espère pas d'aide de notre part pour ce désastre. Est-ce qu'il t'a mise en cloque ?

Je pinçai les lèvres. Bien sûr, c'était la seule raison pour laquelle on pourrait vouloir m'épouser.

Enfin, ce n'était pas comme si c'était le cas, cela dit.

— Non, il ne m'a pas mise en cloque, et je n'ai ni besoin ni envie de quoi que ce soit venant de vous.

— D'accord. Tu sais où envoyer l'invitation.

Elle aurait de la chance d'en recevoir une. C'était la colère qui faisait passer cette pensée au premier plan, mais le fait était que… c'était ma seule famille. C'était ma mère.

Honnêtement, je ne savais pas vraiment si j'avais encore envie qu'elle fasse partie de ma vie.

Le plus gros problème, c'était Lou. Je ne supportais pas l'idée qu'il débarque à une cérémonie organisée par les de Loughrey. Il n'était pas exclu qu'il essaye d'escroquer quelqu'un ou de voler des cadeaux.

— Salut maman.

— À plus tard, chérie.

— Non, murmurai-je en raccrochant, avant de me laisser tomber sur le lit à côté du téléphone.

Je ne pouvais pas contrôler l'angoisse qui me nouait le ventre. Je ne lui avais pas parlé depuis des mois. Depuis Noël, peut-être ? J'étais passée distribuer des cadeaux aux filles et j'étais repartie moins d'une heure plus tard.

J'avais envie que mes sœurs soient présentes à la cérémonie, même s'il s'agissait d'un mariage contractuel, mais je ne voulais pas de Lou, et si ma mère venait, il serait accroché à son bras. Et même alors, elle avait beau être ma mère, je n'en voulais pas. Nous n'avions jamais été proches et, depuis l'âge adulte, je n'avais pas cherché à me rapprocher d'elle. Mon père, c'était tout autre chose. Il me manquait dans mes tripes. Je ne me remettrais jamais de sa disparition.

Je me demandais si je pourrais convaincre Atticus de se contenter d'un tout petit mariage pour éviter de devoir inviter ma famille. À l'étranger, par exemple. Cela dit, j'avais le sentiment que les de Loughrey ne verraient pas la chose du même œil.

Je pouvais toujours aborder le sujet au dîner. D'ailleurs… qu'est-ce que j'allais mettre ? Après un coup d'œil à l'horloge, je bondis du lit. J'avais réussi à me perdre dans mes pensées plus d'une demi-heure, et il ne me restait plus qu'une heure pour me préparer. Je ne pouvais pas être en retard, d'autant plus que c'était moi qui avais réclamé ce rencard.

Que portait-on pour un rendez-vous avec un milliardaire ? Ma penderie était bourrée de vêtements luxueux, et j'aperçus un bout de pantalon blanc. Je le décrochai, ainsi qu'un top peplum rose pâle.

Je n'avais jamais possédé de pantalon blanc auparavant, mais la tenue étalée sur mon lit n'était qu'un rappel du tournant que prenait ma vie. Je dénichai une paire de sandales blanches à talons hauts et aux semelles rouges. Je craignais un peu que le rouge ne détonne, mais je songeai que personne n'allait le remarquer.

En réalisant qu'il me restait moins d'une demi-heure, je dus admettre que le choix de ma tenue n'aurait pas dû prendre trente minutes, et je me bougeai les fesses pour mon premier rendez-vous officiel avec mon futur mari.

J'attrapai un collier étincelant et un bracelet, puis je sortis ma bague de fiançailles de son écrin et la glissai à mon annulaire.

Heureusement, j'avais eu la prévoyance de prendre une douche et de me maquiller pendant que je repoussais l'appel à ma mère, car j'eus à peine le temps d'appliquer une dernière touche, de choisir un petit sac assorti à ma tenue dans la penderie et d'y fourrer le nécessaire avant de filer vers la porte. Dans le hall, Michael m'attendait et je pris place à l'arrière de la berline.

Les portes de l'ascenseur s'ouvrirent à 18 h 59 et je trottinai vers le bureau d'Atticus.

— Tu es presque en retard, déclara-t-il, appuyé contre son bureau, en fixant des yeux l'horloge dans mon dos.

— Presque, mais presque, ce n'est pas en retard.

Il parcourut ma silhouette des yeux. Quand nos regards se croisèrent, il m'adressa un signe d'approbation avant de se redresser et de s'approcher de moi.

— Très bien, dit-il.

À chaque pas, il avait l'air d'un lion qui observe sa proie, et je me figeai. Fallait-il qu'il soit aussi sexy ? Entre sa beauté foudroyante et l'arrogance de sa démarche, j'étais toute disposée à le laisser me bondir dessus.

Il me contourna et émit un bourdonnement approbateur. Je soupirai, soulagée, au minimum, d'être à la hauteur de ses attentes.

Il se pencha vers moi, et je me figeai de nouveau lorsque ses lèvres se posèrent doucement sur ma joue.

— Tu es *très* belle.

Une vague de chaleur me monta au visage, et je me mordis la lèvre inférieure.

— Le charmeur est de sortie, à ce que je vois.

Il sourit et me tendit son bras pour que j'y glisse le mien.

Michael nous attendait dans l'entrée et nous prîmes place sur la banquette arrière de la voiture. Le trajet fut court, et j'avisai, confuse, le restaurant qu'il avait choisi pour dîner.

— Qu'est-ce qu'on fait ici ? demandai-je tandis que Vanessa, l'hôtesse, nous ouvrait la porte.

Aussi familiers que soient les lieux, j'étais surprise qu'il n'ait pas essayé de m'impressionner. Cela dit, j'avais déjà eu La Pierre, comme je commençais à nommer affectueusement l'énorme bague en diamant qui ornait mon doigt, alors il n'était pas vraiment nécessaire de me faire la cour.

J'étais une façade, une employée sous contrat avec une proximité sans égale. Il n'avait pas besoin de mettre trop d'énergie dans notre relation, et c'était probablement l'une des raisons qui l'avaient poussé à me choisir.

Il fallait bien l'admettre malgré tout, dîner pour de vrai chez 50 Degrés ? Oui, au fond de moi je poussai un petit cri de joie et je me mis à saliver à la perspective des plats que j'allais déguster.

— C'est pour que tu voies à quel point ta remplaçante est nulle, dit-il simplement.

Au cours de cette semaine, j'avais appris à découvrir qu'Atticus n'était pas un bavard. Il disait ce qu'il avait besoin d'exprimer avec le minimum de mots. Certes, il était fidèle à l'homme que je servais à l'époque où je travaillais ici, mais il n'avait rien à voir avec l'homme avec lequel j'avais passé la nuit.

— Tu aurais peut-être dû y réfléchir avant de me faire démissionner, lui rappelai-je.

Vanessa nous guida jusqu'à la table d'Atticus et me regarda m'installer d'un air confus.

— Tu as littéralement accès à plus d'argent sur un seul petit compte que ce que tu as gagné au cours des trois dernières années. Pourquoi serais-tu restée ? demanda Atticus.

— Qu'est-ce que je vais faire de mes journées ?

Cette prise de conscience commençait à me peser. Ce que je considérais au début comme d'agréables pseudo-vacances commençait à perdre de son charme tandis que l'ennui prenait le relais. J'avais tellement l'habitude de courir partout que j'avais du mal à rester en place.

— Elles seront bien remplies, surtout quand les préparatifs du mariage commenceront, même si je suis certain que ma mère prendra les rênes. Tu as aussi beaucoup à apprendre pour réussir à t'intégrer.

Sa mère, prendre les rênes ? Ça aurait pu être pire. Quelle énergie avais-je véritablement envie de mettre dans un événement qui, de toute façon, ne représentait rien pour moi sur le plan émotionnel ? Je levai les yeux au plafond.

— Un jour tu te rendras compte que je ne m'adapterai jamais à ton monde huppé. Je ne m'intégrerai pas.

Il haussa un sourcil mais, avant qu'il ait pu répondre, le rideau s'ouvrit et Drake apparut, les yeux écarquillés.

— Ophelia ? dit-il, surpris.

— Salut, Drake.

— S-salut. (Il regarda Atticus, puis moi de nouveau.) Je suis surpris de te voir ici. Tu es partie si soudainement.

Mon apparence le déstabilisa, et il parut perdre son sang-froid.

— Et vous êtes là pour prendre notre commande ou pour bavarder ? siffla Atticus.

Son attitude prit Drake au dépourvu, qui se redressa.

— Oui, monsieur. Excusez-moi, monsieur. Que puis-je vous offrir à boire ?

Atticus roula des yeux en maugréant. Je savais que le dîner ne se passerait pas bien si ça continuait comme ça.

— Un brandy, sec, pour Atticus, et je vais prendre un verre de chardonnay. Demande à Mitchell de t'aider pour la commande d'Atticus. Je prendrai le filet mignon, à point, les pommes de terre grelots et la salade composée.

Il hocha la tête et jeta un rapide coup d'œil vers Atticus et son regard noir avant de filer.

— C'était agaçant.

— Tu n'étais pas obligé de te comporter comme un tel con.

— Je vais devoir demander à Mitchell pourquoi il a estimé que c'était une bonne idée de m'envoyer ce garçon.

Comme si c'était le moment, Mitchell apparut alors.

— Je suis désolé de ce qui vient de se passer, monsieur. Allison est absente aujourd'hui, mais elle sera votre serveuse à partir de maintenant.

— La rousse ? demanda Atticus.

Mitchell acquiesça.

— Oui, monsieur.

Atticus hocha la tête au moment où Drake réapparaissait avec nos boissons. Il les déposa rapidement avant de repartir sans demander son reste.

— À part tenir cet abruti loin de moi, j'ai une dernière chose à vous demander avant que vous partiez, Mitchell.

— Ce que vous voudrez, monsieur.

Il me désigna d'un coup du menton.

— Dites-lui qui je suis.

Mitchell cligna des yeux et me regarda, dans l'attente d'une clarification.

— Étant donné qu'elle est en votre compagnie, je suppose qu'elle sait désormais qui vous êtes, monsieur.

Il prenait soin de ne pas prononcer le nom d'Atticus.

— En ce qui concerne ce restaurant.

Mitchell se tourna vers moi.

— Atticus est un généreux investisseur.

— Pas de conneries.

Mitchell déglutit.

— Plus précisément, c'est le seul investisseur, déclara-t-il à voix basse comme pour ne pas être entendu.

Je tournai brusquement la tête vers Atticus, qui me dévisagea d'un air vaguement étonné, en sirotant son verre.

— Le propriétaire ?

Il hocha lentement la tête.

— Du pain, Mitchell.

— Tout de suite, monsieur.

Cette distance, inhabituelle entre ces deux-là, me hérissa.

— Tu es obligé d'aboyer tes ordres comme ça ?

— Tu ne te rappelles pas tes premières semaines à mon service ?

Je m'en souvenais, ce qui expliquait pourquoi j'étais aussi mal à l'aise pour Mitchell et Drake. Avec le temps, j'avais appris à connaître ses goûts et ses aversions, que j'évaluais dans ma tête à l'intensité de son froncement de sourcils. C'était ce qui m'avait permis de comprendre, la dernière fois que je l'avais servi, qu'il avait besoin d'un plat réconfortant.

— Eh bien, cela explique pourquoi tu étais le seul à t'être jamais assis ici.

— Tu es surprise ?

Je laissai échapper un soupir.

— Je ne devrais pas, plus maintenant, mais disons que j'aurais dû m'en douter, après t'avoir vu plusieurs fois par semaine pendant un an.

— Pendant tout ce temps, j'étais surpris que tu n'aies jamais appris mon nom de famille.

— Crois-moi, l'idée m'avait traversé l'esprit, mais Mitchell était une tombe. Et, contrairement au reste de ta famille, ta photo n'est pas placardée partout.

— Ça fait deux ans que j'ai été institué P-DG, bien avant qu'on se rencontre, et la nouvelle a rapidement cédé la place à des histoires plus croustillantes.

— Tu parles de ta sœur.

Il acquiesça.

— Et bientôt, ce sera toi.

Mon sourire disparut. Je détestais cette idée. Toute cette attention dirigée sur moi, dans une arène où j'avais déjà l'impression d'affronter un géant – sans le moindre bâton pour me défendre – était accablante.

— Pourquoi ?

— Je suis un de Loughrey. Nous sommes la royauté, l'élite, les souverains de l'ouest.

J'eus envie de rire, mais c'était la vérité. Son nom de famille était célèbre dans le monde entier.

— Je dois aller aux toilettes, dis-je en commençant à me lever.

Je sentis le regard d'Atticus posé sur moi tandis que j'écartais l'épais rideau. Une fois libre, je me dirigeai vers le fond de la salle et je trouvai Mitchell près de son bureau.

— Ophelia, dit-il en jetant un coup d'œil vers notre table.

— Qu'est-ce qui se passe ? Je ne t'ai jamais vu aussi secoué par Atticus avant.

Tout ce qui concernait cette soirée semblait me hérisser, mais je voulais m'assurer que Mitchell allait bien.

— D'habitude, Atticus est sympa avec moi, et on discute souvent quand il vient déjeuner, mais c'était seulement par rapport à toi.

— À moi ?

— Oui, toi, et depuis que tu es partie, il est redevenu un peu sec. J'ai eu beaucoup de mal à te trouver une bonne remplaçante.

— Ça fait une semaine.

C'était loin de suffire pour trouver une personne assez vaillante pour supporter les mauvais côtés d'Atticus et accepter de rester.

Il hocha la tête.

— Une semaine sans toi pour faire une pause dans sa journée et se libérer de son stress. Cet homme a le monde entier qui repose sur ses épaules et, quelques jours par semaine, tout ce qu'il veut, c'est être servi et qu'on le laisse tranquille. Il te bénissait pour ta capacité à lui offrir ce répit. Tu as été la seule, au cours des six dernières années, à parvenir à dompter ses humeurs, à savoir les gérer, et à lui accorder cette paix à laquelle il aspire tant.

Était-ce la raison pour laquelle il m'avait choisie ? Si c'était le cas, son agressivité n'en laissait rien paraître. D'autant plus qu'à présent on était en territoire complètement différent. Un petit box au restaurant n'était rien comparé à un penthouse, tout comme Ophelia l'employée n'avait rien à voir avec la Ophelia de la vie courante.

Je commençai à douter de son plan. C'était la sensation qui me nouait le ventre chaque fois que je commençais un nouveau job. Essayer de trouver ma place, assimiler les règles, apprendre les ficelles et comprendre ce qu'on attendait de moi.

À mon retour, quelques minutes plus tard, je trouvai Atticus en train de pianoter sur son téléphone.

— Tu es sur ton téléphone pendant notre premier rendez-vous officiel ?

— Holly avait besoin de moi, répondit-il sans même relever les yeux.

Sa réponse me cloua le bec, et un silence gênant s'installa entre nous, une tension qui rendit la suite de la conversation difficile et ampoulée, même après qu'il eut reposé son téléphone.

Nos plats arrivèrent, et je m'efforçai de trouver un sujet qui me permettrait d'apprendre à mieux le connaître d'une manière ou d'une autre.

— Qu'est-ce que tu fais de tes week-ends, en général ? demandai-je pour tenter de percer le malaise.

— Je travaille.

— Tu travailles ?

Il hocha la tête.

— La direction d'une entreprise et d'une famille comme les miennes est extrêmement chronophage. Je n'ai pas vraiment le temps pour quoi que ce soit d'autre.

— Est-ce que tu t'exprimes toujours aussi… pompeusement ?

— Je m'exprime comme j'ai besoin de m'exprimer – avec clarté et détermination. Il n'y a aucune place pour le bavardage futile ou les ragots. La météo ne m'intéresse pas.

— Et ton balai dans le cul, il remonte jusqu'où ? Enfin quoi, il faut bien que tu te détendes de temps en temps. Tu n'étais pas comme ça, le soir où on s'est rencontrés.

— Le soir où on s'est rencontrés, j'avais des arrière-pensées. Puisque tu les as étouffées avec une porte en acier, tu es coincée avec moi tel que je suis. Je n'ai pas besoin de t'impressionner ou de te faire la cour. Notre arrangement est une transaction.

Un nouveau rappel cinglant qu'il ne cherchait pas de véritable relation, seulement des affaires.

— On va être ensemble pour les cinq prochaines années. Tu vas vraiment te comporter comme ça tout du long ?

— Étant donné que je vais garder les bourses pleines pendant tout ce temps, je peux te garantir que ce sera bien pire vers la fin.

— Tiens, tu essayes de faire de l'humour, dis-je.

Son expression se durcit et je lui souris, convaincue d'avoir capté un peu de cette chaleur qu'il gardait bien dissimulée. Nos précédents échanges me l'avaient appris.

— Très bien, ne l'admets pas, mais tu as manifesté un brin d'esprit, là. Je l'ai vu.

Il émit un petit bruit de moquerie, mais le léger tressaillement de ses lèvres ne m'échappa pas.

Apprendre à le connaître allait être un véritable combat, mais nous avions le temps. Il fallait bien que je sois convaincue qu'un jour j'arriverais à le détendre. Je voulais retrouver l'homme rencontré un an plus tôt.

L'armure qu'il portait était solide, mais je l'étais plus encore. Pour l'instant, je me contenterais de la moindre petite miette qu'il me donnerait. Même un minuscule sourire en coin.

Chapitre 13

Ophelia

— Ophelia, appela Atticus.

J'étais dans la cuisine en train de dévorer mon dîner tout en discutant avec Amara qui lavait la vaisselle.

— Je suis là !

Il s'arrêta sur le seuil et me dévisagea. Je penchai la tête sur le côté en fronçant les sourcils, puis jetai un coup d'œil autour de moi pour essayer de comprendre la raison de ce regard étrange. Je n'en avais pourtant pas mis partout, il n'y avait pas la moindre miette sur le comptoir. Je consultai Amara des yeux, qui baissa les siens, mais un petit sourire flottait sur ses lèvres.

— Bon, qu'est-ce qu'il y a ?

Il se racla la gorge et sembla retrouver l'usage de son cerveau. Curieux.

— Amara, dit-il en guise de bonjour.

— Atticus.

— Pourquoi tu n'es pas à table ? demanda-t-il.

C'était donc la raison de son trouble ?

— J'étais toute seule, alors je suis venue discuter avec Amara.

— Tu la déranges dans son travail.

Je levai les yeux au ciel.

— Ce n'est que la vaisselle. (Je le vis serrer les dents.) Ton assiette est sur la table, dis-je en désignant son plat sous cloche. Ça devrait être encore chaud.

Il me regarda avant d'aller récupérer son assiette et ses couverts. En quelques pas, il me rejoignit et posa le tout sur le comptoir. Amara lui glissa un verre de vin pendant qu'il s'installait sur le tabouret à côté de moi.

Je clignai des yeux en levant un sourcil à l'attention d'Amara, qui haussa les épaules.

À cet instant, Atticus me rappela un type que j'aimais bien pendant ma première année de lycée. J'avais eu le béguin pour lui pendant plus d'un an. Il était populaire, contrairement à moi. Un jour, il s'était arrêté devant ma table à la cantine et m'avait demandé s'il pouvait s'asseoir. J'étais perplexe et probablement rouge comme une tomate. Il ne s'était jamais rien passé de plus, mais mon faible pour lui avait perduré jusqu'à la fin du lycée et encore après.

Ce geste d'Atticus me fit le même effet. Il essayait peut-être, à sa manière, de faire un pas vers moi. Certes, dix millions de dollars pouvaient amener une personne à faire pratiquement n'importe quoi, mais je n'avais pas l'intention de le laisser me malmener pendant les cinq prochaines années. C'était lui qui avait lancé cette proposition, alors il allait devoir faire quelques concessions. Oui, j'avais besoin de cet argent qui me faciliterait immensément la vie, mais ce n'était pas comme si j'étais à la rue sans lui.

Et c'était la raison pour laquelle j'étais bien décidée à le pousser à fournir des efforts.

Loreno apparut et emmena Amara, nous laissant seuls. Le silence était assourdissant, accentué par le tintement de nos couverts sur la céramique.

— Comment s'est passée ta journée ?

Je posai la question la plus anodine qui me vint à l'esprit. C'était une question simple, superficielle, le genre de blablas qu'il méprisait tant.

Peut-être que je lui parlerais de la météo…

Non.

Il laissa échapper un soupir.

— Elle a commencé par la destruction complète d'un gros investissement dans la conception d'un produit. Ensuite, mon père m'a rendu visite. Et, pour couronner le tout, Genevieve m'a encore demandé de l'argent. Hamilton est farouchement opposé à notre arrangement, ou peut-être qu'il a seulement besoin d'évacuer certaines frustrations. Va savoir. Holly est partie en pleine journée pour un rendez-vous en me laissant avec Tiana et je ne sais quelles autres filles. Par conséquent, c'est Jack qui a fait les frais de ma mauvaise humeur, et j'ai été privé de mon répit habituel à la pause déjeuner parce que tu n'étais pas là. (Il se tourna vers moi.) Et toi, ta journée ?

J'étais stupéfaite par tant de partage, moi qui m'attendais à un « bien » et non au torrent d'informations qui venait de sortir de sa bouche.

Je me mordis la lèvre. Ma journée avait été bien plus tranquille.

— C'est vraiment étrange de nager dans une piscine à plus de cent mètres au-dessus du niveau du sol. Quand on est dans l'eau, on sent le bâtiment bouger. Je suis désolée que tu aies passé une mauvaise journée.

Il s'esclaffa avant d'avaler une bouchée. Puis, après avoir bu une gorgée de vin, il répondit :

— C'est mon mythe de Sisyphe.

— Qu'est-ce que ça veut dire ? J'ai déjà entendu cette expression.

— Sisyphe est condamné à pousser jusqu'en haut d'une

montagne un rocher qui ne cesse de retomber. C'est un quotidien marqué par les mêmes gestes.

— Merci.

— Pour quoi ?

— De m'expliquer au lieu de me prendre de haut.

— Ça m'arrive souvent ?

— De temps en temps, mais en général je te rembarre avec une réponse pleine d'esprit. (Je m'interrompis pour le laisser pouffer de rire avant de poursuivre.) Plus sérieusement, le problème n'est pas que tu me parles avec mépris, mais que tu ne me parles pas du tout.

Un sourcil levé, il me regarda avec autant d'intensité que ce soir-là, chez Angelino.

— Comparé à certaines choses que tu me dis, c'était très courtois.

Il jeta sa serviette sur le comptoir et posa ses couverts en croix sur son assiette. Je me levai et m'apprêtai à m'en emparer quand il m'en empêcha.

— La femme de ménage s'en occupera demain matin.

Je me rassis et serrai les dents. Il saisit la bouteille de vin et remplit nos verres.

— Je peux encore faire ma propre vaisselle.

— Est-ce qu'on peut ne pas se disputer à ce sujet, ce soir ?

— Seulement ce soir ? demandai-je.

Ne pas m'occuper des petites corvées ménagères que j'avais l'habitude d'accomplir au quotidien me perturbait. Je trouvais ça bizarre, étant parfaitement en mesure de les effectuer moi-même.

— Je voudrais te briefer pour le dîner, dit Atticus.

— Le dîner de famille ? C'est juste un dîner, non ?

Que pouvait-il bien y avoir de particulier ?

— Oui, mais je te présente officiellement. Sache d'ores et déjà que mon père va nous réserver un sale coup. Il a probablement invité la femme qu'il veut que j'épouse.

— Attends, quoi ? Ton père t'a déjà choisi quelqu'un ? Comme dans un mariage arrangé ?

Quelle notion archaïque. Je chassai la sensation de malaise qui me comprimait la poitrine.

— Exactement. Ce n'est pas ce que je veux, et je ne compte pas être coincé dans un mariage sans amour avec une femme insipide que je ne supporte pas.

— À la place, tu seras coincé dans un mariage sans amour avec une roturière qui ne sait pas rester à sa place, répliquai-je.

Il tiqua.

— Oui, même si je nourris l'espoir qu'un jour on ne sera plus constamment en train de s'affronter. C'est épuisant.

— Tu n'as qu'à t'adoucir et apprendre à faire des compromis, et on n'aura plus aucun problème.

Il se leva.

— À propos de s'adoucir…

Il passa ses bras autour de ma taille et m'attira contre lui.

Je poussai un couinement de surprise en glissant du tabouret et me retrouvai plaquée contre son torse, les yeux écarquillés. Mon rythme cardiaque s'accéléra, et je sentis une chaleur me monter au visage.

— Qu'est-ce que tu fais ?

Il se pencha vers moi et effleura mes lèvres, ce qui déclencha une décharge électrique en moi.

— Je t'embrasse.

Tous les souvenirs de cette fameuse nuit si lointaine resurgirent dans mon esprit, me rappelant la façon dont il me touchait et la parfaite harmonie entre nos corps. Le naturel, l'aisance et la tendresse.

— Pourquoi ? demandai-je dans un murmure.

— Parce qu'on doit se désensibiliser au contact de l'autre, et ça inclut davantage de gestes intimes.

Il fit glisser ses lèvres dans mon cou en mordillant ma peau, m'arrachant un hoquet de plaisir, avant de remonter. Il posa ses lèvres douces sur les miennes, et je me figeai.

— Embrasse-moi, gronda-t-il.

Je ne pouvais pas. Ça ne servirait qu'à attiser l'attirance que j'éprouvais déjà pour lui. Attiser la flamme qui brûlait déjà entre nous.

— Ophelia, obéis-moi.

Je levai mes mains tremblantes pour les poser sur ses joues et l'attirer plus près. Au moment où nos langues se touchèrent, une flamme embrasa mes veines.

Il fallait que je m'écarte, mais j'en étais incapable. Atticus resserra ses bras pour me plaquer contre lui et intensifia notre baiser. Il enfonça ses doigts dans mes fesses, retira ses lèvres des miennes pour embrasser ma mâchoire, avant de lécher et sucer un point juste au-dessous de mon oreille.

Le feu remplaça le sang dans mes veines, et mon souffle s'accéléra.

À un moment donné, j'avais essayé de me convaincre que ce qui s'était passé entre nous cette nuit-là n'était qu'un extraordinaire hasard. Pourtant, à la réaction de mon corps au sien, je compris que je m'étais trompée. Si je ne m'écartais pas sur-le-champ, je ne trouverais plus jamais la volonté de le faire.

— Je pense que ça suffit, soufflai-je.

Un petit sourire suffisant flottait sur ses lèvres. Il savait qu'il me tenait. Son expression me dégrisa, et je pinçai les lèvres.

— Tu es content ? demandai-je avec une touche d'animosité.

— Le jour où tu te mettras à genoux en me suppliant de te donner ma queue.

— Quoi ?

— Ce jour-là, je serai content.

Putain.

Tout désir de provocation s'était envolé, remplacé par cette combustion. Je tournai abruptement les talons et rejoignis ma chambre d'un pas décidé, accompagnée par ses gloussements qui résonnaient entre les murs.

Quel enfoiré arrogant.

Il essayait de me faire craquer – je le savais – mais ça ne fonctionnerait pas.

Je me jetai sur mon lit et fixai le plafond en essayant d'étouffer les flammes qui brûlaient en moi. Un baiser, et tous mes souvenirs étaient revenus par vagues. C'était comme si c'était arrivé hier.

Ses lèvres sur les miennes avaient eu précisément l'effet que je craignais.

Je glissai ma main sous ma ceinture jusqu'à ce que mes doigts effleurent mon clitoris. Je pris une inspiration, et mes tétons durcirent. Encore un peu plus bas, et je pus sentir l'humidité que ses baisers avaient créée. J'insinuai un doigt en moi, puis deux, concentrée sur les étincelles de sa langue contre la mienne.

En un baiser, cet enfoiré m'avait transformée en une créature en manque. Je rejetai la tête en arrière, et un gémissement s'échappa de mes lèvres tandis que le bout de mon doigt appuyait sur mon clitoris douloureux.

— Putain, sifflai-je en donnant un coup de hanches contre mes doigts.

Mon souffle se bloqua, et j'agrippai ma poitrine de ma main libre en me pinçant les tétons. J'étais totalement plongée dans mon plaisir, dans le besoin de ramener mes hormones à un niveau gérable.

— Tu t'amuses bien ?

Je bondis et écarquillai les yeux en resserrant les cuisses.

— Putain ! Tu ne peux pas frapper ?

Atticus était appuyé contre le mur, les bras croisés, le regard sombre.

— La porte était ouverte et tu émettais les sons les plus érotiques. Si tu ne voulais pas que j'entre, tu aurais dû la refermer.

Merde. J'étais tellement habituée à vivre seule que je n'avais même pas pensé à fermer la porte. Qui l'aurait fait dans plus de sept cents mètres carrés ?

— Est-ce que je t'aurais excitée, par hasard ? demanda-t-il en humidifiant ses lèvres.

— Non.

— Tu as besoin d'un coup de main ?

Mon entrejambe, que cette idée tentait beaucoup, se contracta. Toutefois, ce fut ma colère qui prit le dessus, pour me rappeler que ça ne risquait pas d'arriver.

Je plissai les yeux.

— Tu peux dégager maintenant.

— Non.

— Non ?

— On n'avait pas terminé notre conversation quand tu t'es enfuie précipitamment.

— Je ne me suis pas enfuie, grommelai-je.

— Tu as fui ma présence aussi vite que tes jambes pouvaient te le permettre.

Je roulai les yeux en priant pour qu'il s'en aille, mais il resta planté là, alors que ma main était toujours fourrée sous ma ceinture.

— Tu m'accordes une minute ?

— Pourquoi ? Tu en as déjà gâché dix des miennes en emplissant le couloir de tes gémissements lubriques.

— Très bien. Qu'est-ce que tu veux ? grognai-je en espérant plus que tout effacer ce moment de ma mémoire et, plus important encore, de la sienne.

— Prépare un petit sac de voyage.

— Pourquoi ?

— Parce qu'on quitte la ville. On part pour le week-end. J'espère que ça prouvera à mon père que tu n'iras nulle part.

— D'accord. C'est tout ?

— Pour l'instant, oui. Tu peux continuer.

— Dehors, grognai-je.

À la seconde où j'entendis la porte se refermer, je me laissai retomber sur le matelas.

Putain, tout le week-end ? Coincée avec sa famille ? Est-ce qu'en plus de ça on allait devoir partager le même lit ?

Si je n'étais pas déjà nerveuse avant, je l'étais maintenant. Un dîner, c'était une chose, mais un week-end entier, c'en était une autre. Tu parles d'une douche froide. Rien n'aurait pu étouffer mon désir plus rapidement.

Chapitre 14

Ophelia

La voiture ralentit, et je jetai un regard vers la vitre avant.

L'immense grille en fer forgé qui s'ouvrit devant nous, flanquée de hauts murs de pierre, m'évoqua la scène clichée de l'arrivée au bal du principal personnage féminin dans les contes de fées.

L'allée était formée de pavés disposés selon des motifs complexes et, au loin, au-delà des arbres, je distinguai quelques flèches qui s'élevaient dans le ciel crépusculaire.

L'émerveillement qui s'était emparé de moi lorsque j'avais découvert l'appartement d'Atticus n'était rien face à l'étourdissement qui m'assaillit alors. Le luxe dans lequel il évoluait montait encore d'un cran avec ce château d'inspiration française.

Aucun mot ne suffisait à décrire la demeure qui emplissait mon champ de vision. Si l'on se fiait à la disposition des fenêtres, il y avait au moins quatre étages, le dernier étant probablement réservé au personnel.

De toute ma vie, je n'avais vu ce genre d'endroit qu'à la télévision. Les fenêtres paraissaient toutes petites, encastrées dans les immenses murs extérieurs. Plusieurs conduits de cheminée s'élevaient du toit sombre.

Et je m'inquiétais d'être coincée dans une maison avec sa

famille ? Aucun risque, dans une demeure aussi vaste. En plus, un regard sur les pelouses luxuriantes et soignées me rassura : si j'avais besoin de m'échapper, je pourrais rapidement me perdre dans l'un des jardins les plus stupéfiants qu'il m'avait été donné de voir.

— Ça, c'est ta maison ? demandai-je, totalement sous le choc.

Je n'avais eu l'occasion de voir ce genre de propriété que dans des films ou dans *Ma maison de star* sur MTV, que je regardais quand j'étais ado.

— C'est la demeure familiale.

— Combien de maisons possèdes-tu ?

Je connaissais déjà son penthouse de Manhattan et, maintenant, je me tenais devant un putain de château. Il n'y avait pas de meilleur terme pour décrire cette structure écrasante. C'était une véritable force en elle-même.

La taille et les ornements en pierre convenaient parfaitement à la description.

— Mon grand-père l'a fait construire en 1896.

— Waouh. Elle fait quelle taille ?

— Dans les quatre mille trois cents mètres carrés.

— Ce n'est pas une maison, ça.

— Pour nous, si. Une quinzaine de de Loughrey y ont vécu.

La voiture s'arrêta devant une immense porte d'entrée dressée au sommet d'une volée de marches.

Après m'avoir aidée à descendre, Atticus me guida à l'intérieur pendant que Michael et Damien s'occupaient de nos bagages. La pièce dans laquelle on pénétra ne ressemblait pas à l'idée que je me faisais d'une entrée mais plus certainement à une antichambre. Cette impression était accentuée par la série de portes en verre et fer forgé devant nous. Cette seule pièce devait faire deux fois la taille de mon appartement, et son seul but était d'y faire patienter les gens avant qu'ils soient introduits dans la maison.

Ce qu'on n'eut pas à faire étant donné que les portes étaient grandes ouvertes, nous invitant à avancer.

J'étais restée bouche bée en découvrant l'appartement d'Atticus. J'étais effroyablement consciente que ce n'était rien comparé au palais grandiose dans lequel je me trouvais. Les murs étaient d'un bois riche et sombre. Même chose pour les escaliers, qui devaient mesurer deux mètres cinquante de large, si ce n'est plus, et étaient couverts d'une épaisse moquette rouge foncé. Ils se divisaient en deux à mi-chemin et ouvraient le premier étage sur le rez-de-chaussée. L'escalier central et l'entrée suffisaient à me faire comprendre que je me trouvais dans un lieu sans commune mesure avec tous les endroits où j'avais mis les pieds auparavant. Marbres, bois sombres, cristal et or ornaient les moindres détails qui s'offraient à mes yeux.

Qu'est-ce qui m'attendait plus loin ? Je n'en avais aucune idée.

Atticus m'avait prévenue qu'il y aurait de la résistance, que mon arrivée ne serait pas vraiment célébrée. Ce n'était pas rassurant, mais au moins j'étais préparée pour le combat à venir. Leurs insultes ne me prendraient pas de court et leurs rires ne me pousseraient pas à aller me réfugier dans un coin pour pleurnicher.

Ce ne serait pas arrivé, de toute manière. Si Atticus, lui, ne m'avait pas encore fait fuir, ce n'était pas sa famille qui y parviendrait.

— Bonsoir, monsieur Atticus, déclara une femme en robe noire à notre arrivée.

Elle était simplement plantée là, à nous attendre. Étrange. Atticus ne sembla pourtant pas trouver ça inhabituel.

— Daniella. Que nous a préparé le chef ce soir ?

— Au menu, vous trouverez du magret de canard poêlé, du filet grillé et du poulet à la jamaïcaine sauce jerk[1].

1 Jerk veut également dire con, abruti, en anglais.

Il plissa les yeux et soupira.

— Gen ?

Elle acquiesça.

— Une requête de mademoiselle Genevieve.

— C'était quoi, sa requête ? demandai-je.

— Sur les trois choix, je te laisse deviner.

— Le poulet à la jamaïcaine sauce jerk ?

D'après le peu que j'avais entendu dire sur elle, c'était ce qui me semblait le plus probable.

— Tu ne l'as encore jamais rencontrée mais tu la connais déjà.

— Qui traite-t-elle d'abruti ?

— Qui ne traite-t-elle pas d'abruti, tu veux dire. Ce n'est qu'un autre numéro de Genevieve pour attirer l'attention.

On fit quelques pas supplémentaires, et je dus me retenir de mitrailler les lieux de mes yeux ébahis.

— Pourquoi tu as demandé ce qu'il y avait au dîner ? Tu as aussi faim que ça ?

J'avais ressenti plus qu'un vague intérêt pour ce qu'il allait se mettre dans le ventre.

Il secoua la tête.

— Le menu m'informe sur les convives qui partageront notre table

Je hochai la tête.

— Le poulet sauce jerk et Genevieve.

— Précisément. Elle a dû arriver hier.

— Atticus ? appela une femme âgée en descendant l'escalier devant nous.

Incarnation de l'élégance et de la grâce, elle était auréolée d'un halo de supériorité. Ses cheveux autrefois blonds étaient striés de blanc et encadraient son visage à la perfection en de douces ondulations. Un collier de perles occupait l'espace entre son cou et le sage décolleté de sa blouse en soie, rentrée dans une jupe noire mi-longue. Ses mains délicates arboraient une manucure naturelle et une grosse bague chacune, et des bracelets de diamant ornaient ses poignets. Ses yeux bleus exprimaient la même intensité que ceux de son fils, et je compris de qui il tenait ses lèvres et l'expression sévère qu'il arborait souvent.

— Qui est-ce ?

Elle me toisa de haut en bas, les lèvres pincées.

— Mère, je te présente ma fiancée, Ophelia.

Je tendis la main.

— C'est un plaisir de vous rencontrer, madame de Loughrey.

Elle ouvrit de grands yeux et fixa ma main avant de se tourner vers son fils.

— Fiancée ?

— N'aie pas l'air aussi surprise.

Elle me regarda de nouveau. D'après ce que je comprenais, elle avait entendu parler de moi, mais elle n'était pas impressionnée.

— Oui, bon, ton père ne cesse de jacasser à propos de la fille Harris. Il va s'en donner à cœur joie quand il verra le chat de gouttière que tu nous as ramené.

— Mère, gronda Atticus.

Elle me regarda littéralement de haut et soupira.

— Elle est tellement…

Elle s'interrompit, émit une sorte de *pfff* avant de disparaître.

— Bon, ça aurait pu mieux se passer, bredouillai-je.

— En fait, ça s'est plutôt bien passé.

Je lui jetai un regard dubitatif.

— Comment peux-tu trouver que ça s'est bien passé ?

Il croisa mon regard.

— Au moins, elle t'a regardée.

— Parce que tu m'as déjà passé la bague au doigt.

— Elle n'était pas obligée de te prêter la moindre attention. Elle l'a fait, et c'est plutôt bon signe.

— Si tu le dis.

Je contemplai la robe que j'avais choisie pour la soirée. Elle n'était ni excessive ou ostentatoire, ni trop sage ou trop simple. Elle m'arrivait mi-cuisses, et le décolleté rond n'était pas trop profond.

Une étincelle attira mon attention lorsque Atticus glissa ma main dans la sienne.

— Viens.

Mes talons, auxquels je devais encore m'habituer, cliquetèrent sur le sol en marbre le long du large corridor. On passa devant de grandes pièces élégamment meublées. Un petit salon, ou peut-être un grand salon, une salle de séjour ou possiblement un bureau ? Leur fonction n'était pas évidente et je n'avais qu'une seconde pour y jeter un œil en passant, mais il finit par me guider à l'intérieur d'une pièce au décor similaire.

Elle était aussi élégamment agencée que tout ce que j'avais vu depuis notre arrivée dans l'allée, emplie d'antiquités et de pièces finement travaillées.

Un serveur apparut muni d'un plateau de verres de vin, et Atticus en saisit deux avant de m'en offrir un. Des voix résonnaient non loin, et je compris que la prochaine bataille allait commencer. Je bus une longue gorgée du liquide rouge dans l'espoir de me calmer.

— Alors ça y est, les poules ont des dents ? Atticus de Loughrey accompagné au dîner de famille ?

Atticus coula un regard à l'une des rares de Loughrey que je reconnaissais, Genevieve, qui entra dans la pièce par l'une des nombreuses portes. Elle portait une robe courte avec des sandales à talons vertigineux. On aurait dit qu'elle s'apprêtait à sortir en boîte. Ses cheveux et son maquillage étaient également impeccables. Elle était sublime.

— Ophelia, voici ma sœur rebelle, Genevieve. Genevieve, je te présente ma fiancée, Ophelia.

— Oh ! alors c'est comme ça que tu vas t'y prendre, dit-elle en me jaugeant.

— M'y prendre pour quoi ? demandai-je.

Je commençais à avoir l'impression d'avoir manqué quelque chose. Un aspect de notre situation déjà délicate dont je n'avais pas été informée.

Tu aurais dû poser davantage de questions.

— Père va être furieux.

— Tant mieux, approuva une voix masculine en se joignant à notre conversation. On n'a pas été officiellement présentés la semaine dernière. Hamilton de Loughrey.

Il me tendit une main, que je serrai.

— Ophelia Evans.

— Oh ! quel joli prénom, dit Gen avec un sourire.

Hamilton m'observa de ses yeux gris. J'étais certaine que j'allais devoir m'habituer à ce genre de regard. Je savais que je ne répondais pas forcément à leurs attentes, mais ça ne signifiait pas que je devais accorder de l'importance à ce qu'ils pensaient de moi. Notre relation était le fruit d'un contrat, après tout.

— Allons nous chercher un verre, Gen. Le vin de mère est loin d'être assez fort pour m'aider à traverser cette soirée.

— D'accord.

Elle sourit et glissa son bras sous le sien.

— Je suis déjà épuisée, murmurai-je à Atticus tandis qu'ils quittaient la pièce.

— Moi aussi.

Il y eut une pause, puis j'éclatai de rire.

— Je ne vois pas pourquoi ma détresse te fait rire, grommela-t-il.

— C'est moi qui essaie de suivre, alors que, toi, tu es habitué à toute cette démesure.

— Ce n'est pas parce que j'y suis habitué que je l'apprécie. Avec quatre frères et sœurs et cinq cousins, cette maison a toujours été un chaos.

— Cinq cousins ?

Il confirma d'un signe de la tête.

— Comme je te l'ai dit, c'est la maison de famille. Nous avons vécu ici avec mon oncle et sa famille pendant de nombreuses années, ainsi qu'avec mes grands-parents.

Dans le Classeur Maudit, je n'étais même pas arrivée jusqu'à l'arbre généalogique de la famille de Loughrey pour me rendre compte de sa taille et à quel point il était tordu.

— Madeline, reviens ici ! lança une femme tandis qu'une fusée de boucles brunes en robe marine et blanche déboulait dans la pièce.

La fusée gloussa avant de s'arrêter devant moi avec de grands yeux.

— Salut !

— Bonjour.

— Est-ce que tu es la petite copine d'oncle Att ? demanda-t-elle.

Je m'accroupis pour me mettre à son niveau.

— Je crois qu'on peut dire ça.

Elle pencha la tête, ce qui fit rebondir ses boucles.

— Dire quoi ?

— Eh bien, je crois qu'on peut dire que je vais devenir ta tante.

Elle fronça ses petits sourcils.

— Comment ?

— Vous allez vous marier ? demanda une voix féminine venant de là où était arrivée la petite.

Je me redressai et avisai ce nouveau membre de la famille. De longs cheveux bruns encadraient sa peau lisse et ses yeux gris. Sa robe épousait sa silhouette et, lorsqu'elle se tourna vers Atticus, je distinguai son petit ventre de femme enceinte.

— Réponds-moi, Atticus.

— Je le ferai si tu m'accordes un instant, Elizabeth, dit-il en me prenant la main pour m'attirer près de lui. Ça commence à devenir lassant. Je te présente ta future belle-sœur.

C'était un trait de caractère que j'avais déjà remarqué chez Atticus avant ces dernières semaines. Quand l'agacement le gagnait, il ne prenait plus la peine d'expliquer quoi que ce soit et laissait les autres se débrouiller pour comprendre tout seuls. Il n'aimait pas se répéter.

— Ravie de vous rencontrer, je suis Ophelia.

Je tendis la main. Elizabeth avait un regard pénétrant et calculateur, comme Atticus. Elle sembla réfléchir à ma main tendue, puis contempla son frère. Elle laissa alors échapper un soupir désapprobateur et me contourna.

— Viens, Madeline, dit-elle en tendant la main.

— C'était sympa, dis-je. Je ne pense pas l'avoir beaucoup impressionnée.

— Tu auras du mal à impressionner Elizabeth.

— Vous êtes proches, tous les deux ?

Il soupira.

— Tu n'as qu'à lire le dossier.

Nous y revoilà. Comment allions-nous apprendre à nous connaître s'il s'attendait à ce que j'obtienne tous mes renseignements grâce à son dossier ? Il s'agissait de sa vie, pas de l'homme en lui-même. Je pourrais apprendre leur différence d'âge, certes, mais pas leur rapport affectif. Seul Atticus pouvait me le dire, et il était toujours aussi fermé.

— Ce serait si terrible si tu me le disais toi-même ?

— Oui. Je n'ai ni le temps ni l'énergie de te raconter le moindre détail de ma vie. C'est la raison d'être de ce classeur.

Je détestais ce truc, surtout avec sa prose assommante et son rythme soporifique. Au bout d'une semaine, je n'en étais encore qu'à ses années de fac. J'avais déjà compris que l'homme était impressionnant. À vingt ans, il parlait six langues, était sorti major de la promotion de son prestigieux lycée, et une liste interminable détaillait ses autres talents et victoires.

Il était évident qu'on n'aurait jamais pu être amis au lycée. Entre le fossé de la richesse et son évidente popularité, nos seules similarités résidaient dans nos notes, et encore, je me trouvais dans le premier pourcent de ma classe, mais je n'étais pas la première.

— Tu l'as sûrement dicté.

— Je suis un de Loughrey – mes réussites et mes échecs sont consignés et mis à jour régulièrement.

— Pardon ? Même quand tu as perdu ta virginité ?

Une certaine Amelia Carmichael quand il avait dix-sept ans.

— Quelle vulgarité, Ophelia. Surveillez votre langage, lança Vera en apparaissant dans mon dos. Si vous comptez devenir une de Loughrey, la discrétion est une vertu à laquelle vous devez vous tenir. (Elle poussa un soupir exaspéré.) Tu es sûr, mon chéri ?

— Oui, mère.

Elle remettait sa décision en cause devant moi. Eh bien. Si ma fierté et mon ego avaient pu marquer comme de la peau, mon corps aurait été couvert de bleus avant la fin du week-end.

Elle soupira de nouveau, puis quelque chose sembla attirer son attention derrière moi, et elle s'éloigna en appelant une certaine Mary.

— Atticus, tu as amené une amie, déclara une voix profonde.

Un homme âgé entra et se dirigea lentement vers nous avec la prestance d'un roi.

— Père, j'aimerais te présenter Ophelia, ma fiancée.

Je pensais qu'il serait agacé de se répéter une nouvelle fois mais, en regardant Charles de Loughrey, je compris la férocité de son ton.

Charles faisait la même taille qu'Atticus, ses cheveux étaient plus sel que poivre, avec une barbe coordonnée et parfaitement taillée. Une paire d'yeux perçants se planta dans les miens, et un frisson remonta le long de ma colonne. Alors qu'Atticus et sa sœur Elizabeth arboraient un regard plus calculateur, Charles avait celui d'un prédateur.

Et j'étais la proie. Celle qui se trouvait sur son chemin et l'empêchait d'obtenir ce qu'il voulait.

— Fiancée ? Intéressant.

Il me jaugea de haut en bas, comme s'il évaluait du bétail, mais avec un côté lubrique en plus.

Une proie sous de multiples formes, génial.

— Charles ? lança une magnifique brune à ses côtés pour essayer de détourner l'attention de moi.

Elle affichait la même attitude que tous les de Loughrey, dégoulinant d'argent et de prestige. Chaque détail était parfait, de ses cheveux à l'expression de son regard et à la longueur de ses cils, de sa silhouette svelte au tissu qui la revêtait.

Une robe rouge sang à fines bretelles épousait ses courbes et s'évasait au-dessus de ses genoux de manière à attirer le regard.

Elle avait l'étoffe d'une de Loughrey et, pour une raison inconnue, je me hérissai. Instinctivement, je me collai contre Atticus.

Il lui accorda à peine un regard.

— Ah, oui. Amelia, voici mon fils, Atticus.

— C'est un plaisir de vous rencontrer enfin, dit-elle.

Elle esquissa un gentil sourire et tendit la main, mais personne ne la serra. Atticus la contempla sans y prêter attention.

— Tu es grossier, mon fils, dit Charles.

Son regard perdit sa lueur espiègle et se durcit. En assistant à cette transformation, je resserrai ma main autour du bras d'Atticus. Charles avait perçu une occasion de remettre son fils à sa place.

— Bonjour, fut la seule politesse qu'il accepta de prononcer.

Un carillon retentit, et tout le monde se leva en même temps pour se diriger vers la salle à manger.

Cela permit heureusement d'atténuer la tension, et Atticus me guida promptement à la suite des autres.

Chapitre 15

Ophelia

Une autre pièce immense aux fenêtres en fer forgé m'attendait. La hauteur sous plafond était époustouflante, habillée par de multiples lustres en cristal, et un balcon encadrait la limite du deuxième étage.

Je ne savais pas trop quoi faire ni où aller, alors je suivis Atticus et regardai les convives s'installer à des places qui leur semblaient attitrées. Ils paraissaient effectuer une chorégraphie bien rodée. Charles à une extrémité, Gen d'un côté, accompagnée de Hamilton, Amelia et un homme que je ne connaissais pas, et il restait une chaise libre avant Vera assise à l'autre bout. De notre côté se trouvaient Madeline, Elizabeth, Atticus et moi-même.

J'étais en train de m'asseoir lorsque Vera prit la parole.

— Penelope, tu es en retard.

— Pardonne-moi, mère.

Une femme aux cheveux blonds et aux brillants yeux bleus entra dans la pièce. Elle portait un pull oversize, un pantalon en cuir et des bottes à talons – un look radicalement différent de celui de Genevieve ou d'Elizabeth.

— Atticus, dit-elle en s'asseyant à côté de moi.

— Penelope.

Elle posa ses yeux bleus sur moi.

— Alors c'est vous, la tentative désespérée.

— Penny, fais très attention, gronda Atticus.

Elle soupira et regarda devant elle.

— Ne t'inquiète pas, Pen. Il est juste frustré de ne pas nous dominer tous, dit Hamilton.

Je me penchai vers Atticus.

— De quoi il parle ?

— Je t'expliquerai plus tard.

— Pourquoi pas maintenant ? demanda Hamilton.

À côté de moi, Atticus fulminait.

— Parce que ça ne concerne pas ce dîner.

— Compte tenu de la place que tu occupes à table, si, répliqua Gen.

— Est-ce que toute la famille est là ? Non. Par conséquent, c'est notre dîner de famille, et la tradition parentale s'impose.

— Je ne comprends toujours pas.

La mâchoire de Hamilton tiqua.

— C'est le roi, et personne ne s'assoit avant le roi.

Atticus serra le poing contre sa jambe et grinça des dents. Je posai la main sur la sienne, un geste qui parut le calmer.

— Ça suffit, siffla Elizabeth de l'autre côté.

Voilà qui confirmait qu'elle avait la même personnalité qu'Atticus.

Des salades apparurent miraculeusement devant nous. Je tournai la tête pour essayer de comprendre ce qui venait de se passer. Il n'y avait rien devant moi et tout à coup, pouf, une assiette de salade était apparue.

Tout le monde se mit à manger, les verres de vin et autres furent remplis, le tout dans un ballet de serveurs fluide et silencieux.

Gen parlait. Je m'efforçai de ne pas saliver devant la salade. Enfin quoi, qui salivait devant une salade ? Mais le lit de feuilles vertes était légèrement baigné dans la plus délicieuse vinaigrette que j'avais jamais goûtée.

— Est-ce que tu comptes un jour faire quelque chose de productif ? demanda soudain Atticus.

Je relevai les yeux de mon assiette, que je vidais bien plus rapidement que tout le monde, et je le surpris en train de fusiller sa petite sœur du regard.

Elle lui sourit.

— Mais, mon frère, j'alimente l'économie à moi toute seule.

— J'en ai bien conscience.

— Comme tout le monde, renchérit Charles. Tu consumes ton argent en quelques jours et, ensuite, tu viens ramper pour en obtenir davantage.

— Charles, intervint Vera d'un ton autoritaire.

Charles ignora la tentative de sa femme de le faire taire.

— Tu l'as trop dorlotée, Vera, et si elle ne change pas très vite d'attitude, elle se retrouvera bientôt sans un sou.

Vera hoqueta.

— Tu n'oserais pas.

Genevieve se contenta de lever les yeux au ciel.

— Non, il n'oserait pas.

— Si, il oserait, siffla Atticus à côté de moi. Et, comme j'ai accès à tes comptes, je te garantis que je peux les geler quand je le souhaite.

— Au moins, je n'ai pas provoqué de scandale à cause d'une sex tape, moi, railla Gen.

— Ça suffit ! gronda Charles en frappant du poing sur la table, me faisant sursauter.

Compte tenu de l'absence de réaction d'Atticus, j'en conclus que la sex tape ne le concernait pas.

— Quoi ? Ce n'est pas comme si elle n'allait pas apprendre tous les vilains petits secrets de la famille. Elle en est un, après tout.

Touché, encore une fois. C'était un coup bas, et le plus violent de la soirée.

— Genevieve ! s'exclama Atticus.

— Eh bien, j'arrive au bon moment ! lança une voix depuis le seuil.

Je tournai la tête et restai bouche bée devant le nouveau venu. Nos regards se croisèrent, et il me sourit.

— Ah, Ophelia s'est jointe à nous, déclara Rhys en s'approchant pour déposer un baiser sur ma joue. Ravi de te revoir.

Je le dévisageai, stupéfaite. C'était un de Loughrey ? Combien étaient-ils ? J'avais visiblement beaucoup à apprendre sur l'arbre généalogique de la famille.

— Tu la connais ? demanda Hamilton en fronçant les sourcils.

Rhys cligna des yeux.

— Bien sûr. J'étais là le soir où ces deux tourtereaux se sont rencontrés.

Un silence suivit sa déclaration, et tous les regards se braquèrent sur moi, ceux de Charles avec plus d'intensité que les autres. Je savais que je devais être rouge comme une tomate. Rhys salua Vera et la tablée avant de prendre place.

— Pourquoi ce silence ? Ce n'est pas une célébration ? On accueille un nouveau membre dans notre famille. On a bien besoin d'un peu de sang neuf.

— Je suis périmé, apparemment, dit l'homme en face de moi.

Il tenait Madeline sur ses genoux, j'en déduisais donc qu'il s'agissait du mari d'Elizabeth. Preston ?

— Ne le prends pas mal, mais tu es avec Elizabeth depuis dix ans, et je te connais depuis que tu es petit. Ophelia, c'est vraiment du sang neuf.

— Du sang de roturière, railla Charles.

Les coups ne cessaient de pleuvoir. J'en étais réduite à serrer les dents pour me retenir de répliquer. Malheureusement, je n'avais aucune arme pour riposter. Atticus m'avait préparée à la dureté de son père, mais pas à celle du reste de la famille.

— Vraiment, père ? Qu'est-ce que son statut financier vient faire là-dedans ?

Charles désigna la mondaine qui me toisait. Je dus fournir un effort suprême pour ne pas lever les yeux au plafond devant cette conne surfaite et pourrie gâtée.

— Amelia aussi est du sang neuf. Du sang de qualité.

— Tant mieux pour elle, répondit Atticus sans desserrer les dents.

Je ne sais pas ce qui me poussa à le faire, mais je tendis la main et lui tapotai la mâchoire. Il tourna subitement la tête vers moi, les yeux emplis d'un mélange d'émotions explosives. Tous ses muscles étaient contractés mais, lorsque je posai la main en coupe sur sa joue, je le sentis se détendre.

C'était juste pour le spectacle… n'est-ce pas ? J'avais envie de le croire, mais sa réaction paraissait tellement spontanée que j'avais du mal à m'en convaincre.

— On ne sait pas quand et comment vous vous êtes rencontrés, dit Vera, faisant éclater la bulle d'intimité que nous avions involontairement formée. Et pourquoi n'avons-nous jamais entendu parler de cette relation ?

— Parce que ça ne te regarde pas.

Le léger apaisement que je lui avais procuré se fissurait de nouveau.

— Mon fils amoureux, ça ne me regarde pas ? (Elle se tourna vers Rhys.) Puisque mon fils est fermé comme une huître, mon neveu voudra peut-être éclairer tout le monde ?

Neveu ? Ça expliquait certaines choses.

— Tante Vera, en tant qu'avocat d'Atticus…

Elle souffla et détourna les yeux.

— Si je ne savais pas que tu es totalement sérieux, je penserais que tu essayes d'être drôle.

— On s'est rencontrés en juin dernier, le jour de mon anniversaire. Atticus et Rhys étaient chez Angelino, et m'ont invitée à les rejoindre à leur table, déclarai-je, lasse de leur incapacité à communiquer simplement.

La moindre conversation semblait représenter une bataille constante. Ce n'était pas un dîner mais une partie d'échecs multijoueurs, et je venais peut-être d'exposer mon roi.

Hamilton haussa un sourcil.

— Atticus dans une boîte de nuit ?

— Ça arrive. Pas dans celles que tu fréquentes, précisa Atticus.

— Est-ce que ce n'est pas Rhys, le propriétaire d'Angelino ? demanda Genevieve.

J'écarquillai les yeux.

— En effet, et tu n'y es pas la bienvenue, dit-il à sa cousine.

— Pourquoi ?

Il la toisa.

— Parce que la dernière chose dont j'ai besoin, c'est de la mauvaise publicité que vous me feriez, tes copains et toi, en vous bourrant la gueule et en saccageant mon club.

— Je ne…

Il se pencha en avant en levant la main.

— Je t'arrête tout de suite, petite cousine. N'essaie même pas de nier alors que c'est exactement ce que tu as fait dans le bar de Hamilton.

— Est-ce que vous possédez tous des clubs ? grommelai-je.

— Non, répondit une voix douce à côté de moi.

J'avais presque oublié la présence de la jolie blonde tant elle était restée silencieuse.

— Mais les garçons aiment avoir un terrain de jeu.

— Et les filles ?

— Elizabeth est propriétaire d'un bar à vin. Moi, j'ai des lieux qui commercialisent le café de mon cousin.

— Le café de ton cousin ?

Penelope sourit.

— Le Magie Noire.

— Oh ! je connais.

— Will est le cerveau derrière tout ça, et ma demi-douzaine de cafés l'aide à répandre sa marque dans New York.

— Tu les diriges tous ?

Elle secoua la tête.

— Non, ils ont chacun leur gérant. Moi, je suis violoncelliste.

Compte tenu de sa fine silhouette, je supposais que le violoncelle devait peser plus lourd qu'elle.

— Tu joues dans un orchestre ?

— Non, je compose ma propre musique.

— Et toi ? demandai-je en me tournant vers Atticus, que je trouvai engagé dans une nouvelle conversation houleuse avec Gen.

Il me regarda d'un air dur.

— Excuse-moi ?

— Tout le monde a l'air de posséder de petites entreprises. Et toi ?

— Tu sais déjà que je possède au moins un restaurant.

Heureusement, une fois le plat principal dans nos assiettes, la conversation se calma, malgré quelques éclats de voix résiduels.

Une heure plus tard, nous terminions le dessert et, peu après, la pièce commença à se vider.

— Ça s'est bien passé, dit Rhys une fois que tout le monde se fut dispersé.

Je secouai la tête.

— C'est ça que tu appelles bien se passer ?

Toutes les illusions que je nourrissais au sujet de la famille la plus riche du pays avaient été anéanties en quelques minutes. Une famille dysfonctionnelle, pour rester polie. Ils possédaient tous de fortes personnalités, ainsi que de gros ego, à l'exception de Penelope qui avait été ma voisine toute la soirée. Elle avait quelque chose de discret, ce qui contrebalançait le reste de sa tumultueuse famille.

Atticus se tourna vers son cousin.

— Qu'est-ce que tu fais là, au fait ?

— Tu ne pensais tout de même pas que j'allais manquer ça, si ? rétorqua Rhys avec un sourire espiègle, l'œil brillant.

Même un an plus tard, il était aussi sournois que dans mes souvenirs.

— Pourquoi je ne savais pas que vous étiez cousins ? demandai-je.

En les observant, je pouvais déceler quelques ressemblances, mais avec ses yeux gris acier et ses cheveux bruns, Rhys ressemblait plus à Hamilton qu'à Atticus.

— Pourquoi tu aurais dû le savoir ?

Je fus un peu interloquée par sa réponse, mais il avait raison. Pourquoi ? Nous étions trois personnes qui buvaient un verre dans un club. Ils se connaissaient, et j'avais supposé qu'ils étaient amis.

— Tu sais ce qu'on dit au sujet des suppositions, Ophelia, dit Rhys.

— Je commence à saisir la naïveté de mes premières impressions, qui sont revenues me hanter de manière inattendue.

Rhys me sourit.

— Je confirme que tu feras une nouvelle venue de première qualité. (Il me prit la main, et je tressaillis involontairement au contact de nos doigts.) Tout va bien, petite souris.

Je le laissai porter ma main à ses lèvres, où il déposa un léger baiser.

Tous mes muscles se crispèrent. Il y avait quelque chose de

presque menaçant dans ce geste qui était supposé être respectueux et révérencieux.

— Je dois y aller. À bientôt, tous les deux.

— Tu ne restes pas ? demanda Atticus.

Rhys secoua la tête.

— Même si j'adorerais les regarder jouer avec ta petite protégée, je dois rentrer en ville.

Il nous adressa un signe de tête et un salut de la main avant de disparaître dans le couloir. Je le suivis des yeux jusqu'à la fin, comme si je craignais jusqu'au bout qu'il ne passe à l'attaque.

— Il me dévorerait vivante à la première occasion, non ?

— Exact. Et sans pincettes. Viens, dit-il en me prenant la main.

J'étouffai un bâillement en pénétrant dans le couloir qui devait bien faire la longueur d'un terrain de football. L'adrénaline et l'angoisse de la soirée commençaient à retomber. J'étais soudain épuisée et je n'avais envie que d'une chose, m'écrouler dans un lit.

— C'était… quelque chose. Est-ce que tous vos dîners de famille sont comme ça ?

— C'était une représentation assez fidèle.

— Le mythe de Sisyphe.

Il laissa échapper un petit rire.

— Est-ce que tu couperais vraiment les vivres à ta sœur ?

Il m'adressa une expression aussi sérieuse que d'habitude, et je me demandai de nouveau s'il lui arrivait parfois de sourire. Je l'avais aperçu quelques fois, mais je devais admettre que j'aurais voulu le voir davantage, surtout avec les années de vie commune qui nous attendaient.

— Tu viens de la classe populaire, commença-t-il.

J'attendis qu'il s'exprime avant de décider si je devais le frapper ou non.

— Dis-moi… si tu recevais un quart de million par mois pour

vivre, sans le moindre loyer parce que ta famille possède absolument chaque demeure dans laquelle tu mets les pieds, sans parler d'un appartement à Manhattan bien à toi, est-ce que tu pourrais le dépenser en cinq jours ?

Ma mâchoire tomba. À entendre Genevieve, j'avais eu l'impression qu'elle parlait de quelques milliers de dollars.

— Bordel de merde. Dans quoi elle dépense tout cet argent ?

— Pas dans des associations caritatives, ça, je peux te le dire.

Nous poursuivîmes notre chemin, et je m'efforçai de comprendre ce qu'il venait de dire.

— Alors elle touche trois millions de dollars par an, sans loyer ou autres factures, et, en plus de tout ça, elle revient vous supplier de lui donner quelques millions supplémentaires, et tout ce qu'elle fait, c'est du shopping et la fête ?

— Oui.

Un rire dur m'échappa.

— Coupe-lui les vivres. Fais-lui goûter à la vie des pauvres. Elle peut récupérer mon ancien boulot.

Les lèvres d'Atticus tressaillirent, et il éclata d'un rire franc. Abasourdie, je le contemplai avec émerveillement. Ma réaction me rappela celle de Rhys face au rire d'Atticus, le soir de notre rencontre. Atticus avait un sourire magnifique, à couper le souffle, et je me perdis dans l'éclat de ses yeux bleus.

Au cours de cette semaine passée ensemble, je n'avais jamais vu qu'un sourire d'homme d'affaires aux lèvres serrées. J'avais à présent devant moi l'expression de l'homme que j'avais laissé me ramener chez lui un an plus tôt.

— J'espère que ça suffira à te tenir à distance.

— À distance ?

Il hocha la tête.

— Gen n'attire que la mauvaise publicité. Rien de bon ne sort à passer du temps avec elle, alors garde tes distances.

À ce point ?

— Qu'est-ce que c'était que cette tension avec cette Amelia qui m'a fusillée du regard toute la soirée ?

Il s'arrêta, puis me fit signe de le suivre. On pénétra dans un immense salon, à l'abri des oreilles indiscrètes.

— J'ai été honnête au sujet de ce que j'attendais de toi, mais pas exactement sur la raison.

Je hochai la tête.

— Je me suis rendu compte que j'étais tellement surprise par ta proposition que je n'ai pas pensé à te poser la question.

— Mon grand-père est décédé il y a un mois.

Ma poitrine se comprima, et je posai la main sur son bras.

— Je suis vraiment désolée, Atticus.

Il secoua la tête.

— Ce n'est pas la peine. Je n'éprouve aucune tristesse pour la mort de ce vieil enfoiré. Cela dit, comme toujours, il a trouvé le moyen de m'entuber concernant mon héritage.

— Comment ça ?

— Afin de récupérer ses actions dans la société et cette maison, ainsi que pour maintenir mon poste de P-DG, je dois me marier dans l'année qui suit sa mort.

— Et c'est là que tu as pensé à moi ?

Ma tête se mit à tourner, le temps de déterminer ce qui me choquait le plus : les conditions de son grand-père ou le fait qu'il m'ait approchée.

— J'ai passé de nombreuses nuits à penser à toi, à me souvenir de la sensation de ma queue dans ta chatte, murmura-t-il.

Son souffle chatouillait ma peau tandis que ses mots enflammaient mon sang et émoustillaient mon entrejambe. Toutefois, ce bref instant de passion et d'espièglerie s'estompa très vite.

— Mon père essaie de me forcer à faire un mariage arrangé depuis plus de dix ans, et jusqu'ici j'ai réussi à tous les éviter. Compte tenu du temps qui m'est imparti, je me suis soudain retrouvé dans l'obligation d'examiner mes options. Beaucoup m'ont conseillé d'épouser l'une des femmes que j'ai déjà fréquentées mais, si j'avais eu envie de passer du temps avec elles, je l'aurais déjà fait. Il y avait aussi les quelques amies que j'ai souvent invitées pour m'accompagner à des événements.

— Et réchauffer ton lit ? demandai-je.

Il hocha la tête, ce qui ne me surprit pas. D'après ce que j'avais pu constater, il n'était pas du genre à perdre du temps à draguer des femmes. Même si ce n'était pas nécessaire vu son argent et son physique, un doublé gagnant.

— Alors tu es venu au restaurant, tu m'as vue et tu t'es dit « elle fera l'affaire » ?

— Tu vas me faire avouer quelque chose que je n'ai pas envie d'avouer.

— Dis-le.

Il s'arrêta, se tourna lentement vers moi, et sa mâchoire se contracta avant qu'il pousse un soupir.

— J'ai beau avoir essayé, je n'ai jamais réussi à arrêter de penser à toi. Et pas seulement à combien j'ai envie d'être entre tes cuisses.

Mon cœur papillonna dans ma poitrine à l'idée qu'il ne s'agissait pas d'une toquade à sens unique.

— Tu avais l'air furieux quand tu m'as vue apparaître devant toi en serveuse.

— Oui, parce que je ne suis qu'un connard paranoïaque qui pensait que tu cherchais quelque chose.

Je me figeai et le toisai, choquée.

— Sérieusement ?

— Je suis un de Loughrey, Ophelia, bien sûr, sérieusement. Quand tu nais avec une cuillère en argent dans la bouche, tu apprends à ne faire confiance à personne, parce que tout le monde ne cherche qu'une chose : te mettre à terre pour te retirer cette cuillère.

— Dans quel genre de crèche as-tu été gardé ?

Il secoua la tête.

— J'avais des nounous. C'est simplement une dure leçon que nous avons tous appris d'une manière ou d'une autre. Les gens se servent de nous pour ce qu'ils pourront nous soutirer. Je craignais que ce soit le cas, que tu savais qui j'étais, et que tu n'étais qu'une sangsue parmi d'autres.

C'était la raison pour laquelle il m'avait approchée. La pression qu'il subissait devait être terrible.

— Qu'est-ce qui t'a fait changer d'avis ?

— La vérification de tes antécédents.

— Jusqu'où tu as poussé cette vérification ?

Le fait qu'il connaissait ma vie en détail sans m'avoir jamais posé la moindre question m'horripilait. Cette vérification d'antécédents était sa version du Classeur Maudit, mais je n'en connaissais pas le contenu, et ça me mettait mal à l'aise.

— Très loin.

Je pâlis. La remarque désinvolte qu'il avait faite en disant savoir à quel âge j'avais perdu ma virginité était vraie.

— Quand ?

— Peu après ce premier déjeuner.

— Mais tu ne m'as jamais proposé de sortir avec toi ?

— Non.

— Est-ce que tu en avais un jour l'intention, ou est-ce que ce n'est qu'un tas de conneries que tu sors à toutes les femmes ?

Il me fixa froidement, sans expression. Les murs de glace se reformaient, me bloquant l'accès.

— Tu as l'air fatiguée. Je vais te montrer ta chambre.

— Ma chambre ?

Il hocha la tête.

— Techniquement, c'est celle d'Elizabeth, mais elle est en face de la mienne dans le couloir.

Je m'apprêtai à dire quelque chose, avant de me raviser. Être de l'autre côté du couloir, c'était nettement mieux que d'être dans son lit.

On monta à l'étage, et je fus surprise de le voir continuer jusqu'au deuxième, où l'on déboucha sur un couloir aussi long et aussi large que celui du rez-de-chaussée. L'espace entre les portes était presque identique et on avait l'impression que le couloir était sans fin. Un coup d'œil derrière moi m'indiqua que le même s'étirait de l'autre côté.

Après avoir dépassé plusieurs portes, il tourna une poignée et m'introduisit à l'intérieur. Un lit à baldaquin était installé contre un mur en face d'une grande cheminée. La pièce était décorée de meubles élégants comme au rez-de-chaussée.

— Tu es sûr que c'est la chambre d'Elizabeth ?

On aurait dit une chambre d'amis bien rangée. Rien ne permettait de comprendre qu'il s'agissait de l'espace personnel d'une jeune fille en pleine croissance.

— Tu trouves que ça ne se voit pas ? demanda-t-il.

Son ton était sérieux mais, en me retournant, je vis qu'un petit sourire flottait sur ses lèvres.

— La plupart de ses affaires sont parties chez elle, avec Preston. En dehors de la couleur des murs et des draps, il ne reste que peu de traces de toutes les années qu'elle a passées ici.

— Est-ce que c'est pareil pour ta chambre ?

Il se pencha, et son souffle effleura ma peau.

— Peut-être qu'un jour tu le découvriras. (Il se redressa et se dirigea vers la porte.) Bonne nuit, Ophelia.

Je le regardai refermer la porte et parvins à lancer un « bonne nuit » avant que le loquet ne clique.

Alors que je me retrouvai seule, l'air frais associé au vide de la pièce me donna la chair de poule. Je déglutis avant de me diriger vers ma valise, déposée au pied du lit, et de retirer mes talons. Je reposai mes pieds douloureux à plat sur la moquette épaisse.

Tout ce dont j'avais envie, c'était de m'écrouler sur le lit à baldaquin, mais je devais d'abord enlever mon costume.

J'attrapai mes affaires de toilette et pénétrai dans la salle de bains attenante. Après avoir appuyé sur l'interrupteur, je découvris une pièce luxueuse pourvue d'une douche à l'italienne et d'un comptoir en marbre. Chaque chambre possédait-elle sa propre salle de bains ?

Vu la taille du château dans lequel je me trouvais, la réponse était sûrement oui. Je jetai un coup d'œil à mon reflet, à l'étrangère qui me faisait face. Malgré le temps qui s'était écoulé, j'étais toujours impeccable. Ma fatigue se lisait sous mes yeux, mais le reste était intact.

On aurait dit que j'étais apprêtée pour un défilé de mode, pas pour un simple dîner en famille. Tous les événements de Loughrey ressembleraient-ils à ça ? Devrais-je toujours être tirée à quatre épingles ?

Tout devait disparaître. J'avais besoin de me rappeler qui j'étais réellement, et ce n'était certainement pas l'actrice qui se tenait devant moi.

Lentement, mes taches de rousseur commencèrent à réapparaître, chaque passage du coton effaçant mon look de poupée de porcelaine. Ensuite, je parvins tant bien que mal à baisser la fermeture de ma robe et je la déposai sur une chaise avant de m'attacher les cheveux et de me frotter le visage.

Enfin, la familiarité de mes imperfections m'apaisa.

— Salut, dis-je avant de pousser un soupir.

Dix millions de dollars valaient-ils vraiment de ne plus se reconnaître, comme je commençais à en avoir l'impression ?

Chapitre 16

Atticus

Un malaise montait en moi, mais je n'arrivais pas à déceler l'origine de ce sentiment étrange. Tout ce que je savais, c'était qu'il empêchait mon corps et mon esprit de trouver le repos pour la nuit.

J'avais les yeux rivés sur le plafond. Un rai de lumière provenant de l'extérieur créait une myriade de formes spectrales. Petit, j'en avais peur, mais en tant qu'adulte j'avais l'impression qu'elles étaient venues m'accueillir à mon retour.

Toutefois, ce n'étaient pas ces souvenirs qui m'empêchaient de dormir, mais une présence que je ressentais.

Tout ce qui nous séparait, c'étaient deux portes et un couloir, pourtant elle me paraissait trop proche et trop loin à la fois. À la maison, au moins, plusieurs pièces faisaient tampon entre ma chambre et la sienne.

Sa présence était nécessaire mais me déstabilisait. Je n'avais pas l'habitude de cette compagnie, encore moins de celle d'une femme comme elle.

Ophelia n'avait rien à voir avec celles que je fréquentais habituellement. Même si « fréquenter » était un terme un peu large pour mes rencontres, généralement destinées à me libérer de mon stress ou à me tenir le bras à un événement mondain. Je n'avais vraiment fréquenté personne depuis le lycée. Je n'avais simplement pas le temps, et mes exigences étaient élevées.

Le statut d'aîné s'accompagnait de restrictions, d'obligations et, par-dessus tout, d'un respect exemplaire de la conduite qu'on attendait de moi.

Si seulement mes frères et sœurs avaient eu une éducation aussi stricte, ma tension artérielle aurait été moins élevée, bien qu'en matière de frères et sœurs je n'avais qu'une seule véritable épine dans le pied : Genevieve. Silas n'arrivait pas loin derrière, mais ce n'était rien comparé à la benjamine de Charles de Loughrey.

Elle n'était pas la plus jeune de tous. Certains des enfants d'oncle Hugh étaient encore au lycée. Le petit dernier de tante Kathryn était aussi plus jeune. Elle avait épousé un homme nommé William Montgomery et nous voyions peu sa famille car ils vivaient sur la Côte Ouest, mais nous comptions trois cousins supplémentaires de ce côté-là. Il y avait aussi la famille élargie – cousins au deuxième, au troisième, au quatrième et au cinquième degré qui portaient notre nom.

Elizabeth, Hamilton, Rhys et Georgiana restaient dans le rang et ne posaient aucun souci. Seul le mari d'Elizabeth se distinguait, mais je comptais mettre rapidement un terme à ce désagrément. Les enfants d'oncle Hugh étaient encore suffisamment jeunes pour qu'il soit en mesure de les contenir, ce qui était d'un immense secours, mais ils se retrouveraient bientôt eux aussi sous ma responsabilité.

J'interprétai le creux qui se formait dans mon ventre comme le signe que mon plan était une erreur. Ça ne fonctionnerait jamais. Mais j'avais besoin de temps, un sursis dans le seul aspect de ma vie qui me tracassait sans relâche.

Juste une soirée, et j'avais déjà hâte de retrouver Manhattan. Les obligations familiales me forçaient à tenir encore un jour. La soirée avait été rude, et les insultes à l'encontre d'Ophelia plus nombreuses que je l'aurais cru.

De la résistance ? Oui. Mais je ne m'attendais pas au mépris total de tout le monde. Je savais pertinemment qu'ils ne voulaient pas prendre ma place, alors pourquoi toutes ces réticences contre la femme que je choisissais d'épouser ?

Ophelia était la seule grande décision que je prenais pour ma vie. La seule. Mon statut de célibataire, à ce jour, était l'unique chose que je contrôlais librement et qui ne s'accompagnait pas de menottes – une des raisons pour lesquelles je luttais autant contre un mariage arrangé.

Ophelia avait déjà commencé à chambouler ma vie dans tous les sens. Quand je la regardais passer devant moi dans un jean qui moulait son superbe cul comme une seconde peau, j'en venais à penser que ma décision était la meilleure que j'avais jamais prise.

Et, ce soir, elle avait tenu bon avec une grâce qui rivalisait avec celle de ma mère.

Tout au long du dîner, quoi qu'on lui dise ou que l'on dise sur elle, elle n'avait pas répliqué. Elle se mordait la langue. Même si je percevais sa colère, elle n'avait rien laissé transparaître. Elle possédait également une extraordinaire capacité de compréhension d'autrui. J'avais beau avoir confiance en Rhys, c'était un serpent dans les hautes herbes, et cet aspect de lui ne lui avait pas échappé un seul instant. La plupart des femmes tombaient dans le panneau, mais Ophelia se retranchait discrètement vers moi chaque fois qu'il était dans les parages.

J'aurais dû lui parler des plans de mon père et des modalités du testament, mais je craignais qu'elle ne décline ma demande en mariage. L'omission était la clé de tout.

Le lendemain matin, j'étais en train de prendre mon petit déjeuner et de boire mon café à la table de la salle à manger lorsqu'elle entra.

Elle portait de nouveau ce jean, celui qui la moulait comme une seconde peau et me donnait l'envie irrépressible de la toucher.

— Si tu comptes continuer à mettre des jeans, tu dois porter ceux que Melanie t'a achetés, lui dis-je tandis qu'elle tirait la chaise à côté de moi.

Elle s'interrompit et me regarda.

— Pourquoi ? Un jean, c'est un jean.

— Fais-moi confiance. Ils sauront faire la différence, et je ne veux pas qu'ils te prennent de haut. (Ils le faisaient déjà suffisamment comme ça.) Il nous reste encore une soirée à passer ici.

— Est-ce que cette « requête » s'applique aussi à la maison ? demanda-t-elle sèchement.

Le pincement désagréable dans ma poitrine m'obligea à me détendre afin de ne pas lui donner une impression d'hostilité.

— C'est chez nous. Tu peux porter ce que tu veux.

— Tu veux dire chez *toi*. J'y habite peut-être, mais je ne suis rien de plus qu'une employée en colocation. Ce n'est pas chez moi.

Son ton était mordant.

— C'est autant chez toi que chez moi.

— Non, non, pas du tout. Au mieux, je suis une invitée dans ton palais. Et puisque tu me dictes ce que j'ai le droit de porter ou non…

— À l'extérieur. Tu peux porter ce que tu veux à la maison. Voire rien du tout.

Je ne pus retenir un sourire. Oh ! oui, j'apprécierais énormément qu'elle se balade toute nue dans l'appartement en me suppliant.

— Tu es superbe quoi qu'il arrive.

— Dis donc, est-ce que tu viens de me faire un compliment ?

Ma bonne humeur s'étiola.

— Je sais que je peux avoir l'air rude parfois. C'est le résultat du niveau auquel je dois me maintenir, moi ainsi que ceux qui m'accompagnent.

Elle poussa un soupir agacé au moment où Mary apparut à côté d'elle. Ophelia sembla gênée de lui passer sa commande pour le petit déjeuner, mais elle s'y habituerait en un rien de temps, même si je savais que le rôle du pacha qui se fait servir l'exaspérait.

— Tu as apprécié ta petite flânerie ?

— Ma flânerie ?

— Je suppose que tu faisais une petite reconnaissance des lieux étant donné que je ne t'ai pas trouvée ce matin quand je suis venu te chercher.

Elle haussa les épaules.

— C'est immense, ici. Je me suis perdue en route pour retrouver la salle à manger.

— Hmm.

Une grande assiette apparut devant Ophelia, qui écarquilla les yeux.

Je reposai mes couverts en avalant ma dernière bouchée, je terminai mon café puis demandai qu'on m'en serve une autre tasse dans la bibliothèque.

Ophelia releva les yeux, la bouche pleine d'omelette, un morceau de saucisse planté sur sa fourchette.

— Je serai dans la bibliothèque, dis-je.

Elle hocha la tête puis reporta son attention sur son assiette.

Une heure plus tard, j'étais installé à l'un des bureaux en coin dans la bibliothèque familiale qui s'étendait sur l'équivalent de deux étages. C'était l'un des rares endroits de la maison où j'éprouvais un semblant de paix.

— Où sont passées toutes mes affaires ? demanda Ophelia en déboulant dans la pièce, m'arrachant au rapport financier que j'examinais.

— Tu ne te serais pas trompée de chambre ? Je sais que la maison est grande, mais je pensais que tu l'avais suffisamment explorée ce matin.

— Arrête tes conneries, Atticus.

Je refermai mon portable avant de la regarder. La colère dans son regard me surprit. Elle était sublime quand elle était en colère, et toutes mes terminaisons nerveuses s'enflammèrent. Je mourais d'envie de sentir ses lèvres sur les miennes, son corps se tortiller sous le mien pendant que je l'aurais baisée pour lui imposer le respect.

— C'est une grossièreté que tu devrais vraiment effacer de ton vocabulaire. Si tu m'en veux pour quelque chose, dis-le simplement.

— Très bien. Arrête d'insulter mon intelligence. Où sont toutes mes affaires ?

— Tu as vérifié dans ta chambre ?

— Tu penses que je te poserais la question ?

— Alors je peux t'assurer que je ne sais absolument pas de quoi tu parles.

— Ses affaires sont dans ta chambre, Atticus, déclara mon père depuis le seuil. Je les ai fait déplacer ce matin.

Je me figeai en fixant l'homme qui me mettait au défi de lui prouver que ma relation avec Ophelia n'était pas un subterfuge.

— Tu as fait quoi ?

Je serrai les dents en le toisant. Il me testait pour voir si notre relation était réelle. Cet arrangement contractuel n'avait pas à s'immiscer dans mon seul sanctuaire.

— C'est ta fiancée et elle devrait dormir à tes côtés. Vous devriez vous mettre au boulot pour me donner des petits-enfants. Nous avons besoin de nouveaux de Loughrey.

Je perçus la lueur de provocation dans ses yeux. Il voyait clair dans mon jeu, mais ça n'avait pas d'importance. La condition, c'était le mariage, et j'avais choisi mon épouse. Plutôt mourir que de le laisser me l'enlever.

Ophelia m'appartenait.

Il disparut aussi rapidement qu'il était apparu.

Ophelia se rapprocha en croisant les bras.

— Je ne dormirai pas dans le même lit que toi, siffla-t-elle.

— Apparemment si, répondis-je, tout aussi mécontent qu'elle.

Je déjeunai avec Ophelia sur la terrasse qui faisait face au lac. C'était l'un de mes endroits préférés. Ensuite, je l'emmenai faire une petite balade sur le quai. Honnêtement, c'était agréable de marcher un peu. Il fallait descendre une petite pente à travers des jardins en terrasses sur des allées pavées.

Le Chris-Craft était sorti de l'eau et caché sous un abri. Quelqu'un avait dû s'en servir récemment, sans quoi il aurait été rangé dans le hangar à bateaux.

La brise était chaude, et le visage d'Ophelia s'illumina à l'approche de l'eau. Peut-être qu'elle aurait aimé faire un tour sur le lac.

— Des poissons ! s'exclama-t-elle avec un sourire éblouissant en pointant l'eau du doigt.

Son émerveillement enfantin face à une chose aussi simple me stupéfia quelques secondes. C'était un aspect d'elle que je n'avais encore jamais vu, et qui réchauffa mon cœur de glace.

Je suivis son regard vers les petites perches qui nageaient autour des poteaux et plongeaient sous les rochers. Elle se pencha en avant pour mieux voir et perdit l'équilibre. En un éclair, je la rattrapai par le bras et la plaquai contre moi, le cœur battant à tout rompre, traversé par une décharge d'adrénaline.

Elle ouvrit de grands yeux surpris.

— Waouh. J'ai eu un petit vertige.

— Tu sais nager ? demandai-je sans lui lâcher le bras et en la gardant près de moi.

Elle fit la moue, et je nous écartai aussitôt du bord.

— Oui, mais pas super bien.

Mes muscles se resserrent sur elle tandis que les cris du passé m'emplissaient les oreilles.

Surprise, elle posa sa main chaude sur ma joue.

— Atticus ?

— Tu ne nageras plus toute seule à la Tour, et tu prendras des cours de natation dès notre retour.

Elle cligna des yeux.

— Je sais nager, Atticus.

— Mais tu n'es pas très forte, et je ne te laisserai plus approcher l'eau avant que tu ne te sois améliorée.

— Tu recommences à me donner des ordres ?

Je plissai les yeux. Ne comprenait-elle pas que j'essayais de la protéger ?

— Pour ta sécurité, oui.

Son regard passa de l'un à l'autre de mes yeux.

— D'accord, dit-elle sans argumenter, pour une fois.

L'incrédulité avait disparu, et sa voix était teintée de confusion. Ce qui signifiait qu'elle n'en était pas encore arrivée à cette partie-là du classeur.

Avec un hochement de tête, je lui pris la main et l'éloignai du bord de l'eau pour rejoindre la maison.

Je ne commettrais pas cette erreur avec elle.

— Te voilà, lança une voix mièvre, quelques heures plus tard, depuis le seuil de la bibliothèque, où je m'étais retiré après le déjeuner.

La veine dans mon front se mit à palpiter lorsque je vis Amelia Harris s'approcher de moi en balançant ses hanches.

C'était un geste supposément aguicheur, mais qui ne me faisait pas le moindre effet.

— Amelia.

Je reportai mon regard sur mon travail sans prêter attention au parasite qu'avait libéré mon père.

Du coin de l'œil, je la vis contourner le bureau, puis je sentis le bout de ses doigts se poser sur mes épaules.

— Ne me touche pas, sifflai-je.

Elle tressaillit, probablement surprise.

Je me levai et la dominai de toute ma hauteur.

— Je me fous royalement de ce que t'a promis mon père. Il peut essayer tout ce qu'il veut. Ça reste mon choix, et je dirige tout. Afin d'éliminer tout malentendu, je te garantis que tu es tout en bas de la liste des candidates possibles pour réchauffer mon lit.

La fureur s'empara de ses traits, et elle leva le bras pour me gifler. Je lui saisis le poignet.

— À ta place, je ne reproduirais pas un geste aussi idiot. Tu penses peut-être avoir du pouvoir, que ton nom a un certain poids, mais ni toi ni ton père n'avez besoin d'avoir quelqu'un comme moi comme ennemi. Rentre chez toi, dis-lui que tu as échoué. Si tu tentes de te venger d'une manière ou d'une autre, sache que je démolirai votre entreprise sans la moindre hésitation.

— Tu n'as pas ce pouvoir.

Je la tirai par le bras pour approcher son visage du mien. Elle voulait paraître forte, mais je décelais sa peur. Cette peur me galvanisa, excita ma noirceur à la perspective de pouvoir détruire quelque chose.

— C'est ce qu'on verra, grondai-je avant de la relâcher.

Elle retroussa les lèvres, exposant ses dents, et je vis les larmes lui monter aux yeux.

— Tu me le paieras.

La colère s'empara de moi, et mon regard se fit encore plus incendiaire. Elle osait me menacer ? Moi ?

— Fais un seul pas de travers, et j'écrase les Hôtels Harris en quelques minutes, dis-je avec un calme mortel.

— Tu n'en as pas les capacités, railla-t-elle.

Malgré son apparente confiance, je discernais la peur qui montait en elle.

Afin de bien me faire comprendre, je me redressai.

— Tu as peut-être convaincu mon père, mais n'oublie pas, Amelia, c'est moi qui règne sur les de Loughrey. Pas lui. Et je n'aurai aucun scrupule à passer à l'attaque si tu continues de m'importuner ou d'essayer de t'immiscer entre Ophelia et moi.

Elle me fixa un moment des yeux avant que son air surpris ne se fonde en rictus sensuel.

— Pour ton information, sache que tu peux m'attaquer. Quand tu veux. J'aime les dominateurs. Je suis très douée au lit.

Je tins bon face à chacune de ses allusions sexuelles.

— Il semblerait que je me sois mal fait comprendre.

— Oh ! j'ai très bien compris. Mais j'aime enfreindre les règles. Est-ce que tu voudrais me punir pour ça ?

— Non. Tout ce que je veux, c'est que tu me lâches et que tu partes de chez moi. Va-t'en avant de t'enfoncer encore davantage ou de me forcer à appliquer ma menace.

— Tu peux me prendre. Relâcher la pression que tu as en toi. Elle ne te soulage pas, c'est évident. (Elle releva le bas de sa robe et exposa sa chair nue en se retournant avant d'écarter les jambes.) Tu peux te libérer en moi. Tout ce que tu veux.

La nausée me gagna. Beaucoup d'hommes auraient trouvé ça

flatteur et bandant, mais je sentis l'aigreur monter. Je n'appréciais pas les femmes faciles qui se comportaient comme des putes.

— Sors, grondai-je.

Un mouvement sur le seuil attira mon regard, et je vis Ophelia entrer, puis se tourner après avoir avisé la femme devant moi. Je sentis la rage monter à l'encontre de celle-ci, et j'étais sur le point de la traîner dehors par les cheveux lorsque Ophelia se planta devant moi.

Sans prévenir, elle saisit mon visage et attira mes lèvres contre les siennes. Elle les entrouvrit, et je fus gratifiée de la plus délicieuse des langues contre la mienne. Je la pris par la taille et l'attirai contre moi, mais je fus déçu lorsqu'elle s'écarta un instant plus tard.

Elle avait les yeux brillants, les joues rouges. La connexion se rompit lorsqu'elle se tourna lentement vers Amelia, qui avait fort heureusement baissé sa robe et fusillait Ophelia du regard.

— Je l'ai clairement entendu vous dire de sortir, alors qu'est-ce que vous faites encore là ?

Amelia laissa échapper un petit cri et tapa du pied en levant la main, clairement pour gifler Ophelia.

Je pivotai, mon bras toujours autour d'Ophelia, la mettant hors de portée de celle d'Amelia, qui frappa mon biceps.

Elle blêmit lorsqu'elle prit conscience de son geste.

Je lâchai Ophelia et me plantai, menaçant, devant Amelia.

— Tu auras quitté cette maison dans les cinq minutes ou la promesse que je t'ai faite deviendra réalité dans l'heure qui suit.

Elle sembla pâlir encore tandis que son regard oscillait entre mes deux yeux comme un animal apeuré, puis elle fila sans demander son reste.

— Est-ce que ça va ? demanda Ophelia après son départ.

Elle s'empara de mon bras pour l'examiner.

— Mais oui. Elle n'a pas assez de force pour me faire mal.

— Oh ! dit-elle, tandis que l'énergie passionnée qui s'était emparée de nous pendant ce baiser se dissipait. (Elle recula et jeta un coup d'œil vers le bureau.) Tu travaillais.

— Oui.

Elle cala une mèche de cheveux derrière son oreille.

— Je vais me promener un peu dans les jardins avant le dîner.

Je restai planté là et la regardai partir. Une partie de moi avait envie de l'accompagner, mais je ne savais pas comment le lui dire.

Plutôt que de me concentrer là-dessus, je reportai mon attention sur l'autre flamme qui brûlait en moi. Amelia avait présenté de nombreux visages, mais elle n'avait pu dissimuler sa peur.

Et j'allais m'assurer qu'elle ait peur de moi.

Quand je les aurais éviscérés de l'intérieur, les Hôtels Harris tiendraient encore debout, mais à grand-peine.

Elle était sur le point de retenir une leçon qui, je l'espérais, se ferait pleinement sentir : ne me fais pas chier et, plus important encore, ne fais pas chier ma femme.

Chapitre 17

Atticus

Je sentis la nervosité s'emparer d'Ophelia ce soir-là au moment de regagner notre chambre.

— Tu as l'air agité, ma chère, dis-je en me délectant de son malaise plus que je ne l'aurais dû.

Ce petit mot d'affection la surprit, et elle me jeta un regard. C'était seulement pour être un peu moqueur, mais sa réaction me plut. La perspective de retrouver son corps doux contre le mien éclipsait toute préoccupation concernant ses sentiments.

Elle déglutit avant de se mordre la lèvre, et je saisis le bas de sa chemise.

— Ce n'est pas comme si on n'avait jamais partagé le même lit, lui rappelai-je, ce qui ne fit que me remémorer l'effet de son corps autour du mien.

— Oui, eh bien, la situation était différente.

C'était le moins qu'on puisse dire.

Ophelia s'arrêta à l'entrée de la pièce. Son regard se promena sur les murs et le mobilier, analysant ma chambre d'enfance. Contrairement à celles d'Elizabeth, les étagères étaient remplies de trophées et de livres.

Les murs étaient bleu marine et bois sombre. Du carrelage crème entourait une cheminée qui n'avait pas servi depuis longtemps, et la couleur était rappelée par les fauteuils, les rideaux et les tapis.

— Alors ?

— Je m'attendais à ce qu'elle soit plus froide, dit-elle tout bas. (J'envisageai de répondre lorsqu'elle se tourna vers moi.) Mais elle est étonnamment chaleureuse, même compte tenu de sa taille. Il y a quelque chose de toi.

Un petit sourire qui me subjugua apparut sur ses lèvres.

Sa présence me calmait et me perturbait en même temps. La voir dans ma chambre me plaisait, ce qui était curieux. Je détestais que quiconque pénètre dans mon espace personnel. Toutefois, après la révélation de cet après-midi, quand je l'avais appelée « ma femme », même simplement dans ma tête, je me rendis compte qu'elle me transformait, ne serait-ce que vis-à-vis d'elle.

Je détournai mon attention d'elle pour essayer de me dégager de l'emprise qu'elle avait sur moi. Mon corps brûlait encore du baiser qu'on avait échangé plusieurs heures plus tôt.

Quand je retirai ma chemise, je me délectai du petit hoquet qui lui échappa. Je la trouvai debout à côté de sa valise, l'air pétrifié, sur le point de déziper son jean, les yeux rivés sur moi.

On s'observa un moment ; une douce chaleur circulait entre nous. Une femme m'avait montré son entrejambe et m'avait pratiquement supplié de la baiser, et ça ne m'avait fait aucun effet. Un simple baiser d'Ophelia me consumait de l'intérieur.

— Depuis quand tu n'as pas eu de relation sexuelle, Ophelia ? lui demandai-je sur un ton plus grave que la normale.

Elle cligna des yeux, et une superbe rougeur teinta sa peau pâle.

Je haussai un sourcil tout en baissant la fermeture de mon pantalon. Elle se détourna, sortit quelque chose de sa valise et le serra contre elle avant de se retenir de courir dans la salle de bains.

Je me débarrassai de mon pantalon et de mes chaussettes, ne

gardant que mon boxer. C'était dans cette tenue que je dormais, et je n'avais pas l'intention de changer simplement parce qu'elle serait allongée à côté de moi.

En quelques pas, je m'appuyai contre la porte de la salle de bains.

— Depuis ton anniversaire, c'est ça ?

La porte s'ouvrit brusquement, et une vague de désir me traversa à la vue de sa petite tenue. Je sentis tous mes muscles se contracter lorsque mon regard se promena sur sa petite poitrine parfaite et ses tétons que j'apercevais sous son débardeur. Celui-ci ne laissait que peu de place à l'imagination, mais c'était la petite culotte en dentelle qui la recouvrait à peine qui faillit me faire flancher.

Elle se dirigea vers la chambre, ses vêtements drapés sur un bras, mais je lui bloquai le passage. L'espace d'un instant, je fus pris au piège d'un désir qui me submergeait. Une partenaire sexuelle parfaitement viable se tenait devant moi, une partenaire qui me correspondait à la perfection, et je dus faire appel à toute ma volonté pour ne pas la plaquer contre le mur et la prendre sur place.

— Pousse-toi, dit-elle dans un faible murmure.

Elle avait toujours les joues rouges, et l'effort n'en fut que plus difficile.

— Alors, quand ? grognai-je, à peine capable de me contrôler devant son corps si légèrement vêtu.

Elle serra les dents avant de croiser enfin mon regard. Je vis la colère brûler à l'intérieur, mais elle ne parvenait pas à se débarrasser de sa rougeur.

— Tu le sais très bien.

Je reculai pour la laisser passer en résistant à l'envie de l'attraper.

C'est une mauvaise idée.

En quelques minutes, sa proximité m'avait rendu fou. Aucune femme ne partageait mon lit à moins que je la saute. Et j'avais passé près d'un an à rêver de m'enfouir au fond d'elle.

Je pénétrai à mon tour dans la salle de bains et en émergeai quelques minutes plus tard. Elle était allongée sous les couvertures, sur le côté, le dos tourné vers moi. Il valait mieux pour nous deux qu'elle m'ignore.

Après m'être glissé à ses côtés, j'éteignis la lumière et fermai les paupières en attendant le sommeil.

Cet enfoiré de marchand de sable refusa de prendre mon sort en pitié et me laissa subir la proximité de son corps. Je sentais sa chaleur à l'autre bout du matelas. C'était une véritable fournaise, et ce n'était pas ça que j'avais en tête quand je lui avais parlé de réchauffer mes draps.

Elle était tellement belle, fougueuse, et j'étais certain qu'il lui arrivait parfois de me détester. Elle me connaissait mal, et je me demandais si ce n'était pas plutôt elle qu'elle détestait pour avoir accepté ma proposition. Si elle ne luttait pas contre moi pour se protéger d'elle-même.

N'était-ce pas ce que je faisais ? L'utiliser comme un bouclier ?

Je n'avais fait aucune promesse, aucune déclaration de sentiments, même s'ils étaient réels. Je ne saurais pas comment lui dire. Ils étaient naissants, tout neufs, mais bien réels. J'en voulais davantage de sa part, mais je contenais ce désir. Car notre relation n'était pas fondée sur des émotions, mais sur des bénéfices mutuels.

Dans la faible lueur, je ne pus m'empêcher de me tourner vers elle pour l'observer. Elle avait roulé sur le dos, le bras jeté au-dessus de sa tête, le visage orienté dans ma direction. Ses lèvres entrouvertes et ses cils qui papillonnaient dans son sommeil me fascinaient. De quoi rêvait-elle ?

Une mèche de cheveux lui barrait le front, et je tendis la main pour l'écarter. Le bout de mes doigts fourmilla à son contact, et je ne pus résister à l'envie de poser ma paume sur sa joue et de passer mon pouce sur sa lèvre inférieure.

Cette magnifique lèvre dont je me souvenais si bien. Des lèvres qui me hantaient. Pressées contre ma peau, contre mes lèvres, autour de ma queue – des visions qui me faisaient durcir et souffrir du besoin de la revendiquer.

J'avais envie d'elle. Follement. Ma queue se languissait de sa chair profonde. De la chaleur humide de sa petite chatte étroite. Cette proximité et sa chaleur corporelle ne faisaient que m'électriser davantage. Je ne me souvenais pas d'une seule fois où j'avais été aussi excité.

Avant de me rendre compte de ce que je faisais, je la plaquai contre le matelas et insérai une jambe entre les siennes. La chaleur de son entrejambe m'arracha un mouvement du bassin et je pressai mon sexe contre elle. Je plongeai dans le creux de son cou et passai à l'attaque en la couvrant de baisers, avec mes lèvres, mes dents, ma langue.

— Atticus ? dit-elle d'une voix rauque teintée de confusion, mais aussi d'une pointe de désir.

Je grognai sans m'arrêter. Mes paumes remontèrent sur ses flancs, et je lui pinçai les tétons, ce qui la fit dresser les hanches en hoquetant.

— Tu vas céder, et tu vas céder sur-le-champ, grondai-je contre son oreille.

Toute ma raison s'était envolée, chassée par le désir dévorant de la sentir autour de moi.

— De quoi tu parles ?

Je m'appuyai contre elle. Nos regards se verrouillèrent, et je lus dans le sien la même soif que la mienne.

— Cède, Ophelia. Je sais que tu en as autant envie que moi.

Elle écarquilla les yeux, et une lueur de compréhension les traversa.

Une douleur aveuglante explosa dans mon corps ; je poussai

un cri et roulai sur le côté en me tenant les parties. Elle se redressa et recula contre la tête du lit.

— Qu'est-ce qui te prends bordel ? Tu déconnes ? Non, Atticus. Ah non, putain, siffla-t-elle.

La douleur me remit les idées en place, et je secouai la tête. Je me redressai en grimaçant et l'implorai du regard.

— Je suis désolé. Je ne sais pas ce qui m'a pris.

Elle me fusilla du regard.

— Tu as pensé avec ta queue. Ne recommence plus tes conneries.

— Promis.

Grossière erreur, mon vieux.

Chapitre 18

Ophelia

Que fait-on à New York quand on a des fonds illimités ?

On trône au sommet de sa tour sans jamais rien faire.

J'avais été tellement bombardée de nouveautés au cours de mes premières semaines avec Atticus ! La vie que je menais jusque-là avait été retournée dans tous les sens et secouée comme une boule à neige. Prise au piège dans une confusion générale. Si je n'avais plus besoin de travailler, que faire de mes dix doigts ?

La cuisine et le ménage n'étaient plus des options – quelqu'un s'en chargeait.

Le seul bon côté, c'était que l'ennui absolu, associé à l'incroyable salle de sport privée située vingt-deux étages plus bas que ma prison de sept cent cinquante mètres carrés, m'avait permis d'intégrer une bonne routine sportive. Il m'arrivait de tomber sur Genevieve. Ça devenait presque une habitude. On courait en silence l'une à côté de l'autre sur des tapis de course. Même en plein effort, elle était impeccable. Je supposais que cet exercice était destiné à éliminer tout l'alcool qu'elle absorbait lors de ses soirées.

Je suivais également trois cours de natation par semaine. Bien sûr, Atticus de Loughrey ne s'était pas contenté de me trouver un moniteur, ou un entraîneur pour m'aider à améliorer mon niveau. Non, il avait embauché la médaillée d'or olympique, Rana Smith.

Une médaillée d'or olympique.

Quelque chose dans son insistance à ce que je devienne une nageuse chevronnée m'avait empêchée de protester, même si je trouvais la présence de Rana Smith totalement excessive.

Tout ce temps libre, pendant lequel j'étais livrée à moi-même, me permit de faire une découverte surprenante, l'introspection. Je m'ennuyais comme un rat mort.

Le shopping ? Non. Si j'avais besoin de quelque chose, il me suffisait de demander à Jack, d'aller sur Internet, ou d'appeler Melanie. De toute façon, ce n'était pas mon truc.

Des passe-temps ? Autrefois j'avais apprécié les travaux manuels, mais aujourd'hui cela ne me tentait plus. Créer des décorations de table à partir d'objets achetés dans une boutique « tout à un dollar » risquait de ne pas séduire la famille de Loughrey.

Je n'avais aucun talent particulier pour l'art ou la musique. J'aurais pu me remettre aux jeux vidéo, mais ce n'était qu'une perte de temps. Ça m'occuperait, certes, mais ça n'avait absolument rien d'enrichissant. Non pas que j'avais besoin de m'enrichir. Seulement, j'avais vraiment l'impression qu'il me fallait une occupation pour tenir.

Je dus me renseigner sur ce que faisaient les autres femmes de Loughrey. Genevieve, eh bien, c'était Genevieve. Elle avait trouvé la bonne formulation quand elle avait affirmé contribuer à faire tourner l'économie. La musique de Penelope avait trouvé son public. Elizabeth était mère et entrepreneuse. Georgiana, elle, incarnait la haute société – grâce, sophistication et œuvres caritatives.

Je pourrais probablement m'impliquer dans les œuvres de charité mais par où commencer ? Quel genre d'association choisir ? Qu'est-ce qui me passionnait ?

Tout ce que je savais, c'était que je devais décider de ce que je voulais faire de ma vie. En attendant, j'allais poursuivre mes études sur la manière de procéder pour faire partie de l'élite.

C'était sidérant. Plus je poussais mes recherches sur la famille de Loughrey, plus leurs moyens financiers m'apparaissaient illimités. Ils possédaient au moins quarante propriétés autour du monde, y compris une île privée dans les Caraïbes pourvue de sa propre piste d'atterrissage et de ses propres services de douane.

J'avais pris l'habitude de recourir à Google pour me renseigner sur la famille, car je ne supportais plus la monotonie du Classeur Maudit. Internet était un lieu beaucoup plus accessible pour en apprendre davantage sur eux. Ce fichu dossier était le fléau de mon existence, et je mourais d'envie d'y mettre le feu. Si Atticus croyait réellement que j'allais apprendre à connaître mon futur mari grâce à un manuel avec des listes à puces, il se mettait le doigt dans l'œil !

La quantité d'articles Wikipédia les concernant était démente, et presque aussi imbitable que le classeur. Dates de naissance et de mort, énumération de noms… je confondais tout. J'essayais d'absorber le maximum mais, s'il s'agissait de noms que je n'avais jamais entendus auparavant, ça ne s'imprimait pas. Et j'en connaissais peu. En gros, ceux qui vivaient dans la Tour, à savoir la famille d'Atticus et celle de Rhys.

Je finis par me rendre à la librairie la plus proche, au grand désarroi de Michael, et parcourus les rayonnages, pour jeter mon dévolu sur une biographie de la famille. *Les de Loughrey : la royauté américaine.*

La quantité de livres dédiés à la famille était stupéfiante, elle aussi. Et la masse d'informations en ligne était astronomique, m'amenant à me demander une nouvelle fois dans quoi je m'étais fourrée. Je savais qu'il était riche, je savais que les de Loughrey pesaient très lourd, mais je n'avais jamais eu véritablement conscience de l'énormité des chiffres ni à quel point la famille faisait partie intégrante du quotidien des gens. Chaque Américain possédait un produit de Loughrey, qu'il le sache ou non.

Yachts privés, jets privés, un accès à tout ce qu'ils pouvaient désirer.

Quelques semaines plus tôt, tout ce que je désirais, c'était avoir juste de quoi ne plus être constamment en train de grapiller des économies à tout bout de champ. Tous les fantasmes auxquels je laissais libre cours dans le passé, quand je m'imaginais gagner au loto, n'étaient rien comparés à la vie que je menais à présent. Mes rêves étaient insignifiants comparés à la fortune qui m'entourait.

Pourtant, j'étais toujours coincée avec la même question : qu'allais-je faire de ma vie ?

Incarner l'épouse d'Atticus de Loughrey représenterait un travail en soi mais, en dehors de ça, comment occuperais-je mes journées ?

Une fois qu'on aurait un bébé, les choses seraient différentes, j'aurais de quoi faire.

Cette pensée me figea net.

Dans moins d'un an et demi, je pourrais devenir mère. Comment avais-je pu oublier ça ? Oublié qu'il ne s'agissait pas seulement de cinq ans de ma vie, mais du fait d'avoir un enfant ? Sûrement à cause du choc que me provoquait ce changement de vie radical.

Peut-être que l'expérience d'avoir un bébé ensemble pourrait être plus sympa qu'un acte purement clinique.

Vraiment, Ophelia ? Après sa tentative, dans la maison familiale, je n'aurais pas dû y penser, mais je ne pouvais pas non plus nier que malgré ma colère, sur le coup, j'étais aussi incroyablement excitée.

Le poids de son corps sur le mien. Sa divine chaleur, la pression humide de sa langue sur ma peau. Ses caresses.

Pourquoi fallait-il que je le désire autant ? J'avais dû faire appel à toute ma volonté pour lui coller mon genou dans l'entrejambe.

Ce geste m'avait beaucoup coûté, mais je savais que c'était le seul moyen d'arrêter ce qui deviendrait bientôt inévitable.

Nos interactions étaient toujours aussi ardues, mais je savais que ça s'apaiserait avec le temps.

Il y avait de la douceur en lui, je l'avais aperçue. Seulement, j'avais le sentiment qu'il ne savait pas comment me gérer. Je ne ressemblais pas aux autres femmes qu'il avait connues. Il se trouvait que j'attendais de lui des choses autres que financières, et ça le déstabilisait.

J'avais tout le temps du monde pour réfléchir à la personne qu'il était, compte tenu de ma solitude pendant qu'il travaillait, et les journées s'enchaînaient dans un cercle sans fin d'ennui, d'ennui et toujours du même ennui.

À l'approche de mon anniversaire, je me demandai quoi faire. J'adorais aller au casino dans le Queens, mais j'avais le sentiment qu'Atticus ne verrait pas ça d'un très bon œil. Il travaillerait sûrement, comme d'habitude, mais la perspective d'une autre journée solitaire ne me tentait pas une seconde ; et je n'avais personne d'autre que lui dans ma vie.

Si j'avais retenu quelque chose de mes recherches sur les de Loughrey, c'était qu'en être un pouvait paraître glamour de l'extérieur mais qu'il fallait en payer le prix de sa liberté, de la confiance et de l'amour.

Ce mariage m'intégrait à une très grande famille, et pourtant je ne m'étais jamais sentie aussi seule. Est-ce qu'ils éprouvaient tous la même chose ?

Je me réveillai comme n'importe quel autre jour de mon cycle d'ennui sans fin, mais ce n'était pas exactement le même. Du moins, pas pour moi.

C'était mon vingt-septième anniversaire, et la date officielle de l'anniversaire de notre rencontre.

Après avoir déjeuné rapidement, je pris la direction de la salle de sport. Eh oui, pourquoi pas ?

Genevieve était déjà installée sur l'un des vélos elliptiques, avec son air de gravure de mode habituel. Cette fille avait-elle déjà eu le moindre bouton dans sa vie ? Un poil rebelle mal placé ? Quelque chose, n'importe quoi, qui n'était pas parfait ?

— Bonjour, dis-je en grimpant sur le tapis de course.

Le volume de la musique énergique diffusée par les haut-parleurs diminua. Puis la suite me laissa perplexe.

— Bon anniversaire, dit-elle entre deux souffles, ce qui me surprit davantage que le simple fait qu'elle m'adresse la parole.

Je me tournai vers elle et lui souris.

— Merci. Comment tu le savais ?

Elle montra son téléphone.

— Le calendrier familial. Toutes les dates et tous les événements importants sont programmés. Tu as sûrement la même chose dans le tien.

Mon téléphone.

Je laissai échapper un petit rire.

— J'oublie que j'en ai un, la plupart du temps.

— Tu oublies que tu as quoi ?

— Un téléphone.

Je ne recevais jamais aucun appel, je me servais de mon portable uniquement pour surfer sur Internet. Il m'arrivait de l'utiliser, mais il restait généralement dans ma chambre.

Gen écarquilla les yeux et ralentit le pas en me fixant comme si j'étais une extraterrestre.

— Tu oublies ?

— Ouais.

La façon dont elle me fixait me mettait mal à l'aise. Je ne l'avais pas remarqué auparavant mais, malgré sa réputation, Genevieve avait le même regard calculateur qu'Atticus.

— Eh bien, je n'ai pas beaucoup d'amis, et je parle aussi peu que possible à ma mère.

Elle secoua la tête et soupira.

— Peut-être que vous êtes faits l'un pour l'autre, tous les deux. Tu as quel âge, aujourd'hui ?

— Faits l'un pour l'autre ? Qu'est-ce que tu veux dire ?

— Je veux dire qu'Atticus n'a pas beaucoup d'amis, et encore moins de personnes en qui il a confiance. Ça n'a rien de vraiment surprenant, mais je pense que ce genre de solitude attire la solitude. C'est peut-être une bonne chose. Dieu sait qu'il faut faire quelque chose pour lui retirer le balai qu'il a dans le cul.

Je ne pus m'empêcher de rire, et elle se joignit à moi. C'était agréable d'avoir une conversation normale avec elle.

— J'ai vingt-sept ans aujourd'hui.

— Tout le temps pour nous pondre cinq enfants.

Je trébuchai, mais me rattrapai et ralentis le pas en la dévisageant.

— Cinq ?

Elle hocha la tête.

— On est prolifiques dans la famille. Père a quatre frères et sœurs. Enfin, techniquement, cinq, mais l'un d'entre eux est mort quand il était bébé. Nous aussi, on est cinq ; oncle Henry en a cinq, oncle Hugh en a cinq – tante Katherine n'en a que trois, cela dit, et oncle James est mort peu avant de se marier.

Voilà, est-ce que c'était si difficile que ça ? En quelques secondes, Genevieve m'avait transmis le principal de l'arbre généalogique de la famille – au moins sur deux générations – d'une manière compréhensible, qui n'était pas représentée par un graphique sur une feuille de papier. Elle avait donné vie à des noms que j'avais lus. Elle les avait rendus réels, au lieu d'un fouillis de lettres imprimées sur de la pâte à papier industrielle.

— Merci.

Elle haussa un sourcil.

— Pourquoi ?

— Pour m'avoir expliqué quelque chose comme si j'étais un être humain.

Elle pouffa.

— Atticus n'est pas la personne la plus aimable qui soit.

— Non, effectivement. Je me demande même comment il peut être aussi doué dans ce qu'il fait.

— Il n'y a pas forcément besoin d'être doué dans un domaine pour y exceller.

— Qu'est-ce que tu veux dire ?

— Il n'est pas le plus impitoyable, mais il a d'autres qualités qui compensent.

— Qu'est-ce qu'il a de si particulier, dans ce cas ?

— C'est le plus déterminé. Il fera tout ce qu'il faut pour obtenir ce qu'il veut, ce dont il a besoin.

Ses paroles me percutèrent, même si ce n'était pas l'effet recherché. Ce n'était pas à ma situation qu'elle faisait référence, mais elles firent écho en moi. Il connaissait mes faiblesses et les avait exploitées pour m'amener à accepter. Il m'avait accordé une liberté financière et avait même accédé à ma requête d'abstinence.

S'intéressait-il seulement à moi en tant que personne ?

— Le Roi Mauvais.

Je tournai brusquement la tête vers elle.

— Qu'est-ce que tu as dit ?

— C'est comme ça que les gens l'appellent. Le Roi Mauvais. Personne n'ose le défier de crainte de réveiller le Roi Mauvais. Il peut renverser des empires en l'espace de quelques heures.

La conversation que j'avais surprise quelques semaines auparavant me revint aussitôt en mémoire, confirmant ses dires. Il avait utilisé la force brute de pouvoir des de Loughrey.

Genevieve ralentit avant de descendre de son vélo et se tamponna le visage avec une serviette.

— Demain même heure ? demanda-t-elle avec un sourire amical.

Je lui souris.

— Avec plaisir.

— Passe une bonne journée d'anniversaire, lança-t-elle avec un signe de la main.

J'accélérai le rythme sur le tapis, un sourire flottant sur mes lèvres. C'était la première fois qu'un de Loughrey me parlait comme à une personne normale et non comme si j'étais de la merde sous sa semelle. Genevieve avait été distante, mais moins agressive que les autres. Notre conversation avait vraiment ouvert une porte entre nous. Plus je pensais à elle, plus je me demandais pourquoi Atticus avait une si piètre opinion de sa sœur.

Le Roi Mauvais. Un surnom approprié pour un homme aussi imposant.

Chapitre 19

Ophelia

Le claquement d'une porte me réveilla en sursaut. Je ne savais pas trop quand je m'étais endormie mais, à en juger par la position du soleil et l'heure sur mon réveil, j'avais fait une bonne grosse sieste après le déjeuner.

Un bruit de pas décidés s'approcha, et je me redressai à temps pour voir Atticus apparaître sur le seuil. Je consultai de nouveau mon réveil, les sourcils froncés ; il n'était même pas 17 heures.

— Coucou, dit-il, avant de sortir un magnifique bouquet de callas de derrière son dos.

Je poussai un hoquet de surprise et me levai pour m'approcher des pétales blancs au cœur violet, entourés de brins de lavande.

— Joyeux anniversaire, ajouta-t-il.

Je relevai les yeux pour croiser son regard.

— Merci.

J'étais déroutée. Le bouquet dans ma main était tellement simple, et pourtant somptueux et élégant. Comment savait-il que j'aimais les callas ?

Il tendit la main.

— Viens, on va les mettre dans un vase.

— Tu les as choisies toi-même ? demandai-je en glissant ma

main dans la sienne et en m'efforçant d'ignorer la réaction de ma peau à son contact.

Même si nous étions mentalement toujours coupés l'un de l'autre, ou plutôt qu'il se coupait de moi, sur le plan physique, nous étions parvenus à se détendre.

— Oui.

Quand on pénétra dans la cuisine, Loreno et Amara étaient affairés.

— Joyeux anniversaire ! s'exclama Amara avec un sourire radieux avant de s'approcher pour me serrer dans ses bras.

— Merci, dis-je, surprise.

Son accueil me fit chaud au cœur.

Puis elle remarqua les fleurs dans ma main et alla sortir un vase de l'un des placards.

— Venez, venez, dit-elle en me faisant signe d'approcher de l'évier.

Elle remplit le vase, puis prit les fleurs dont elle coupa l'extrémité des tiges avant de les déposer dans l'eau.

Une fois qu'elles furent posées sur la table, je constatai avec un sourire à quel point elles réchauffaient l'espace et apportaient de la vie à cette pièce grandiose mais froide.

Lorsque je me retournai, Loreno glissa un gâteau vers moi sur l'îlot central, tout sourire.

— C'est pour moi ? demandai-je en contemplant le gâteau à plusieurs étages.

Il était de la même couleur que mes fleurs, violet à la base et de plus en plus blanc en remontant jusqu'au sommet. Les volutes de glaçage qui entouraient le gâteau nuançaient la teinte violette.

— Il est magnifique.

Amara sourit.

— C'est Atticus qui a choisi les parfums. Chocolat avec une

touche de lavande, glaçage à la crème au beurre et à la meringue suisse. Au sommet sont disposés des pétales de violettes glacées.

Je me tournai vers lui.

— Vraiment ?

Il hocha la tête avec une douceur qui accéléra mon rythme cardiaque.

Amara se mit à chanter, et Loreno se joignit à elle. Vers la fin, je perçus le timbre profond d'Atticus à côté de moi.

Je ne me souvenais pas de la dernière fois que quelqu'un avait chanté pour moi, et une bouffée de joie gonfla dans ma poitrine.

Ensuite, Loreno coupa le gâteau et me tendit une part.

La première bouchée m'arracha un gémissement. La génoise était moelleuse et puissante, et la touche de lavande dans le glaçage ajoutait un parfum délicieux. J'aurais volontiers dévoré le tout.

— C'est exquis. Merci.

— Le plaisir est pour nous, répondit Loreno avant de se remettre à la préparation du dîner.

— Je vais me changer, annonça Atticus. Tu peux aller t'installer sur la terrasse et je te rejoins dans quelques minutes.

— D'accord.

Un verre de vin à la main, je sortis contempler l'horizon et l'éclat de l'Hudson River. C'était l'endroit le plus apaisant de tout l'appartement, et il me manquerait pendant les saisons froides.

Atticus me rejoignit avec la bouteille de vin et son verre, puis s'assit dans le fauteuil à côté de moi.

— Je ne savais pas quoi t'offrir comme cadeau.

— Tu m'as tellement donné dernièrement, ce n'est vraiment pas nécessaire de m'offrir quoi que ce soit. En plus, tu m'as permis de m'acheter absolument tout ce qui pourrait me faire envie.

— Certes, mais il s'agit de nécessités concernant ta nouvelle vie. Il y a bien une chose que je pourrais t'offrir et que l'argent ne peut acheter.

Je clignai des yeux, et le vis sourire en haussant les sourcils.

Je poussai un grognement et rejetai la tête en arrière.

— Je peux me procurer un petit appareil pour m'aider sur ce plan.

— Mais le peau à peau est tellement plus agréable. En plus, tu as la possibilité de l'avoir tout de suite sans délai de livraison.

— Est-ce que ce coup de genou dans les parties n'a pas atteint ton ego ?

C'était le problème avec le contact physique – il attisait le désir.

Il haussa les épaules.

— Je ne fais que proposer une solution à ton problème.

— Comme c'est prévenant.

— C'est bien vrai.

— Qu'est-ce qu'il y a pour le dîner ? demandai-je pour changer de sujet.

Il but une gorgée de vin avant de répondre.

— Tu ne voulais pas sortir, alors j'ai demandé au chef de te préparer ton plat préféré.

Mon plat préféré ? Est-ce que j'en avais un ? J'adorais le saumon, oui. Enfin, tout ce que préparait Loreno était incroyable.

Et puis, je n'avais pas précisément dit que je ne voulais pas sortir. Quelques jours plus tôt, il m'avait demandé si je voulais une répétition de l'année précédente, et j'avais répondu non. Puis il remettait ça ce soir.

Mon corps me suppliait de céder. Une envie qui grandissait chaque jour un peu plus. J'en venais à regretter de l'avoir embrassé pendant notre week-end en famille. J'avais simplement voulu moucher cette garce, mais cela avait déclenché quelque chose encore plus difficile à contenir à présent.

Lorsque j'avais refusé, il avait complètement laissé tomber le sujet. Est-ce que j'avais envie de sortir ? C'était pile ou face. D'un côté, c'était mon anniversaire et j'étais fiancée au célibataire le plus sexy du pays. D'un autre, c'était mon anniversaire et j'étais fiancée au célibataire le plus sexy du pays.

Faire la fête et s'amuser, pendant qu'une foule entière reluquerait mon conjoint. Un véritable casse-tête, pour sûr.

Qu'est-ce que j'avais envie de faire pour mon anniversaire ? Je ne connaissais même pas la réponse. Tous mes besoins étaient satisfaits, mes désirs comblés, et rien de ce que je faisais dans mon ancienne vie n'était acceptable dans la nouvelle.

— Pourquoi tu l'appelles chef, et non Loreno ? demandai-je en picorant dans mon assiette, une heure plus tard.

— Parce que c'est son titre. Il a été durement acquis, et il mérite le respect qu'il implique. (Il s'arrêta de manger et regarda mon assiette.) Ça ne te plaît pas ?

Je haussai les épaules.

— Si. C'est juste que… laisse tomber.

Il soupira et se pencha en arrière.

— Si tu me dis « laisse tomber », je te prendrai au mot. Étant donné que c'est ton anniversaire, je vais insister.

— C'est très bon, c'est juste que… (Je poussai un soupir.) C'est mon anniversaire, et tu sais de quoi j'ai vraiment envie ? D'une pizza. Une bonne vieille pizza new-yorkaise, pliée en deux, avec des pepperoni et des champignons. Et une bière. Une bière dégueu coupée à l'eau. Et quand je me serai bien goinfrée et que je serai sur le point d'exploser, je veux un sundae avec toutes les garnitures sauf les noix. Et quelque part au milieu de tout ça, je veux m'enfiler quelques shots de schnaps à la pêche tout en jouant au billard.

Il cligna des yeux.

— C'est étrangement… précis.

Je haussai les épaules.

— C'est ce qui se passe quand tu poses une question sur moi ou sur ce qui me ferait plaisir – tu obtiens certainement une réponse que tu méprises.

Il ne m'écoutait plus, concentré sur l'écran de son téléphone.

— Bien sûr que tu ne m'écoutes plus, dis-je, vaincue et déçue.

Le seul jour de l'année où je voulais me sentir importante aux yeux de quelqu'un, il n'y avait personne. Je déglutis et clignai des paupières pour retenir les larmes qui montaient. Cette solitude était-elle tout ce que je pouvais attendre à l'avenir ?

— Bien sûr que je t'écoute, mais plus tôt je contacterai les personnes adéquates, plus tôt tu auras accès à tout ce que tu viens de décrire.

— Q-quoi ? bredouillai-je.

— C'est ton anniversaire. Si tu veux cent dollars de merde, alors tu l'auras. Maintenant, cette bière dégueu… tu préfères bouteille, canette ou pression ?

Il me regarda, dans l'attente de ma réponse. La même expression que d'habitude, dénuée d'émotions.

Son sourire me manquait.

Ou disons, n'importe quel sentiment chaleureux qui me soit destiné.

Mais l'effort qu'il fournissait pour me faire plaisir me fit chaud au cœur malgré tout.

— Bouteille.

Une heure plus tard, le merveilleux dîner de Loreno était rangé au réfrigérateur et un immense carton de pizza recouvrait la table. L'arôme de la pâte chaude, du fromage fondu, de la sauce et des pepperoni, ainsi que le parfum légèrement terreux des champignons me mirent l'eau à la bouche.

Jack arriva au même moment, les bras chargés de bières fraîches, de schnaps et de tout un éventail de parfums et de garnitures de sundae différents.

Je grognai en mordant dans ma première part de pizza depuis des semaines, ce qui pour moi était beaucoup trop. Atticus m'observait d'un air dubitatif et fixait sa part des yeux.

— Pitié, dis-moi que tu as déjà mangé une pizza.

— En Italie. (Il désigna le carton en le toisant comme s'il s'agissait d'une monstruosité.) Ce n'est pas une pizza italienne.

— Non, c'est une pizza new-yorkaise. (Je secouai la tête.) Tu es un New Yorkais pure souche mais, la plupart du temps, tu ne te comportes pas comme tel.

— Comment un New Yorkais est censé se comporter ?

— Comme si tu te fichais de… attends, cette partie, tu la maîtrises. (Je me creusai la cervelle avant que la gêne ne survienne.) Bon, je ne sais pas, mais tu devrais connaître les références de base de ta ville et ça… (Je brandis ma part de pizza avant de mordre dedans.) C'est de la pizza new-yorkaise, marmonnai-je, la bouche pleine.

Il soupira, saisit une part et y goûta timidement. Après avoir avalé, il hocha la tête.

— Ce n'est pas si mauvais, concéda-t-il.

— Il n'y a rien de meilleur. Je pense juste que tu n'aimes pas avoir tort.

— Personne n'aime avoir tort. Et qui a dit que j'avais tort ?

— Tu l'as dénigrée. C'est exactement comme si tu avais dit que c'était dégoûtant.

— Est-ce que j'ai prononcé les mots ?

— Non.

— Alors il n'est pas prouvé que j'ai eu tort.

— Mais tu le pensais. Admets-le, le provoquai-je.

Il plissa les yeux.

— Si et, quand il sera prouvé que j'ai tort sur un sujet, je t'assure que je saurai le reconnaître.

Je levai les yeux au plafond. Un homme, admettre avoir tort ? Bien sûr…

Surtout quand l'homme en question dirigeait la plus grande entreprise du pays.

Comment avais-je fini par devenir sa fiancée, déjà ?

Même si nous n'étions pas ensemble depuis longtemps, le temps que nous passions dans le même espace se résumait souvent au silence et à la solitude.

Après quelques parts, je me détendis dans mon fauteuil.

— Tu as eu ta dose ? demanda-t-il.

Je bus une gorgée de bière en me frottant le ventre.

— Oh que oui.

Il hocha brièvement la tête puis se leva. L'espace d'un instant, je crus que la soirée était finie et qu'il allait se retirer dans sa chambre, mais il me tendit la main. Je le consultai du regard, et il haussa un sourcil.

— Il me semble qu'une partie de billard et du schnaps à la pêche étaient les suivants sur la liste.

Ma poitrine se serra et j'acceptai sa main. Pourquoi, était-il capable de se montrer attentionné et de faire des efforts le jour de mon anniversaire, mais aucun autre jour ?

En passant devant le comptoir, il s'empara de la bouteille et s'arrêta devant un placard pour en sortir deux verres, qu'il me tendit.

— On va où ? demandai-je en m'efforçant d'ignorer la chaleur de sa main.

— Je croyais que tu avais exploré tous les étages communs ?

Je hochai la tête. C'était le cas. Ce fut à cet instant que je percutai. Je n'avais jeté qu'un œil dans l'espace de jeu à mon arrivée, mais au centre trônait une magnifique table de billard sculptée. Après un petit tour en ascenseur, il m'entraîna derrière des doubles portes.

De grosses têtes de lion étaient sculptées dans les pieds en bois sombre. Au centre, on pouvait lire les armoiries familiales. La surface de la table était recouverte de feutre d'un rouge profond, et une série de queues reposaient sur un rack fixé au mur.

Atticus posa la bouteille de schnaps sur une table voisine et je l'imitai avec les verres. Il me lâcha la main, et je maudis la déception immédiate qui s'empara de moi. Il me tendit un verre après les avoir remplis.

— Je sais que cet anniversaire est très différent du dernier, mais je suis ravi de le passer également en ta compagnie.

Il leva son verre. Nos regards se croisèrent, et l'intensité que je décelai dans la profondeur de ses yeux bleus me coupa le souffle. Son expression était aussi stoïque que d'habitude, mais en lui brûlait une flamme que je mourais d'envie d'explorer.

— Joyeux anniversaire, Ophelia.

Je lui souris avant de boire. Le schnaps me brûla la gorge tandis que le goût de la pêche me chatouillait la langue.

Atticus fit la moue et observa la bouteille d'un air de dire « qu'est-ce que c'est que cette merde ? » qui me fit rire, avant de le resservir.

— Ça s'améliore avec le temps, lui dis-je en lui tendant son verre plein.

— J'en doute fortement. Tu es sûre que c'est sans danger pour la consommation humaine ? Ne devrait-il pas y avoir une mise en garde contre le risque d'empoisonnement quelque part ?

Je rejetai la tête en arrière en éclatant de rire.

— Hé ! Je vivais de ce truc, avant.

— Il faut vraiment que je t'initie aux alcools de qualité.

Je ne pus retenir le sourire qui flotta sur mes lèvres. Atticus m'invita à choisir une queue.

— Tu préfères quoi ? 8-ball ? 9-ball ? One-pocket ? demanda-t-il en appliquant du bleu sur l'extrémité.

— Hein ?

— À quelle sorte veux-tu jouer ?

J'écarquillai les yeux. Il y en avait plus d'une ?

— Heu… les pleines et les rayées ?

— Alors ce sera le 8-ball.

— Je suis sur le point de me prendre une raclée, c'est ça ?

Il laissa échapper un gloussement.

— Prends un autre verre. Ça peut t'aider.

— Ça m'aide aux fléchettes !

Il ouvrit de grands yeux horrifiés.

— Se soûler en lançant des objets pointus ? Tu auras beau me supplier, ce sera un refus catégorique.

— Rabat-joie.

— Tu me viserais par pure méchanceté.

— Peut-être.

Je suivis son idée tout en nous servant de nouveau pendant qu'il rassemblait les boules.

— Honneur à la reine de la fête, dit-il avec une révérence, en désignant les boules.

Je me penchai au-dessus de la table, le bras tendu, le bout de la queue posée sur mes doigts, mon index recourbé par-dessus, et m'alignai avec la boule.

— Ça fait longtemps, dis-je en me demandant pourquoi j'avais pensé que ce serait une bonne idée.

Je tirai la queue en arrière avant de donner mon coup. La boule fusa et alla heurter l'extrémité du triangle de boules qui s'éparpillèrent sur le feutre. Le bruit satisfaisant de la boule rouge numéro 7 qui rebondit sur le côté avant de tomber dans le trou me fit sauter de joie.

— J'ai les pleines !

Je jetai mes bras en l'air en riant, et mon allégresse dut être contagieuse car un sourire illumina les traits habituellement austères d'Atticus.

— Ne t'attends pas à un traitement de faveur parce que c'est ton anniversaire.

— Je ne pense pas que renoncer à un défi soit dans ton ADN.

— Sûrement pas.

Il se mit donc en action pour me régler mon compte. Il remporta la partie en ne me laissant rentrer que trois boules. La partie suivante se déroula sous forme de pari – un shot à chaque boule rentrée par l'adversaire.

Il l'emporta de nouveau.

— Tu as triché, dis-je.

— Heureusement que tu as mangé beaucoup de pizza, sinon tu serais par terre au lieu de me sourire bêtement.

Je haussai les sourcils.

— J'ai l'alcool joyeux.

Il cala une mèche de cheveux derrière mon oreille.

— Ça me plaît.

Si mes joues n'avaient pas déjà été rosies par l'alcool, elles l'auraient été après ce geste intime. Nous étions toujours très distants, mais je sentais que cette soirée nous rapprochait.

— Viens, je voudrais te montrer quelque chose qui devrait te plaire.

Je glissai ma main dans la sienne, et ce simple contact me réchauffa. Je me rendis compte que cette connexion naturelle commençait à me manquer, et je resserrai les doigts pour m'en imprégner aussi longtemps que ça durerait.

Ce n'était pas la première fois qu'il me prenait la main, mais c'était la première fois que mes défenses étaient baissées et que je m'autorisais à le ressentir, ne serait-ce que pour quelques heures.

— Je ne sais pas si tu l'as déjà vu, mais je me suis dit que ça te plairait, dit-il.

Il m'attira dans la salle de cinéma, une autre zone dans laquelle j'avais juste passé la tête, simplement parce que je ne savais pas comment elle fonctionnait. La disposition intérieure évoquait celle d'un stade, avec une rangée de magnifiques fauteuils en cuir noir inclinables et rembourrés, certains individuels, d'autres doubles.

Il sortit une tablette du mur tandis que je m'installais dans l'un des fauteuils.

— Cette tablette contrôle tout dans cette pièce, les lumières et le son. Elle te permet aussi d'accéder à tous les films disponibles, c'est-à-dire à peu près tout.

Je regardai l'écran et restai perplexe devant la section Nouveautés, qui listait certains blockbusters de l'été qui n'étaient pas encore sortis.

— C'est incroyable. Il y a vraiment tout ça ? demandai-je en pointant du doigt les derniers films Marvel.

Ils ne seraient pas en salle pas avant deux mois.

— Oui.

— Comment ça se fait ?

Il croisa mon regard.

— Nous sommes les de Loughrey.

— Donc vous avez tout en avance ?

Il hocha la tête.

— Du moins en ce qui concerne les films. C'est peut-être parce qu'on possède quelques-uns des studios.

— Sérieusement ?

Il soupira et secoua la tête.

— Tu comptes terminer le dossier, un jour ?

Je le fusillai du regard avant d'éclater de rire en enfonçant mon visage contre le côté de son bras.

— J'ai essayé, mais c'est tellement barbant. Même avec ce que j'ai lu, je n'ai pas retenu grand-chose parce que… je t'ai dit combien c'était barbant ?

— Ma vie et ma famille sont barbantes ?

— Oh non, ta famille est… un peu comme un feuilleton dramatique, mais ce truc est tellement rasoir.

— Qu'est-ce que tu as appris ?

— Qu'il te fallait un meilleur biographe.

— En dehors de ça.

— Oh ! eh bien… que tu es assez incroyable. Tu avais accompli plus de choses avant l'âge de six ans que moi tout au long de ma vie, dis-je, et mon euphorie se dissipa aussitôt. Après la mort de mon père, j'étais vraiment perdue. Et puis ma mère a épousé Lou, et j'ai tout mis en œuvre pour m'enfuir et me tenir à distance de lui.

— Te tenir à distance de lui ?

Je hochai la tête.

— Lou boit. Beaucoup. Bien plus que moi ce soir, et il n'a pas l'alcool joyeux. Il ne m'a jamais aimée mais, quand il avait un peu picolé, il ne pouvait carrément pas me voir.

Atticus crispa la mâchoire, et je tendis la main pour l'adoucir.

— J'ai vite appris. Ma mère m'avait prévenue ; si je ne voulais pas me faire frapper, il fallait que je m'éloigne quand il était dans cet état. Si je déconnais et qu'il me frappait, ma mère me disait que c'était ma faute. Que j'aurais dû le remarquer et savoir garder mes distances.

— Ta mère t'a dit ça ? Plutôt que de te protéger, elle t'a accusée d'avoir énervé son mari ? Sa propre fille ?

Il émanait de lui une colère telle que je ne pus que hocher la tête. Je retins mon souffle en sentant ses doigts sur ma joue.

— Tu n'auras plus jamais à avoir peur de lui. Il ne te touchera plus. Je te le promets.

Je secouai la tête.

— Tu ne peux pas me le promettre.

Il saisit mon menton et releva ma tête pour croiser mon regard.

— Je te protégerai, Ophelia. Tu es à moi.

Une vague de chaleur m'enveloppait quand il disait que j'étais à lui avec cette voix légèrement éraillée.

Cette intimité, ces paroles ne semblaient qu'intensifier encore l'électricité entre nous. Je posai mes doigts sur ses lèvres, et ensuite sur les miennes, comme un baiser indirect qui fit naître la chaleur du désir entre mes cuisses. Au moment où je déplaçai mon regard de sa bouche à ses yeux, la flamme qui brûlait en moi s'embrasa.

Pourquoi avais-je imposé l'abstinence ? Je le regrettais amèrement à cet instant précis. J'aurais certainement regretté notre acte le lendemain matin mais, pour le moment, tout ce que je voulais, c'était qu'il me touche.

Il tourna soudain la tête et se releva, me plantant là, le visage dressé vers lui.

Il tendit la main.

— Viens. On a encore des crèmes glacées à préparer.

La chaleur de sa main m'apaisa malgré la froideur subite de son attitude.

— Oh mon Dieu, j'ai une super idée, dis-je en approchant de l'ascenseur.

— Laquelle, ma chère ?

— Mettre du schnaps à la pêche *dans* la glace.

— Je pense que c'est une idée abominable, répondit-il en ricanant, un petit sourire aux lèvres.

— Tu es si joli quand tu souris, dis-je avec un soupir rêveur.

— Joli, hein ?

Je hochai la tête avant de froncer les sourcils.

— Tu es si incroyablement… je ne peux pas redire joli, mais les mots m'échappent, mais tu es si joli.

— Et je pense que tu as eu ta dose de ce truc atroce à la pêche.

Une fois de retour au penthouse, j'examinai les friandises que Jack nous avait fournies. Toutes sortes de sucreries et de confiseries, sauces au chocolat, fruits et caramel, cerises au marasquin, crème fouettée, tranches de fruits frais et même des petits chamallows.

Je m'installai sur l'un des tabourets en salivant tandis qu'Atticus sortait la crème glacée du frigo, ainsi que des bols et des cuillères. Je pense que c'était la première fois que je le voyais faire quelque chose lui-même dans la cuisine, en dehors de manger, et je m'étonnai de constater qu'il savait où tout se trouvait.

Je me mordis la lèvre pour contenir mon sourire en le regardant déposer de grosses cuillérées de glace dans les bols avant de m'en tendre un. L'assortiment de garnitures et de nappages était tellement vaste que j'étais incapable de faire mon choix. Je divisai donc ma glace en trois parties. Sur l'une, j'ajoutai des morceaux de cookies, de la sauce au chocolat et quelques chamallows. Sur l'autre, du coulis, des fruits frais et des copeaux de chocolat. La troisième fut recouverte de tous types de sucreries, de crème fouettée, le tout surmonté d'une cerise.

Il pouffa de rire.

— Je n'arrivais pas à me décider, dis-je, sur la défensive, avant de plonger dans ma préparation.

C'était un pur délice bien que, en approchant de la fin, les parties s'étaient mélangées et créaient une étrange association de goûts. Ce n'était pas mauvais, mais ce n'était pas vraiment bon non plus.

Quand nous eûmes terminé, il déposa nos bols dans l'évier et, à son retour, je jetai mes bras autour de son cou et j'y enfouis mon visage. Il sembla légèrement surpris et hésita à me serrer contre lui mais, lorsqu'il finit par se décider, je me laissai envelopper par sa chaleur.

— Merci pour ce soir. Je sais que ce n'était pas grand-chose, mais c'était exactement ce dont j'avais envie et besoin.

Il me serra plus fort contre lui.

— Je t'en prie. Joyeux anniversaire.

Plus je restais dans ses bras, plus l'électricité s'intensifiait entre nous. Je m'écartai lentement en laissant mes lèvres glisser sur sa mâchoire. Nos regards se croisèrent, et la pression de mes doigts s'accentua tandis que mon désir me submergeait.

Désinhibée par l'alcool, tout ce que je voulais, c'était sentir ses lèvres sur les miennes, sa peau sur ma peau.

Il effleura mes lèvres, mais s'écarta en poussant un grognement. Mes bras retombèrent.

— Bonne nuit, Ophelia.

— Atticus ?

Je le vis serrer les dents et secouer la tête.

— Pas de sexe. C'était ta condition.

La chaleur avait disparu et s'était muée en une sorte de colère qui frémissait sous la surface. Puis il s'éloigna dans le couloir, me laissant soudain seule dans la cuisine. Le claquement de sa porte me fit sursauter, et je m'avachis sur mon tabouret.

Malgré cette fin abrupte, je ne m'étais jamais autant amusée depuis un an. Cette idée m'arracha un rire sec.

Atticus de Loughrey, emmerdeur trois cent soixante-quatre jours par an, chevalier servant le trois cent soixante-cinquième. Pas de grande révélation concernant la soirée ; nos interactions ne changeraient pas, mais j'avais apprécié que nous n'ayons pas passé notre temps à nous chamailler.

D'avoir pu être moi-même.

Chapitre 20

Ophelia

Près d'un mois s'était écoulé depuis la signature du contrat, et l'annonce était désormais partout. L'un des célibataires les plus convoités du monde, Atticus de Loughrey, P-DG de la De Loughrey Corporation, n'était plus sur le marché.

Et je flippais à mort.

Après mon anniversaire, Atticus avait renoué avec son mode opératoire d'échange minimum et me tenait à l'écart autant que possible. Peut-être même plus.

Voilà donc pourquoi je faisais les cent pas devant l'écran de télévision en sourdine sur lequel apparaissaient nos deux visages. Des clichés de notre cérémonie de fiançailles, ma carte d'étudiante, des photos provenant d'on ne sait où. Ils fouillaient déjà dans mon passé pour pondre des articles à sensation.

— Pourquoi tu doutes de toi ? demanda Atticus d'un air agacé.

Je continuai d'arpenter l'espace devant lui. Il était assis au centre du canapé, en pantalon d'intérieur et maillot de corps blanc, un niveau de simplicité dont je ne le pensais pas capable, et je devais bien admettre que le résultat me plaisait. Cela dit, on était chez lui, un dimanche, et il était 7 heures du matin.

— Parce que c'est officiel, maintenant. Ma petite bulle d'anonymat et de tranquillité a éclaté. Tout le monde va fouiller dans ma vie.

C'était déjà le cas.

— Et alors ?

— Et alors s'ils trouvaient quelque chose ?

Il pinça les lèvres et soupira.

— Ophelia, j'ai passé ta vie en revue. Il n'y a aucune matière à scandale.

— On ne sait jamais.

Il haussa un sourcil.

— Est-ce que j'ai raté quelque chose ?

Je brandis les bras en l'air.

— Je n'en sais rien !

Il se leva et se rendit dans la cuisine.

— C'est barbant et ça me fait perdre mon temps.

— C'est tout ce que tu trouves à dire de mes angoisses ? lui demandai-je en le suivant.

— Si seulement elles étaient justifiées.

— Super. Ravie de savoir que mes émotions sont injustifiées.

Toute cette situation était sa faute, et je trouvais qu'il aurait au moins pu tenter de me rassurer. Au lieu de ça, il cherchait le conflit. Peut-être qu'il n'avait pas bu assez de café.

Il se frotta le front.

— Est-ce que le rôle de soutien émotionnel fait partie de notre contrat ?

Oh ! j'avais envie de lui coller une gifle.

— Est-ce que le rôle d'être humain décent vis-à-vis de la femme que tu as entraînée là-dedans est si difficile que ça à tenir pour toi ?

— Je ne me souviens pas que tu te débattais en hurlant quand je t'ai passé cette bague au doigt.

Ce n'était pas la réaction que j'attendais. Il devait s'être levé du mauvais pied. C'était l'ambiance du matin, et je la détestais.

Mais pas autant que je me détestais pour avoir encore envie de lui. Et merde, sa colère me plaisait, parce que je l'imaginais diriger toute cette énergie sur moi, pour me plaquer contre le mur et me sauter jusqu'à ce que je ne puisse plus marcher.

Quand il était près de moi, il me réduisait à l'état d'épave frémissante. Une épave qui ne rêvait que d'une chose, le sentir au fond de moi. Ce n'était pas bon.

— Tu n'es qu'un sale connard ! éructai-je, à la fois frustrée à cause de lui et en colère contre moi-même parce que je laissais mes hormones me submerger.

— C'est ce qu'on dit. Écoute, Ophelia, je t'ai prévenue que c'était ce qui arriverait. Tu es restée bien à l'abri pendant un mois, mais c'est terminé. Tu dois l'accepter et apprendre à vivre avec, parce que c'est ainsi que sera ta vie désormais.

— Pour les cinq prochaines années, grommelai-je.

— Non. Pour la vie.

Je clignai des yeux.

— Pardon ?

— Tu penses que, quand on divorcera, ils vont tout à coup te laisser tranquille ? Tu n'as même pas commencé à vivre sous leur loupe. Ce n'est qu'un aperçu, un avant-goût. Ça va refluer comme la marée mais, quand on divorcera, ce sera un tsunami qui s'abattra sur les côtes comme c'est le cas maintenant. Leur curiosité sera relancée.

— Qu'est-ce que ça peut leur faire ?

— Je ne sais pas. Tout ce que je sais, c'est qu'ils te suivront, t'appâteront ; mais tu dois garder ton calme et tes distances. Ne leur donne pas de grain à moudre. Ce n'est pas un hasard si je ne sors pas souvent.

— Et si tu t'abrites dans des box derrière des rideaux.

Je commençais à comprendre son désir de réclusion.

— Exactement. À partir de maintenant, tu ne sortiras plus jamais sans Michael ou l'un des autres chauffeurs. Ça va se calmer, mais ça prendra du temps. Désormais, tiens-toi sur tes gardes. Et, pour l'amour du ciel, ne fais rien de stupide.

Je passai le reste de la journée à surfer stupidement sur Internet, à lire des articles et à regarder des vidéos. La manière déformée dont les gens choisissaient de me voir était agaçante. Ils ne savaient rien de moi.

Je finis par m'endormir sur le canapé, la télé allumée dans le fond, et mon ordinateur ouvert sur ces gros titres :

LE CHEF DES DE LOUGHREY SUR LE POINT D'ÉPOUSER UNE SERVEUSE.

À mon réveil, le lendemain matin, je fus accueillie par le silence. Atticus avait probablement éteint la télé et devait déjà être parti. C'était difficile à deviner, car il allait et venait à sa guise, sans rien dire. J'étais néanmoins recouverte d'une couverture que je n'avais pas placée là.

J'avais les muscles endoloris par ma nuit passée sur le canapé et je décidai que le meilleur remède serait de faire un peu d'exercice. Après avoir pris un rapide petit déjeuner, je trouvai la salle de sport déserte. Je ne croisais pas souvent des de Loughrey en train de faire du sport, et quatre-vingt-dix pour cent du temps, il s'agissait de Gen – on semblait avoir les mêmes horaires.

Un jour pourtant, en arrivant, j'étais tombée sur Hamilton, qui s'était contenté de me regarder avec mépris avant de poursuivre sa course. Une autre fois, en quittant la piscine, j'avais aperçu ceux que je supposais être les jumeaux, Silas et Atlas.

J'étais à peine montée sur le tapis lorsque la porte s'ouvrit sur Gen.

— Bonjour, dis-je avec un sourire, ravie de ne pas être seule.

C'est là que je compris à quel point j'étais devenue solitaire pour qu'une interaction aussi insignifiante soit la bienvenue. En plus, je commençais réellement à apprécier Genevieve.

— Bonjour. Comment ça se passe, la vie sous les projecteurs ? demanda-t-elle avec une moue.

Mon humeur s'assombrit.

— C'est horrible. Est-ce que ton frère est toujours aussi insaisissable ?

— Oui.

Nous éclatâmes toutes les deux de rire, ce qui me fit un bien fou compte tenu de la tension qui régnait ces derniers jours avec Atticus.

Au bout d'une demi-heure de course, nous nous dirigeâmes vers les Reformers, les appareils de Pilates, pour effectuer une heure de cours en ligne. Je n'avais jamais été aussi en forme. Ma silhouette déjà sèche l'était toujours, mais en plus mes muscles s'étaient tonifiés.

Et mes fesses se galbaient.

Je trouverais peut-être le moyen de les exhiber devant Atticus, puisque je me souvenais combien il les aimait.

— Tu veux monter déjeuner à l'appartement ?

— Pas s'il est là.

— Il n'est pas là. Il était parti quand je me suis levée, et je ne l'ai pas vu depuis hier. Je pense vraiment qu'il m'évite.

— Ça va aussi bien que ça ?

Je haussai les épaules.

— Je ne sais pas ce qui m'a pris le jour où j'ai accepté.

C'était agréable de pouvoir parler à quelqu'un de ce que je ressentais après un silence aussi long. Je venais de lui avouer qu'en gros il s'agissait d'un mariage de convenance, mais je ne révélai rien du contrat.

— Tu t'es dit qu'il pesait un gros paquet d'argent ?

Je secouai la tête.

— L'argent ne m'intéresse pas.

Elle posa la main sur mon bras en ralentissant la cadence.

— Sois honnête avec moi. L'argent t'intéresse. Comme tout le monde. La question, c'est de savoir ce qu'il représente pour toi.

En y réfléchissant, elle avait raison. J'avais beau vouloir répliquer que l'argent ne m'intéressait pas, je me mentais à moi-même. Ces dix millions de dollars allaient changer ma vie. Mais c'était dans cinq ans. Je n'avais pas anticipé tout l'argent qu'Atticus dépenserait pour me préparer à devenir sa femme. Pour commencer, le simple fait d'être libérée de ma dette étudiante découlait de notre accord.

— L'argent m'intéresse uniquement parce qu'il me permet de me sortir de ma situation, de ne plus avoir à m'inquiéter de me saigner aux quatre veines. C'est un répit qui me permettra de trouver ce que je veux vraiment faire de ma vie.

— C'était donc une bouée de sauvetage.

— Il faut croire.

— Il n'y a aucun mal à l'admettre.

— Ce que je ne veux pas, c'est que les gens pensent que je suis avec lui juste pour l'argent.

Il n'y avait pas que l'argent, n'est-ce pas ? C'était le fantôme d'une seule nuit qui m'avait amenée à fantasmer sur ce que pourrait être ma vie avec lui.

— Qu'est-ce que ça peut te faire ?

— C'est déjà suffisamment dur d'entendre les gens dire autant de conneries sur moi.

J'avais dû éteindre la télé ce matin, de peur de la balancer, lorsqu'on avait passé la chanson *Gold Digger*[1] en fond sonore de leurs commentaires déplacés.

— Et alors ?

Je fronçai les sourcils.

— Ça ne t'intéresse pas, ce que les gens pensent de toi ?

Elle secoua la tête.

— Je leur fais croire ce que j'ai envie qu'ils croient. Comme ça, si tu fais quelque chose de dingue, ils n'y prêtent plus beaucoup attention.

— Et dire que je te prenais simplement pour une petite garce pourrie gâtée.

— Miaou, petit chaton. Et tu as bien raison – je suis une petite garce pourrie gâtée, et je l'assume.

Je lui souris.

— Tu es aussi la personne la plus sympa de ta famille.

— On ne peut pas faire l'hôtesse si on n'est pas sympa. Personne ne voudrait faire la fête avec moi.

Curieusement, elle n'avait pas tort.

— Bon, je vais prendre une douche et je te rejoins. On commandera à déjeuner et on se détendra sur sa terrasse.

Je hochai la tête.

— Parfait. Je vais faire la même chose. Je laisserai la porte ouverte pour que tu puisses entrer.

Après ma douche, j'enfilai un short et un débardeur et je m'apprêtai à regarder s'il y avait quelque chose pour le déjeuner. Pendant que j'attendais Gen, mon téléphone sonna.

Le numéro de ma mère s'afficha sur l'écran et je répondis sans attendre.

1 Croqueuse de diamants, michetonneuse.

— Salut, maman.

— Ce n'est pas maman, répondit la voix bourrue de Lou.

Je me figeai et envisageai de raccrocher.

— Qu'est-ce que tu veux ?

— Ce que tu me dois.

— Je ne te dois rien, Lou, répliquai-je.

— Écoute-moi bien, sale petite garce. Tu vas me filer cinquante mille dollars ou je vais voir les médias.

Dans le fond, j'entendis ma mère dire :

— Cent mille dollars.

Je serrai les dents tandis que le dernier fil qui me retenait à ma mère s'effilochait avant de rompre. Ce qu'il restait de relation entre nous était mort. Elle ne valait pas mieux que son bon à rien de mari.

— Cent mille dollars, répéta-t-il sur un ton dans lequel il essayait d'injecter de la force.

— Aller voir les médias avec quoi ? demandai-je sans ciller.

Il avait perdu la boule s'il pensait que j'allais marcher dans son jeu. Il n'obtiendrait pas un centime et je ne le laisserais pas me harceler.

— Ils seraient ravis de connaître le passé de mademoiselle la sainte-nitouche. Il est rempli de toutes sortes de scandales.

— Tu ne racontes que des conneries.

— Peut-être, mais ils ne vérifient pas les infos. Ils goberont n'importe quoi, surtout avec toutes les photos que j'ai de toi. En particulier celle où tu embrasses ton petit copain du lycée, Jimmy Varetti. Est-ce qu'il ne vient pas d'être accusé de meurtre ? Avec ce genre de casseroles qui risqueraient d'entacher son image immaculée, il ne voudra plus t'épouser.

Le sang quitta mon visage.

— À ton silence, je suppose qu'on s'est compris. Maintenant, sois une gentille petite fille et rends-toi utile.

La ligne fut coupée, et je jetai mon téléphone sur le lit en poussant un cri. Il rebondit et heurta la tête de lit avant de retomber sur mon oreiller.

Les larmes me montèrent aux yeux, et mon estomac se noua. Je n'avais aucun squelette dans le placard, Atticus me l'avait confirmé, pourtant j'en avais bel et bien. Est-ce qu'il estimait simplement qu'ils n'avaient pas d'importance ?

Ce geste ne m'étonnait pas de la part de Lou, mais venant de ma mère… C'était terminé avec elle.

Tout s'abattit sur moi d'un seul coup – l'angoisse, le deuil, la peur –, et les larmes se mirent à couler à flots sur mes joues. Je m'effondrai sur mon lit et me roulai en boule en laissant échapper un sanglot.

— Tout va bien ? demanda Gen en se plantant devant moi.

Je ne savais pas depuis combien de temps je pleurais, mais les larmes commençaient à refluer. Je reniflai et m'essuyai les yeux.

— Non.

— Tu as besoin d'un verre ?

Je laissai échapper un rire.

— Putain, oui.

— Bien. Alors c'est réglé.

— Attends, comment ça, réglé ?

Elle disparut dans ma penderie.

— Gen ?

Elle reparut un instant plus tard, un sourire malicieux sur le visage.

— Un peu d'alcool et de musique, prescription du médecin.

Je penchai la tête et la secouai légèrement.

— Je ne sais pas trop. Il est 3 heures de l'après-midi. En plus, Attic…

— Atticus peut aller se faire foutre, me coupa-t-elle. De toute façon, il n'est pas là, et même s'il l'était, il ne saurait pas t'aider.

Le temps qu'on se prépare, il sera au moins 6 heures. Un peu d'alcool et de détente, pour une fois, ça ne peut que t'aider. Ça va te remonter le moral en un rien de temps, et tu oublieras tout ce qui a causé ce torrent de larmes.

Atticus m'avait dit de rester à l'écart de Gen, mais elle avait raison – je devais me détendre. J'avais besoin d'une pause dans mon entraînement de la parfaite petite de Loughrey, et d'oublier les parents pourris que j'avais eus ces vingt dernières années.

— Prends tes affaires et allons chez moi. Il n'y a rien pour toi dans cette penderie. J'ai tout ce qu'il faut dans la mienne.

Dès qu'on pénétra dans l'appartement de Gen, elle se dirigea tout droit vers la chambre principale et son immense dressing. J'étais stupéfaite par les lieux, que j'avais imaginés dans un bazar sans nom. Ils étaient parfaitement rangés et immaculés.

Gen reparut quelques minutes plus tard et me jeta un minuscule morceau de tissu.

— Tiens, mets ça.

Je contemplai la robe. Je n'avais jamais rien porté d'aussi petit. Courte, moulante, avec un décolleté asymétrique et une épaule dégagée. Elle était couleur corail, ce que je n'avais pas l'habitude de porter. Et ça me plaisait plutôt bien.

La musique avait beau être assourdissante, elle avait le mérite d'étouffer mes pensées. Pour la première fois depuis mon anniversaire, j'étais sincèrement heureuse et je m'amusais. Les cocktails étaient chargés, et mes inhibitions disparaissaient en même temps que mes soucis. Je découvris rapidement que j'appréciais vraiment ma future belle-sœur. Elle donnait l'impression de n'être qu'une fêtarde pourrie gâtée, mais elle était bien plus que ça sous sa façade de coriace, et je commençais à la cerner.

Je ne connaissais aucun de ses amis, mais tous m'accueillirent chaleureusement. On m'offrit de nombreux verres et, tandis que je bougeais les hanches en rythme avec la musique, je sentis un corps se presser contre le mien.

Je me laissai aller sans plus prêter attention au temps.

Je m'abandonnai à la musique.

À l'alcool.

Aux basses et à la danse.

J'étais libre, je volais, je souriais.

Puis je le sentis. Un regard intense que je connaissais très bien.

Je m'arrêtai de danser et je rouvris les yeux. Mon sourire disparut en voyant le dieu furieux qui me fixait.

Dans sa fureur, Atticus était d'une beauté à se damner.

Chapitre 21

Atticus

La photo qui apparut sur l'écran de mon téléphone me fit vibrer de rage. Ophelia en train de danser avec Gen dans une robe trop courte et trop moulante, le bras d'un connard passé autour de sa taille. Je bondis sur mes pieds et me propulsai vers l'ascenseur.

Dans la cabine, je me concentrai sur mon écran pour me retenir d'enfoncer mon poing dans la paroi. Elle tenait un verre dans une main, le regard flou, les cheveux emmêlés, le visage brillant.

Je lui avais dit de garder ses distances avec Gen, et elle avait choisi ce jour entre tous, alors que le monde avait les yeux rivés sur elle, pour commettre la pire erreur possible. Tous les efforts que j'avais fournis, toutes les informations que j'avais cachées ou effacées, tout ça pour rien.

Elle n'en serait que scrutée de plus près, disséquée et rangée dans la même catégorie que Genevieve.

Damien m'attendait devant la porte, le moteur en route.

— Vas-y, lançai-je aussitôt que j'eus refermé la portière.

Il était inutile d'en dire davantage. C'était lui qui m'avait envoyé la photo, après tout.

Dix minutes plus tard, on se garait devant le club.

— Rejoins-moi à la porte de derrière.

— Et la sécurité ?

— Jason est à l'intérieur, non ? demandai-je pour vérifier que le garde du corps de Genevieve était là où il était censé être.

Il hocha la tête.

— Michael aussi est là.

— Attrape-le quand je la ferai sortir.

— Oui, monsieur.

Je quittai la voiture et me dirigeai vers l'entrée. Le videur ne tenta même pas de me ralentir. Il m'adressa un signe de la tête et me tint la porte. Des lumières stroboscopiques, la musique à fond et une foule déchaînée – tout ce que je détestais.

Heureusement, il ne serait pas difficile de localiser ma sœur et ma fiancée – il suffisait de chercher le groupe le plus nombreux. Genevieve avait intérêt à se cacher.

Je fendis la foule, mû par une rage effrénée. Après avoir passé le cordon, je repérai mon Ophelia en train de danser avec un sourire béat, dans une robe qui laissait peu de place à l'imagination, un étranger collé contre elle.

J'avais envie de la sauter de toute ma haine. L'excitation et la fureur étaient un mauvais mélange. Ma colère atteignait déjà un niveau explosif. Je savais ce qui se passerait si je la laissais éclater.

Elle s'arrêta lorsqu'elle me vit. Son sourire s'envola et son regard alcoolisé s'agrandit.

— Atticus, dit-elle.

Mon prénom roulait délicieusement sur sa langue, et mon besoin de la posséder ne fit que s'accentuer.

Je m'avançai en la fusillant du regard. Putain ! À cet instant, je la détestais pour ce que je serais forcé de faire.

Je clouai du regard l'imbécile dans son dos et sa main posée sur sa hanche.

— Retire ta putain de main de ma fiancée ou je la casse en deux.

Il écarquilla les yeux et recula. Elle ne lui jeta pas un regard ; le peu de conscience qu'il lui restait se concentrait sur moi.

Je me dressai au-dessus d'elle et lui empoignai le bras.

— Qu'est-ce que tu fous ici ? sifflai-je sans attendre de réponse avant de pivoter et de lui faire traverser la foule en sens inverse.

— Je passais seulement un peu de temps avec Gen, répondit-elle en essayant de se libérer de mon emprise – une emprise que je m'efforçais de tempérer, ma colère étant à son niveau maximum.

J'éprouvai dans mes tripes le besoin irrésistible de frapper le type qui avait osé poser la main sur elle. Je voulais effacer cette empreinte de sa peau et lui imprimer la mienne jusqu'à ce qu'elle s'effondre d'épuisement.

Un instant plus tard, on déboula par la porte de derrière, où Damien nous attendait.

— Atticus, tu me fais mal.

Je pivotai vers elle et l'attirai vers moi.

— Je m'en contrefous.

Je la poussai sans ménagement à l'arrière de la voiture et grimpai après elle avant que Damien ne démarre.

— Aïe, gémit-elle en se frottant le bras.

Une vague de culpabilité me traversa à la vue de la trace de mes doigts, mais je l'étouffais avant qu'elle ne prenne le dessus. Il fallait qu'Ophelia retienne la leçon, et j'allais faire de cette soirée un exemple.

Qu'elle soit maudite pour m'avoir forcé la main.

Le trajet dura une éternité. Ma rage bouillonnait sous la surface. Je serrais et desserrais les poings pour détendre mes muscles contractés et retenir les méchancetés qui auraient aimé jaillir de ma bouche.

Quand nous fûmes arrivés au parking, elle descendit et me suivit. J'avais déjà laissé ma rage exploser en public, et je ne comptais pas reproduire cette erreur. Une fois à l'appartement, elle se dirigea d'un pas chancelant vers la pièce principale, mais je l'attrapai par le poignet et la fis pivoter pour la plaquer contre le mur.

— Explique-toi.

Elle me dévisagea d'un regard imprécis et entrouvrit les lèvres.

— Je relâchais juste un peu la pression avec Gen.

— Toute phrase qui inclut que tu sois en compagnie de Gen doit être effacée de ton vocabulaire. Tu ne sortiras plus *jamais* avec elle. Est-ce que c'est bien compris ?

Elle fronça les sourcils puis me repoussa.

— Non, pas du tout. Pourquoi c'est aussi grave que je passe du temps avec elle ? C'est ta sœur.

— Parce que Gen ne nous apporte que de la mauvaise publicité et, demain matin, il y aura ta photo en tête de toute la presse à scandale, clamant que *ma* fiancée relâchait la pression avec la vilaine petite de Loughrey, et je te garantis que ce sera la pire des photos que tu aies jamais vue de toi. Ton image, c'est mon image. Et je ne veux ni ne peux l'associer à Gen davantage.

— Oh ! fut sa seule réponse avant de poser les yeux sur ma bouche.

Elle tendit la main et posa le bout de ses doigts sur mes lèvres.

— Tu es sexy quand tu es en colère, tu sais.

Je retroussai les lèvres.

— Malgré mon envie de décharger une partie de cette colère entre tes jambes, là tout de suite, tu es ivre. (Je la saisis de nouveau par le bras et la traînai jusqu'à sa chambre.) Bois de l'eau et va te coucher.

Une fois la porte refermée, je m'enfermai dans mon bureau et me dirigeai droit vers le bar. Je me servis un scotch, que j'avalai en deux grandes gorgées, puis je remplis le verre et recommençai.

Je lui avais ordonné de rester à l'écart de Gen. Sa désobéissance me laissait perplexe. J'allais passer la matinée du lendemain à essayer d'étouffer ce désastre. Si elle avait simplement été une amie de Gen, ça n'aurait pas posé de problème. Le problème, c'était qu'elle avait ma bague au doigt et que l'annonce avait été faite. Les vautours cherchaient n'importe quelle faille pour attaquer.

Et elle leur avait présenté sa veine jugulaire.

J'allais maintenant être forcé de lui montrer pourquoi on m'appelait le Roi Mauvais.

— Putain, grommelai-je.

Je savais qu'il était difficile pour elle de s'adapter aux termes de notre arrangement, mais ce n'était pas pour rien que je me tenais à bonne distance.

Chaque jour passé avec elle m'affaiblissait un peu plus, et je commençais à regretter ma décision. Chacune de nos interactions me donnait un peu plus envie d'elle. Elle avait révélé une partie de moi dont je ne connaissais pas l'existence – la fissure qui s'était ouverte le soir de notre rencontre. Celle dans laquelle elle se faufilait.

Au matin, j'allais anéantir dans son esprit toute idée que je puisse être une personne à laquelle elle devait s'attacher.

Non, au matin, elle recevrait le même traitement que n'importe quel de Loughrey qui a foiré.

Et elle me détesterait.

Un poids s'abattit sur ma poitrine.

J'aurais dû choisir Bridget ou Antonia pour éviter tout ça. Elles appartenaient à la haute société et connaissaient ce monde.

Ainsi, je n'aurais pas eu à jouer le mauvais rôle pour Ophelia. J'aurais pu enfouir mon désir sans jamais lui faire savoir l'effet qu'elle me faisait et, en retour, je ne lui aurais pas fait de mal.

La machine était en marche, et il me fallait une autre paire d'yeux. Je vidai le reste de mon verre et composai le numéro de Hugo.

Après avoir raccroché, j'allais me coucher, mais je ne dormais que depuis deux heures lorsque des notifications commencèrent à faire sonner mon téléphone, m'extirpant de la chaleur de mes draps.

— Putain, sifflai-je en consultant l'écran. Je suppose que ma nuit est finie.

Les dégâts commençaient déjà. Comme je m'en doutais, ils avaient trouvé la pire représentation d'elle possible ; les cheveux dans tous les sens, les paupières tombantes, un verre à la main, la bouche ouverte, dans un angle où on voyait Ophelia en plein milieu et l'enfoiré derrière elle.

Après m'être lavé et habillé, je sortis dans le couloir.

En entrant dans la cuisine, je fus surpris de trouver Ophelia tranquillement assise à l'îlot central, en train de siroter un café et de discuter avec une femme de ménage qui débarrassait la table.

— Laissez-nous, dis-je à cette dernière, qui n'hésita pas à renoncer aussitôt à sa tâche et à filer vers l'ascenseur.

— Bonjour, dit Ophelia.

Sa voix était teintée de remords, mais je ne pouvais me laisser influencer.

Je n'arrivais pas à la regarder. Je me détestais pour ce que je m'apprêtais à faire, et je la détestais de m'y pousser.

Les mots qui sortirent de ma bouche étaient d'une hostilité qui me pesa sur l'estomac.

— Tu ne quitteras pas le bâtiment.

Du coin de l'œil, je la vis descendre de son tabouret.

— Pardon ? Pourquoi ?

Je me tournai vers elle.

— Parce que je te l'ordonne. (Je m'approchai d'elle.) Tu oublies que je suis le chef de cette famille, et ça t'inclut, toi aussi. Hier soir, tu as déconné et, maintenant, tu dois en payer le prix.

— Mais…

— Il n'y a pas de putain de mais, Ophelia ! Comme je te l'ai dit hier soir, si tu arrives à t'en souvenir, ton visage est sur tous les sites à scandale, dans les magazines et les émissions d'actualités. Tu étais même aux infos de ce matin. J'ai dû virer le putain de producteur qui a programmé ça.

Elle cligna des yeux.

— Quoi ?

— Nous sommes propriétaires de la chaîne qui a affiché ton visage d'ivrogne. Une chaîne qui sait que toute mauvaise publicité à l'encontre des de Loughrey est strictement interdite. Cinq personnes au total ont perdu leur emploi aujourd'hui. À cause de toi. Et ce ne seront pas les dernières.

Elle pâlit, ses yeux s'agrandirent, et elle se rassit.

— Je ne savais pas.

— Non, en effet, parce que tu n'as pas fait la *seule* chose que je t'ai demandée : lire le classeur. Il ne s'agit pas que de moi là-dedans, mais de l'histoire de la famille et de toutes nos sociétés et, à la fin, il y a un putain de code de base de conduite en public.

Putain ! Pourquoi m'oblige-t-elle à me conduire comme un enfoiré avec elle ?

— Les actes entraînent des conséquences et, quand on est un de Loughrey, ce sont les autres qui en souffrent le plus.

— Tu n'étais pas obligé de vi…

— Si, je l'étais, tonnai-je, ma voix résonnant entre les murs. (Elle tressaillit et se recroquevilla.) Tu dois assimiler le fait que tu n'es plus une simple fille de Brooklyn. Tu ne la seras plus jamais. Même quand tout sera fini, où que tu ailles, tu resteras une de Loughrey.

Ses yeux s'emplirent de larmes, et ça me fendit la poitrine. Je me détestais d'être autant affecté. Je me détestais de tenir à elle au point d'éprouver de la culpabilité et de l'inquiétude. Mais ces sentiments étaient bien réels et me brisaient le cœur, un organe que je n'étais même pas certain de posséder. Néanmoins, si j'avais appris une chose, c'était de ne pas minimiser l'effet que me faisait Ophelia, qui sapait mon contrôle si durement acquis et révélait en moi une sensibilité.

En regardant ses grands yeux de biche implorants, je compris que je devais tenir bon.

— Maintenant fais ce qu'on te demande et reste à ta putain de place pour que je puisse limiter les dégâts.

Sur ce, je tournai les talons et ressortis dans le couloir. J'entendis le tabouret grincer sur le sol tandis qu'elle me suivait.

— Atticus.

Je m'arrêtai, sans me retourner.

— Quoi ?

— Il m'a menacée.

Je fis volte-face. Les larmes qui brillaient dans ses yeux coulaient maintenant librement sur ses joues, et elle semblait désespérée.

— Qui ? demandai-je, la noirceur refaisant surface de plus belle.

Celui qui l'avait menacée allait le regretter.

— Lou. Mon beau-père.

— Qu'est-ce qu'il voulait ?

— Cent mille dollars.

Je hochai brièvement la tête.

— Ce sera fait, dis-je en reprenant mon chemin.

Elle me poursuivit.

— Ce serait fait ? Comment ça, « ce serait fait » ?

— Il aura sa petite somme insignifiante et fermera sa putain de bouche.

— Mais non ! Tu ne le connais pas. Il dira que c'est bon, mais il reviendra.

— Fais-moi confiance.

— Attic…

Je me tournai vers elle, la mâchoire contractée.

— Il la fermera, parce que s'il fait le moindre petit pas de travers, s'il murmure ne serait-ce que ton prénom, il regrettera d'avoir un jour rencontré ta mère.

— Qu'est-ce que tu entends par là ?

Je me rapprochai d'elle et soutins son regard.

— Tu ne comprends toujours pas ce dont je suis capable pour protéger le nom de Loughrey. Les vies que j'ai ruinées. Ma réputation de roi mauvais ne vient pas de nulle part. Par tous les moyens nécessaires, je *détruis*.

— Tu détruis ?

Je me penchai au-dessus d'elle pour bien me faire comprendre sans jamais la quitter des yeux.

— Je réduis en pièces, un morceau après l'autre. Je laisse le corps se vider de son sang par terre pendant qu'il m'implore, je saisis le couteau et je continue de déchiqueter jusqu'à ce qu'il ne reste plus rien. Et, si je suis particulièrement furieux, je m'en prends à la famille et à la réputation. Ne me contrarie pas, Ophelia.

Elle entrouvrit les lèvres et, si ce n'était pas encore arrivé, ça se produisait maintenant sous mes yeux : je vis la transformation dans son regard. La peur et la confusion face à l'homme devant elle. Un homme qu'elle pensait connaître un minimum.

Tout son attachement pour moi disparut. Toute émotion positive qu'elle m'avait transmise se dissipa, me laissant vide et froid.

Il était inutile d'attendre une réponse qui viendrait modifier la réaction émotionnelle qui venait d'avoir lieu. Elle ne viendrait pas.

Les portes de l'ascenseur s'ouvrirent, et je montai dans la cabine.

— Reste ici. Je reviens tout à l'heure.

Les portes se refermèrent sans que son regard ait croisé le mien.

Chapitre 22

Ophelia

J'eus l'impression que le monde s'arrêtait de tourner et que tout se figeait brusquement.

Impossible de savoir combien de temps je fixai l'ascenseur après son départ. Un engourdissement général s'était emparé de moi, et c'était comme si une pierre était tombée au fond de mon estomac. J'étais clouée sur place, incapable de bouger ni de réfléchir.

L'homme qui venait de me planter là… était le véritable Atticus de Loughrey.

Je savais qu'il pouvait être froid, dur, mais je pensais avoir appris à le connaître ces dernières semaines. Je me trompais lourdement. J'avais vu la version gant de velours, mais l'homme que j'avais trouvé à mon réveil était bien le Roi Mauvais.

Un homme implacable et menaçant.

Un leader ténébreux qui anéantissait tout adversaire.

Je contemplai mon reflet dans les portes en me demandant comment je m'étais fourrée là-dedans. Comment j'en étais arrivée à cet instant précis.

Dans quoi j'avais foutu les pieds ? La question avait beau me tourmenter depuis un mois, elle n'avait jamais paru aussi fondée que maintenant.

Quand il s'exprimait, c'était comme si une sirène se déclenchait, me suppliant de ne pas poursuivre sur cette voie. Le froid qu'il dégageait me transperçait mais, ce qui me glaçait, c'était la rage dangereuse qui bouillonnait sous la surface, prête à se libérer. Je n'étais pas la cible, mais cette explosion engloutirait tout, se répandrait comme des flammes jusqu'à tout brûler sur son passage.

Cette perte soudaine me comprima la poitrine, mais je n'étais pas certaine de ce que j'avais perdu. L'homme que j'avais cru connaître ? La vie que je pensais vivre ?

Une chose était parfaitement claire : je n'avais pas signé pour ça. Je devais m'enfuir. Je ne pouvais pas rester avec cet homme, avec celui qui venait de me planter là, submergée par un froid et une solitude que je n'avais jamais ressentis avant de le rencontrer.

Je ne pouvais pas vivre ainsi. C'était impossible.

Je courus dans ma chambre, sortis ma valise et mon vieux sac de sport. J'y fourrai toutes *mes* affaires, laissant sur place ce qu'il m'avait acheté. J'enchaînai avec mes chaussures et mes bijoux, mes affaires de toilette et tout ce que je pouvais entasser.

Je renonçai à tout ce qui venait d'Atticus. Chaque vêtement, chaque article de maquillage, chaque bijou, chaussure… je laissai tout, ainsi que ce qui ne rentrait plus dans les valises.

Peu importait. Tout ce qui comptait, c'était de quitter les murs dorés de son palais. Je n'avais pas ma place ici. Je le savais, même si j'avais essayé. Pour lui.

Quel immense gâchis.

J'étais arrivée aveugle et naïve, et je repartais avec mon optimisme et mon désir pour lui piétinés.

J'avais commis une erreur en acceptant, une erreur que j'allais rectifier en faisant ce que je faisais de mieux – fuir aussi vite que possible.

Je pénétrai dans la cuisine l'estomac noué. Nombre de mes

meilleurs souvenirs avec lui avaient pris place ici, y compris mon anniversaire. Je secouai la tête pour m'éclaircir les idées et je récupérai quelques bouteilles d'eau et des en-cas. Ils me permettraient de me débrouiller le temps de trouver un endroit où me poser.

Cette pensée me stoppa net.

Qu'est-ce que j'allais faire ? Où allais-je aller ? Je ne possédais rien qui ne venait pas d'Atticus, mon ancien compte en banque était vide, fermé.

Ma vie était-elle aussi vacante ? Aucun ami sur lequel compter, aucune famille, pas de travail. L'espace d'un bref instant, j'envisageai de sauter dans un bus pour me rendre chez mon grand-père en Floride, mais je ne savais même pas où il habitait. Ni même s'il était encore en vie.

Ma mère avait coupé tout contact avec la famille de mon père après les funérailles, refusant de me laisser la voir ou même de lui parler, au point qu'ils avaient fini par arrêter d'essayer.

La seule option qu'il me restait, c'était de retirer un peu d'argent avec la carte de crédit et de m'en servir pour me payer un hôtel en liquide. Ce serait la seule chose que je prendrais d'Atticus.

Et mon téléphone. J'envisageai un instant de le laisser, mais je me souvins que, sans lui, je ne pourrais même pas quitter le bâtiment à cause de la technologie implantée dans les murs.

Après un dernier regard, je poussai un soupir et me dirigeai tant bien que mal vers l'ascenseur, les bras chargés – ma valise à roulettes, mon sac à dos et deux sacs de sport.

Le prochain obstacle fut le hall d'entrée. Il y avait toujours quelqu'un au bureau du concierge.

— Bonjour, mademoiselle Evans, lança Amy avec un sourire.

Du moins, il me semblait qu'elle s'appelait Amy.

Je lui adressai un sourire pincé et un signe de la tête avant de poursuivre ma route.

— Voulez-vous que j'appelle Michael ?

— Non, répondis-je un peu trop énergiquement. Merci.

Une fois dehors, le bourdonnement familier de la ville m'apaisa, et je traversai rapidement la rue pour m'éloigner le plus possible de l'Olympus Tower. Un peu plus loin, je retirai quelques milliers de dollars en liquide – de quoi tenir jusqu'à me trouver un logement. Puis je sortis la carte SIM de mon téléphone et la piétinai. Un instant plus tard, je descendais péniblement les marches du métro et embarquais dans le premier train.

La destination n'avait aucune importance. Tout ce qui comptait, c'était de m'éloigner du Roi Mauvais et de sa domination.

Chapitre 23

Atticus

Les formalités et les contrats qui s'appliquaient aux employés étaient simples comparés à ceux qui concernaient les membres de la famille. Nous n'en étions même pas arrivés à la partie complexe de notre contrat de mariage, mais j'en avais défini la majeure partie avec Rhys.

À présent, j'étais obligé de le compliquer encore davantage. Je m'étais montré vraiment généreux, afin de la protéger, mais il devait y avoir des conséquences. Il fallait qu'elle sache.

Une flopée de photos et de vidéos étaient éparpillées sur mes écrans. Hugo et Damien avaient demandé à l'équipe informatique de se débarrasser du maximum, mais le mal était fait.

Nous n'avions même pas effectué notre première apparition publique, et nous allions entrer dans la société avec des stigmates.

— Comment ça s'est passé ? demanda Rhys en entrant dans mon bureau sans y avoir été invité.

Je relevai un regard noir.

— Comment ça s'est passé, à ton avis ?

Il prit place dans l'un des fauteuils devant mon bureau.

— Elle te déteste ?

— Ça aurait fini par arriver de toute façon. J'ai été idiot de penser que je pourrais cacher cet aspect de moi.

— Le Roi Mauvais frappe de nouveau, brisant des cœurs et des vies.

— Je n'aurais pas dû la choisir.

— Non, en effet, dit Hamilton en entrant, s'installant dans le fauteuil à côté de Rhys.

— Qu'est-ce que tu veux ? demandai-je, surpris de voir mon petit frère se joindre à la conversation.

— Est-ce que tu as des sentiments pour elle ? rétorqua-t-il.

— Si je n'en avais pas, j'aurais choisi la voie la plus évidente.

Au moins, Bridget et Antonia savaient comment se comporter. Mais même si je ne reconnaissais pas verbalement mes sentiments pour Ophelia pour l'instant, je ne pouvais pas les nier. J'étais un bon joueur de poker, et tout le monde avait son petit tic révélateur. Si quelqu'un connaissait le mien, c'était bien Rhys, et il ne se priverait pas de le faire remarquer dans la seconde, surtout avec Hamilton comme seul public.

— Cette fille, c'était trop de problèmes dès le début. Laisse-la partir.

Rhys garda le silence. Il semblait intéressé par notre échange.

Je serrai les poings.

— Je ne peux pas.

— Tu ne peux pas ou tu ne veux pas ?

— Les deux, répliquai-je en plissant les yeux.

Rhys secoua la tête.

— Tu n'aurais jamais dû coucher avec elle, ce soir-là.

— C'était censé n'être que pour une nuit. Ou deux.

— Mais, ensuite, elle est devenue ta serveuse, ajouta Rhys avec un rictus.

Hamilton nous regard tour à tour.

— Ta serveuse ? Quoi ?

— Tu n'as pas remarqué qu'il s'est soudain mis à aller déjeuner tout seul chez 50 Degrés plusieurs fois par semaine ? demanda Rhys.

Hamilton secoua la tête.

— Quel rapport ?

— Eh bien, il allait là-bas pour la voir.

Je haussai un sourcil.

— Depuis quand vous en savez autant sur mes affaires ?

— Depuis que j'ai demandé à Hugo des informations sur la fille pour laquelle je rédigeais un contrat.

Je secouai la tête.

— Putain de Hugo. Il n'aurait pas dû.

— Il ne travaille pas seulement pour toi, cousin. En plus, j'étais curieux de savoir pourquoi son nom ressortait tout à coup, des mois plus tard.

— Au point où tu en es, tu devrais simplement la laisser partir, dit Hamilton en agitant la main.

— Pourquoi tu es aussi remonté contre elle, Hamilton ? Est-ce que tu complotes avec père ? Pour me pousser vers Amelia Harris ?

J'avais pourtant réussi à anéantir cette option. Ni Amelia ni son père ne nous avaient contactés, Hamilton ou moi, depuis que je l'avais mise à la porte de Stronghold.

Certes, j'étais parvenu à convaincre nombre de leurs fournisseurs de cesser leur collaboration. Et six de leurs huit hôtels en construction avaient été stoppés en plein chantier en l'espace de quelques heures. Des semaines plus tard, ils en étaient toujours au même point.

Hamilton ouvrit de grands yeux et secoua la tête.

— Non. Rien de ce genre. C'est juste que… elle n'est pas de ton niveau.

— Attends qu'il la fasse grimper, railla Rhys.

— Sérieusement ? lançai-je à Rhys avec une moue.

Il haussa les épaules.

— C'est en partie pour cette raison qu'on en est arrivés là si vite, non ?

— Non. (Ma colère enfla de nouveau.) Si Genevieve ne lui était pas tombée dessus, ça ne serait jamais arrivé.

— Si, ça aurait fini par arriver, répliqua Hamilton. Elle ne connaît rien à notre univers. C'est comme si tu avais ramené une gamine de deux ans dans la famille.

— Elle est un peu sauvage sur les bords, je te l'accorde, mais une gamine de deux ans ? contra Rhys.

— Madeline se tient mieux qu'elle, riposta Hamilton en desserrant sa cravate.

Rhys secoua la tête.

— N'as-tu aucun souvenir du dîner de famille ?

Hamilton dénoua sa cravate et la retira, de plus en plus exaspéré, puis ouvrit les premiers boutons de sa chemise. C'était un de ses trucs – la cravate était la première à disparaître. Il n'aimait pas Ophelia, mais il fallait encore que je comprenne pourquoi.

— Oui, mais tu n'étais pas là pour le reste du week-end, Rhys.

— Elle était nerveuse et peu sûre d'elle, les coupai-je. (Je refusais de laisser Hamilton s'en prendre à elle plus longtemps.) Aucun de vous, à l'exception de Pen, ne l'a accueillie convenablement, et même elle était un peu froide. Mais Ophelia a tenu bon malgré les insultes qu'on lui balançait.

Hamilton secoua la tête.

— Tu peux présenter ça comme tu veux, il n'empêche qu'elle n'est pas taillée pour ça, et qu'elle ne le sera jamais.

— Peut-être que ça me plaît.

Ma voix était à peine un murmure.

Hamilton me jeta un regard perçant.

— Tu es sérieux ?

Je soufflai en m'adossant à mon fauteuil.

— Peu importe, de toute façon. Ce qui compte, c'est un homme nommé Lou Milner.

— Qui est Lou Milner ? demandèrent-ils à l'unisson.

— Quelqu'un que je dois acheter, et briser.

Hamilton esquissa un sourire et une lueur d'excitation s'alluma dans son regard. Le requin sentait le sang.

— Que peut-on faire pour toi ?

— Le payer, et ensuite le poursuivre en justice jusqu'à l'enterrer.

Rhys sembla se ragaillardir, excité par le challenge.

— Qui est-ce, pour lui réserver un sort pareil ?

— Le beau-père d'Ophelia. Il l'a menacée. Je vais le terminer. La mère aussi est un sacré cas, mais on doit se concentrer sur lui.

Rhys fronça les sourcils.

— Est-ce que ça ne va pas attirer encore plus d'attention indésirable sur la future mariée ?

Je secouai la tête.

— Pas quand il sera arrêté pour extorsion sur sa belle-fille. Faites en sorte de dresser de lui le portrait d'un monstre.

— Et de toi celui d'un chevalier servant ?

J'acquiesçai.

— Ça aidera à dompter l'opinion publique.

— Rappelle-nous ce que ça peut bien nous faire, tout ça, enchaîna Hamilton en grognant.

— Les dieux n'ont de pouvoir que parce que leurs sujets leur rendent hommage, déclarai-je.

— Même si on s'attirait tous de la mauvaise pub, cela ne ferait guère de différence pour l'entreprise, contra Hamilton.

— Peut-être, mais je refuse de laisser le nom de Loughrey

tomber comme tant d'autres. Des noms connus de tous, mais qui ont fini par disparaître.

C'était un problème courant chez ceux qui s'étaient érigés pendant l'ère industrielle – ils redescendaient au bas de l'échelle en trois générations.

— À cause d'une mauvaise gestion de leur fortune, souligna Rhys.

Hamilton approuva.

— On est en constante croissance et évolution. Un peu d'ombre ne peut pas causer beaucoup de dégâts. Prends Genevieve comme exemple.

— C'est l'exception, fis-je remarquer. Elle les a entraînés au fil des ans, au point que, le seul moyen de la remettre vraiment dans le droit chemin, c'est de lui retirer l'accès à ses fonds.

— Je manie le stylo et toi le pouvoir, cousin. (Le sourire de Rhys était un peu trop radieux à mon goût, même si je partageais une partie de son excitation.) Prononce simplement les mots, et ce sera fait.

Je m'adossai à mon fauteuil.

— Laissons père la gérer pour le moment. Dans l'immédiat, je veux me concentrer sur la destruction de mon futur beau-père.

— On va te laisser à ta mission, dit Rhys en se levant.

Hamilton ne bougea pas.

— Tu dis qu'il l'a menacée ? Comment ? Qu'est-ce qu'il a comme moyen de pression sur elle ?

La curiosité de Rhys fut piquée, et il me regarda à son tour.

— Je n'en suis pas sûr, mais j'ai toujours senti que ça finirait par arriver.

Hamilton se leva, sa cravate à la main.

— Peut-être que je n'aime pas beaucoup Ophelia, mais je suis là si tu as besoin de quoi que ce soit. Elle est avec toi, et ça fait d'elle une de Loughrey. Et personne ne nous menace.

J'esquissai une moue.

— Merci.

— Appelle-moi.

— Tu sais où me trouver, ajouta Rhys en suivant Hamilton.

J'avais beau être agacé que Hamilton n'approuve pas Ophelia à cause de son éducation et de son statut, il était malgré tout disposé à se battre pour elle. Mais bon, il adorait la bagarre.

Rien de tout ça n'avait d'importance. Tout ce qui comptait, c'était leur soutien pour m'aider à débarrasser le monde de ce cafard.

En me basant sur la recherche des antécédents, j'avais toujours su, dans mes tripes, que Lou Milner viendrait perturber mes plans. Un ivrogne issu de la classe ouvrière.

Amy Milner, la mère d'Ophelia, ne valait pas beaucoup mieux.

Je parcourus les informations que j'avais sous la main et je songeai à la vie différente qu'aurait eu Ophelia si son père n'était pas mort. Les papiers du divorce avaient été remplis, et il y demandait la garde permanente de sa fille.

Ils n'avaient pas eu le temps d'arriver au jugement quand il avait été heurté par un fuyard et laissé pour mort.

Quelque chose à ce sujet me tracassait et, mû par mon instinct, j'avais envoyé un message à Hugo pour enquêter là-dessus. Le rapport de police faisait état d'un accident mais, sachant que ce Lou Milner avait épousé Amy seulement quelques mois après, je sentais que quelque chose clochait.

Mes intuitions se révélaient souvent fondées et, si j'avais vu juste, Lou Milner allait être facile à enterrer.

Personne ne menace un de Loughrey.

À ma sortie de l'ascenseur, je fus accueilli par le silence. Ce n'était pas inhabituel, même depuis l'arrivée d'Ophelia. Il fallait qu'on parle et, au lieu de me diriger vers ma chambre, je me rendis dans la bibliothèque. Après y avoir déposé ma veste, j'allai me servir un verre de whisky au bar. La tension de la journée me contractait le cou, et je le tordis dans les deux sens pour essayer de le décoincer.

Une fois suffisamment détendu, je retirai ma cravate ainsi que les premiers boutons de ma chemise et ressortis dans le couloir. Le silence était le même à mesure que j'approchais de sa chambre. Alors que je m'apprêtai à frapper poliment, je trouvai la porte ouverte.

J'entrai en fronçant les sourcils.

— Ophelia ?

Elle n'était pas là, ni dans sa salle de bains. Il y avait quelque chose de différent dans sa chambre, mais je n'y prêtai pas plus attention et partis à sa recherche dans les pièces à vivre.

— Ophelia ?

De nouveau, rien. Aucune trace de sa présence.

Après avoir fouillé partout, je sentis ma colère remonter.

Je lui avais dit de rester ici. De ne pas sortir. Avait-elle désobéi malgré tout ?

Peut-être était-elle aux étages communs ? C'était une possibilité, mais cette impression que quelque chose clochait me rattrapa.

Je sortis rapidement mon téléphone pour lancer une recherche. Je me sentis chanceler en ne trouvant pas son signal dans le bâtiment. Ma poitrine se serra lorsque je remarquai que le dernier signal datait de huit heures plus tôt.

— Qu'est-ce que c'est que ce bordel ?

Une vague glacée me traversa au moment où je retournai dans sa chambre.

Je l'inspectai, et rien ne me sembla curieux jusqu'à ce que j'entre dans la salle de bains. S'il restait son maquillage et son parfum, toutes les autres affaires de toilette avaient disparu. Dans sa penderie, il manquait la robe qu'elle portait lors de notre rencontre. Sa commode fut le véritable révélateur – ses tiroirs étaient pratiquement vides. C'était là qu'elle rangeait ses vêtements d'avant, y compris ses jeans, et il ne restait à présent que ceux achetés par Melanie.

Elle m'avait quitté ?

Une vague de colère me gagna. Je savais qu'elle était contrariée, mais au point de partir avant qu'on ait pu parler ? Mes émotions oscillaient, et je maudissais les remous qui m'habitaient.

Il fallait qu'on la retrouve. Qu'on la ramène.

Elle ne pouvait pas me quitter. Elle était à moi.

Oui, c'était pour ça. Pas parce que je la voulais désespérément. Que mon cœur la voulait désespérément.

L'idée que je puisse peut-être, un jour, compter pour quelqu'un n'était qu'un mensonge pour apaiser mon âme blessée.

Mais je refusais de renoncer à elle.

J'appuyai sur un bouton de mon téléphone et, au bout d'une sonnerie, une voix profonde répondit.

— Hugo, j'ai besoin que vous traquiez quelqu'un, dis-je.

— Bien sûr. Qui dois-je chercher ?

— Ophelia Evans.

Il y eut un silence.

— Vue où pour la dernière fois ?

— Au penthouse, Olympus Tower, à 7 heures ce matin.

J'entendis le cliquetis d'un clavier.

— Avez-vous géolocalisé son téléphone avec le vôtre ?

— J'ai essayé, mais le signal s'est bloqué à quelques rues, et je ne sais pas pourquoi.

Il y eut une petite pause qui me sembla durer des heures, or quelques secondes à peine s'écoulèrent.

— Il semblerait qu'elle ait retiré deux mille dollars avec sa carte de crédit sur Broadway.

Deux mille dollars ? Que pouvait-elle vouloir faire avec ce montant ? Quelqu'un l'y avait-il forcée, avant de l'enlever ? Son beau-père ?

La panique qui submergea ma poitrine me poussa à m'agripper au bord du comptoir, et mes articulations blanchirent.

— Retrouvez-la. Tout de suite.

— Oui, monsieur.

Je raccrochai et me frottai la poitrine, le souffle court.

Ainsi tomba le Roi Mauvais, rongé par le chagrin qu'il avait lui-même provoqué.

C'était presque poétique, mais rien dans ma vie n'était capable de créer de telle beauté. Non, j'étais un destructeur. Un conquérant.

Un roi.

Mais sans ma reine…

Ophelia avait pris le contrôle de mon cœur sans même que je m'en rende compte, et ma négligence me coûtait, provoquait une douleur que je n'avais jamais éprouvée auparavant.

Je passai la nuit à me tourner dans tous les sens, les pires scénarios valsant en boucle dans ma tête. Près de vingt-quatre heures plus tard, elle n'était toujours pas revenue et on ne l'avait pas retrouvée.

Qu'est-ce que j'avais fait ? C'était ma faute. Je lui avais montré ma vraie nature, et je l'avais fait fuir. Qui voudrait être avec un homme comme moi, de toute façon ? Je n'étais pas un type sympa pour qui elle pourrait un jour développer des sentiments, même si je ne comprenais pas moi-même les miens. L'amour, sous n'importe quelle forme, n'était pas une émotion que l'on cultivait dans la maison de Loughrey.

Tout ce que j'arrivais à saisir, c'était que je voulais Ophelia, comme jamais je n'avais voulu d'aucune femme dans ma vie. Elle éveillait quelque chose en moi, au fond de ma poitrine, qui me poussait constamment à chercher sa présence. Le problème, c'était que je ne savais pas comment m'y prendre. L'affection, c'était pour les faibles. C'est du moins ce qu'on m'avait répété durant toute mon enfance.

Chez nous, la compétition était cultivée depuis la naissance, et seuls les vainqueurs obtenaient les louanges. Ce niveau d'exigence ne régnait pas seulement entre les pairs, elle concernait également les rivalités entre frères, sœurs et cousins.

C'était un schéma que je détestais car il ne servait qu'à m'éloigner des gens. Ce besoin absolu d'être le meilleur, de prouver ma valeur m'avait poussé à causer du tort à mes amis comme à mes ennemis. L'échec n'avait pas sa place. La deuxième position non plus.

Et j'avais soif de victoire. Non pas pour exulter, mais pour les applaudissements fugaces que je recevais. Plus j'obtenais de distinctions, plus je recevais d'éloges. Ce n'était qu'à l'arrivée d'Ophelia que j'avais commencé à comprendre que les louanges ne remplaceraient jamais l'amour.

Je me redressai, incapable de supporter plus longtemps la contemplation de mon plafond, et je me frottai le visage.

Qu'est-ce que tu fabriques, Atticus ? Qu'est-ce que tu attends d'elle ?

Son sourire, ses petites moues traversèrent mes pensées. Elle possédait une lumière qui m'attirait comme un papillon de nuit cherchant désespérément la chaleur.

Je ne dormirais plus. Je repoussai les couvertures et posai les pieds par terre. Aucune notification sur mon téléphone, et j'avais été suffisamment éveillé pour être à l'affût de la moindre vibration. Je priai malgré tout pour voir quelque chose apparaître soudainement mais, lorsque j'allumai l'écran, je fus accueilli par le néant.

Ce qui me mettait les nerfs en pelote, ce n'était pas qu'elle se soit enfuie – une réaction que j'aurais pu prévoir si j'avais bien voulu prêter attention à mon inquiétude au lieu de me concentrer sur la destruction de son beau-père – mais la disparition du signal de son téléphone.

Voilà ce qui me faisait trembler. Moi. Le Roi Mauvais, chef suprême du royaume impitoyable, était rongé par la peur que sa fiancée soit en difficulté et puisse avoir besoin de lui.

Malgré toutes mes putains de ressources, on ne l'avait toujours pas retrouvée au bout de vingt-quatre heures.

Après une douche et sans nouvelle notification, j'enfilai à la hâte un pantalon simple et une chemise dont je retroussai les manches. Ce fut à ce moment-là que je remarquai que ma garde-robe était principalement constituée de costumes. Avec l'arrivée de l'été et d'Ophelia dans ma vie, j'allais partir plus souvent dans les Hampton et il me faudrait des tenues plus décontractées. Je chargeai Jack de contacter Melanie pour me composer une garde-robe estivale.

C'était curieux compte tenu de la situation mais, pendant ces quelques secondes consacrées à des détails somme toute futiles, je libérai mon esprit de l'angoisse qui le rongeait.

Chapitre 24

Ophelia

Qu'est-ce que tu vas bien pouvoir faire ?

C'était la question qui tournait en boucle dans ma tête, sans la moindre réponse en vue.

Je m'étais enfuie.

C'était un geste désespéré, un besoin absolu de m'éloigner de tout ce qui se rapportait aux de Loughrey… à lui. Mes pensées tourbillonnaient, et tout ce que je savais, c'était que je ne pouvais pas rester. Je devais partir.

Je m'étais donc décidée. J'avais retiré une somme qui représentait de la petite monnaie pour lui, et j'avais détruit la carte SIM de mon téléphone. J'avais besoin de souffler, et je n'en aurais pas eu le loisir s'il avait su où me trouver. Pour lui compliquer les choses, j'avais pris un train pour le Bronx.

Mais après avoir passé des heures dans un motel bon marché d'un quartier louche de la ville, l'adrénaline ayant depuis longtemps disparu, je commençai à remettre en question l'impulsivité de mon plan d'action. Je ne pourrais pas me cacher éternellement, surtout à New York. Il me retrouverait en un rien de temps.

Si seulement il me cherchait.

Cette pensée me comprima la poitrine. Et si, découvrant ma

disparition, il décidait de laisser tomber ? N'était-ce pas ce que je voulais, après tout ?

Mon esprit n'était plus qu'un tourbillon de confusion et de contradictions. Était-ce à cause des sentiments que j'avais pour lui ? En m'éloignant, je commençais à réaliser que, malgré ma colère envers lui, c'était ma propre peur qui m'avait poussée à partir.

Je devenais inconstante dès lors qu'une situation se compliquait, que ce soit à cause d'un ivrogne ou du bouleversement émotionnel provoqué par les feux des projecteurs. Je n'avais eu aucune réelle préparation, seulement un avertissement général de ce qui allait se produire.

Comment pouvait-il virer des employés avec autant de flegme ? Non seulement ces personnes allaient perdre leur travail, mais il avait ajouté d'un ton glacial que c'était entièrement ma faute. OK, j'étais seule responsable de mon comportement au club, mais je n'arrivais pas à accepter l'idée que je n'aurais plus jamais droit au moindre répit… à la moindre récréation.

J'aurais dû prévoir la réaction de Lou. Quand il avait appris la nouvelle à la télévision et mijoté son plan, le signe du dollar avait dû clignoter dans ses prunelles. La somme demandée ne représentait pas grand-chose pour les de Loughrey. Pour Lou, c'était une fortune qui dépassait ses rêves les plus fous. Tout ce qu'il avait à faire, c'était me menacer.

Au moment de signer le contrat avec Atticus, quand j'avais évoqué les squelettes dans mon placard, je cherchais à me raccrocher à quelque chose, n'importe quoi. Tout était bon pour repousser l'inévitable. Pourtant je n'estimais pas en avoir véritablement. J'avais vécu une vie ordinaire. La seule nébulosité restait l'identité de celui qui avait tué mon père. Deux décennies plus tard, le mystère était toujours irrésolu.

J'imagine que j'aurais pu refuser sa proposition, mais quelque chose m'en avait empêchée, m'avait empêchée de simplement l'envoyer se faire voir et de disparaître.

Oui, l'argent jouait son rôle, mais ce n'était pas tout. La promesse de la différence, ne plus avoir autant de soucis, passer du temps avec Atticus.

Mais le vernis s'était écaillé, et j'avais découvert que la vie des riches était plus difficile qu'elle n'y paraissait. Les règles, l'étiquette et la solitude l'emportaient.

Je me laissai tomber sur le lit, et mon estomac choisit cet instant pour gronder – rien de surprenant, étant donné que je n'avais avalé qu'un sandwich avant de prendre cette chambre. Depuis, je m'étais contentée des snacks que j'avais emportés en partant. Le problème, c'était que j'avais aussi terminé la dernière bouteille d'eau et que j'étais désormais obligée de quitter la sécurité des murs miteux qui m'entouraient.

Il faisait plus de trente degrés dehors ; j'enfilai un short, un débardeur et mes tongs. Ma photo était exposée partout et je préférai dissimuler mon visage sous une casquette et des lunettes de soleil. Même si quelqu'un me trouvait un air familier, personne ne se douterait qu'une future de Loughrey puisse se balader dans un endroit pareil et dans cette tenue.

Après avoir acheté un kebab et des frites, je pénétrai dans une petite épicerie pour me procurer des boissons et du chocolat en abondance afin d'apaiser mon âme. Et une glace Ben & Jerry's.

Ensuite, je remontai la rue à la hâte.

Un aller-retour. Éviter les gens. Avancer. Rentrer à l'hôtel.

Vite.

— Hé, ma petite dame, une petite pièce ? lança un homme.

Mes poils se hérissèrent sur ma nuque.

L'ignorer. Rentrer à l'hôtel.

— Hé, chérie, je te parle.

La voix avait perdu son ton amical.

J'accélérai le pas en espérant que le type passerait à la personne suivante.

— Écoute-moi, salope, siffla-t-il.

On me tira par le bras, je perdis l'équilibre et m'arrêtai. Je croisai un regard noir et brillant de colère, aux pupilles dilatées sous l'effet de je ne sais quel produit.

— Lâchez-moi, dis-je en serrant les dents.

Il y avait des gens partout, mais personne ne semblait nous remarquer.

— File-moi de l'argent, et peut-être que je te lâcherai.

J'étais sur le point de ricaner lorsque je perçus le son d'un couteau à cran d'arrêt. Mon rythme cardiaque s'accéléra, et je cherchai à capter le regard d'un passant.

— Personne va t'aider. Pas ici.

Qu'il aille se faire foutre. Qu'ils aillent tous se faire foutre, ces hommes qui pensent pouvoir me contrôler et me piétiner.

— Je vous ai dit de me lâcher ! m'écriai-je en me débattant sans me soucier de me blesser.

Je trébuchai soudain en arrière lorsqu'il me lâcha le bras. Je retrouvai mon équilibre à temps pour voir un homme lui balancer son poing en plein visage jusqu'à ce qu'il s'effondre en gémissant. Je perçus une petite vague d'applaudissements, mais tout le monde ignora l'homme gisant à terre.

Je regardai le dos de l'homme qui m'avait sauvée en frissonnant. Il se tourna, une flamme de colère dans ses yeux bleus, dans lesquels je décelai aussi une lueur de panique. Mon cœur martelait ma poitrine. Il était venu. Il était vraiment venu, et je ne savais pas ce qui m'effrayait le plus – le fait d'être condamnée à m'attirer des ennuis ou le soulagement qu'il m'ait retrouvée.

Je détournai les yeux en luttant contre mon désir de fuir, et je serrai les dents pour retenir mes larmes.

— Qu'est-ce que tu fais ici ? lui demandai-je tout en refusant résolument de le regarder.

Atticus ne me laisserait pas faire. Bien sûr que non. Atticus devait toujours être celui qui possédait le pouvoir, et il me prouva que rien n'avait changé : il saisit mon menton d'une main pour relever ma tête et, de l'autre, retira mes lunettes de soleil.

— Tu es partie. Je suis venu te récupérer.

Je m'écartai.

— Va-t'en, Atticus.

Il haussa un sourcil.

— En te laissant ici, dans ce trou à rat ?

Sa remarque, toujours aussi blasée, ne fit que renforcer ma conviction que j'avais pris la bonne décision.

— Je comprends plus cet endroit que je ne comprendrai jamais ton univers, dis-je avant de m'éloigner d'un pas décidé.

— Je suis aussi horrible que ça pour que tu préfères te faire menacer par un drogué plutôt que dormir en sécurité avec moi ?

Je m'arrêtai net.

— Oui.

Parce qu'il n'y a aucune notion de sécurité avec toi.

Je fermai les paupières lorsque je sentis son dos contre moi, la chaleur qu'il dégageait et l'électricité qui continuait de circuler entre nous.

— Tu veux vraiment rompre le contrat ?

Je rouvris les yeux d'un coup. *Oui.*

Non.

Merde, je détestais ce contrat.

— Eh bien, étant donné que je suis sûre que tu as intégré un vice juridique dans ma putain de clause, oui, je le veux. Si je dois prendre trois boulots pour te rembourser, je le ferai, mais je ne rentre pas avec toi.

— Alors tu es au courant.

Je fis volte-face pour l'affronter, furieuse d'avoir vu juste.

— C'était devenu plutôt évident le jour où tu m'as plaquée sur ton lit d'enfant. Tu as certainement prévu tout un tas de moyens détournés et diaboliques pour coucher avec moi sans rompre le contrat.

Son regard se durcit, comme sa mâchoire. Après avoir jeté un regard autour de lui, il me saisit par le bras et me guida vers mon hôtel.

— Allons parler de ça en privé.

Je levai les yeux au ciel.

— Je m'en fiche.

En entrant dans ma chambre, je déposai mes sacs par terre. En sentant les effluves délicieux de mon kebab, je regrettai que mon appétit se soit évaporé.

— Remballe tes affaires. On rentre à la maison.

Je fis de nouveau volte-face. Il avisait la chambre avec une expression dégoûtée en prenant soin de ne toucher à rien.

— Excuse-moi ? Non.

— Non ?

— Tu m'as bien entendue.

— Et pourquoi ?

Les larmes me montèrent aux yeux, et je m'efforçai de les retenir en serrant les dents.

— Je ne veux pas revivre ça. Je ne peux pas ! Pourquoi est-ce que je voudrais rentrer ?

— Je peux penser à dix millions de raisons.

Je projetai mes mains en l'air.

— Je me fous de l'argent.

Il sembla pris au dépourvu et cligna des yeux.

— Pardon ?

— J'ai dit : je me fous de l'argent. Aucune somme ne vaut la peine de supporter cette vie, ou de te supporter. Je ne suis pas faite pour ça. Tu as fait le mauvais choix.

Il secoua la tête.

— Non. Pas du tout.

— Je te dis que si.

— Pourquoi tu penses ça ?

— Parce que je n'ai pas l'étoffe d'une de Loughrey.

— D'après qui ? Les médias ? Ces ordures aiment les ragots, c'est tout, et en ce moment il n'y a rien de plus croustillant que toi sur leurs bureaux. Tout se calmera très bientôt.

— Peut-être, mais ce ne sera plus jamais comme avant.

Ses lèvres ne formaient plus qu'une ligne dure.

— Non. Tu es associée à moi maintenant. Même si tu… me quittes, ils viendront te harceler.

Je gardai les yeux rivés au sol et, au bout de quelques secondes, mon regard se fixa sur l'éclat de ses mocassins en peau de crocodile. Il saisit mon menton pour me forcer à le regarder. Me forcer à voir la moue torturée de son beau visage.

— Avec toi, je ne suis pas comme avec les autres, dit-il tout bas.

— Si tu es en train de me dire que j'ai vu la bonne version de toi… waouh, il te reste quelques efforts à faire, dis-je d'un ton mordant, sans ciller. (Je n'allais pas le laisser me marcher dessus.) Apparemment, on a appris deux versions différentes du mot « bon » à l'école.

— Tu n'as pas vu que le mauvais, déclara-t-il en lâchant mon menton avant de reculer. Quand tu as commencé à travailler au restaurant je suis passé d'un déjeuner par mois à deux par semaine.

Je restai muette. J'avais toujours supposé que c'était son

habitude. Personne ne m'avait rien dit. Venir aussi souvent juste pour me voir ?

— Je ne t'ai pas choisie au hasard, Ophelia. Tu dois le comprendre.

Compte tenu de son mutisme concernant la nuit qu'on avait passée ensemble, j'avais supposé que je n'étais qu'un nom de plus sur sa très longue liste.

Puis il m'avait demandé de l'épouser, mais je n'avais jamais réussi à concilier les deux hommes.

— Je ne sais pas qui tu es, Atticus, murmurai-je. Es-tu un ami ou un ennemi ?

Il garda le silence, songeur, avant de redresser les épaules.

— Les deux. En tant que chef des de Loughrey, je n'ai pas le luxe de pouvoir choisir.

C'était une bien triste révélation, qui correspondait pourtant à ce que j'avais pu observer.

— Est-ce que… (Je m'interrompis, sur le point de lui poser la question qui me hantait depuis plus d'un an. Ce n'était pas la première fois que je la lui posais, mais j'avais besoin d'une réponse.) Est-ce que tu comptais vraiment m'appeler, ou c'était une phrase en l'air que tu dis à tous tes coups d'un soir ?

Il secoua la tête, et je ravalai mes larmes.

— Tu parles comme si je ramenais toutes les femmes que je rencontre dans mon lit, alors que c'est loin de la vérité. Concernant la première partie de ta question, la réponse est oui. Oui, j'avais vraiment l'intention de t'appeler. Toutefois, après ton départ, ce matin-là, j'ai eu beaucoup de travail et les réunions se sont enchaînées. Quand je me suis retrouvé à cette table avec tous ces hommes, c'était pour célébrer une acquisition d'une équipe de sport à huit cents millions de dollars. Au moment où je t'ai vue nous accueillir, j'ai commencé à douter de cette pure coïncidence. Et le temps que je creuse suffisamment loin dans ton passé, plusieurs semaines s'étaient écoulées.

— Et ?

— Et comment pouvais-je espérer m'attirer tes bonnes grâces après mon attitude ?

— Je ne pensais pas que ton ego t'arrêterait.

— Hmm, peut-être si j'étais Rhys ou Hamilton… Compte tenu de la manière dont je t'avais traitée, j'avais l'impression qu'il n'y avait plus de retour en arrière possible. Pourquoi aurais-tu voulu avoir encore affaire à moi ?

— Je ne pensais pas que tu avais le moindre état d'âme.

— Si, sur un seul sujet, répondit-il avec un sourire triste sans me quitter du regard – une moue que j'aurais prise pour une grimace si je ne l'avais pas connu. Toi.

— Et pourtant, après notre accord, après notre installation ensemble, tu as continué à me repousser alors que je peux voir tout ce que tu caches aux autres.

— Et qu'est-ce que tu crois voir ? demanda-t-il.

— Que tu souffres de la solitude. Que tu as désespérément envie de n'importe quelle forme d'affection, mais tu n'as aucune idée de comment la demander. (Il resta figé devant moi.) Et tu m'as fait souffrir de la solitude avec toi. Je suis toute seule dans cet immense appartement, et la seule personne que j'ai, c'est toi. Mais tu m'ignores, pourquoi ?

— Parce que… (Il poussa un soupir frustré.) Il n'y a aucune bête noire tapie dans l'ombre. Ce n'est que moi, au grand jour, qui donne l'image de la force pendant que je me débarrasse de la saleté sur mes mains. Tu n'as aucune idée du fardeau que représente ma position.

— Tu as raison, je n'en ai aucune idée. Mais ça ne veut pas dire que je ne vois pas la pression qu'elle exerce sur toi. Tu n'as pas à tout endosser tout seul.

— En tant que chef de cette famille, si. C'est moi qui ai le dernier mot à tous les égards. Le roi des de Loughrey. Condamné à moisir dans les contraintes dues à ma naissance.

Il ne s'était jamais autant ouvert, et de loin. La douleur dans sa voix me fendait le cœur. Avait-il jamais fait quelque chose pour lui-même ?

— Même les rois ont des conseillers.

— C'est ce que tu veux être ? Ma conseillère ?

— Tout ce que je sais, c'est que je veux avoir une place plus importance que celle que j'ai. Être traitée comme une personne, et pas comme un objet.

— Et si je n'en suis pas capable ?

Le complexe et le manque d'assurance dont il parlait étaient exposés au grand jour. Il avait des sentiments pour moi, mais ne savait pas comment les gérer.

— Si, tu l'es. Je le sais.

— Comment ?

— Parce que, pendant une nuit, je me suis attachée à l'homme le plus incroyable que j'avais jamais rencontré. J'ai encore l'impression que c'était un rêve, mais je sais qu'il était réel. Cet homme est en toi, quelque part, enfoui sous tous tes devoirs et ta solitude. (Je pinçai les lèvres et levai la tête pour le regarder.) Est-ce que tu as déjà été heureux, Atticus ? (Il fronça les sourcils et garda le silence.) C'est trop triste de traverser la vie sans jamais être heureux.

— Le travail me comble.

— Est-ce qu'il te plaît vraiment, ou est-ce que ce sont seulement les effets du lavage de cerveau des de Loughrey ?

Son silence en disait long. Le poids qui pesait sur lui était écrasant et l'immobilisait.

— J'ai été heureux une fois, dit-il au bout de quelques minutes, d'une voix basse empreinte de respect. (Je me tassai sur moi-même face à son émotion, car il était évident que cette personne l'avait touché.) Pendant une nuit, j'ai connu le bonheur, la paix, la légèreté.

— Une seule nuit ?

Le froncement de ses sourcils s'accentua.

— C'est la seule qu'on ait eue.

Il croisa mon regard, et je fus complètement chamboulée.

C'était moi qui l'avais touché. Cette nuit avait représenté la même chose pour nous deux.

— Je ne t'ai pas choisie au hasard, Ophelia. Je t'ai choisie car je n'arrêtais pas de penser à toi. À cette nuit. La seule nuit de ma vie où j'ai eu l'impression d'être un homme normal, et non pas le président d'une entreprise à cinq cents milliards de dollars. Avec toi, je n'étais pas un de Loughrey. C'est pour cette raison que j'ai interdit à tout le monde de te dire mon nom de famille et que ma carte de crédit était anonyme.

C'était une question que je m'étais toujours posée. Je n'avais jamais vu de cartes prépayées de ce genre. Mais le paiement passait chaque fois, alors il était inutile de pousser la réflexion. Et Mitchell me l'avait présenté comme un investisseur.

— Je voulais que tu me voies comme un homme, même si c'était à l'autre bout de la table. Même si je n'arrivais pas à me résoudre à ne serait-ce que tenter de réparer les dégâts causés par mon silence et mon mépris. Qu'est-ce que je t'aurais dit ? J'avais l'impression d'être un gamin qui en pince pour quelqu'un mais qui est incapable de passer à l'acte. Tu m'affaiblis.

— L'émotion n'est pas un handicap. Elle devrait te libérer, pas t'oppresser. Tes obligations envers ta famille suffisent bien. Même si notre relation ne devait jamais dépasser le cadre de ce contrat, je veux que tu trouves une alliée en moi. Quelqu'un sur qui te reposer. Je ne suis pas faite pour être une poupée ; je suis faite pour me battre.

— Je ne sais pas si je peux m'ouvrir comme ça.

Je tendis la main pour la poser sur sa joue.

— Ce ne sera pas facile au début, mais une fois que tu te laisseras aller, comme tu l'as fait cette nuit-là, ça coulera tout seul.

— Tu vas revenir ? demanda-t-il avec une note d'espoir dans la voix.

Allais-je revenir ? J'étais tellement décidée, tout à l'heure. Mais il s'était ouvert. Ma solitude avait embrassé la sienne et créé un lien. Pendant un bref instant, il s'était montré totalement honnête avec moi. Plus honnête qu'il ne l'avait jamais été avec lui-même, et ça valait la peine de rester un peu pour en voir davantage.

Je hochai la tête.

— Si tu me promets d'essayer, je te promets de faire de mon mieux pour incarner une de Loughrey digne de ce nom.

— À l'extérieur.

Je souris, ravie à l'idée d'avoir encore ma liberté dans le petit havre de notre appartement.

— À l'extérieur. Du moment que tu acceptes qu'à l'intérieur on puisse devenir plus que des étrangers.

Il me prit la main.

— Je pense que ça me plairait beaucoup.

— Tant mieux. Alors on est d'accord.

— Une dernière chose.

Je levai les yeux au plafond.

— J'aurais dû m'en douter.

— Ne t'enfuis plus.

Je clignai des yeux et je lus, dans son regard, le profond chagrin et la douleur qui s'y reflétaient. Sans réfléchir, je me jetai à son cou et le serrai contre moi.

— Je suis désolée.

— Oui, tu peux bien t'excuser de m'avoir fait peur comme ça.

Il m'écarta pour prendre mon visage entre ses mains et caressa ma peau sous son pouce.

— Je suis désolé que tu aies vu cet aspect de moi. J'ai essayé de te protéger. Je ne voulais pas que tu finisses par me détester.

— Je ne te déteste pas, Atticus. On va surmonter cette épreuve. Pas à pas.

Il tendit la main.

— Viens, rentrons à la maison.

Je lui souris et glissai ma main dans la sienne.

— D'accord.

Chapitre 25

Ophelia

Atticus ne cessa de me jeter des coups d'œil furtifs tout au long du petit déjeuner. Plusieurs jours s'étaient écoulés depuis mon retour, et son comportement n'avait pas changé depuis que je lui avais pris la main – un état de vigilance permanente, comme s'il craignait que je disparaisse de nouveau.

— Quoi ?

Il fronça les sourcils.

— Tu me promets que tu resteras ? Que, si tu sors, ce sera avec Michael, et que tu rentreras avec lui ?

Je posai ma main sur la sienne et lui adressai un sourire rassurant.

— Je te le promets.

Je me mordis la lèvre tandis qu'il reprenait sa lecture sur sa tablette. Aussi fermé qu'il le fût sur le plan émotionnel, je devais reconnaître que j'aimais voir son désir presque désespéré pour moi.

Ce n'était peut-être pas le genre de désir qui m'enflammait, mais un désir d'un autre niveau, un désir qui rendrait les cinq prochaines années beaucoup plus faciles s'il continuait sur cette voie.

Plus que de simples étrangers avec un arrangement, mais une vraie relation, en quelque sorte.

Le son qui jaillit brusquement des haut-parleurs me fit sursauter. J'écarquillai les yeux et me figeai.

« Le week-end dernier, Atticus de Loughrey, le P-DG de la De Loughrey Corporation, a sorti sa fiancée, Ophelia Evans, de la boîte de nuit Stratus. Les témoins ont rapporté le comportement sauvage de la future épouse, surprise en état d'ivresse en train de faire la fête avec la sœur d'Atticus, Genevieve. Depuis l'événement, la famille de Loughrey a gardé le silence et Ophelia n'est pas reparue en public. »

Je le fusillai du regard en me demandant pourquoi, l'espace d'un bref instant, en écoutant ce message, j'avais ressenti de la satisfaction.

— Éteins ça, grommelai-je.

Il haussa un de ses sourcils parfaits et tourna l'écran vers moi.

— Il faut que tu t'endurcisses.

Je contemplai l'horrible photo de moi. Et dire que je commençais à le trouver tout gentil avec un cœur de guimauve. Il y avait bien de la douceur profondément enfouie à l'intérieur, mais ce n'était pas du sucre.

— Eh bien, ça risque de ne pas arriver.

— Que ce soit un rappel, dans ce cas. Comporte-toi comme tu veux entre ces murs, mais dehors tu es désormais une représentante de la famille. Même si tu n'en portes pas encore le nom, tu *es* une de Loughrey.

— Est-ce que tu essaies de me faire peur ?

— Non, je tente seulement d'être plus transparent. À partir de maintenant, on doit présenter un front uni.

Je hochai la tête.

Il me prit la main, la porta à ses lèvres pour y déposer un baiser, et y ajouta un petit coup de langue. L'atmosphère s'était intensifiée, et le contact d'Atticus aussi. J'adorais voir les différents éclairs dans ses yeux, et l'obscurité qui s'installait m'excitait. Ce n'était pas le froid détachement auquel j'avais si souvent eu droit.

— Sois gentille, et peut-être que je te récompenserai, dit-il en se levant.

— Quel genre de récompense ?

— Quelle importance ?

— J'ai besoin de savoir si ça en vaut la peine.

— Disons simplement que c'est long et gros.

Il esquissa un sourire en coin.

Je plissai les yeux et secouai la tête.

— Tu peux toujours rêver.

— Je pensais que tu voulais une, comment ça s'appelle… une frite de piscine ?

Je m'immobilisai le temps d'un instant puis me redressai.

— Ah, oui. Mais j'ai comme l'impression qu'on parle de deux choses très différentes.

J'étais surprise qu'il se souvienne de ma remarque concernant les frites de piscine.

— Vraiment ?

— À en juger par ton expression lubrique, je dirais que oui.

Il se servit une nouvelle tasse de café et se dirigea vers moi, m'offrant une vue dégagée sur son pantalon de jogging gris et son T-shirt blanc. Tout ce qu'il portait lui allait à la perfection et renforçait son assurance et son arrogance naturelles ; avec l'aura d'autorité qui l'entourait, c'était presque étonnant de ne pas voir des femmes constamment accrochées à lui comme des koalas. Moi, en tout cas, j'en crevais d'envie.

Je fus soudain arrachée à mes fantasmes par une bande de peau qui apparut devant moi. D'un air presque innocent, Atticus relevait le bas de son T-shirt pour inspecter quelque chose, exposant ainsi ses abdos… que je n'avais pas vus depuis un an.

Ce sex-appeal exposé sans complexe était aveuglant.

Un raclement de gorge me ramena à la réalité, et je relevai subitement les yeux vers son visage. Un petit sourire narquois flottait sur ses lèvres et son expression disait : « grillée ».

— Qui a une expression lubrique, maintenant ?

Mon visage s'empourpra.

— Tu l'as fait exprès.

Il s'approcha de moi et effleura ma clavicule du bout des doigts, me donnant des frissons et provoquant une vague de chaleur entre mes jambes.

— Bien sûr. Si je dois souffrir, tu brûleras avec moi.

Après avoir terminé de me torturer, il reprit sa place. Mon assiette était vide, à l'exception de quelques miettes, mais je n'étais pas encore prête à le quitter.

Depuis mon retour, nous avions adopté une routine différente. Une routine où nous passions du temps ensemble.

Et j'aimais ça. Je ne me sentais plus aussi seule qu'avant. L'atmosphère qui régnait autrefois était intimidante, avec ce calme digne d'un musée et cette propreté impeccable. Mais depuis mon retour, malgré sa taille démesurée, l'appartement était devenu un peu plus douillet.

Je me détendais peut-être un peu depuis sa confession, et j'appréciais les moments simples que nous passions tous les deux.

Afin d'entretenir cette progression et d'empêcher les remparts de s'ériger de nouveau, je me mis à lui envoyer des messages pendant la journée. Les réponses n'étaient pas toujours immédiates, mais ce n'était pas ce que j'attendais de lui, et je savais apprécier lorsque c'était le cas.

Ça l'était ce jour-là.

Ophelia : Alors cette enquête ?

Je fus agréablement surprise d'obtenir une réponse quelques instants plus tard.

Atticus : Quelle enquête ?

Ophelia : *soupir* laisse tomber.

Atticus : Est-ce que tu fais référence à mes projets concernant ton beau-père ?

D'accord, maintenant il se fiche de moi.

Atticus ne s'était pas attardé sur ses intentions au sujet de Lou, pour ne pas m'inquiéter. Mais c'était peine perdue. Lou avait essayé de me faire chanter, et il aurait eu gain de cause dans des circonstances normales, si mon fiancé n'avait pas été le Roi Mauvais.

Le roi ne ployait devant personne et il était décidé à faire sentir son courroux à Lou.

Ophelia : Tu as bien dit qu'il y aurait une réunion ce matin. Que s'est-il passé ?

Atticus : Retrouve-moi à midi pour déjeuner. Tu sais où.

Je levai les yeux au plafond. Quand on mangeait plusieurs fois par semaine au même endroit pendant un an, il fallait croire que c'était une habitude difficile à perdre.

Étant donné qu'il était déjà 10 heures, j'entrai dans mon dressing en quête d'un ensemble digne d'une de Loughrey tout en restant décontracté. Il devait faire plus de trente degrés.

Ce dressing était tellement rempli ! Je finis par trouver un haut étrange mais joli, un cache-cœur en soie bleu et doré, qui ressemblait un peu à un dos nu sans en être un, un short plissé Versace et mes Louboutin à brides.

Je n'aurais jamais cru posséder un jour des vêtements de créateur, et encore moins me sentir suffisamment à l'aise pour entrer dans l'une de leurs boutiques. Malgré tout, c'était agréable d'être dorlotée.

Et d'avoir quelqu'un pour accorder ses tenues, car je n'aurais pas le moins du monde été à la hauteur de la tâche. Certains des vêtements que rapportait Melanie étaient tellement excentriques et bouffants que j'avais du mal à croire qu'ils puissent être à la mode. En définitive, ils ne faisaient pas long feu, fort heureusement, parce qu'ils ne correspondaient pas, selon elle, à l'image dont quelqu'un de mon rang avait besoin.

À l'époque, je n'avais pas compris ce qu'elle voulait dire, mais j'apprenais petit à petit. J'en découvrais davantage sur la mode et les créateurs. Sortant très peu, je créais des tenues en fonction des occasions.

Une fois prête, je descendis dans le hall. Atticus avait demandé nouvelle carte SIM pour mon téléphone, et il m'avait fusillée du regard pendant tout le temps où on m'avait remplacé cet outil nécessaire pour me déplacer dans le bâtiment criblé de technologie.

Mon arrivée au rez-de-chaussée provoqua une réaction immédiate du concierge et de l'équipe de sécurité, qui se raidirent. Je clignai des yeux, oppressée par l'aura de peur et de préoccupation qui émanait d'eux.

— Bonjour, mademoiselle Evans. Dois-je prévenir Michael ? demanda Amy avec un sourire forcé.

Je hochai la tête.

— Oui, merci.

Ma réponse sembla la soulager, et son visage s'illumina.

Lorsque la berline se gara devant l'immeuble, Michael sortit pour m'ouvrir la portière.

— Merci, dis-je en me glissant sur la banquette arrière.

Il semblait tendu lui aussi, ce qui n'était pas son habitude.

— Nous allons passer prendre monsieur de Loughrey, aujourd'hui.

J'acquiesçai.

— Tout va bien ?

— Ça ne devrait pas ?

— Tout le monde a l'air bizarre aujourd'hui.

— C'est peut-être parce que vous avez fui Atticus de Loughrey. (Son regard d'acier croisa le mien dans le rétroviseur intérieur.) Il est généralement aimable malgré son attitude un peu sèche, mais vous avez libéré son côté sombre envers les employés.

Je restai muette. Quand j'étais partie, c'était pour des raisons personnelles. Je n'avais pas vraiment saisi ce qu'il avait dit, ce matin-là – mes actes entraînaient des conséquences sur les gens qui m'entouraient.

— Je suis désolée.

Il poussa un soupir.

— Je suis le seul à avoir vu d'où vous veniez. Le changement doit être difficile pour vous, alors je comprends pourquoi vous êtes partie, ce soir-là.

— Comment pourrais-je me rattraper auprès de tout le monde ? demandai-je.

Je me sentais coupable d'avoir dirigé la colère d'Atticus contre le personnel.

— Ne le quittez plus.

Je lui adressai un signe de la tête avant de tourner les yeux vers l'extérieur. Quelques minutes plus tard, la voiture s'arrêta. La portière s'ouvrit, et Atticus se glissa à côté de moi. Il se figea avant de la refermer, les yeux rivés sur mes jambes.

Les flammes de son regard léchèrent ma peau lorsqu'il balaya ma silhouette jusqu'à mes yeux. Quelque chose de délicieusement sombre brûlait en lui et me fit un effet inattendu. Mes tétons durcirent, et mes cuisses se contractèrent. Je les frottai l'une contre l'autre.

Je ne remarquai ni le claquement de la portière ni l'accélération de la voiture. Il m'avait prise au piège dans une accablante confusion de désir. Je retins mon souffle lorsqu'il posa la main sur ma cuisse et dessina de petits cercles nonchalants.

— Qu'est-ce que tu portes ? demanda-t-il d'une voix plus profonde que d'habitude.

L'intensité de sa présence associée à sa voix me submergea.

— Un short.

— Hmmm, dit-il en guise de réponse.

Mon esprit était entièrement concentré sur ses légères caresses. Je n'étais pas habituée à cette démonstration d'affection, en particulier venant de lui.

La voiture ralentit de nouveau et j'avisai, surprise, le bâtiment familier qui se dressait devant nous.

— Qu'est-ce qu'on fait ici ?

Nous descendîmes de voiture et Atticus me tendit la main.

— J'aime l'intimité. Tu devrais le savoir, maintenant.

Il parcourut de nouveau ma silhouette des yeux.

Après tous les regards et les murmures à notre entrée dans le restaurant, je comprenais effectivement cette envie.

Une fois installés, attendant nos boissons et la nouvelle serveuse, Allison, nous parcourûmes le menu, et la main d'Atticus atterrit de nouveau sur ma cuisse.

Mon visage s'enflamma.

— Pourquoi tu n'arrêtes pas de faire ça ?

— Hmm ? Je ne peux pas te toucher ?

— Si, mais… est-ce qu'il faut que tu le fasses de manière aussi intime ?

— Comment préférerais-tu que je te caresse ? Surtout quand tu es habillée comme ça. (Il retira sa main et je soufflai.) Ça te va bien, en tout cas, même si je trouve ça trop court. Chic, mais pas trop sexy.

— Tu veux dire : pas comme Gen.

— Je veux dire avec un niveau de retenue qui reste digne tout en étant séduisant, à tel point que j'ai du mal à me retenir de sentir ta peau sous mes doigts.

Des papillons s'envolèrent en bourdonnant dans mon ventre. Je n'étais pas habituée à cette version de lui. Est-ce qu'il s'était retenu pendant tout ce temps ?

Notre relation, déjà confuse, le devenait de plus en plus. Ni amis, ni amants, ni même un étrange rapport employeur/employée. Qu'étions-nous, à part fiancés ?

Quand j'étais partie, quelque chose s'était cassé en Atticus. Enfin, peut-être pas cassé, mais il avait réellement pris conscience de quelque chose. Sa confession m'avait touchée. Ajoutez à cela ces marques d'affection authentique et c'était de plus en plus difficile de lui résister.

— Tu as choisi une robe pour ce week-end ?

— Une robe ?

— Pour le gala de bienfaisance.

Mon visage perdit ses couleurs.

— Un gala de bienfaisance comme ça, sans prévenir ?

Il s'immobilisa et me jeta un effrayant regard en coin qui me donna des frissons.

— Si tu avais consulté le calendrier de Jack, tu ne serais pas surprise.

Oh ! ça.

— C'est pour quelle œuvre ?

— Si tu avais lu le dossier, tu connaîtrais toutes les œuvres dans lesquelles nous sommes impliqués. Les plus importantes sont au sommet.

Je levai les yeux au plafond.

— Si tu avais lu le dossier, répétai-je d'un ton moqueur, récoltant un regard noir qui ne m'affecta pas comme avant.

Non, la chaleur qui parcourait mon corps était effectivement d'un genre nouveau.

Même avec son côté plus doux qui émergeait, il restait parfois un con autoritaire à la tête dure.

— C'est notre première sortie officielle en société en tant que couple, déclara-t-il en s'emparant du verre qu'Allison déposa, lui faisant signe de revenir plus tard pour nos commandes.

— Et ? demandai-je en buvant une grande gorgée de mon vin.

— Et il faut que tu saches certaines choses. On doit faire oublier ce fiasco avec Genevieve. Par conséquent, ta conduite doit être exemplaire.

Son inquiétude grandissait à mesure qu'il parlait, le niveau de sa voix aussi.

— Baisse d'un ton.

Nous avions passé les derniers jours sans que le méchant roi ne sorte, et j'avais l'intention de le tenir à distance.

Il crispa la mâchoire et laissa échapper un grognement de frustration.

— C'était un désastre en matière de relations publiques, et il est de notre devoir de changer l'opinion à ton égard. Tu porteras une tenue appropriée, et tu feras preuve de grâce et d'élégance. Tu seras à mon bras, la tête haute, et tu ne leur donneras aucune raison de te mettre en pièces.

— Oui, maître.

Il fit claquer son poing sur la table.

— C'est très sérieux, Ophelia.

Je soufflai.

— Je le comprends, mais essaie de mettre un peu plus de chaleur dans ta voix. On dirait un putain de robot, parfois. Je croyais qu'on en avait terminé avec ces conneries.

Il grinça des dents.

— J'essaie, mais tu ne peux pas t'attendre à ce que je change en une nuit. J'essaie simplement de t'expliquer…

— Comment je dois m'habiller et me comporter pour notre premier événement public, l'interrompis-je. J'ai compris. Je ne t'embarrasserai pas. Je me tiendrai sagement à tes côtés comme une jolie petite poupée bien pomponnée.

J'étais furieuse qu'il estime devoir me prendre de haut et me parler avec condescendance comme si j'étais une gamine.

Il tendit la main pour prendre la mienne.

— Je ne veux pas leur donner de raison de s'en prendre à toi.

La sincérité dans sa voix me fit retomber comme un soufflé.

— Tu vois ? C'était si difficile que ça ?

— Oui, répondit-il, mais sa lèvre tressaillit, et il soupira en se détendant. Sois patiente avec moi.

J'attrapai son pouce avec le mien.

— Continue de reconnaître quand tu as tort et de me caresser dans le sens du poil, et tout ira bien.

Il sourit, et je pâlis en apercevant de nouveau le chasseur traquant sa proie.

— Te caresser ? J'ai le droit de te caresser maintenant ? Je t'assure que ça va me rendre beaucoup plus agréable.

Je m'empourprai et me hâtai de détourner les yeux.

— Tu sais, tu m'as piégée avec notre contrat, dis-je pour dévier notre attention des flammes qui montaient entre nous.

— Vraiment ?

Je secouai la tête.

— Ne joue pas les idiots. Tu m'as agité dix millions sous le nez en ne me laissant que vingt-quatre heures pour décider si ça valait la peine de t'épouser.

— Et de porter mon enfant, ajouta-t-il.

Je m'efforçai d'ignorer la doucereuse sensation de péché, mais c'était presque impossible quand toute son attention était concentrée sur moi. Quelque chose dans sa façon de s'exprimer me fit serrer les cuisses. Il me perturbait totalement.

Je me raclai la gorge.

— C'était louche. Tu savais que j'accepterais.

Il secoua la tête, s'apprêta à répondre, puis se ravisa.

— Crache le morceau, dis-je pour le pousser à tout avouer.

Il détestait quand je faisais ça, parce qu'il détestait dévoiler une faiblesse et que, d'une certaine manière, tout signe d'affection envers moi en était.

Il redressa le menton et regarda le plafond avant de reposer son regard froid et rationnel sur moi.

— Il y a quelque chose de sauvage chez toi. C'est ce qui m'a attiré. Ce qui a semé le doute. Si tu n'avais pas accepté, je ne sais pas ce que j'aurais fait, alors je t'ai accordé tout ce que tu voulais pour que tu acceptes. Mais jusqu'à ce que ton nom soit inscrit au bas de la feuille, une partie de moi pensait que tu refuserais.

— Tu rejettes ton manque d'assurance sur moi et tu le déformes pour conclure un mariage biaisé ?

— Exact.

Je m'adossai et croisai les bras devant moi.

— C'est une tactique que tu utilises souvent ?

— Plutôt, oui.

— La duperie ?

Il émit un bourdonnement.

— Non. Je fais le nécessaire pour obtenir ce que je veux.

— Tant que ça n'implique pas d'émotions.

— Il m'arrive de faire des concessions, mais je savais que, même en passant les cinq prochaines années à tes côtés, rien ne pourrait calmer le désir que j'ai pour toi. Afin de maintenir notre accord tout en étant capable de sentir tes cuisses autour de ma taille pendant que tu jouis, une formulation alternative a été créée.

— À savoir ?

Il se pencha en avant et esquissa un petit sourire. L'intensité de son regard me donna envie de me tortiller sur mon siège.

— Il serait inutile de la partager avec toi, étant donné que tu n'as aucune intention de me laisser m'en servir.

Je clignai des yeux, interdite.

Il prit mon silence abasourdi comme une ouverture pour se pencher et passer ses lèvres dans mon cou.

— Tu ne voudrais pas que je m'en serve, n'est-ce pas ?

Heureusement, ce fut le moment qu'Allison choisit pour écarter le rideau et prendre notre commande. J'avais le visage en feu. Au moins, il fut obligé de se redresser sans me toucher davantage.

En définitive, il ne me dit pas ce qu'il avait fait concernant Lou, et je pense que c'était exactement son intention.

Chapitre 26

Atticus

Parmi tous ses vêtements, pourquoi avait-il fallu qu'elle choisisse quelque chose qui m'affecte autant ? Mon comportement était tout à fait grossier.

Il fallait aussi que je demande à Melanie pourquoi elle lui avait acheté un short qui dévoilait autant ses jambes parfaites.

Mon attirance pour elle n'avait jamais diminué et, avec les évolutions dans notre relation, il était devenu encore plus difficile pour moi de ne pas la toucher. Tout comme la situation dans laquelle je me trouvais. Ma capacité à refréner mon désir s'étiolait. Les remparts de la bienséance s'effritaient.

La nouvelle serveuse, Allison, commençait à me plaire. Elle était plus compétente que ce minable, quel que soit son nom. Toutefois, elle était loin d'avoir le talent d'Ophelia, et je regrettais chaque fois que je mettais le pied ici de l'avoir forcée à démissionner.

D'un autre côté, j'aimais l'avoir à mes côtés dans ce box en demi-cercle, même si tout, chez elle, détournait mon attention.

Elle contemplait son verre de vin, les sourcils froncés.

— Quoi ? fis-je en me demandant ce qui clochait avec son verre.

Elle cligna des yeux.

— Quoi, quoi ?

— Tu fais une drôle de tête.

— Je réfléchissais, c'est tout.

— Développe, s'il te plaît.

— De Loughrey Pharmaceutique.

Je reposai mon téléphone et lui accordai toute mon attention.

— Oui.

— Tu savais que je travaillais pour eux ?

Je hochai brièvement la tête.

— Ton CV faisait partie des éléments de mon enquête.

— Tu es obligée de continuer à faire ça ? demanda-t-elle en soufflant. (Je haussai un sourcil interrogateur.) Je sais que tu as fouillé dans mon passé, mais faut-il que tu me rappelles que tu as disséqué ma vie avant d'apprendre à me connaître en tant qu'être humain ? Est-ce qu'on peut avoir une seule conversation sans que tu me le répètes sans cesse ? Si tu es au courant de quelque chose, contente-toi d'acquiescer.

Je laissai échapper un rire brusque et hochai la tête.

— Pardonne-moi, ma chère. Tu as raison. Je vais faire de mon mieux.

Elle se redressa. Son tressaillement à la mention de ma marque d'affection ne manqua pas de m'échapper.

— Tu penses que je pourrais y retrouver un poste ?

Je me figeai tout en essayant de saisir le chemin de pensée qui l'avait amenée à cette question, et je fus une fois de plus déconcerté.

— Pourquoi donc ?

Elle haussa les épaules.

— Je ne sais pas. Pour m'occuper.

— Et l'organisation du mariage ?

— Ta mère s'en occupe, non ?

— Tu ne veux pas du tout participer à l'organisation de la cérémonie ?

— Si, un peu, mais…

Elle soupira.

— Ma mère peut être assez intense.

— Comme vous tous. Je n'ai aucune idée de ce qu'elle a déjà fait, et j'ai comme l'impression que c'est un mariage blanc, alors qu'est-ce que ça peut me faire ?

Je restai interloqué.

— Un mariage blanc ?

Elle leva les yeux au ciel.

— Quand j'imaginais mon mariage, c'était avec un homme avec lequel je voulais passer le restant de mes jours et qui m'aurait idolâtrée. Pas une espèce de contrat.

Ma poitrine se serra. L'amour et le mariage ne coïncidaient pas toujours dans ma famille et, par conséquent, j'avais du mal à m'imaginer que les deux pouvaient aller de pair. J'admettais que c'était blessant de l'entendre parler de nous de manière aussi dure. Certes, nous n'étions pas un couple d'amoureux transis, mais…

Cinq années ne me suffiraient pas. Je désirais Ophelia comme je n'avais jamais désiré personne. Elle comblait un vide en moi.

Quand elle m'avait quitté, j'étais redevenu comme une coquille vide. Un robot.

— Même si on n'a pas ce genre de relation, ça ne signifie pas pour autant que ce jour ne peut pas être spécial. Tu peux en faire ce que tu veux. Ce dont tu rêves. Porter la robe que tu veux. En ce qui concerne ma mère, si tu veux faire entendre ton opinion, tu dois l'exprimer clairement. Affirme-toi, ou elle va te marcher dessus.

Elle resta muette, les joues rouges, avant d'acquiescer.

— D'accord. (Elle reporta son attention sur son assiette.) Grr, tu m'as distraite. Je veux travailler. Je ne veux pas être l'une de ces riches femmes au foyer comme dans les séries télé. Je n'ai absolument rien d'une femme mondaine.

Ce n'était pas la direction que je pensais donner à notre conversation.

— Tant mieux. Je déteste les mondaines. (Je les tolérais, après avoir grandi parmi elles. Ophelia offrait un souffle rafraîchissant.) Et que se passera-t-il quand on aura un enfant ? lui rappelai-je.

— Je pourrai arrêter à ce moment-là et reconsidérer le tout, mais jusque-là je vais m'ennuyer à mourir. J'ai envie de travailler, de me servir de mon diplôme. Je sais que je n'ai pas de doctorat, et je ne veux plus être commerciale, mais il doit bien y avoir un poste pour moi au sein de la société de Loughrey. Pas forcément dans l'industrie pharmaceutique, mais quelque part.

Je réfléchis. D'un côté, j'avais envie de la retenir au sommet de la Tour pour toujours, tout en sachant que c'était impossible. Je savais aussi que la réalité de ce qu'elle demandait serait différente de ce qu'elle imaginait.

— On nous jugera. Des bruits vont courir.

Elle pinça les lèvres.

— Je sais. Crois-moi, je comprends.

— Je ne suis pas contre. La dernière chose que je veux, c'est que tu sois malheureuse.

— Vraiment ?

Elle semblait surprise.

— Oui, vraiment.

Cela dit, j'essaierais de l'attirer dans d'autres voies. Peut-être me faudrait-il appeler Georgiana.

— Waouh. Je pensais que tu serais contre.

— Pourquoi donc ? demandai-je.

Avait-elle vu clair dans mon jeu ?

— Je ne sais pas. On n'en a pas parlé pendant la rédaction du contrat, et j'ai passé ces derniers mois en formation accélérée pour apprendre ce qui était interdit aux de Loughrey, ce qui est, en gros, tout ce que j'ai toujours fait dans la vie.

— Il y a un poste auquel je pense.

— Ah oui ?

Je hochai la tête en souriant. Elle se raidit et plissa les yeux d'un air méfiant.

— J'ai toujours voulu une chauffeuse de bite personnelle.

Elle pencha la tête sur le côté avec le roulement des yeux le plus exagéré que j'aie jamais vu.

— Comment on dit non en Italien ?

— No.

— Voilà.

Ses yeux étincelaient, et je me perdis dans leur chaleur. Je tendis la main pour la poser sur la sienne et caressai ses doigts avec mon pouce. Les étincelles s'éteignirent, mais pas dans un mauvais sens. Ma caresse les avait remplacées par une autre émotion qui me plaisait.

— J'aime ça, dis-je.

Elle serra mes doigts.

— Moi aussi.

Le serveur, quel que soit son nom, vint déposer nos assiettes à ce moment-là, faisant éclater notre bulle.

— Merci, Drake, dit Ophelia avec un sourire chaleureux.

Où était passée Allison ? Je n'aimais pas ce crétin.

Aussitôt que le rideau se fut refermé, elle retira les brocolis de mon assiette et les remplaça par ses haricots verts sautés.

— Ne fais pas ça, se contenta-t-elle de dire.

Le problème résidait dans les marques sombres sur les tiges vertes. Ils étaient carbonisés, et elle savait que je n'aimais pas ça.

— Si la cuisson n'est pas convenable, ils devraient corriger leur erreur.

— Laisse-le un peu tranquille, souffla-t-elle.

Je haussai un sourcil.

— Est-ce que tu crois que je vais lui cracher dessus ?

— Il a déjà assez peur de toi comme ça.

Tant mieux.

— C'est son problème, pas le mien.

— Tu pourrais essayer de lui sourire, dit-elle en coupant son steak.

C'était un choix curieux venant d'elle, une divergence par rapport à son addiction habituelle au saumon.

— Si je montre mes dents, il pourrait croire que je le menace.

Elle s'étouffa avec sa bouchée en essayant de ne pas rire, en vain.

— Peut-être, mais il n'y a aucun intérêt à lui faire les gros yeux chaque fois.

— Il n'est pas au niveau.

— Personne ne l'est à tes yeux.

— Tu l'étais, toi.

Elle releva la tête et, lorsque nos regards se croisèrent, j'éprouvai la brusque envie de l'embrasser.

— Et maintenant ? demanda-t-elle dans un murmure.

La tension monta, et je ne cessai d'alterner mon regard entre ses yeux et ses lèvres qui me subjuguaient.

— Maintenant, je trouve que c'est peut-être moi qui ne suis pas au niveau.

— Impossible.

— Comment ça ?

— Parce qu'aucun homme ne t'est jamais arrivé à la cheville.

Un aveu. La confirmation que je n'étais pas le seul à être de plus en plus attiré chaque jour.

En une fraction de seconde, je saisis sa tête entre mes mains et écrasai mes lèvres sur les siennes. La table vacilla, les boissons se renversèrent, et le verre se brisa en tombant au sol, mais je ne me souciais que de la femme dont la langue caressait la mienne tandis que de doux gémissements vibraient sous mes mains.

Elle me pressa contre elle. Je grognai en palpant sa cuisse nue, les sens submergés par le besoin de la goûter, de la posséder.

— Comment se passe…, commença une voix, et je relevai subitement les yeux vers le rideau pour fusiller du regard la fille qui se trouvait là.

— Dehors ! hurlai-je.

Ophelia effleura ma joue pour me ramener à elle. Une délicieuse teinte rosée colorait sa peau, ses yeux s'étaient assombris, ses lèvres gonflées, et je ne rêvais que d'une chose, lui arracher ses vêtements et la prendre sur-le-champ.

— Nos plats refroidissent, dit-elle en frôlant mes lèvres.

Cette brève interruption ne suffisait pas à étouffer le feu qui brûlait entre nous.

— Je pourrais te faire passer un essai aujourd'hui comme réchauffeuse de bite personnelle. Dès qu'on aura terminé notre repas.

Elle se mordit la lèvre en étouffant un gémissement, mais il ne m'échappa pas.

— Pas de sexe.

Je grommelai en posant doucement mes lèvres sur les siennes.

— Oui, ma chère.

Il allait être difficile de tenir jusqu'à la fin du déjeuner avec une érection et une femme qui continuait de me taquiner de manière inattendue.

Chapitre 27

Ophelia

C'était extraordinaire, la quantité d'« amis » qui sortaient de l'ombre à l'annonce de votre mariage avec le célibataire le plus convoité du pays – une statistique dont je ne connaissais même pas l'existence jusqu'à ce que la déclaration soit faite.

Mes réseaux sociaux, que j'avais vidés des semaines avant l'annonce, étaient inondés de notifications. Des gens avec qui je n'avais eu aucune relation depuis des années à part en ligne – et que je ne considérais pas comme de réels contacts – bombardaient désormais mes pages.

Le seul point positif était qu'ils n'avaient pas mon nouveau numéro, ce que n'avaient pas manqué de remarquer certains lorsqu'ils avaient essayé de m'appeler, mais ça faisait si longtemps qu'on ne s'était pas vus ni parlé en personne que j'avais l'impression qu'ils tâtaient le terrain. Comme s'ils tendaient une perche en attendant de voir si j'allais la saisir.

Ce qui me surprit le plus, ce fut lorsque je reçus un appel d'un numéro inconnu et que je répondis presque par instinct, persuadée que la personne à l'autre bout du fil était quelqu'un d'important. Sûrement parce que très peu de gens possédaient mon nouveau numéro.

— Allô ?

— Lia ?

Je restai interdite en entendant cette voix familière et le surnom employé…

— Brooke ?

— Et Andrea ! lança une voix aiguë.

Un sourire illumina mon visage, et je m'adossai à mon lit.

— Comment es-tu arrivée à m'appeler ?

La dernière fois que je l'avais vue, elle avait piqué une colère parce qu'elle avait demandé un téléphone à Noël et n'en avait pas reçu. Elle était la « seule » de sa classe à ne pas en avoir.

— Je me suis acheté un téléphone grâce à mon boulot à mi-temps. Maman n'a rien pu dire. Alors enregistre mon numéro, d'accord ?

— Pigé. Comment ça va ? Et les cours ?

Ça faisait si longtemps que je n'avais pas eu l'occasion de lui parler que je chérissais chaque mot. Chez elles, on parlait peu, il fallait toujours faire attention à ce qu'on disait et rester sur ses gardes.

— Lia, tu nous manques, gémit Andrea. Pourquoi tu ne viens plus nous voir ?

— Tu sais pourquoi, siffla Brooke.

Savaient-elles ? Brooke était manifestement dans sa phase d'ado rebelle, mais je pensais également que ça lui permettait de percevoir certaines choses différemment. C'était du moins ce que sa remarque me laissait entendre.

— Qu'a dit maman ? demandai-je, trop curieuse pour ne pas poser la question.

— Elle dit juste que tu es trop occupée. Quand je lui demande pourquoi tu n'appelles jamais, elle répond « pourquoi voudrait-elle parler à ses morveuses de petites sœurs ? »

Mon cœur se serra, et je remontai mes genoux contre ma poitrine. Quelle horrible mère.

— Vous savez que ce n'est pas vrai, n'est-ce pas ?

— Bien sûr ! s'exclama Brooke. Si c'était vrai, tu arrêterais de nous offrir des cadeaux, des câlins, de nous sourire et de venir aux événements de l'école, même si ça fait un moment, ça.

— Je suis désolée. (J'étais dégoûtée que leurs propres parents n'assistent pas à leurs récitals ou autres événements, et je m'y rendais quand je le pouvais.) J'ai commencé un travail où je finis souvent tard le soir, et impossible d'avoir des infos de la part de maman.

— Papa dit que c'est parce que tu ne nous aimes pas. Que tu es une coincée ingrate et hum…

Andrea s'interrompit avant de reprendre en murmurant :

— Le mot en C.

— Ça ne me surprend pas, grommelai-je.

— Lia, quand est-ce qu'on pourra venir te voir ? reprit Andrea de sa voix plaintive.

Elle avait quatorze ans mais semblait toujours en avoir huit la moitié du temps. Je me demandais si c'était un mécanisme de défense.

— Pourquoi voudriez-vous voir où j'habite ? demandai-je.

Leur réponse serait un bon indice car, malgré ma joie d'avoir de leurs nouvelles, je me méfiais toujours de leurs intentions.

— Maman dit que tu habites au sommet d'une tour comme une princesse, couina Andrea.

C'était peut-être une ado, mais elle n'avait jamais dépassé son obsession pour les princesses.

— Ce n'est pas ce genre de tour, Dee, fit Brooke avec un soupir exaspéré.

— Qu'est-ce que tu en sais ?

— Parce que c'est un appartement, pas un château, répliqua-t-elle.

Bref, oui, maman a dit que tu vivais dans une tour à Manhattan. Papa et elle…

— Oui ? insistai-je pour qu'elle continue.

— Ils n'arrêtent pas de dire du mal de toi, Lia.

— Est-ce que vous les croyez ?

— Non, répondit Brooke avec plus d'assurance que je l'aurais cru. Tu as toujours été gentille, et je sais que papa ne l'a jamais été avec toi.

Brooke commençait peut-être réellement à grandir et à voir les choses telles qu'elles étaient.

— Maman dit que, si tu ne viens plus, c'est parce que tu ne veux pas nous voir, ajouta Andrea, et son petit ton triste me fendit le cœur.

Encore ce même disque rayé. Je réalisai à quel point mon absence avait nui à mes petites sœurs, même si je n'habitais plus avec elles depuis près de dix ans.

— Ce n'est pas ça du tout, petite Dee.

— C'est papa, dit Brooke d'une voix dure. C'est un sale ivrogne. Je déteste vivre avec lui.

— Chh ! Ne dis pas ça. Et s'il t'entendait ? gémit Andrea.

Putain, est-ce qu'il les frappait aussi, maintenant ?

— Pourquoi tu dis ça comme ça ?

— Il s'énerve et il crie très très fort.

— Est-ce qu'il vous fait du mal ?

— Oui, grogna Brooke et sa voix se brisa. Il est tellement plus grand et plus fort.

— Qu'est-ce qu'il fait ?

— Il a attrapé Dee, l'autre jour, et il l'a jetée contre le mur. Elle a des bleus sur le bras et une bosse sur la tête.

Je serrai les poings, et ma colère lutta contre les larmes qui menaçaient de couler.

— Vous ne devriez pas être obligées de rester avec lui.

— Est-ce qu'on peut venir vivre avec toi ?

Mon cœur se serra. Je devais tout dire à Atticus. Il était hors de question qu'elles restent là-bas, et je savais qu'il pourrait les aider. Notre situation n'était pas suffisamment stable pour y ajouter deux adolescentes, mais elles pourraient peut-être s'installer chez tante Stacey, la sœur de ma mère. Elle avait toujours été douce et aimante, et je savais qu'elle s'était déjà battue pour nous dans le passé.

D'une manière ou d'une autre, j'allais les sortir de là et les placer dans un environnement chaleureux. C'étaient deux innocentes qui méritaient mieux. Quoi qu'il arrive, elles seraient en sécurité.

— Je vais vous sortir de là.

— Vraiment ?

— Je ne sais pas comment, ni quand, ni où, mais je vous trouverai un lieu sûr.

— Tout sera mieux qu'ici, murmura Brooke, et je l'entendis réprimer un sanglot.

Elle faisait preuve de courage pour montrer l'exemple à Andrea, mais l'espoir d'être libérée l'emportait sur sa détermination.

J'entendis Andrea dans le fond.

— Ça va, grande sœur. Lia va tout arranger, tu vois ? Je te l'avais dit. Lia va nous aider.

Qu'avait-il fait à Brooke pour qu'elle craque ainsi ?

— Écrivez-moi ou appelez-moi dès que vous en avez besoin, mais effacez les messages pour qu'il ne les voie pas, d'accord ? Tenez bon. Je vous aime toutes les deux.

— On t'aime, Lia.

— Soyez fortes.

Je raccrochai d'une main tremblante. La culpabilité me submergea. J'avais pris la fuite en les laissant toutes les deux avec ce monstre.

Ses trois filles avaient souffert entre les mains de son mari, et pourtant notre mère ne faisait rien.

Encore une fois, j'étais bien contente de ne rien tenir d'elle.

J'expirai profondément pour me ressaisir, et mes doigts pianotèrent sur mon écran.

Ophelia : J'ai besoin d'éloigner mes sœurs de Lou. Tout de suite.

Je fermai les yeux en me demandant si on ne pourrait pas les faire venir ici. Qu'est-ce qu'il en penserait ?

Atticus : C'est comme si c'était fait.

Je restai interdite devant mon écran. Pour commencer, je ne m'étais pas attendue à obtenir une réponse aussi rapide, compte tenu de son emploi du temps, et je n'attendais pas non plus une réponse aussi évasive. Un peu comme quand je lui avais appris que Lou réclamait cent mille dollars.

Ophelia : C'est tout ? Tu ne veux pas savoir pourquoi ?

Atticus : Si tu es suffisamment inquiète pour m'envoyer un texto, c'est tout ce que j'ai besoin de savoir.

Ophelia : Merci.

Je venais d'appuyer sur « envoyer » lorsque mon téléphone sonna.

— A-allô ?

— C'est trop long à écrire, résonna la voix d'Atticus à l'autre bout du fil. (Quelqu'un parlait dans le fond, mais je n'arrivais pas à distinguer les paroles.) Jusqu'à ce que l'affaire avec Lou Milner soit réglée, je les ferai envoyer chez ta tante. On est déjà entrés en contact avec elle, et elle est prête à faire le nécessaire.

— Comment ça, tu es entré en contact avec elle ?

— Après ses menaces, j'ai lancé une procédure pour lui retirer la garde de tes sœurs.

— Vraiment ?

Les larmes me montèrent aux yeux, et je me couvris la bouche pour retenir un sanglot.

— Cet homme aura ce qu'il mérite de notre part, à toi et moi, et rien de plus. Les services de protection de l'enfance les emmèneront avant demain soir, et Lou et Amy ne sauront rien de l'endroit où elles seront.

— Mais Stacey habite à New Haven.

— Ne t'inquiète pas. Je serai à la maison dans quelques heures. On en reparlera plus en détail.

Je hochai la tête, bien qu'il ne puisse pas me voir.

— D'accord. Alors à tout à l'heure.

Cela dit, je ne pouvais pas me détendre, et l'inquiétude me poussa à me ronger tous les ongles. Le bruit de la porte et les pas sur le parquet me firent relever les yeux vers l'entrée du séjour, dont je n'avais pas bougé depuis plusieurs heures.

Atticus, ses larges épaules et sa posture assurée, ainsi que son attitude froide et désinvolte, apparurent sur le seuil. À la seconde où nos regards se croisèrent, je bondis vers lui avec un regard plein d'espoir.

Il effleura ma joue et la peau de mon cou, et un frisson me parcourut. Il pencha la tête en m'observant.

— Qu'est-ce que tu as ?

Je déglutis.

— Je suis inquiète.

— Hmm. (Il se redressa et retira ses doigts chauds.) Est-ce que je ne t'ai pas dit de ne pas t'inquiéter ?

— Comment veux-tu que je ne le fasse pas ? Il les frappe.

— Plus maintenant.

Je sondai son regard.

— Tu veux dire…

— Elles ont été évacuées il y a trente minutes et sont en route pour New Haven.

Sans réfléchir, je me jetai à son cou.

— Merci ! m'exclamai-je.

Les larmes se mirent à couler, et j'étouffai un sanglot.

Il passa ses bras autour de ma taille et me serra contre lui.

— Je ne savais pas.

— Tout va bien, dit-il en me caressant le dos.

Le Roi Mauvais passait sa colère sur Lou, mais il possédait une autre facette. Une facette capable d'anéantir un homme pour me protéger. Il avait mis tant de choses en œuvre dont je n'étais pas au courant. Qu'avait-il fait d'autre ?

À quoi d'autre s'était-il préparé ?

Chapitre 28

Ophelia

Samedi en début d'après-midi, Jack me convoqua au salon quelques étages plus bas pour ma métamorphose en prévision de notre premier événement en public. J'étais complètement déroutée par l'équipe qui m'attendait.

Penelope était assise dans l'un des fauteuils, et nos regards se croisèrent dans le reflet du miroir.

— Salut, dit-elle tandis que je prenais place à côté d'elle.

— Coucou. Tu vas à la soirée, tout à l'heure ?

Elle hocha la tête.

— On y va tous.

— Tous.

— Hmm-mm.

J'avais beau me creuser la cervelle à propos de la collecte du soir, je n'arrivais pas à concilier la sécurité aquatique avec un événement qui requérait la présence de tous les de Loughrey. Je n'avais jeté qu'un œil à l'invitation et, à l'évidence, quelque chose m'échappait. N'est-ce pas ?

Je m'apprêtai à lui poser une question lorsque quelqu'un me saisit le menton et commença à me passer quelque chose sur le visage. Je compris qu'il s'agissait d'un gant pour me nettoyer.

Quelqu'un d'autre tira mes cheveux en arrière et une troisième personne approcha différents fonds de teint de mon visage. Une quatrième s'attaqua à mes ongles. J'étais tirée et poussée dans tous les sens, et toutes sortes de pinceaux volaient autour de moi. Le temps que je me ressaisisse, Penelope avait disparu.

Au bout d'une heure, on me fit lever pour m'emmener dans le dressing, où l'on me déshabilla pour m'enfiler une robe choisie par Melanie. Elle pesait un certain poids, en raison de la quantité de sequins saphir qui la recouvraient.

Le tissu, drapé sur une épaule, était découpé au niveau de la taille, de mon épaule à mon décolleté. Sans dévoiler grand-chose, ce morceau de peau dénudée permettait de contrebalancer l'abondance de sequins. En haut, le tissu du dos repassait dans la découpe et formait un nœud, et un pan de tissu retombait le long de ma taille, donnant à l'ensemble un look très grec. Une fente jusqu'à mi-cuisse lui conférait un subtil côté sexy.

Le résultat me donnait une allure soignée, un peu d'élégance avec une touche de modestie.

Je contemplai mon reflet et l'étrangère qui me faisait face. Peut-être que je m'habituerais un jour à elle mais, pour le moment, elle me désarçonnait.

Mes cheveux n'étaient pas coiffés comme d'habitude, c'est-à-dire raides ou en boucles structurées. Ils étaient volumineux et soyeux. Le maquillage était éblouissant, même si je me reconnaissais à peine.

— Pour ta première cérémonie, tu dois être parfaite, dit soudain Atticus en me regardant dans le miroir.

Je me tournai vers lui, et un petit sourire apparut sur ses lèvres.

— Et tu as atteint la perfection. Tu es sublime, ma chère.

J'avisai son costume trois pièces marine associé à une cravate bleu clair. La couleur faisait pratiquement étinceler ses yeux, qui me captivaient.

Je secouai la tête pour me ressaisir.

— Ces satanés costumes, c'est comme de la lingerie, marmonnai-je en allant récupérer ma pochette.

Elle était discrète, d'un noir mat, afin de ne pas détourner l'attention de La Pierre.

Il me présenta son bras, et j'y glissai le mien avant de me diriger vers la sortie.

— J'ai appris que toute la famille serait présente, dis-je tandis que Michael refermait la porte de la berline.

Un autre homme, que je ne connaissais pas, occupait le siège passager.

— Oui.

— Pour la sécurité aquatique ?

— L'association fournit des leçons de natation à des centaines de milliers de personnes à travers le monde, et enseigne les mesures de sécurité pour ce qui concerne les étendues d'eau plus vastes.

Eh bien, je comprenais un peu mieux pourquoi il m'avait éloignée aussi promptement du bord du lac, l'autre jour. Et aussi son insistance pour que je prenne des cours de natation. Mais d'où leur venait cette obsession ?

— Et c'est une association de Loughrey ?

Il confirma d'un signe de tête.

— Georgiana en est l'une des représentantes.

— Alors je vais la rencontrer, ce soir ?

— La rencontrer ? Peut-être. La voir ? Sans aucun doute.

— Qu'est-ce que ça veut dire ?

— Ça veut dire qu'elle va se rapprocher des gros donateurs qui sont extérieurs à la famille et nous évitera. Pas par malveillance, mais parce que son temps est limité. Cela dit, tu entendras son discours.

— Mais je rencontrerai au moins les jumeaux, n'est-ce pas ?

Il ferma les paupières et soupira.

— Chhh.

Interdite, je ne savais pas si je devais m'agacer, mais je décidai de laisser tomber. Mes questions constantes l'exaspéraient, et il avait probablement eu sa dose pour le moment.

Le reste du trajet se déroula en silence, ce qui donna à ma nervosité tout le loisir de monter en puissance. Je n'avais jamais assisté au genre d'événement auquel je m'apprêtais à participer.

Je pris une profonde inspiration quand la voiture se gara. Un flot de gens défilait, tous apprêtés comme s'ils assistaient à un mariage ou à un grand bal. Cela me rappelait mon bal de fin d'année, même si Atticus faisait un compagnon beaucoup plus séduisant que Jeff Russell.

Je lui pris le bras et lui emboîtai le pas.

— Le dos bien droit, les épaules en arrière, me murmura-t-il à l'oreille, ce qui me provoqua des frissons.

J'acquiesçai et adaptai ma posture à la sienne.

Je contemplai avec de grands yeux les différentes nuances de bleu créées par les lumières ainsi que les tissus drapés. Des tables étaient dressées un peu partout, dans les mêmes tons bleus associés à l'or et à l'argent, une scène érigée à un bout et un bar à l'autre.

Les mots Fondation Adrianna de Loughrey s'étalaient en caractère gras sur une banderole.

Adrianna ? Je voulais demander à Atticus qui était Adrianna, car son prénom ne m'évoquait rien, mais je connaissais sa réponse : lis le dossier.

Je m'imaginais mettre le feu au Classeur Maudit et rire à gorge déployée devant le tas de cendres.

— Et maintenant ? murmurai-je.

Il poussa un soupir.

— Maintenant, on fait des mondanités.

— On est obligés ?

Un rire profond résonna dans sa poitrine, à peine perceptible par-dessus la musique et le bourdonnement des conversations.

— Viens, allons prendre un verre.

Il m'entraîna vers le bar, mais nous fûmes stoppés par un visage familier. Je ne l'avais rencontrée qu'une fois, mais il était impossible d'oublier Elizabeth.

Elle adressa un large sourire à son frère.

— Atticus !

— Bonsoir, dit-il avant de se pencher pour déposer un baiser sur sa joue.

— Je pensais que tu arriverais avec un retard savamment calculé.

Je plissai les yeux, ce qui ne sembla pas l'affecter une seule seconde.

— On aurait pu être en retard ?

— Non.

— Il aurait pu. Pas toi, après ton petit spectacle. (Elizabeth me regarda de haut en bas avant de croiser mon regard.) Tu es très jolie, dit-elle et, connaissant sa franchise, je la crus.

Je souris.

— Merci. Toi aussi.

Elle pinça les lèvres et baissa les yeux vers son ventre, qui avait légèrement grossi depuis que je l'avais vue au dîner de famille.

— Aussi jolie qu'on puisse l'être quand on cherche à ressembler à une baleine.

— C'est pour quand ? lui demandai-je.

J'avais déjà posé la question à Atticus, mais il m'avait fixée d'un regard vide.

— Pas assez tôt. Attends un peu que ce soit ton tour, et tu comprendras.

Mon tour. Mon tour qui n'était pas si loin dans le futur. Mais la franchise et le naturel de cette conversation me comblaient, et Elizabeth ne se comportait pas avec moi comme la dernière fois, où elle m'avait ignorée et regardée de travers.

— Fille ou garçon ?

— Garçon. (Elle caressa son ventre en souriant.) Mon petit Bennett.

— *Notre* petit Bennett, précisa Preston en passant son bras sur les épaules de sa femme avec un grand sourire. Atticus, Ophelia. Comment allez-vous ?

— Ophelia me disait justement à quel point elle avait hâte de tomber enceinte, dit Elizabeth.

Ah bon ? Je jetai un coup d'œil à Atticus, qui esquissait un petit sourire narquois.

— Vous allez sceller notre destin avec cet homme aux commandes ? grogna Preston.

— Eh bien, quand il me l'a demandé, je me suis dit pourquoi pas. Désolée.

Preston éclata de rire tandis qu'Elizabeth secouait la tête en levant les yeux au plafond.

Une touche de couleur rouge attira mon regard, et je vis Genevieve qui se dirigeait vers nous, vêtue de la robe la plus légère et la plus scandaleuse qui fût, faite de dentelle et de bretelles rouges. Les vagues morceaux de tissu qui formaient la jupe laissaient peu de place à l'imagination. En fait, si elle n'avait pas porté de culotte, on aurait tout vu. L'avant dissimulait à peine ses tétons à travers les bandes de dentelle.

— Qu'est-ce que c'est que cette tenue, Genevieve ? gronda Atticus.

Un sourire illumina son visage, et elle écarta les bras avant de tournoyer sur elle-même, ce qui lui attira de nombreux regards.

— Elle te plaît ? demanda-t-elle, manifestement ravie de la réaction de son frère.

— Il me semble qu'il manque quelques éléments essentiels. Ce n'est pas approprié pour cette soirée.

Elle pinça les lèvres et se redressa.

— Mère a dit que ma robe devait toucher le sol, et c'est le cas.

Malgré tout le temps que j'avais passé avec Genevieve, je n'avais pas réellement eu l'occasion de voir ce qui lui avait valu son titre de princesse rebelle mais, entre la robe et son caractère buté, je commençais à comprendre.

Atticus posa la main sur ma hanche pour m'attirer contre lui, comme s'il voulait éviter que je ne m'approche trop de Genevieve. Ou alors, il était extrêmement soulagé que ma future belle-sœur ne m'ait pas aidée à choisir ma tenue. Ma peau vibrait sous la chaleur de ses doigts.

— Genevieve, tonna une voix profonde qui capta l'attention de tout le monde.

Je la regardai juste à temps pour voir un petit sourire se former sur ses lèvres avant qu'elle se retourne.

— Oui, père ?

Charles et Vera apparurent, curieusement bras dessus, bras dessous. Il me vint à l'esprit que je ne les avais jamais réellement vus ensemble et, même à cet instant, leur contact n'évoquait que la froideur.

Ils étaient tous deux majestueux, à l'image de la royauté. C'était le cas de toute la famille, mais leur posture était plus raide, et une aura de souveraineté royale les entourait.

Charles posa son regard sur moi, et l'intensité de son dégoût faillit me faire vaciller. Je clignai des yeux et me rapprochai d'Atticus.

Il sembla comprendre et resserra sa main sur moi.

— Père.

Le poids insoutenable du regard de Charles se déplaça lorsqu'il avisa son fils.

— Atticus.

— Évite de regarder ma fiancée de cette manière.

Charles écarquilla les yeux, ses muscles se contractèrent et le sang quitta son visage. L'explosion semblait imminente.

— Ophelia, ma chère, il faudra bientôt que nous discutions du mariage, dit Vera sans prêter attention à la colère qu'il semblait sur le point de laisser éclater.

Je lui adressai le sourire le plus chaleureux dont je fus capable malgré la pression exercée par Charles.

— Ce serait merveilleux. Je vous en prie, appelez-moi quand vous le souhaitez.

Elle me répondit par un sourire poli avant de tirer son mari par le bras.

— Viens, Charles. Je commence à avoir soif.

— Eh bien, il semblait encore plus adorable aujourd'hui, dis-je en les regardant s'éloigner.

— Il m'en veut, dit Atticus.

— Pourquoi ?

— Pour avoir fait capoter ses plans d'agréger les Hôtels Harris à la famille.

Harris. Ça faisait des semaines que je n'avais pas pensé à Amelia Harris et à ses manigances désespérées.

— Je suis surprise qu'il t'en veuille aussi longtemps.

— C'est un de Loughrey. Il peut m'en vouloir éternellement.

— Il ne m'aimera jamais, n'est-ce pas ?

Toutefois, je n'étais pas sûre de souhaiter le contraire.

— Crois-moi, c'est mieux comme ça. Parce que, s'il t'apprécie, il essaiera de te mettre dans son lit, et je n'ai pas envie de faire de la prison.

— De la prison ?

Il saisit mon menton et leva mon visage.

— Tu crois vraiment que je le laisserais toucher à ce qui m'appartient ?

Il se pencha vers moi pour effleurer mes lèvres.

— Hum, tu pourrais te retenir de faire ça, je pourrais vomir.

Nous nous retournâmes en même temps vers Hamilton, qui nous observait d'un regard noir.

— Et toi, est-ce qu'il faut vraiment que tu commences la soirée en jouant les impitoyables connards ? demanda Gen.

— Est-ce qu'il faut vraiment que tu commences la soirée en jouant les putes ?

— Excuse-moi ?

— Viens, murmura Atticus à mon oreille en m'éloignant de ses frères et sœurs.

— Pourquoi a-t-il autant de haine envers moi ? J'essaye de ne pas y prêter attention, mais Hamilton a l'air de me détester.

Chaque fois que je passais au bureau, il me fusillait du regard, et c'était lui qui avait été le plus dur avec moi lors du dîner familial.

— J'ai arrêté depuis longtemps d'essayer de comprendre l'orgueil de Hamilton.

— Tu penses que c'est une question d'orgueil ?

— Atticus, mon garçon, ça fait longtemps, lança un homme.

Ses yeux marron étaient posés sur moi, et la façon dont il parcourut ma silhouette ne m'échappa pas. C'était un bel homme, avec des cheveux sombres et un nez fort, mais quelque chose chez lui me dérangeait, et je sentis Atticus se crisper à mes côtés.

La mâchoire crispée, il me rapprocha de lui. Ce n'était pas la première fois, et je me demandai s'il me lâcherait un jour ; pourtant, je devais reconnaître que ça me plaisait.

— Whitaker.

Ce dernier détourna les yeux de moi pour les poser sur Atticus.

— Eh bien, tu ne comptes pas me présenter ce joli petit bout à ton bras ?

Atticus lui adressa un sourire forcé.

— Ophelia, voici mon vieil ami, Whitaker James. Whitaker, ma fiancée, Ophelia.

— Ophelia, quel charmant prénom, dit-il en me prenant la main.

Il la porta à sa bouche pour y déposer un baiser.

— Tout le plaisir est pour moi.

Atticus ne lâchait pas son ami des yeux. L'expression de ce dernier ne semblait pas refléter ses paroles.

— Aucune compagne à ton bras, ce soir ?

— J'envisageais de me trouver quelque chose à croquer ici.

— Hum. Eh bien, je ne voudrais pas entraver tes recherches. Si tu veux bien nous excuser, je dois parler à Rhys.

Whitaker hocha la tête en souriant, et je frissonnai de nouveau sous son regard.

— J'attends avec impatience de vous revoir.

Atticus m'entraîna vers Rhys, qui se tenait à l'écart de la foule.

— Je ne suis pas un avocat pénaliste, alors efface cet air de ton visage, dit-il à notre approche.

Je fus surprise de l'expression sombre qui s'était emparée des traits d'Atticus.

— Je croyais que c'était ton ami, dis-je, confuse.

Il avait été sur la défensive dès l'instant où il avait entendu sa voix.

— Qui ça ? s'enquit Rhys.

— Whitaker, gronda Atticus.

Rhys ouvrit de grands yeux, puis un petit sourire narquois flotta sur ses lèvres.

— Ah, je vois.

— Tu vois quoi ? demandai-je.

Rhys croisa mon regard.

— Disons que Whitaker est un homme à femmes. Connu pour arracher les épouses à leurs maris.

— Par conséquent, je ne veux pas qu'il s'approche à un rayon de trois mètres de toi, grommela Atticus.

Oh ! c'était donc un séducteur qui avait un penchant pour les femmes mariées.

— Tu me crois vraiment aussi naïve et influençable ? rétorquai-je.

— Tu as accepté de m'épouser sans beaucoup réfléchir, alors oui.

Je roulai les yeux.

— C'était différent.

— En quoi ?

Je posai ma main sur sa joue.

— Il fut un temps où tu m'as fait passer une soirée extraordinaire, et je voulais de nouveau croiser cet homme.

Rhys laissa échapper un rire.

— Alors tu n'aurais pas dû insister sur… tu sais quoi.

Je lui jetai un regard perçant avant de tirer Atticus par le bras pour l'écarter.

— Arrière, vipère.

Atticus sembla se détendre et s'esclaffa. Un coup d'œil en arrière m'apprit que Rhys était amusé lui aussi. L'Avocat Tueur m'avait toujours mise à cran, mais il était aussi le seul à avoir été amical avec moi dès notre rencontre.

— Je ne ferais jamais ça, tu sais, dis-je.

Atticus s'arrêta pour me regarder.

— Faire quoi ?

— Te tromper. Je sais que notre relation n'est pas conventionnelle, mais quand même. Je suis… à toi, dis-je en me sentant rougir.

Ce n'était pas vraiment le sens que je voulais donner à ma phrase, mais c'était le cas, et j'évitai son regard de peur de m'embarrasser encore davantage.

Il prit mon visage entre ses mains chaudes et me força à le regarder. La tendresse dans ses yeux me prit au dépourvu.

— Tout comme je suis à toi.

Mon cœur se mit à battre avec frénésie dans ma poitrine, comme s'il allait exploser. Il se pencha, effleura mes lèvres avant de m'embrasser pour de bon, ce qui ne fit qu'intensifier la chaleur qui s'emparait de tout mon être.

Lorsqu'il s'écarta, après quelques secondes qui semblèrent durer plusieurs minutes, je suivis ses lèvres pour en demander davantage.

— Viens.

Nous poursuivîmes notre petit circuit. Atticus me présenta à tant de personnes que j'étais incapable de garder le fil. C'était déjà assez difficile avec tous les de Loughrey qui nous cernaient de toute part. Les autres noms entraient par une oreille et ressortaient par l'autre.

Une heure plus tard, je repérai Rhys en train de se disputer avec les jumeaux. Il avait l'air complètement bourré.

— Mince, maugréa Atticus. Reste ici. Je reviens.

À chaque pas qui l'éloignait de moi, le sentiment que je n'avais rien à faire ici grandissait. Je détonnais, j'attirais l'attention, et je n'avais plus le bouclier que me procurait la réputation hors du commun d'Atticus.

Je le vis approcher de Rhys. Quelque chose dans le comportement de ce dernier me frappa, et ça n'avait rien à voir avec le caractère colérique de Lou quand il avait bu. Il y avait une noirceur en lui, une douleur si profonde qu'elle exsudait lorsque ses défenses étaient baissées.

La plupart des invités étaient distraits, trop plongés dans leur propre bulle pour remarquer quoi que ce soit, mais quelques-uns observèrent la scène. Je m'efforçai de me faire toute petite, mais je ne savais pas comment me comporter et je ne connaissais presque personne. Gen était la seule dont j'étais relativement proche mais, en allant la voir, je risquais de m'attirer les foudres d'Atticus.

Et je n'avais vraiment pas envie de le décevoir de nouveau.

— Vous n'avez pas l'air de vous sentir à votre place, lança une voix profonde.

Je me retournai et me retrouvai face à un sublime blond au visage de dieu.

Pourquoi fallait-il que tout le monde soit aussi beau dans cet univers ?

— Bonjour, dis-je.

Un malaise s'empara de moi. J'étais certaine qu'Atticus le connaissait et j'aurais préféré qu'il revienne.

— Je ne suis même pas sûr de vous avoir déjà vue à ces cérémonies. Vous ne semblez pas à votre aise, et je sens qu'il est de mon devoir de prendre soin de vous.

Le timbre profond d'Atticus retentit :

— Elle est déjà entre de bonnes mains.

Il attrapa ma taille pour m'attirer de nouveau contre lui.

L'homme cligna des yeux.

— Monsieur de Loughrey, quel plaisir de vous voir ce soir.

— Allez-vous en, espèce de crapaud, avant que je vous fasse jeter dehors.

Le blond hocha la tête et s'éloigna d'un pas léger.

Je me retournai entre ses bras et je retrouvai une nouvelle fois cette mine sombre. Je fronçai les sourcils en lui pinçant légèrement la joue.

— C'était flippant. Mais j'ai bien aimé le coup du crapaud.

— Qu'est-ce qu'il faisait là ?

Je haussai les épaules.

— Il venait de m'aborder.

— La prochaine fois, tourne les talons et éloigne-toi.

— Ce serait impoli.

— Alors sois impolie.

— Est-ce que c'est une attitude digne d'une de Loughrey ?

Il se renfrogna encore davantage.

— Cet air n'est certainement pas homologué par les de Loughrey.

Je laissai échapper un rire, mais son regard intense et autoritaire me ramena sur terre. Pourquoi me dévisageait-il comme ça ?

— Est-ce que tu serais… jaloux ?

Il plissa les yeux, et son expression m'aurait vraiment effrayée si je n'avais pas l'intuition d'avoir vu juste.

— Mais oui ! C'est ça ?

Il détourna les yeux sans répondre.

— Viens, on va trouver notre table.

— Que s'est-il passé avec Rhys ? Il avait l'air malheureux.

— Rhys a ses démons, comme nous tous. Il les cache bien jusqu'à ce qu'il n'y arrive plus.

Je restai interdite. L'explication d'Atticus ne révélait pas grand-chose mais m'indiquait tout ce que j'avais besoin de savoir.

Les membres de cette famille étaient tellement complexes qu'il me faudrait des années pour parvenir à les comprendre tous.

Alors que nous nous approchions de notre table, une blonde familière se dirigea vers nous.

Penelope et Elizabeth étaient les sœurs que j'avais le moins côtoyées jusqu'ici. Penelope communiquait une sorte de tranquillité, mais ce silence n'était pas de la timidité. Elle avait de l'assurance et de grands airs, à l'image de son frère. Sa courte robe noire à manches longues, col montant et couverte de strass, associée à des bottes qui lui arrivaient aux genoux, témoignait de son sens inné de la mode.

— Pen, dit Atticus en se penchant pour l'embrasser sur la joue.

— Att.

Att ? Ce n'était pas la première fois que j'entendais ce petit surnom – la petite Madeline l'avait employé, mais j'avais supposé que c'était lié à son jeune âge. Le résultat était curieux. Et très familier pour un homme tel que lui.

— Ta robe est un peu courte.

Elle le gratifia de la même expression neutre que la sienne.

— Mes bottes montent haut.

— Tu as vu Gen ?

Elle hocha la tête.

— Et quand elle a essayé de piquer une crise, je lui ai fait remarquer que je montrais beaucoup moins de peau qu'elle. Même mère n'a rien pu dire.

— Hmm.

— Oui ?

— C'est très toi.

Elle lui adressa un petit sourire.

— Merci.

La plupart du temps, un sourire aussi infime aurait pu paraître faux mais, chez quelqu'un d'aussi réservé, il paraissait rayonnant. J'étais curieuse de savoir ce qui avait pu inhiber la plus jeune des de Loughrey. Était-elle toujours aussi discrète ? Ou cela avait-il un rapport avec le surnom que j'avais entendu – la Fausse Princesse ?

Mes recherches ne m'avaient pas permis de découvrir ce qui lui avait valu un surnom pareil. Le Classeur Maudit se concentrait sur Atticus.

Une autre sublime créature aux cheveux sombres et au sourire doux et radieux s'approcha de nous. Elle portait une robe sirène dans les tons bleu, vert et doré qui me rappela la couleur de l'océan. Le bleu faisait ressortir ses yeux de la même couleur.

— Georgiana, tu es toujours aussi magnifique, dit Atticus.

Il fut récompensé par le plus beau sourire qu'il m'ait été donné de voir.

— C'est tellement gentil, Atticus.

Elle tourna ses impressionnants yeux bleus vers moi, qui faillirent me faire flancher.

Atticus avait la majesté d'un lion, mais Georgiana possédait celle d'une déesse.

— Et tu dois être Ophelia. C'est un plaisir de te rencontrer enfin. (Elle me prit la main.) Vous passez un bon moment ?

Je hochai la tête.

— Très bon. Félicitations, tout est superbe.

— Il n'y a pas que moi. Je ne suis que le visage public. Des dizaines de bénévoles ont consacré de longues heures à notre cause.

Elle afficha un sourire au rayon laser, une lueur conspiratrice dans les yeux. C'était l'expression d'un commercial qui a ferré sa prochaine cible.

— Tu sais, on est toujours à la recherche de bénévoles, si ça t'intéresse, ajouta-t-elle.

J'ouvris la bouche, interdite. C'était une idée que j'avais eue, et c'était l'occasion parfaite.

— Oui, absolument. (Je consultai Atticus du regard, étonnée de la confusion que je lisais sur son visage.) Ce serait possible ? demandai-je, incertaine.

Il déglutit et hocha la tête avant de porter ma main à ses lèvres.

— C'est une excellente idée.

Ma réaction semblait lui plaire, et je n'en fus moi-même que plus satisfaite. Cela me donnerait quelque chose à faire plutôt que de regarder les heures passer.

— Merveilleux, dit Georgiana avec un autre de ses sourires éblouissants.

Encore une de Loughrey que je ne comprenais pas. Son expression semblait parfaitement pure. À moins d'être une très bonne actrice, Georgiana se réjouissait réellement que je rejoigne sa cause.

— Oh ! ça va être à moi. Excusez-moi, dit-elle avant de filer.

— Elle est… parfaite, dis-je à Atticus après son départ.

Atticus rit.

— Georgiana, notre petite débutante. La seule à ne pas me causer d'ennuis.

Je m'apprêtai à dire quelque chose, avant de me raviser promptement.

— Tu allais dire quelque chose du genre « ils ne peuvent pas tous êtres aussi mauvais », n'est-ce pas ?

— Comment tu le sais ?

Il pouffa.

— Ta naïveté vis-à-vis de ma famille m'amuse.

— Vous êtes simplement très différents de ce que je connais.

Je me décomposai et, l'espace d'une seconde, le visage de mon père surgit dans mon esprit. Il me manquait, lui et la famille dont j'avais été coupée après sa mort.

— C'est aussi ta famille maintenant, tu sais.

Je fus engloutie par des dizaines de noms et de visages de Loughrey. Passer d'une famille de cinq personnes à une famille de près de cinq cents membres en comptant tous les cousins représentait un véritable changement. À vrai dire, cela ne me déplaisait pas. C'était une famille à problèmes, mais c'était celle d'Atticus, et maintenant la mienne.

Il tira ma chaise avant de prendre place à côté de moi.

— J'ai hâte de m'impliquer dans cette œuvre et dans d'autres, dis-je en lui souriant.

C'était la vérité. Si je devais faire partie de cette famille, je ne pouvais pas rester sur le banc de touche et me terrer au sommet de la Tour avec Atticus.

— Savoir qu'une chose aussi importante pour moi l'est aussi pour toi… Merci, dit-il d'un ton bourru.

Sa voix contenait une émotion à laquelle je n'étais pas habituée, et je savourais les moindres marques qu'il me témoignait. Ce que j'aimais encore davantage, c'était que ces émotions se manifestaient de plus en plus fréquemment.

La voix de Georgiana retentit à travers les haut-parleurs.

— Merci infiniment pour votre présence et pour le soutien que vous apportez à notre cause. Comme vous le savez tous, cette œuvre de bienfaisance est chère à toute la famille de Loughrey après l'accident tragique qui a coûté la vie à ma sœur Adrianna. Les noyades accidentelles emportent des centaines de vies par an. Pour chaque personne qu'on instruit et qu'on encourage, c'est une chance de voir une famille de moins traverser l'épreuve à laquelle nous avons été confrontés.

J'essayai une nouvelle fois de me rappeler où j'avais vu ou entendu ce nom. Il m'évoquait quelque chose, impossible de mettre le doigt dessus. Au fil de ma lecture de l'histoire familiale, l'avais-je seulement vu passer ? Un événement aussi tragique aurait été mis en avant, mais je n'en étais peut-être pas encore arrivée à ce passage.

— Ta cousine s'est noyée ? murmurai-je à Atticus.

Il se contenta de hocher la tête avec une expression solennelle qui assombrissait ses traits. Je n'insistai pas. Je savais que c'était inutile. Je risquais de le repousser, et c'était la dernière chose dont nous avions besoin. Pour l'instant, je laissais couler. Pour l'instant.

Chapitre 29

Atticus

Le dîner caritatif fut un succès, et pas seulement pour la fondation. Ophelia apparut sous un autre jour que lors de sa soirée avec Gen. J'étais fier d'elle.

En me refermant, je n'avais fait que créer une friction qui l'empêchait d'accepter ma famille, mais j'avais l'impression qu'elle voyait désormais les choses différemment. La déconnexion s'effaçait à mesure que notre lien se renforçait.

Une relation, même aussi mal définie que la nôtre, demandait davantage d'efforts que je l'aurais imaginé, mais d'une certaine manière, grâce à Ophelia, tout semblait plus simple.

Plus nous passions de temps ensemble, plus je m'attachais à elle, au point que je lui écrivais des messages uniquement pour garder un lien avec elle tout au long de la journée.

Atticus : J'aurai une heure de retard, ce soir. Est-ce que tu veux bien m'attendre pour dîner ?

Ophelia : Qu'est-ce que j'ai en échange ?

Atticus : Je n'avais pas réalisé que c'était une négociation.

Ophelia : Peut-être un massage des pieds, par exemple ? Un film tous les deux ? Peut-être, je dis bien peut-être, s'asseoir l'un à côté de l'autre sur le canapé ?

Je laissai échapper un petit rire. Si tels étaient ses désirs, c'était accordé.

Même si je ne comptais pas le lui dire.

Atticus : C'est énormément demander.

Ophelia : Non, énormément demander serait de réclamer un câlin pendant qu'on regarde un film. Mais ne t'inquiète pas, je ne te demanderai pas de me serrer dans tes bras. Je ne voudrais pas quémander de l'affection au Roi Mauvais.

Elle agrémenta le tout d'un émoji qui envoie un baiser, mais je choisis d'ignorer son badinage sarcastique.

Depuis son retour, nous étions plus proches. J'appréciais nos dîners tous les deux, et ma fascination pour elle croissait un peu plus chaque jour. Le moment où l'on s'asseyait ensemble sur le canapé pour se raconter notre journée était devenu mon temps fort : simple et réconfortant.

Ces dernières semaines, je profitais même de nos petits déjeuners. Elle n'était pas obligée de se lever en même temps que moi, ce qui coïncidait souvent avec le lever du soleil, mais son visage souriant au-dessus la tasse de café qu'elle serrait toujours de ses deux mains me faisait chaud au cœur. Le nectar des dieux, comme elle l'appelait.

Quand j'étais entré dans le séjour, la veille au soir, j'avais ralenti en apercevant son sourire. Il illuminait littéralement son visage.

Mon cœur de glace fondait un peu plus chaque fois qu'elle me regardait ainsi.

— Tu es d'une humeur inhabituellement bonne, dit Holly en me jetant un regard perçant.

Je domptai mes traits pour leur redonner leur expression neutre et négative.

— Je ne vois pas de quoi tu parles.

Elle leva les yeux au plafond avant de se hisser sur le coin de mon bureau.

— Les choses s'arrangent, hein ?

— À propos de ?

Elle fit une moue exaspérée.

— Il faut vraiment que je t'arrache les mots de la bouche ? Reconnais simplement que tu as des sentiments pour elle.

— Et pourquoi faudrait-il que je le reconnaisse ?

— Parce que c'est moi, Holly.

— Et ça te donne droit à des faveurs ?

— Allez, Att, gémit-elle en tapant du pied.

Je ricanai.

— D'accord. J'ai envie d'elle. Vraiment envie d'elle. Est-ce que c'est ce que tu voulais entendre ?

Elle bafouilla avant de me jeter un regard désapprobateur.

— Ce que je voulais entendre, c'est à quel point tu l'aimes et combien tu souhaites passer le restant de tes jours avec elle.

Je scrutai son expression pétillante et pleine d'espoir.

— Non.

Sa joie disparut, et elle me saisit par les épaules pour me secouer légèrement.

— Pourquoi faut-il toujours que tu sois aussi têtu ?

— Parce que ce qu'il y a entre Ophelia et moi ne regarde que nous.

— Mais c'est moi !

— Oui, et, si un jour j'éprouve les sentiments dont tu parles, c'est elle que j'informerai en premier.

— Tu n'es qu'un rabat-joie, Atticus de Loughrey.

— Est-ce que c'est censé me vexer ?

Elle poussa un soupir.

— Au fait, ton rendez-vous de 10 heures est là.

Je consultai l'horloge – il était 10 heures passées. Habituellement, j'aurais été furieux de ce retard dans mon planning mais, compte tenu de la personne concernée, je m'en fichais.

— Tu ne me le dis que maintenant ?

Elle sourit.

— Je le laisse mariner.

— Pourquoi ?

— Parce qu'il a des ennuis.

Je plissai les yeux.

— Comment tu sais ça ?

— Parce qu'à moins qu'il s'agisse de Hamilton, Rhys, Elizabeth ou ton père, c'est qu'ils ont fait quelque chose de mal et qu'ils vont se faire botter le cul par leur roi.

Je me renfrognai. Elle n'avait pas tort. Il n'arrivait pas souvent qu'un membre de la famille vienne me voir pour autre chose que pour se faire réprimander d'une manière ou d'une autre.

— Fais-le entrer.

— À vos ordres, patron, dit-elle en se relevant du coin de mon bureau.

Ma mâchoire se crispa. C'était à contrecœur que je m'apprêtais à gérer ces conneries.

Hugo avait de nouveau eu vent d'un rendez-vous de Preston avec une femme qui n'était pas la sienne. Elizabeth savait se débrouiller, mais je ne voulais pas la voir souffrir parce que son mari essayait de se taper quelqu'un d'autre. La connaissant, ce que je m'apprêtais à dire à Preston serait de la gnognotte comparé à ce qu'elle ferait.

— Atticus, comment ça va aujourd'hui ? demanda Preston en entrant, tout sourire.

Je ne relevai même pas les yeux de mon bureau pour laisser croître encore son malaise.

— J'aimerais te rappeler les vœux que tu as formulés envers ma sœur, déclarai-je sans perdre une seconde en frivolités.

Je n'avais pas le temps de tourner autour du pot.

Je ne pus observer son expression, étant donné que je faisais mine d'ignorer sa présence, mais son silence en disait long.

— Je ne sais pas si tu as déjà rompu ton serment, mais sache que ta réservation d'hôtel a été annulée.

— Atticus, je…

Je relevai subitement les yeux vers lui, et il se figea devant mon expression.

— Pas un mot de plus. N'oublie pas, *mon frère*, que certains actes ont des conséquences. Je vais te donner un seul avertissement. Il n'y en aura pas d'autre avant que je t'arrache ta femme et tes enfants et que je ruine absolument tous les membres de ta famille. Tu ne parleras plus à cette fille. Son nom et son numéro ont déjà été effacés de ton téléphone.

— Atticus.

Je l'interrompis.

— Non. Rentre chez toi et passe du temps avec ta femme enceinte.

— Je ne suis pas sous ta coupe ! s'écria-t-il. Tu n'as en aucun cas le droit d'intervenir dans ma vie.

Je le clouai d'un regard perçant, et il se figea de nouveau. Il perdit son assurance, et sa pomme d'Adam remua lorsqu'il déglutit péniblement. Preston avait l'assurance de la plupart des aristocrates. L'idée qu'il pouvait toujours s'en tirer et qu'il était intouchable. Qu'on lui donne des ordres allait à l'encontre de tout ce qu'il représentait.

Cela ne faisait aucune différence qu'il ne soit pas un de Loughrey par le nom ou par le sang. Il avait épousé un membre de la famille. Le sang des de Loughrey coulait dans les veines de ses enfants.

— Ne me parle pas sur ce ton d'indignation suffisante. Est-ce que tu croyais, parce que je ne suis pas mon grand-père ou mon père, et parce que nous avons été amis toute notre vie, que je ne te couperais pas les vivres ? Ce mariage t'a fait entrer dans la famille. Tu as été averti que tes actes impliquaient des conséquences. Nous ne sommes pas du genre à laisser les ego frivoles se débrider.

— Vous n'êtes qu'une bande de sales snobs sans cœur, cracha-t-il.

Ses coups avaient si peu de force. Il était si facile de faire plier sa volonté.

— Et tu n'es qu'un gosse pourri gâté. Tiens-toi à carreaux ou tu assumeras la responsabilité pour ta famille. Sors encore une fois du rang, et je te détruis.

Je ne laisserais passer aucun autre éclat de voix.

Il serra les dents mais garda le silence. La fureur faisait trembler ses mains, mais son cerveau semblait maîtriser son orgueil avant que la conversation prenne un tour désastreux.

— Tu n'aimes plus ta femme ? C'est pour ça que tu vas chercher du réconfort dans une chatte plus jeune ?

— Non.

— Tant mieux. Alors soit tu trouves ce réconfort avec ta femme, soit tu te sers de ta putain de main jusqu'à ce qu'elle soit prête, mais ne refais pas l'erreur d'aller voir ailleurs. Je suis toujours à l'affût, Preston. Ne l'oublie jamais.

Il hocha brièvement la tête, vibrant de colère, mais ravala sa défaite et quitta la pièce.

Je jetai mon stylo sur mon bureau en soupirant, et je m'adossai à mon fauteuil. Elizabeth serait dévastée si elle l'apprenait. Elle ne saurait jamais que son mari jetait ne serait-ce qu'un regard sur une autre femme. Ma méthode valait également mieux pour Preston, sur le long terme, parce que je savais que ma sœur, surtout dans son état actuel, n'aurait aucun scrupule à le castrer.

Je passai les heures suivantes à enchaîner les réunions et les téléconférences. L'après-midi touchait à sa fin lorsque Damien, mon chef de la sécurité, m'appela.

— Damien ?

— Au sujet de ce Milner…

— Oui ?

— En prison pour extorsion et divers autres délits.

Un léger soulagement me libéra un peu de ma tension.

— Bien. Et ?

— Et il a été viré de son boulot. Une caution a été fixée, mais je me suis assuré qu'elle soit suffisamment élevée pour représenter un obstacle.

J'avais tenu Ophelia à l'écart autant que possible de son beau-père, m'assurant qu'il ne puisse pas entrer en contact avec elle. Elle avait exprimé une telle inquiétude quand ses sœurs l'avaient appelée, craignant qu'elles y aient été forcées par leurs parents étant donné que j'avais bloqué leurs numéros, mais elle m'avait garanti que sa plus jeune sœur n'avait pas pu feindre la peur qu'elle avait perçue dans sa voix.

Aussitôt, j'avais compris qu'il s'était trouvé une nouvelle cible pour décharger sa colère, et j'avais enlevé ces enfants de sa coupe.

Ophelia avait été submergée par le bonheur et le soulagement de savoir ses sœurs en sécurité, hors de portée de cette raclure. Ce niveau d'émotion me poussait à une conclusion : j'allais démolir ce type.

Elle abordait peu ce sujet, même si elle avait plus d'une fois évoqué ses gestes violents. Et mon enquête avait révélé que ce n'était pas exceptionnel. Elle était trop forte pour en ressortir brisée, surtout par un être faible et par un ivrogne, mais elle restait blessée malgré tout. Savoir que sa mère avait choisi un homme au détriment de ses propres enfants avait dû avoir des effets dévastateurs, mais elle avait tenu bon.

Ma propre mère n'avait peut-être pas un haut degré d'affection, mais elle nous avait fait passer, tous les cinq, avant toute chose. Malgré les nounous, elle avait été entièrement dévouée à ses enfants, même si l'expression de son amour était peu conventionnelle.

Je ne souhaitais pas que nos enfants reçoivent l'une ou l'autre des éducations que nous avions eues. J'allais les inonder d'affection et apporter les mêmes soins à leur mère. Ils apprendraient ce qu'est l'amour à l'instant où ils viendraient au monde, même si leur père était encore en train de le découvrir lui-même.

Chapitre 30

Ophelia

Je contemplais mon téléphone en train de sonner et le nom qui apparaissait à l'écran. Prise de panique, je m'emparai maladroitement de l'appareil pour répondre, puis pris une profonde inspiration pour me calmer.

— Allô ? répondis-je en espérant paraître calme et maîtresse de moi-même alors que je n'étais qu'une boule de nerfs.

— Malgré ma réticence devant le choix de mon fils, le fait est que, dans sept mois, vous serez mariés, déclara Vera. (Son ton était aussi sec et brusque que lors de notre première rencontre, et je me demandai s'il ne s'agissait pas simplement d'un trait de caractère des de Loughrey.) Cela étant dit, j'ai déjà réservé le lieu.

— Déjà ? Mais je n'ai même pas encore pu les passer en revue.

En vérité, le mariage était très loin de mes pensées.

— Très peu d'espaces peuvent accueillir un événement de cette ampleur, alors les options sont limitées.

— Quelle ampleur ?

Le plus gros mariage auquel j'avais assisté devait atteindre les deux cents invités.

— Mille invités.

Je m'étranglai avec ma gorgée d'eau et faillis tout recracher sur mon ordinateur. Je toussai pour me racler la gorge, et repris d'une voix râpeuse et étouffée.

— Mille ?

— Plus de trois cents sont des de Loughrey.

— Trois cents ?

— Honnêtement, Ophelia, allez-vous répéter tout ce que je dis ?

— Je suis désolée. Je suis sous le choc. Je ne pensais même pas qu'on atteindrait les trois cents au total.

Un rire amusé résonna à l'autre bout du fil. Elle se moquait de moi, de ma naïveté.

— Malheureusement, outre un horrible stade, nos options sont limitées, et aucun lieu ne pourra contenir la totalité. Je n'ai aucune idée de la manière dont je vais pouvoir réduire la liste à cinq cents convives seulement.

Seulement. J'étais abasourdie. Je savais que nous allions nous marier, mais je n'avais pas considéré le mariage en lui-même. Atticus avait parlé du mois de janvier et je n'y avais pas accordé beaucoup d'importance, mais il était évident, à son coup de fil, que Vera voulait un peu de contribution de ma part.

— Et où cette énorme cérémonie aura-t-elle lieu ?

— Atticus ne vous a rien dit ?

— Non.

Elle émit un petit bruit nasal.

— Pas étonnant. Au Plaza, ma chère. Nous avons réservé l'hôtel entier.

— Vous voulez dire, leurs espaces de réception ?

— Non. L'hôtel tout entier.

Je restai bouche bée un instant.

— Vous pouvez faire ça ?

— Bien sûr que oui. Nous sommes les de Loughrey. Tout ce

que j'ai eu à faire, c'était réserver chaque chambre pour les invités ainsi que la grande salle de bal et les autres espaces à louer.

— Que se passe-t-il pour les personnes qui avaient déjà des réservations ?

Un nouveau petit bruit moqueur.

— Ils ont reçu un dédommagement.

— Pourquoi ?

Pourquoi ferait-elle tout ça pour un simple mariage ?

— Le chef de la famille ne se mariera qu'une fois. Ce sera l'événement le plus important que la ville ait connu depuis des décennies. Il concurrencera les mariages de la royauté britannique dans l'esprit du peuple. Après tout, mon fils est le roi de notre famille, et les de Loughrey sont la royauté américaine.

Mon esprit survola la seconde partie de son discours et se concentra sur la première.

Le chef de la famille ne se mariera qu'une fois.

— Je vous envoie quelques documents à examiner pour que vous me donniez votre avis. Nous reparlerons plus tard, dit-elle avant de raccrocher.

Le chef de la famille ne se mariera qu'une fois.

La phrase tourna en boucle dans ma tête. Un brusque élan de désespoir me poussa à me jeter sur mon ordinateur. Je pianotai ma question.

Les de Loughrey ont-ils déjà divorcé ?

Je cliquai sur le premier article. C'était une histoire de la famille.

La famille est connue pour son faible taux de divorce. Seuls trois divorces ont été prononcés depuis le premier en 1965. Aucun n'est survenu au sein de l'échelon supérieur de la compagnie et de la famille. On dit que le divorce est interdit dans le noyau central, en particulier pour le chef de la famille.

Interdit ? Qu'est-ce que ça signifiait ?

— Je suis rentré, ma chère, lança Atticus.

J'étais assise sur le canapé et passais en revue des idées pour le mariage.

Ça ne me déplaisait plus autant qu'avant, ce qui était probablement dû à mon affection grandissante pour le marié.

Je lui jetai un regard noir lorsqu'il apparut, ce qui me valut un petit sourire narquois. Il savait que je ne supportais pas ce petit nom excessivement comme il faut et sardonique.

— Est-ce que tu fais ça uniquement pour m'agacer ?

— Faire quoi ? demanda-t-il de l'air le plus innocent du monde.

Il avait les yeux grands ouverts, les sourcils levés, mais il avait du mal à masquer son hilarité.

Je serrai les lèvres et levai les yeux au plafond.

Il me surprit en venant s'asseoir à côté de moi, et plus encore lorsqu'il se pencha pour saisir ma cheville. Je poussai un cri en le regardant tirer ma jambe repliée sous moi et poser les deux sur ses genoux.

Je restai muette de stupeur. Non seulement il venait de faire preuve d'un geste d'affection, mais il avait posé mes pieds sur son luxueux costume. Ils étaient propres, certes, étant donné que je n'avais fait qu'arpenter l'appartement après avoir pris ma douche et que les femmes de ménage s'assuraient qu'il n'y ait aucun grain de poussière nulle part, et encore moins par terre.

C'était une victoire significative.

Un bourdonnement gronda dans sa poitrine, il ferma les yeux et se mit à me masser la cheville. Après avoir pris plusieurs profondes inspirations, il me regarda de nouveau.

— C'est mieux ?

Je hochai la tête, le visage empourpré. Je plaisantais à moitié dans mon message, sans avoir imaginé qu'il pourrait me prendre au mot, et il l'avait fait. Ce qui, je pense, nous surprit le plus tous les deux, fut l'effet évident que cela lui procura.

— C'est mieux ? lançai-je à mon tour.

Il fit remonter son autre main sur ma jambe nue, juste au-dessus du genou, créant une flamme à l'endroit où il la posa, sur ma cuisse.

Il laissa échapper un grognement.

— Toi et tes putain de shorts.

— Et quoi ? C'est l'été, et il fait une chaleur à crever.

— Tu es dans un appartement parfaitement climatisé.

Je haussai les épaules.

— J'aime bien les shorts.

Il fit remonter sa main et la plongea entre mes cuisses avant de redescendre vers mon genou. Le courant électrique m'arracha un hoquet.

— Moi aussi, j'apprécie tes shorts. Surtout ces petits trucs en coton qui se retirent facilement.

— C'est-à-dire ?

Il esquissa un petit sourire involontaire.

— Tu ne saisis pas mon état d'esprit ? demanda-t-il en effleurant de nouveau l'intérieur de ma cuisse.

— Tu déchirerais mes vêtements ?

Il sourit, et je fus forcée d'écarter sa main avant de me mettre à me tortiller et d'être forcée de lui révéler l'effet qu'il me faisait.

— Ta mère m'a appelée, aujourd'hui.

Au moment où je prononçai le mot « mère » en parlant de Vera, je compris soudain pourquoi ses enfants avaient opté pour ce titre, plus formel que le simple « maman ». S'il y avait une fibre maternelle en elle, je n'en avais pas vu la moindre trace. Cela dit, c'était une de Loughrey, et la mère d'Atticus. Ils semblaient similaires à de nombreux égards.

Ce fut comme une douche froide pour lui, et la chaleur qui passait entre nous disparut.

— Tu es prête à te mettre aux préparatifs du mariage ?

— Est-ce que c'est toi qui lui as demandé de m'appeler ?

Il secoua la tête.

— Pourquoi te mettrais-je dans une position pareille ?

— Pour m'occuper, étant donné que tu as laissé tomber ma demande de travail.

— J'ai accepté, non ?

— Pourtant, aucun appel, aucun contrat en vue.

— Est-ce que tu veux le poste grâce à mon nom ou par ton propre mérite ?

Je pinçai les lèvres.

— Au mérite, bien sûr.

— Alors postule, comme tout le monde.

— Très bien, soufflai-je.

J'avais vraiment envie de passer par la voie normale, mais je savais aussi qu'un seul mot d'Atticus suffirait à me faire commencer la semaine prochaine.

— Qu'est-ce qu'elle a dit ? demanda-t-il.

Il s'était raidi depuis que j'avais mentionné son appel, et il semblait presque figé, comme sur ses gardes.

— Qu'on allait se marier au Plaza. Tu aurais dû me le dire.

Il émit un petit bruit guttural et sembla se détendre un peu.

— Disons que j'ai omis de te transmettre l'information. Elle avait réservé des semaines avant notre contrat.

— Sérieusement ?

Il hocha la tête.

— Je crois que ma mère a désespérément envie de nouveauté et de quelque chose d'excitant.

— Elle m'a donné certaines précisions.

— Lesquelles, par exemple ?

— Pourquoi tu as… (Je m'interrompis pour essayer de formuler une question cohérente.) Pourquoi as-tu accepté de divorcer au bout de cinq ans si le chef de la famille en a l'interdiction ?

Il haussa un sourcil.

— Personne ne m'interdit quoi que ce soit.

— Sauf moi.

Il acquiesça et me serra la cheville.

— Sauf toi.

— Je viens de lire quelque chose qui dit…

— Ce ne sont rien de plus que des conjectures, combinées au fait qu'aucun chef de la famille de Loughrey n'a jamais divorcé. Ce n'est pas interdit, seulement, ça ne s'est jamais vu.

— Ta mère m'a dit que le chef de la famille ne se mariait qu'une seule fois.

— Parce que les mariages précédents ont duré.

— Est-ce que tu te remarieras après le divorce ?

Le seul fait de prononcer ce mot pour évoquer ma relation avec Atticus me paraissait déplacé. Même si ma raison savait qu'il ne s'agissait que d'un contrat, d'un accord commercial, mon cœur éprouvait toujours pour lui davantage que je voulais bien l'admettre.

Il croisa mon regard, et je le sentis se refermer. Sa main quitta ma peau, et sa mâchoire se crispa.

— Non.

— Pourquoi ?

Il me lança un regard noir.

— Avant même qu'on soit mariés, tu veux me parler de mon remariage avec quelqu'un d'autre ?

— C'est juste que tu as l'air tellement déterminé. Quand je serai partie, tu seras libre de trouver quelqu'un à aimer.

— Quand tu seras partie, tu seras toujours là ! rugit-il.

Je m'écartai, surprise.

— Comment ça ?

— Tu auras un appartement dans cet immeuble. Nos enfants resteront près de moi. Quoi qu'il arrive, tu seras toujours là à me hanter.

Sa voix se brisa sur ses derniers mots, et mon cœur sembla pris dans un étau. Je tendis la main, mais il s'écarta avant que je puisse le toucher. Mais je refusais de lâcher l'affaire aussi facilement, et je le chevauchai pour le maintenir en place et l'empêcher de fuir de nouveau.

Je pris son visage entre mes mains malgré ses grognements et son regard qui s'efforçait d'éviter le mien.

— Hé, calme-toi. Ça va. Ça va, dis-je doucement en lui caressant les joues avec mes pouces.

C'était comme essayer d'apaiser un animal blessé. La peur et le manque de confiance le dressaient contre moi. En exposant ses émotions, il se sentait à nu et vulnérable.

Il me regarda sauvagement, et je ne pus m'empêcher de sourire, puis de rire, avant de me pencher pour l'embrasser.

C'était un geste mû par l'instinct pur. Un moment où nos défenses étaient baissées. Nos failles exposées.

L'espace d'un instant, ce n'était qu'Ophelia et Atticus. Un homme et une femme.

Il me serra contre lui en intensifiant notre baiser. Peut-être répugnait-il autant que moi à me laisser partir un jour.

Peut-être qu'un jour nous pourrions être liés par davantage que des signatures sur un contrat.

Chapitre 31

Atticus

— C'est de la torture ! C'est inhumain !

Je me pinçai l'arête du nez.

— Je vais raccrocher maintenant, Gen.

— Sérieusement ? Comment peux-tu faire ça ? gémit-elle.

Sans surprise, délesté de son allocation mensuelle, le compte en banque de Genevieve était presque vide. Son problème, c'était qu'elle venait d'apprendre qu'elle n'obtiendrait pas son versement habituel et qu'elle serait forcée de subsister avec ce qu'elle avait jusqu'à la fin du mois.

— Comment ? Parce que, comme d'habitude, tu n'as pensé qu'à toi. La réaction violente des médias face à Ophelia après cette soirée est extrêmement préjudiciable. C'était de la viande fraîche, et tu l'as jetée en pâture aux loups.

Genevieve s'était bien mieux tirée de beaucoup de choses dans la vie que la plupart des gens. En partie parce qu'elle avait terminé deuxième de sa promotion au lycée et qu'elle avait prononcé le discours de fin d'année, et parce qu'elle était sortie de Yale avec un score de 3.87, mais je savais qu'elle n'avait jamais obtenu les louanges qu'elle espérait. Comme nous tous.

— Ce n'était pas mon intention. J'essayais seulement de l'aider.

— De l'aider ?

— Elle était tellement bouleversée, par je ne sais quoi, et elle se sentait seule. Je l'aime bien et je ne voulais pas la laisser comme ça, alors j'ai pensé que ça lui remonterait le moral de sortir un peu, dit-elle en baissant la voix.

Sa sincérité était perceptible. Elle n'avait eu aucune intention malveillante, mais en définitive quelqu'un avait souffert.

— Lui remonter le moral ? Est-ce que tu sais seulement ce qui l'avait bouleversée ? demandai-je.

Malgré son affection pour Ophelia, je ne pouvais pas revenir sur ma décision à cause de cette excuse.

— À cause de sa soudaine célébrité, je suppose.

— Parce que son beau-père la faisait chanter. Et ensuite tu as saboté son image publique pile au moment où elle était présentée au monde comme ma fiancée.

— Je n'ai pas pensé…

— Non, en effet, confirmai-je en la coupant. C'est bien le problème. Je me montre généreux parce que tu as été accueillante avec elle, mais tu n'es pas absoute de sanction.

— Mais six semaines ?

— Rien. Et tous les membres de la famille ont reçu la consigne de ne pas te donner un centime, ou alors c'est à eux que je m'en prendrai.

— Atticus, gémit-elle.

— Tu veux deux mois ?

Je pouvais parfaitement l'imaginer taper du pied comme une petite fille gâtée.

— Et aussi : ne l'approche plus.

— Mais…

— Je suis sérieux. Restaurer son image va prendre du temps. La soirée caritative pour Adrianna a joué en sa faveur mais, pour l'instant, je ne veux pas qu'elle soit associée à toi d'une quelconque manière.

— Je l'aime vraiment bien.

Sa voix n'était qu'un souffle, plein de remords.

— Je sais mais, pour le moment, fais comme tout le monde, ignore-la un peu.

Ophelia avait eu interdiction de parler à Genevieve et, après cette fameuse soirée, elle s'était mise au diapason. Heureusement que la situation s'arrangeait entre nous.

— Sois sage.

— Ouais, c'est ça, répliqua ma sœur d'une voix de nouveau indocile. Je suis la princesse rebelle, tu te souviens ?

— Je me souviens encore quand tu figurais au tableau d'honneur.

— Ne ruine pas mon image.

Je laissai échapper un ricanement.

— Si tu m'avais compliqué encore les choses, j'avais l'intention de te virer de la Tour et de te coller dans l'ancien appartement d'Ophelia.

Elle hoqueta.

— Très bien. Je vais me débrouiller. Ce n'est pas comme si j'avais le choix.

— Je suis sûr que, intelligente comme tu es, tu pourras trouver le moyen de gagner ton propre argent.

— C'est ça. Salut, dit-elle d'un ton clairement boudeur avant de raccrocher.

La conversation s'était mieux déroulée que je l'aurais cru, mais j'avais perçu la culpabilité dans sa voix. Elle essayait réellement de devenir l'amie d'Ophelia, mais c'était bien le problème, n'est-ce pas ? Est-ce que l'un de nous au moins savait comment lier une amitié ?

Ophelia n'en avait pas après l'argent de Genevieve ou son après son statut. Elle cherchait seulement sa compagnie.

C'était quelque chose de rafraîchissant chez Ophelia. Malgré tout l'argent que je dépensais pour elle, tout ce qu'elle voulait, c'était mon temps. C'était une notion étrangère pour moi, mais je commençais à comprendre ce désir.

Une envie d'être à ses côtés grandissait aussi en moi. Elle envahissait mes pensées, me faisait rentrer en courant du bureau pour passer du temps avec elle. Sa compagnie me calmait, et ce calme était comme une drogue dans mon organisme qui me donnait chaque jour envie de plus.

Je ne voulais plus jamais me séparer d'elle.

La porte de mon bureau s'ouvrit à la volée et je grognai en me demandant pourquoi je payais des putains d'assistantes si elles n'étaient pas capables d'empêcher les gens de débarquer sans prévenir. L'ego hors du commun de mon père déboula dans le bureau.

— C'est comment, d'avoir une fiancée qui embarrasse la famille tout entière ? demanda-t-il.

Près de deux semaines s'étaient écoulées, et je m'étais efforcé de ne pas communiquer avec lui pour ne pas avoir à affronter ses conneries.

Je serrai les dents.

— Je ne sais pas. Je devrais peut-être poser la question à mère, étant donné que tu l'embarrasses assez régulièrement.

Son habituelle irascibilité le faisait bouillir, et des flammes s'allumèrent dans ses yeux.

— Surveille ton langage, fiston.

Fut un temps où son autoritarisme et sa domination me mettaient au pas, tant je craignais de subir son courroux.

Mais je n'étais plus un enfant, et il n'avait toujours pas accepté que je le surpasse. Sa colère ne provoquait plus chez moi de paralysie ou de désir de le satisfaire dans l'espoir d'obtenir ses félicitations.

Je n'éprouvais plus ce genre de blocages émotionnels avec lui. Ils avaient disparu depuis longtemps. Non, aujourd'hui, sa colère ne faisait qu'attiser la mienne. Son ego avait tendance à oublier qui était le chef.

Je suis le roi.

— Quel pouvoir aurais-tu sur moi pour m'obliger à rentrer ma queue entre mes jambes ? lançai-je.

— Je suis ton père, tonna-t-il.

— Ça ne fait pas tout. Le problème a été géré, et la sanction appliquée.

— As-tu seulement la force de sanctionner cette fille ? demanda-t-il.

— Est-ce que tu remets en doute ma capacité à diriger ? Je te garantis que, si tu continues à me jeter des héritières dans les pattes, je m'assurerai de bien te montrer ma capacité à contrôler et à appliquer des sanctions.

— Tu aurais dû prendre la fille Harris.

— Je ne souhaite aucunement continuer de parler de cette putain d'ordure.

Il écarquilla les yeux.

— Tu lui as demandé de se jeter sur moi, n'est-ce pas ? continuai-je, connaissant déjà sa réponse.

Harris lui-même me l'avait confirmé lorsqu'il m'avait supplié d'arrêter de détruire sa société.

— Elle était mieux assortie à toi.

— Selon quelles normes ? Ophelia est celle qui me correspond le mieux. À tous les niveaux.

— Elle te rend faible.

— Au contraire, elle me rend plus fort. Maintenant, si tu as l'intention de continuer à descendre ma fiancée, dégage d'ici. Si tu veux parler affaires, utilise des mots appropriés, car je ne tolérerai plus aucune attaque verbale ou autre à l'encontre d'Ophelia.

Cela étant dit, le silence s'imposa et l'électricité crépita dans l'air. Il ne voulait pas céder la place, même si c'était déjà fait.

— Atticus, tu as vu…, commença Elizabeth en entrant, avant de s'interrompre en découvrant la tension qui électrisait la pièce.

Son expression se mua en un mépris mêlé d'indifférence, souvent décrit comme le « réglage par défaut » des de Loughrey.

— Compte tenu de la tension qui règne ici, je dirais qu'il est question d'Ophelia.

— Tu devrais faire entendre raison à ton frère, Eliza.

Elle croisa les bras sur sa poitrine, ce qui les fit reposer inconfortablement sur son ventre de femme enceinte.

— Celui qu'il faudrait ramener à la raison, c'est toi, père. Il semblerait que tu en manques cruellement.

— Excuse-moi ? Je vous ai appris à faire preuve de davantage de respect que ce que vous me manifestez, tous les deux.

— Le respect se mérite, et tu as perdu le nôtre il y a bien longtemps. Si tu veux en récupérer, accepte l'arrivée d'Ophelia dans cette famille à bras ouverts. Elle a un tempérament plutôt enjoué, ce qui est un véritable atout.

— C'est un boulet aux pieds de cette famille. Tu es seulement trop aveuglé par le cul pour t'en rendre compte.

La colère monta en moi par vagues, prêtes à tout détruire sur leur passage.

— Rentre à la maison, père. À Stronghold. Et restes-y. Un seul putain de mot de plus, et je ne réponds plus de rien.

Il écarquilla les yeux et enfin, pour la première fois, je décelai une lueur de résignation. Son regard dur dériva vers Elizabeth avant de revenir sur moi. Sa posture était raide et il répugnait à céder, mais il savait qu'il avait été trop loin et n'était pas prêt à se battre.

Avec un hochement de tête réticent, il se dirigea vers la porte et la claqua derrière lui.

— Tu as fait preuve d'une grande retenue, dit Elizabeth après son départ.

— Je n'aurais pas dû, sifflai-je, les muscles tendus.

— Peut-être, mais tu as réussi à exercer ta domination sans lui casser la figure. C'est déjà une véritable réussite en soit.

D'un geste sec, je ramassai mon téléphone sur mon bureau et le projetai contre le mur en rugissant. L'explosion du plastique ramena mon désir brûlant de lui casser la gueule à un niveau raisonnable.

— Pourquoi me teste-t-il autant ? grondai-je.

Elizabeth me prit la main.

— Parce qu'il veut à tout prix contrôler. En te passant la responsabilité de la famille, ses épaules se sont allégées d'un poids. Mais je ne pense pas qu'il ait anticipé la perte totale de pouvoir, de contrôle et d'obéissance. Nous ne sommes plus dans son tribunal. Nous sommes dans le tien.

— Tu es tellement plus diplomate que moi.

Elle m'adressa un petit sourire.

— Pas tant que ça. Je laisse seulement libre cours à mes humeurs avec ma langue plutôt qu'avec mes poings.

— J'apprécie l'éloge que tu as fait d'Ophelia. Merci.

Son sourire s'agrandit, et son regard s'adoucit. Presque avec nostalgie. Je ne lui avais pas vu d'expression pareille depuis des années.

— Elle te fait du bien. J'ai pu le voir au dîner de bienfaisance. Je n'ai pas été des plus réceptives avec elle ce soir-là, mais les perceptions évoluent. Tout ce qui est bon pour toi est bon pour nous tous. (Elle s'approcha et se redressa pour m'embrasser sur la joue.) Ouvre-lui ton cœur. Ne te ferme pas.

— Quand es-tu devenue aussi sage ?

— De quoi tu parles ? J'ai toujours été sage, c'est toi qui es un homme têtu.

Un rire sombre m'échappa, et je déposai à mon tour un baiser sur sa joue.

— Je garderai ton conseil en tête, conseillère.

— Bien. Maintenant, je vais me traîner jusqu'à mon bureau et surélever mes pieds.

— Tu sais que tu peux prendre ton congé maternité quand tu veux.

Elle plissa le nez.

— Je préfère rester occupée.

— Tu devrais aller à Haven une semaine ou deux pour te détendre avant l'arrivée du bébé.

Elle émit un bruit songeur.

— Ce n'est pas une mauvaise idée. Passe une bonne fin de journée.

— Toi aussi.

Je me rassis, surpris de constater à quel point j'étais calme. Après une visite de mon père, je bouillais habituellement comme une marmite de colère, mais après avoir relâché un peu la pression, la présence d'Elizabeth et son soutien vis-à-vis d'Ophelia m'avaient apaisé. Certes, j'avais vu rouge un moment, mais en temps normal j'aurais fulminé. Au lieu de ça, je récupérai mon téléphone et y trouvai un nouveau message d'Ophelia.

Ophelia : j'étais installée sur la terrasse quand ce petit copain est venu me rendre visite.

En pièce jointe, un selfie d'Ophelia, tout sourire, les yeux grand ouverts, qui pointait du doigt, par-dessus son épaule, un petit oiseau noir et blanc à la tête jaune, posé sur le dossier de son fauteuil.

Je ne pus m'empêcher de sourire devant sa joie juvénile. La même que devant le poisson, près de l'étang. Une nouvelle forme de chaleur s'empara de moi. Ce n'était pas le désir intense auquel je m'étais maintenant habitué, mais une braise ardente enfouie profondément dans ma poitrine.

Je consultai l'horloge et poussai un grognement. Je n'avais pas vu le temps passer, et il était plus de 18 heures. J'avais encore du travail, mais je pouvais le rapporter à la maison et m'en occuper après le dîner.

Il était près de 19 heures quand je pénétrai dans l'appartement. Loreno et Amara se trouvaient dans la cuisine, mais il n'y avait aucun autre bruit. La pièce à vivre était déserte et, de mon point de vue, la terrasse également. Je me dirigeai vers la chambre d'Ophelia, vide, elle aussi. Je m'arrêtai dans ma chambre pour retirer ma veste, ma cravate et mes boutons de manchette, puis je retroussai mes manches.

J'avais remarqué que son regard s'attardait sur mes avant-bras quand ils étaient exposés. Reprenant mon chemin vers la cuisine, j'y trouvai Loreno et Amara, mais toujours pas d'Ophelia.

— Ah, mon ami, comment allez-vous ?

— Bien, et vous ?

— Bien, bien.

— Avez-vous vu Ophelia ? demandai-je.

Amara consulta son mari de regard.

— Non. Elle n'est pas venue nous accueillir à notre arrivée.

Je fronçai les sourcils.

— Elle vient vous accueillir ?

Amara sourit.

— Oh ! oui. Presque chaque jour. Quelle femme adorable.

Je serrai les dents, soudain préoccupé. C'était un peu le même sentiment que la panique que j'avais éprouvée en réalisant qu'elle s'était enfuie, quelques semaines auparavant. Je déglutis et sortis mon téléphone pour la localiser.

Une vague de soulagement me submergea. Elle se trouvait vingt-deux étages plus bas, dans la salle de cinéma.

L'équipe technique avait réussi à relier l'application de localisation au système interne du bâtiment. Peu importait à quel étage elle se trouvait. Si le téléphone n'était pas sorti de l'immeuble, c'était qu'elle était toujours là.

— Elle est en bas. Je vais aller la chercher pour le dîner, dis-je avant de me diriger vers l'ascenseur.

— Il sera prêt dans trente minutes, lança Amara.

Compte tenu de l'excitation qu'elle avait manifestée quand je lui avais montré le cinéma, pour son anniversaire, je m'étais attendu à l'y trouver plus souvent, mais c'était la première fois. Il était tout à fait possible qu'elle y passe du temps durant la journée, mais j'étais curieux de savoir ce qui la captivait autant.

Le son d'un film me parvint aux oreilles lorsque je poussai les portes. Le claquement ne détourna pas son attention de l'écran, et elle ne m'entendit pas arriver.

J'étais tellement fasciné par son visage illuminé par l'écran que je ne prêtai attention qu'à elle. Elle avait relevé le repose-pied, qui exposait ses jambes galbées installées sur le cuir.

Je tournai les yeux vers l'écran et avisai la scène avec stupeur : un homme attrapait une femme par la nuque et la tournait vers lui. Ils étaient nus, sous la douche. Je fus surpris de la voir captivée par ce genre de film, mais compris rapidement qu'il n'était pas de nature pornographique.

Je laissai échapper un gémissement en songeant à son corps

lové dans son siège, et ma queue commença à durcir à l'idée de soulager son désir.

Je m'approchai d'elle, attirant enfin son regard. Elle se figea et me regarda m'installer à côté d'elle.

Une sirène qui m'attirait sans même en avoir conscience. La coloration de ses joues et la façon dont elle frottait ses cuisses m'excitèrent encore davantage. C'était un délicieux en-cas, et j'avais envie d'y goûter.

Je me penchai vers elle, effleurai son oreille et souris en la sentant retenir son souffle.

— Ce que tu ressens, là tout de suite ? Les flammes dans tes veines et entre tes cuisses ? C'est du désir.

Elle se tourna vers moi, et nos lèvres se frôlèrent. Ses grands yeux croisèrent mon regard lascif. J'observai son corps et je notai comme sa main était proche de son entrejambe. Ses tétons durs furent les suivants, suivis par ses lèvres que je rêvais de voir posées autour de ma queue depuis plus d'un an.

— Retire ton haut, lui ordonnai-je.

— N-non.

— Tes tétons tendent déjà le tissu d'une manière tellement lubrique…

J'effleurai les petits monts, récoltant un gémissement plaintif qui eut un effet direct sur ma queue.

— Montre-moi à quel point tu es excitée.

Chapitre 32

Ophelia

— Montre-moi à quel point tu es excitée.

Atticus était apparu si subitement que j'étais encore en train d'essayer de comprendre ce qui se passait. Quand était-il rentré ? Quelle heure était-il ? Toutes ces questions auraient dû tourbillonner dans mon esprit mais, au lieu de ça, je n'arrivais à penser qu'à ses lèvres et à ses mains.

Le film m'avait hypnotisée, et j'avais tout oublié à l'exception de cette sensation de chaleur entre mes cuisses.

— Tu veux de l'aide ?

Mon cœur bondit et je le regardai.

Oui.

J'avais tellement envie qu'il me touche… mais c'était moi qui avais imposé la clause dans le contrat. À cet instant, je m'en fichais, j'avais *besoin* qu'il me touche.

Et les caresses, ce n'était pas une relation sexuelle.

— Oui, murmurai-je, le souffle court.

Un murmure guttural d'approbation gronda dans sa poitrine et il se dressa au-dessus de moi. L'anticipation ne fit qu'attiser mon désir. À quelques centimètres de moi, je sentis son souffle dans mon cou, puis je sursautai en sentant la décharge électrique que provoqua sa main sur ma cuisse.

Il rit tout bas tout en déplaçant lentement ses doigts vers l'intérieur, jusqu'à la couture de mon legging.

— Quelle chaleur, murmura-t-il en enfonçant le bout de ses doigts dans le tissu.

Mon rythme cardiaque s'accéléra, et un gémissement s'échappa de mes lèvres. C'était la première fois depuis un an que quelqu'un me caressait, et le sang dans mes veines sembla se mettre à bouillir à son contact malgré la barrière des vêtements.

— Hmm, j'aime ce son.

Il remonta vers ma ceinture. Il soutint mon regard tout en glissant ses doigts à l'intérieur.

Je dus fournir un effort incommensurable pour me retenir de l'empoigner, car je savais que, si je me laissais faire, je céderais. Mes paupières papillonnèrent lorsqu'il effleura mon clitoris, puis mes lèvres.

— Tu es trempée, ma chère. Quel genre de film regardes-tu, hmm ?

Mes hanches se dressèrent de manière incontrôlable contre sa main, et je fixai le plafond des yeux, abandonnée à la sensation de ses doigts qui se recourbaient en moi. J'agrippai l'accoudoir tandis que mon corps oscillait contre l'endroit qu'il touchait.

— Regarde-moi, dit-il.

Ses paroles et son ton impérieux me firent frissonner. C'était le même ton que cette nuit-là, celle que je me repassais en boucle. Au moment où nos regards se croisèrent, tous mes muscles se contractèrent. L'intensité et le pouvoir de son regard me subjuguaient, et je maudis mon corps qui suppliait de se laisser aller.

Encore juste un petit peu.

— Qu'est-ce que tu me fais ? murmura-t-il contre mes lèvres.

— Ce n'est pas moi qui suis censée te poser cette question ?

Cette réflexion me valut un grognement et une pression accentuée de la paume de sa main. Je l'attrapai par le bras en gémissant, en me retenant de le saisir directement par les épaules.

Je le vis tout à coup tirer sur ma ceinture de sa main libre et baisser mon legging sous mes cuisses. Je ne protestai même pas tant mon corps voulait sentir ses caresses.

— Écarte les jambes.

Des courants électriques se propageaient partout où il me touchait, et le moindre regard m'enflammait. Je n'avais aucune chance et mes jambes, toujours prises dans mon legging, se redressèrent d'elles-mêmes pour écarter mes cuisses et exposer l'endroit où ses doigts étaient toujours enfouis.

Il les retira en grognant et étala la preuve de mon désir sur ma peau. Mes hanches étaient agitées de soubresauts, et un gémissement m'échappa. Quand m'étais-je transformée en une créature désespérée contrôlée par son entrejambe ?

— Regarde cette sublime chatte, dit-il d'une voix rauque qui fit remonter un frémissement le long de ma colonne vertébrale. (Il regardait ses doigts entrer et sortir, comme fasciné.) Tu n'imagines pas à quel point j'ai envie de m'enfoncer en toi.

Quelque chose dans le ton de sa voix, dans sa façon de prononcer ces mots me fit céder. J'avais besoin de les entendre tout autant que j'avais besoin de sentir ses yeux pénétrer mon âme et ses caresses enflammer chaque centimètre de mon corps.

— Regarde-moi, reprit-il.

Il prit ma mâchoire dans sa main, comme il l'avait fait cette nuit-là, et me força à le regarder dans les yeux. Ses doigts s'enfonçaient avec plus de force, plus profondément, en quête d'un objectif.

Je me cambrai, incapable de gérer son assaut, tous les muscles verrouillés. Ses lèvres se posèrent sur les miennes tandis qu'il augmentait encore la pression en grognant.

Je ne pouvais que sentir son désir, son avidité. Il ne tenait plus qu'à un fil qui menaçait de rompre. Sa bouche s'écrasa sur la mienne, et j'ouvris les lèvres pour sentir sa langue.

Son emprise sur ma mâchoire se relâcha, et il s'empara de ma main pour presser ma paume sur le contour chaud et dur de sa queue.

— Dis-moi que tu en as envie.

Je serrai les dents pour ne pas me laisser trahir par mes lèvres et secouai la tête.

— Dis-le moi, et je te laisserai jouir. Supplie-moi.

Ma bouche se rouvrit pour laisser échapper un cri tandis que mon corps convulsait dans le fauteuil et que je maintenais sa main en place pour la chevaucher de mon orgasme.

Je m'effondrai, le corps traversé de spasmes, les terminaisons nerveuses en flammes. J'étais confronté au fait terrifiant qu'Atticus m'avait donné l'orgasme le plus intense que j'avais eu depuis la dernière fois qu'il m'avait touchée de cette manière, plus d'un an auparavant. Puis il retira ses doigts.

Je rouvris les yeux juste à temps pour le voir les lécher. Mon visage s'empourpra tandis que je revenais à moi, et je m'apprêtai à déguerpir lorsque son genou s'enfonça entre mes cuisses.

Surprise par l'intensité avec laquelle il me regardait, j'avais oublié que ma main le caressait toujours par-dessus son pantalon.

— À mon tour, dit-il en baissant sa braguette.

Avec doigté, il se libéra en sortant simplement son membre par le trou de sa braguette. Je le fixai des yeux. J'avais oublié à quel point il était gros. Mon entrejambe palpita de désir et d'envie de le sentir de nouveau en moi.

Je l'empoignai d'une main, perdue dans la réalité de ce à quoi mes fantasmes ne pouvaient pas rendre justice. Ses gémissements étouffés constituaient une douce symphonie de désir que je ne connaissais que trop bien. Il me regarda le caresser en silence, le pomper avec langueur.

L'envie de le sentir dans ma bouche, d'éprouver la chaleur et le poids de sa queue sur ma langue était irrésistible. Mais je savais que, si je cédais, il ne s'agirait plus de masturbation mutuelle et que l'on franchirait la limite, une limite qui se brouillerait jusqu'à disparaître totalement.

Il me bloqua contre le fauteuil, les mains fermement plantées de chaque côté de moi, tout en faisant rouler son sexe entre mes doigts.

Avec un autre son plus qu'excitant, il souleva mon haut jusqu'au-dessus de ma poitrine. Je ne portais pas de soutien-gorge.

— Rapproche-les, ordonna-t-il sur ce ton qui ne laissait aucune place à la discussion.

Je n'avais pas de gros seins, ils étaient même plutôt petits, et je dus me servir de mes doigts pour couvrir le dessus. Je savourai le profond grondement qui résonna dans sa poitrine et ses paupières qui s'alourdirent tandis qu'il s'enfonçait entre mes seins.

Sans prévenir, je sentis une éclaboussure sous mon menton, avant qu'il pousse un long grognement, puis une nouvelle éclaboussure sur mon menton et sur ma lèvre inférieure. Des gouttes de sperme supplémentaires atterrirent sur ma poitrine et se regroupèrent sur ma clavicule et au creux de ma gorge, avant que ses hanches ne soient agitées d'une ultime secousse libérant les dernières preuves de sa jouissance.

Il se retira en respirant lourdement. Il essuya les gouttes qui avaient atterri sur ma lèvre avant de la nettoyer avec un baiser.

— Le dîner devrait être prêt maintenant.

Je clignai des yeux. Après tout ça, c'était tout ce qu'il trouvait à dire ?

— C'est tout ?

Il haussa les sourcils.

— Qu'est-ce que tu veux que je dise ?

— Je suis recouverte de ton sperme. Ça ne t'évoque pas une certaine réaction ?

— J'avais oublié comme ta peau était douce. Si jamais tu te retrouves encore excitée comme ça, je t'en prie, n'hésite pas à faire appel à mon aide.

Je plissai les yeux.

Il esquissa un sourire et déposa un nouveau baiser sur mes lèvres.

— Merci pour cet accueil chaleureux à la maison, ma chère.

Je le repoussai et me redressai.

— Ouais, ça n'arrivera plus.

Je sentis le liquide qui refroidissait se mettre à couler et je me servis de mon haut pour m'essuyer. Cela dit, une fois que j'eus terminé, je compris.

— Ah… merde.

Je lui jetai un coup d'œil, puis mon regard se fixa sur ses manches retroussées. Pourquoi fallait-il qu'il soit aussi beau en costume ?

Quand il se fut rhabillé, il jeta un coup d'œil dans ma direction. Il déboutonna son veston de costume avant de le retirer et de m'aider à l'enfiler.

— Trop grand.

Il le reboutonna entièrement.

— Ça fera l'affaire jusqu'à ce qu'on soit rentrés.

En quelques clics sur la tablette, le film s'arrêta et les lumières se rallumèrent. Il la reposa sur son chargeur et me tendit la main.

— Viens.

— Je crois que je viens de le faire, dis-je en acceptant sa main.

Il gémit.

— Tu es sûre que…

— Pas de sexe, le coupai-je.

— Oui, ma chère, répondit-il en remontant dans l'ascenseur.

À partir de là, je décidai de ne plus regarder de romance juste avant son retour à la maison. Je n'aurais pas supporté de nouvelle scène de ce genre, car je me savais incapable de respecter ma clause du contrat.

Je serais incapable de contenir le besoin de le sentir en moi de nouveau. Le fil fragile de mon désir romprait et je serais capable de tout lui donner.

Chapitre 33

Ophelia

Fixant la rivière dans la vitre au-delà des buildings, je me concentrai sur mon reflet en caressant mes lèvres. Je sentais encore le picotement, l'intensité de sa bouche sur la mienne.

Depuis que ses doigts s'étaient enfoncés en moi, je n'avais pensé à rien d'autre qu'à l'accueillir entre mes cuisses, tout au fond de moi.

Combien de fois avais-je chevauché mon vibromasseur jusqu'à l'évanouissement au cours des derniers jours ? J'avais cherché à atteindre cette euphorie qu'il me procurait. En vain et je savais pourquoi.

Tout était en Atticus.

Il n'y avait pas que le désir et l'attirance qui nous liaient – ce n'était qu'un catalyseur. Mon besoin de lui grandissait chaque jour, et pas seulement physiquement. Je m'étais attachée émotionnellement. J'appréciais le temps que nous passions ensemble, même si c'était simplement en paressant sur le canapé ou en partageant un repas. On ne sortait pas souvent tous les deux, mais ça ne me dérangeait pas, bien que le syndrome du lion en cage commençât à devenir un problème.

En fait, je ne pouvais pas rester là une minute de plus. Il fallait que je sorte. L'exercice physique et la masturbation ne m'aidaient pas à calmer ce manque accablant. Une sensation féroce palpitait dans mes veines. C'était un mélange de nervosité et d'envie. Un symptôme de privation qui implorait une caresse, un baiser supplémentaire.

« Regarde-moi. »

Un frisson me parcourut.

Quand il disait ça, j'étais transportée au cours de cette fameuse nuit et je perdais pratiquement tout contrôle sur moi-même.

J'avais envie de le voir. En dehors de l'appartement. En dehors des événements familiaux. J'avais envie de sortir avec lui. C'était mon fiancé, après tout. Qu'est-ce qui m'empêchait d'aller à son bureau et de l'emmener déjeuner ?

Nous nous étions rapprochés, et nous savions que l'attirance n'était pas la seule chose qui nous liait. J'avais l'impression que nous n'étions plus des étrangers l'un pour l'autre, mais deux personnes qui essayaient de faire fonctionner quelque chose de plus concret. Une véritable relation était désormais du domaine des possibles. Tout ce que nous avions à faire, c'était un effort conscient pour se donner une chance. Si ça ne fonctionnait pas, nous pouvions toujours nous rabattre sur le contrat.

Certes, le Roi Mauvais m'avait effrayée, mais Atticus ne se résumait pas à ça. Il était complexe et multiple, mais ce n'était pas l'homme froid que je pensais, et je voulais connaître tous ses côtés.

Y compris le côté physique.

C'étaient peut-être mes hormones hors de contrôle qui parlaient, mais ne pouvions-nous pas être plus que ça ? Devions-nous forcément avoir le genre de relation établie dans un contrat qui avait été rédigé alors que nous n'étions que deux étrangers ?

Nous n'étions pas obligés d'avoir un bébé-éprouvette. Ce n'était pas ce que je voulais à l'époque, et ce n'était pas non plus ce que je voulais aujourd'hui. C'était la seule carte que je possédais, et je m'en étais servie pour garder un semblant de pouvoir dans une arène fortement favorisée.

La première chose à faire, avant de pénétrer dans la tour de Loughrey, c'était d'endosser mon armure de combat. Pour être avec Atticus, chaque fois que je quittais le bâtiment, je devais incarner l'assurance et l'élégance, même si le doute me faisait frémir de l'intérieur.

Mais j'apprenais à être moi-même tout en étant une de Loughrey. Tout était une question d'équilibre. Afin de ne pas me perdre entièrement, je redevenais totalement moi-même à la seconde où je pénétrais dans l'appartement. T-shirts, shorts, débardeurs, legging, pas de maquillage, pas de coiffure, chaussures en option – la Ophelia détendue.

Ophelia de Loughrey était apprêtée avec du haut de gamme *uniquement*. Mon maquillage personnel avait été jeté et remplacé. Rien ne devait porter la moindre trace d'usure, à moins d'avoir été conçu ainsi.

Une fois mon maquillage et ma coiffure terminés, j'enfilai un pantacourt blanc et un top bleu ciel à manches papillon. L'ensemble était harmonieux et couronné par La Pierre.

Je marquai une pause face à mon reflet dans le miroir. Il y avait eu une évolution. Il ne s'agissait plus d'un masque peint sur ma peau, mais d'une nouvelle partie de moi. Je reconnaissais la femme qui me faisait face, même si je trouvais tout de même qu'elle me surpassait.

À chaque pas qui me rapprochait de la voiture, mon assurance grandissait. Je gérais ma démarche, je ne flageolais plus comme un veau nouveau-né qui renverse tout sur son passage.

Cette sensation continua de s'intensifier à mesure que je traversais le hall d'entrée de la tour de Loughrey. À mon arrivée au dernier étage, mes pas décidés et assurés ralentirent à l'approche de sa porte fermée. Le fauteuil de Holly était inoccupé. Un nouveau regard vers la chaise vide de Holly, et le produit de mon imagination débridée me noua l'estomac.

Après le regard qu'elle m'avait adressé l'autre fois, la nature de leur relation me faisait douter. Ils semblaient trop proches, et un élan de jalousie et de colère me traversa soudaln la poitrine.

Aucune des autres assistantes ne cilla à mon entrée, et je ne pris même pas la peine de frapper avant de saisir la poignée. J'inspirai profondément pour me calmer, puis je tournai la poignée et pénétrai dans son bureau.

Aucune de mes visions de Holly nue sur son bureau n'apparut sous mes yeux, mais je n'appréciai pas pour autant la façon dont elle était penchée sur son épaule. Aucun d'eux n'avait remarqué mon arrivée. Je surpris Atticus qui lui souriait, leurs lèvres séparées de quelques centimètres à peine.

C'était intime, trop intime pour une employée. Une intimité dont j'avais déjà été témoin.

Une étincelle jaillit dans ma poitrine, et je grinçai des dents en les fusillant du regard. Que se passait-il donc entre eux ?

— Ophelia ? lança Atticus, coupant court à mes émotions tumultueuses.

Je croisai le regard de Holly, qui se redressa en emportant un dossier.

— Je ferai partir ça au courrier de midi.

Il hocha la tête.

— Rappelle-moi tout à l'heure…

— … de parler à Silas de l'intégration de Harrington. C'est noté, Att.

L'emploi du surnom me fit tressaillir, et je serrai les poings.

Holly me sourit en approchant.

— Vous êtes très belle aujourd'hui, Ophelia.

Son sourire s'estompa face à mon regard noir.

Elle ferma la porte en sortant, nous laissant seuls, tous les deux. Le besoin accablant de sentir ses mains sur moi fut remplacé par le besoin tout aussi accablant de frapper quelque chose. Lui, de préférence.

— Je ne t'attendais pas.

Je plantai mes yeux dans les siens.

— Qu'est-ce qui se passe ici bordel, Atticus ?

Il fronça les sourcils.

— Qu'est-ce que tu veux dire ?

Je m'approchai et me plantai devant son bureau.

— Qu'est-ce qu'il y a entre Holly et toi ? Est-ce que tu te la tapes ?

Il plissa les yeux, et la froideur du Roi Mauvais s'engouffra dans la pièce.

— Je ne me tape pas mon assistante, Ophelia. Si quelqu'un devait avoir une liaison avec Holly, ce serait toi.

— Moi ?

Il confirma.

— Tu es plus son genre.

Je restai bouche bée lorsqu'une lumière s'alluma dans mon cerveau.

— Oh.

— Mes oreilles détecteraient-elles de la jalousie ? demanda-t-il avec un petit sourire narquois.

— De la jalousie ? Non. Je protège juste mon image.

Je savais qu'il voyait très clair dans mon jeu.

— Hmm, tu es sûre que c'est tout ? Tu viens de débouler dans mon bureau en m'accusant d'aller voir ailleurs, non ?

Je mordillai ma lèvre inférieure. Mince, c'était pour ça que j'étais aussi nerveuse ?

— Tu ne te tapes personne.

— Seulement toi, ma chère.

— Exactement, acquiesçai-je. Quoi ? Non. Je voulais dire personne.

Il me dévisagea en sortant le bout de sa langue avec une intensité qui fit dresser les poils sur ma nuque et durcir mes tétons. Je déglutis et ajustai mes bras pour essayer de masquer ma réaction, mais le geste ne lui échappa pas. Il sourit.

— C'est tout, ma chère ?

Je le fusillai du regard. Je détestais cette marque d'affection formelle qui ne contenait aucune réelle émotion.

— Oui.

Je tournai les talons pour repartir d'un pas résolu. Quel qu'ait été le motif de ma venue, il avait été effacé par mon accusation autant que par la colère dont je n'arrivais pas à me débarrasser, même s'il ne se passait rien. Peut-être étais-je jalouse parce que Holly connaissait une facette d'Atticus que je rêvais de découvrir un jour.

— Je pensais que tu voulais annuler le contrat.

Je m'arrêtai net et faillis perdre mon équilibre en faisant volte-face.

— Ce que je veux, c'est me sortir de tout ça avec ma réputation indemne.

— Et beaucoup d'argent.

— Bien sûr.

— Tu n'es là que pour ça, de toute façon.

Je n'appréciai pas sa virulence. Je fis volte-face et me rapprochai de nouveau de lui. Chacun de mes pas empreints de colère accrut la tension dans l'air. Qu'est-ce qui lui prenait tout à coup de se comporter ainsi ?

— Ce n'est pas ça ? Un accord *commercial* ? Tu me paies pour incarner l'épouse dévouée et la mère de tes enfants ?

— Tu manques à certaines de tes responsabilités d'épouse dévouée.

— Comment ça ?

Il fit un pas vers moi, et je remarquai que nous avions tous les deux le souffle court. Je perçus un effluve de son parfum et je me maudis d'avoir envie de me pencher pour lui lécher le cou. Nous étions proches, tous nos muscles tendus, prêts à ce qu'il se passe quelque chose, mais je ne savais pas quoi.

— Pourquoi tu ne te mettrais pas à genoux pour que je te montre ? cracha-t-il.

J'écarquillai les yeux, avant de lui jeter un regard perçant.

— Désolée, pas de sexe, tu te souviens ?

— Pas de pénétration. (Il se pencha en avant et je me figeai.) On n'a jamais spécifié pas de sexe oral.

Il me saisit par la taille et m'attira étroitement contre lui.

Je hoquetai en sentant la bosse dure de son sexe pressé contre mon ventre. Je serrai les cuisses, muette.

— Je me contenterai de t'allonger sur mon bureau et de me frotter contre ta chatte à travers tes vêtements.

Le son d'une gifle résonna entre les murs, et il me fallut quelques secondes pour réaliser que mon bras avait volé et heurté sa joue.

Ses yeux devinrent deux fentes, et je fus mortifiée en comprenant ce que je venais de faire. D'un geste rapide, il saisit ma mâchoire d'une main et posa ses doigts sur ma nuque avant d'écraser ses lèvres sur les miennes.

Je couinai et le sentis, stupéfaite, me serrer plus étroitement encore. Je repoussai sa poitrine jusqu'à ce qu'il y ait suffisamment d'espace pour le gifler de nouveau.

Son regard s'assombrit, et il me plaqua contre le mur.

— Arrête de faire ça, gronda-t-il.

Un frisson me parcourut. Ce qui m'étonna le plus, c'est qu'il ne s'agissait pas de peur, mais de désir. Peu importait que je risque de réveiller le Roi Mauvais, car je réalisai combien cette énergie destructrice était enivrante en imaginant le plaisir que ses caresses pourraient me procurer quand il était dans cet état.

Sa bouche se posa de nouveau sur la mienne, et son pouce s'enfonça dans ma joue. J'entrouvris les lèvres et, lorsque sa langue effleura la mienne, je fus traversée par une décharge électrique.

Je n'étais plus capable de contenir mes gémissements de plaisir, ni la manière dont je me cambrais contre lui en passant mes bras autour de ses épaules. Il se baissa et s'empara de mes fesses pour me soulever. J'enroulai mes jambes autour de ma taille et le serrai encore davantage.

Il grogna, et le baiser s'enflamma.

Voilà ce dont j'avais besoin.

Ses lèvres prirent mon cou d'assaut, et je le sentis pouffer contre ma peau.

— Si c'est comme ça que tu réagis, je devrais te rendre jalouse plus souvent.

— Connard.

Il donna un coup de hanche pour presser sa bosse dure contre moi. Un gémissement sourd s'échappa de mes lèvres.

— Il n'y a que toi, Ophelia. Il n'y a que toi qui m'aies tout entier.

Mon cœur martelait mes côtes, et les larmes me piquèrent les yeux. L'homme devant moi me rappelait tellement celui qu'il était le soir de notre rencontre… Je me tenais au bord d'un dangereux précipice.

— Enfoiré, gémis-je en posant mon front contre le sien.

Un gloussement vibra profondément dans sa poitrine tandis que ses yeux bleus perçaient mon âme. Il glissa une main sous mon haut en continuant le mouvement de ses hanches. Des flammes électriques s'allumaient sur chaque centimètre de peau qu'il touchait.

— Tu es à moi, Ophelia, et je…

La porte s'ouvrit brusquement.

— Tu es prêt ? demanda Hamilton en entrant.

Je me figeai, plongée dans le regard d'Atticus, dans lequel je vis un éclair de colère remplacer son désir ardent.

— Oh. Elle est là.

Atticus se raidit et il s'écarta de moi en me reposant doucement au sol.

— Oui, ma fiancée est venue me voir et on était au milieu de quelque chose, tu vois. Alors qu'est-ce que tu veux ?

— On a une réunion, tu te souviens ? Arrête de tripoter ta petite poupée. On va être en retard.

— Tu permets ?

— Non, ricana-t-il en posant son regard de prédateur sur moi. Tu fais n'importe quoi avec ce chat de gouttière qui n'a rien à faire ici.

Atticus me fit passer derrière lui avec son bras.

— Famille ou pas, je t'interdis de parler d'elle comme ça.

Je posai la main sur le torse d'Atticus et repassai devant lui.

— C'est bon. Je n'ai pas besoin que tu me protèges.

Je braquai mes yeux sur Hamilton pour lui montrer que son comportement ne me touchait pas.

— Dans nos vies, les femmes vont et viennent. Tu es là pour l'instant, et j'ai hâte de te voir déguerpir, déclara Hamilton.

Son regard était presque aussi effrayant que celui d'Atticus mais, puisque j'allais faire partie de cette famille, je ne comptais pas laisser Hamilton me malmener.

— Je ne sais pas, cinq ans, c'est assez long, et je dois dire que… je m'adapte plutôt bien, répliquai-je.

Mon dos était droit et mes yeux plantés dans les siens, pour bien lui faire comprendre que je n'irais nulle part.

Atticus posa les mains sur mes hanches avant de me tirer de nouveau vers lui et de déposer un baiser dans mon cou.

— Plutôt très bien.

— Je ne sais pas quel est ton problème, Hamilton, mais je crois au karma. Je vais tranquillement m'asseoir avec du pop-corn jusqu'au jour où tu ravaleras ces paroles.

— Alors tu pourras attendre jusqu'à ta mort, cracha-t-il.

— Je te rejoins à la réunion, lança Atticus. (Il saisit mon menton pour tourner mon visage vers lui.) Je n'avais pas encore fini de jouer.

Hamilton fit claquer sa langue avant de sortir en trombe. J'entendis à peine la porte se refermer car Atticus se remit à me dévorer la bouche.

Je pourrais facilement m'y habituer. Sa poigne forte, possessive, et le désir débordant qui émanait de lui m'enivraient. J'avais envie de m'en imprégner jusqu'à me laisser consumer.

Quand est-ce que ses baisers étaient devenus un geste aussi naturel ? Aussi légitime ?

Un grondement résonna dans sa poitrine.

— Continue de m'aguicher comme ça, et je ne réponds plus de rien.

— Pas. De. Sexe.

Il me mordit la lèvre et tira.

— Tu es absolument exaspérante. Je vais bouillir tout l'après-midi, et ce sera ta faute. (Il me fit tourner dans ses bras.) Est-ce que tu vas finir par me dire ce que tu étais venue faire ici ?

Je me mordis la lèvre.

— Eh bien, je pensais m'accorder un répit dans mon emploi du temps surchargé pour emmener mon fiancé déjeuner.

— Déjeuner, hein ? Je n'ai pas mangé aujourd'hui. Tu pensais aller où ?

— Un petit endroit spécial que je connais. Je suis en bons termes avec le propriétaire et nous n'aurons aucun problème pour avoir une table.

Ses lèvres firent vibrer la peau de mon cou.

— J'ai entendu dire que le propriétaire était un peu frustré en ce moment. Peut-être qu'un lieu caché et isolé n'est pas ce qu'il y a de mieux. J'ai faim, Ophelia, et aucune nourriture ne me rassasiera.

— Alors je suppose que je vais y aller. Je ne voudrais pas trop te tenter.

— Tu es responsable de l'état dans lequel je suis. Après tout, tu as débarqué dans mon bureau en m'accusant d'être infidèle, tu te souviens ?

Non, je ne m'en souvenais pas, car la moindre de mes pensées avait été éclipsée par lui. Ses caresses, son parfum, sa domination… toutes ces choses ce qui me mettaient en éruption et me donnaient envie de plus.

Chapitre 34

Ophelia

— On organise une fête de fiançailles ? demandai-je, étonnée, en fixant Atticus.

— Oui. Le mois prochain.

Nous étions installés sur le canapé quand il m'avait lâché cette bombe. Au cours des dernières semaines, après que j'eus commencé par poser mes pieds sur ses genoux, notre position avait évolué. Actuellement, ma tête avait remplacé mes pieds, et Atticus effectuait des cercles lents sur mon ventre dénudé.

Et ça me plaisait beaucoup.

— J'ai une question qui tourne dans ma tête depuis un moment maintenant. Si tu as un délai limité pour te marier, pourquoi attendre aussi longtemps ? Pourquoi ne pas aller nous marier en douce, vite fait bien fait ?

C'était une curieuse chose à dire. Même si j'allais épouser Atticus, ce genre de fugues amoureuses m'avaient toujours fait l'effet d'un acte précipité, provoqué soit par une opposition familiale soit par des sentiments exacerbés.

— Parce qu'il faut faire les choses dans un ordre donné. D'abord, l'annonce, maintenant la fête de fiançailles. Tu dois t'être suffisamment adaptée à l'heure qu'il est pour savoir que notre mariage sera très médiatisé.

— Tu veux dire *ton* mariage. Je ne suis que la fille en robe blanche. Personne ne s'intéresse à moi.

— Peut-être. Ça n'empêche qu'ils voudront tous connaître la femme qui m'a dompté. Tu n'as pas envie qu'ils voient tous à qui j'appartiens ?

C'était la deuxième fois qu'il évoquait le fait de m'appartenir cette semaine, et ça me flattait.

— Est-ce que j'ai mon mot à dire au sujet de cette fête de fiançailles ?

— Bien sûr. Mère t'en parlera ce week-end quand vous irez choisir la robe. Elle envisage d'organiser ça à Stronghold ou à l'Asile.

— L'Asile ? La maison des Hampton, c'est ça ?

Il m'adressa un de ses rares sourires.

— Oui. Notre refuge loin de la ville.

— Ah. Je… laisse tomber.

Il sembla percevoir les raisons de mon hésitation.

— C'était un jeu de mots de la part d'Elizabeth.

— C'est Elizabeth qui lui a donné ce nom ?

Il hocha la tête.

— Un nom qui englobe à la fois ses occupants et l'aspect refuge à l'écart de la ville. Elle avait douze ans. Nous avons commencé à l'appeler comme ça, et c'est resté jusqu'à rentrer dans notre vocabulaire.

— J'ai hâte de la voir.

— Je t'y emmène quand tu veux, dit-il.

Nos regards se croisèrent, et un frisson me parcourut. Cela arrivait de plus en plus souvent quand nous étions ensemble, un désir qui s'intensifiait dès qu'on était proches.

Je penchai la tête.

— Est-ce que ça t'arrive de prendre des vacances ?

Il fronça les sourcils.

— Pas vraiment. De longs week-ends à Haven à l'occasion, mais en dehors des propriétés de New York, c'est à peu près tout.

Haven.

J'avais vu des photos de l'île privée des de Loughrey aux Bahamas, équipée de sa propre piste d'atterrissage. Je n'avais que peu quitté New York, et pas pour aller aussi loin. New Haven, Connecticut, pour voir ma tante et mes grands-parents, Jersey pour mes amis, mais sinon je n'étais jamais sortie de ce rayon de trois cents kilomètres.

Aurait-il du temps libre à nous consacrer ? J'étais devenue une nageuse aguerrie, alors pourquoi pas ?

Je m'immobilisai, frappée. Ce n'était pas *toute seule* que j'envisageais d'y aller, mais *tous les deux*, ensemble.

Atticus et moi, seuls au paradis.

Mon visage s'empourpra, et je couvris mon visage avec mes mains.

— Pourquoi tu te caches ? demanda-t-il en écartant mes mains.

— Pour rien.

— À en juger par la jolie couleur qui se répand sur tes joues, ce n'est pas pour rien.

— Je pensais seulement à Haven.

— Et alors ?

— Toi et moi. Seuls. Ensemble. Au paradis.

Il gloussa et saisit ma mâchoire pour me rapprocher.

— Qu'est-ce que je t'ai dit l'autre fois quand tu m'aguichais ? Que je ne répondrais plus de rien.

Il m'embrassa, et mon visage s'échauffa encore davantage.

— Bon, la fête de fiançailles ?

— Oui. Tu vas faire du shopping pour trouver la robe cette semaine avec ma mère, exact ?

Je confirmai d'un signe de tête.

— Oui.

— Je sais que notre mariage est un contrat, mais j'espère que tu te réjouis de cette cérémonie. Parce que moi, oui. Cela étant dit, ne laisse pas Vera t'écraser. C'est ton mariage et tu as le droit de décider. Mais je te conseille aussi d'écouter les suggestions de mère étant donné que la haute société, à ce niveau, est encore toute nouvelle pour toi. Si tu es catégoriquement opposée à quelque chose, je te soutiendrai. (Il plissa les yeux en souriant.) Sauf si tu prévois de boire des verres avec Gen.

Je posai la main sur sa joue.

— Merci.

La vérité, c'était que je ne m'étais pas autorisée à m'enflammer au sujet du mariage. Comment l'aurais-je pu ? Oui, j'avais donné mon opinion à Vera concernant certains éléments, mais j'avais empêché l'enfant qui était en moi de laisser libre cours à ses rêves de mariage avec le prince charmant. Atticus était un prince, mais charmant, ça restait à voir. Et il n'était pas tombé amoureux de moi dès le premier soir.

Cette pensée me frappa, et je me figeai.

D'une certaine manière, si, n'est-ce pas ? Nous avions vécu une nuit de conte de fées, mais après coup il était loin d'avoir arpenté les rues de New York en portant un soulier de vair. Il trimballait cependant le poids du désir et des regrets.

Pendant un an, il était venu chercher ma compagnie plusieurs fois par semaine et, quand il avait eu besoin de trouver une épouse, il n'avait envisagé que moi à son bras.

Pourquoi, dans ce cas, étouffer à ce point mon excitation à l'idée de l'accompagner jusqu'à l'autel ?

— Tu es partie très loin, dit-il en écartant une mèche de cheveux de mon visage.

— Est-ce que tu as envie de m'épouser ? Est-ce que tu es impatient ?

Il prit mon visage entre ses mains et déposa un baiser sur mes lèvres.

— Je ne veux aucune autre épouse que toi à mes côtés.

— Pas même Bridget ou Antonia ? demandai-je avec une pointe de jalousie.

Il les avait fréquentées pendant des années. Même si c'était de façon occasionnelle, je craignais toujours qu'il puisse les préférer à moi.

— Je n'ai aucun sentiment pour elles.

— Tu as couché avec elles.

— L'attirance, c'est différent. Elles m'ont accompagné à de nombreux événements, mais ce n'était que de la décoration bien pratique. (Il fit remonter sa main sous mon haut.) Regarde-moi.

J'eus l'impression d'avoir été frappée par la foudre. Je sursautai dans ses bras.

— Voilà.

— Voilà q… quoi ?

— Voilà pourquoi je n'ai même pas pensé à elles. Pas une seule fois, je n'ai eu envie qu'une femme me regarde comme ça. Seulement toi.

Je clignai des yeux, le cœur battant frénétiquement dans ma poitrine.

— Si tu gardes cette expression, je vais me mettre à essayer de te faire des choses très coquines.

Sa main remonta encore jusqu'à effleurer le bas de mes seins, puis caressa mes tétons.

Je pris une inspiration tremblante tandis que mes tétons

durcissaient et envoyaient des décharges de plaisir directement dans mon clitoris.

— Pas de sexe, dis-je, mais mon manque de conviction ne trompait personne.

Il se pencha pour m'embrasser.

— Ta faiblesse est flagrante.

Il avait absolument raison. C'était lui ma faiblesse, et ma détermination partait en miettes.

— Tenez-vous droite, Ophelia, dit Vera d'un ton sec qui ne laissait aucune place à la discussion.

Passer la journée avec ma future belle-mère ne figurait pas sur ma liste d'envies, mais je n'avais pas le choix. Près de deux mois s'étaient écoulés, et je n'avais pas fait grand-chose pour mon mariage imminent.

Un mariage que Vera avait prévu pour le mois de janvier avant même de me connaître. Pour lequel elle avait déjà engagé les traiteurs et envoyé les faire-part. Certes, c'était pour son fils aîné mais, jusque-là, ça ressemblait beaucoup au mariage de Vera et non au mien.

Les choses évoluaient entre Atticus et moi, et je commençais à me faire à l'idée que nous n'étions plus un simple contrat. Que nous pouvions devenir davantage. Cela aiguisait mon intérêt pour nos noces prochaines, mais j'en étais écartée sans arrêt.

Je ne la laissais pas me marcher sur les pieds, mais j'avais manifesté si peu d'intérêt, au cours du premier mois, qu'elle avait fait ce qui lui chantait.

Je soufflai sur une mèche pour l'écarter de mon visage. Vera m'avait dévisagée à la seconde où elle avait posé le pied dans l'appartement. La tenue que j'avais choisie était convenable, mais elle avait critiqué mes cheveux. Quel était le problème des de Loughrey avec mes cheveux ?

J'avais atterri au salon de coiffure, entre les mains d'une femme à l'air éreinté qui essayait de reprendre son souffle. On aurait dit qu'elle était venue en courant. Elle avait le front en sueur, mais parvint malgré tout à me sourire, quoique de manière un peu tendue.

Et voilà comment mes cheveux, habituellement blonds et raides, qui m'arrivaient presque aux épaules, étaient maintenant tout bouclés. Ça me gonflait.

N'ayant pas l'habitude de porter la grosse pierre à mon doigt, ma main me paraissait lourde. Elle était exubérante, un peu à l'image de tout ce qui touchait aux de Loughrey, mais elle restait sublime.

Oui, j'adorais La Pierre, mais pourquoi fallait-il qu'elle pèse aussi lourd ? Mon téléphone tinta, ce qui était curieux. Il ne sonnait presque jamais.

Atticus : Respire et n'oublie pas que c'est TOI qui choisis ce que tu veux.

Je fixai l'écran des yeux, la poitrine serrée. Il s'inquiétait pour moi. Il cherchait à m'apaiser à distance. Comment savait-il que j'avais besoin de lui ?

Ophelia : Merci, j'en avais bien besoin.

Atticus : Je sais.

C'était une réponse à la Han Solo, mais tout de même, le fait qu'il réponde, qu'il pense seulement à m'écrire porta un coup dur à mes émotions, et je dus refouler mes larmes. C'était déjà écrasant d'être en couple avec Atticus, mais c'était encore pire de craquer pour lui. C'était absolu, effrayant.

La voiture ralentit jusqu'à s'arrêter au pied d'un grand immeuble.

— Pourquoi ne pas se contenter de faire ça à la Tour ? demandai-je.

Vera ricana.

— Il n'y a simplement pas assez de place dans ce minuscule dressing.

Minuscule ? Il pouvait contenir au moins une demi-douzaine de portants de vêtements, une acheteuse personnelle et deux assistantes, moi, et il restait encore beaucoup de place.

— En plus, nous allons simplement évaluer le style, le modèle et le tissu. Elle sera confectionnée selon nos préférences jusqu'à la moindre couture.

Vous voulez dire selon vos *préférences.*

— Ça ne répond pas à ma question.

Elle me jeta un regard perçant, dur comme de l'acier.

— Ophelia, votre mariage est *le* mariage du siècle. Plus que pour n'importe quelle royauté, le monde aura les yeux rivés sur *vous* debout à côté de mon fils. Je pense que vous oubliez parfois qui vous allez épouser. Atticus n'est pas qu'un simple P-DG. C'est le P-DG de la De Loughrey Corporation, l'une des plus grosses et des plus riches sociétés du monde. Il est le leader de l'une des familles les plus riches de la planète. Vos enfants prendront un jour sa place. Vous serez la mère de l'enfant le plus riche qui ait jamais vu le jour. Et je n'ai toujours pas la moindre idée de la raison pour laquelle mon fils vous a choisie.

J'enregistrai toutes ses paroles avec stupeur. Un effroi glacé me parcourut.

Cela semblait si simple sur le papier. Je n'avais jamais réellement pris en considération la profondeur du gouffre dans lequel je m'étais jetée. J'en avais eu des aperçus après l'annonce officielle, et

Atticus y avait fait allusion auparavant, mais ce ne fut que lorsque Vera mit la situation en perspective que je commençai vraiment à comprendre *pourquoi* ce mariage devait avoir lieu.

Vera souffla et enroula l'une de ses serres autour de mon poignet pour me tirer à l'intérieur du bâtiment.

— Venez.

Dès notre entrée, on nous accompagna dans un salon privé. Les lieux étaient déserts, et les portes furent verrouillées derrière nous.

Je m'apprêtais à demander ce qui se passait, mais la simple présence de Vera expliquait tout.

C'était le truc, avec les de Loughrey. On leur déroulait le tapis rouge.

La royauté n'était peut-être pas une référence si éloignée de la réalité.

— Bonjour, madame de Loughrey, nous sommes heureux d'être honorés de votre présence, déclara un homme extravagant en pénétrant dans la pièce.

L'espace d'un instant, je l'enviais car il avait plus de style que je n'en aurais jamais, quels que soient les vêtements que Melanie rangerait dans mon dressing.

— La flatterie est appréciable, mais ne perdons pas de temps. (Vera se tourna vers moi.) Philip, voici la fiancée de mon fils, Ophelia.

Il dirigea son sourire radieux vers moi et me prit la main.

— Ophelia, c'est un plaisir. Venez, que je vous regarde un peu.

Je glissai ma main dans la sienne, il la leva et s'en servit pour me faire tournoyer.

— Avez-vous reçu le courrier avec quelques-unes de nos précisions ?

Il reporta son attention vers elle.

— Oui, et j'ai fait préparer une large sélection ; mais, maintenant que j'ai vu sa silhouette, il va falloir éliminer certains styles. Il nous faut quelque chose pour donner des hanches à sa silhouette juvénile.

Je tiquai et baissai les yeux. Était-ce pour cette raison que mon dressing était rempli de tops peplum ? Pour donner de la dimension à ma silhouette droite et sèche ?

— Vous n'avez ni hanches ni poitrine, acquiesça Vera. Que trouve-t-il attirant dans votre corps sans courbes ?

— Il aime mon cul, répliquai-je, avant de plaquer ma main sur ma bouche.

Le regard sévère de Vera s'agrandit, et elle pencha la tête pour regarder derrière moi.

— Eh bien, au moins vous avez des formes quelque part.

Philip disparut dans une autre pièce tandis qu'on nous installait, puis reparut en me tendant un verre de ce que je pris pour du jus d'orange, mais qui s'avéra être un mimosa.

Comme mon téléphone sonnait, je le sortis de mon sac. Un nouveau message d'Atticus.

Atticus : Prends des photos des robes.

Je souris, la poitrine gonflée d'allégresse.

Ophelia : Tu sais que le marié n'est pas censé voir la robe avant le mariage.

Atticus : Alors envoie des photos de toi sans la robe ;)

Ophelia : Es-tu en train de m'inciter à t'envoyer des photos de moi nue ? *Choquant*

Atticus : Pas du tout, ma chère.

Ophelia : Sale coquin.

— Est-ce que vous parlez à mon fils ? demanda Vera.

Je me redressai.

— Oui. Désolée.

— Inutile de vous excuser si vous affichez cette expression quand vous lui parlez.

— Oh.

— Je suis un peu jalouse, pour être honnête.

— De ?

— Vous. Cette expression. Je me suis mariée par obligation. Un mariage arrangé comme celui que son père essayait de lui imposer. Je crois que je n'ai jamais été aussi fière que lorsqu'il a tenu tête à Charles et refusé un mariage arrangé, à la lecture du testament.

— Et puis vous vous êtes retrouvée avec moi.

Elle se rembrunit.

— Oui, bon. (Elle ébouriffa ses cheveux et continua de regarder droit devant elle.) Je peux arriver à faire quelque chose de vous. Vous avez de l'esprit, une force de volonté, et, avec beaucoup d'encadrement, je pense que vous ferez une bonne matriarche pour la famille.

L'espace d'un instant, une sensation de bonheur m'avait envahie, jusqu'à cette bombe.

— Une matriarche ?

Elle se tourna vers moi.

— Ophelia, vous épousez notre dirigeant, notre roi. Malgré son âge, il est le patriarche de la famille. C'est l'origine de toute cette discorde entre son père et lui. Vous serez sa reine et, par conséquent, la mère de tous.

Je m'avachis sur mon siège et me pris le visage entre les mains. *La mère de tous ?*

Pendant des mois, j'avais étudié le Classeur Maudit, lu de multiples livres écrits sur la famille, parcouru l'immense arbre généalogique et je m'estimais heureuse de me souvenir des descendants d'Atticus Charles de Loughrey, mais devenir la mère de tous les de Loughrey ?

J'avais littéralement signé pour devenir la mère de l'un d'entre eux. Un enfant. Comment avais-je pu ne pas anticiper ça ?

Le premier mannequin apparut, éloignant mes pensées du poids qui m'oppressait la poitrine, me forçant à me concentrer sur la tâche à accomplir.

Ce que j'envisageais comme des heures d'essayage se transforma en des heures à regarder les robes défiler. Les modèles apparaissaient les uns après les autres, et Vera prenait des notes. Elle en élimina immédiatement certains, et en mit d'autres de côté.

C'était oppressant et j'éprouvais des difficultés à dire quoi que ce soit d'autre que « J'aime bien celle-là. » Peut-être parce que je ne la portais pas ? Certains aspects de ces différentes robes me plaisaient, et toutes étaient tellement majestueuses et élégantes que je ne me sentais pas digne de revêtir de telles beautés.

Est-ce réellement ma vie ?

Enfin, on m'emmena pour enfiler des sous-vêtements et la première robe que je pus voir sur moi. Lorsque je ressortis, Vera écarquilla les yeux et se redressa en me regardant approcher. Je montai sur l'estrade et observai mon reflet dans les larges miroirs.

C'était une robe trapèze, avec un profond décolleté en forme de cœur, des détails festonnés et des mancherons. La jupe était évasée, ornée de broderies et de perles, conjuguée à du tulle et du satin.

Elle m'allait à la perfection et mettait mon corps en valeur. J'avais l'impression d'être une princesse.

— C'est sur ce modèle qu'on va partir, déclara Vera. Qu'en pensez-vous ?

— Elle est magnifique, répondis-je avec sincérité.

C'était la vérité. Je dus refouler les larmes qui me montaient aux yeux. Je n'aurais jamais pensé pouvoir porter quelque chose d'aussi beau, et j'avais hâte de voir la tête d'Atticus quand il me découvrirait.

Chapitre 35

Ophelia

De nouveau, ma tenue valait plus cher que le salaire que j'aurais pu gagner en un an. Avec La Pierre au doigt, j'étais constamment hors budget. Même sans La Pierre, même en retirant les autres bijoux qu'on me prêtait, je savais que je portais l'équivalent de six mois de mon ancien loyer rien qu'entre la robe, les chaussures et le sac.

Ma robe métallique noire et dorée ondoyait à chacun de mes mouvements. J'étais captivée par mon reflet dans le miroir quand la voix d'Atticus retentit. Je me retournai au moment où il pénétrait dans le dressing.

Il parcourut ma silhouette des yeux et posa les doigts sur ses lèvres en laissant échapper un grondement.

— Il faut que tu arrêtes d'être plus belle chaque fois que je te vois. Je ne pense pas pouvoir en supporter davantage.

Je restai muette. Ça n'arrivait pas souvent mais, quand il me disait que j'étais belle, je me sentais mal à l'aise. Mon visage s'empourpra, et je dus détourner les yeux.

En quelques pas, il se trouva planté devant moi et saisit mon menton pour lever mon visage vers le sien.

— Ne te cache pas de moi.

— Tu vois, je savais qu'un charmeur se cachait quelque part en toi.

Il m'attira contre lui.

— C'est toi qui le fais ressortir. (Il embrassa mes lèvres.) Et tu sais que je ne dis que ce que je pense.

Nous prîmes le chemin du deuxième événement caritatif de ma vie, et j'étais à peu près aussi nerveuse que pour le premier. La différence, c'était le calme qu'Atticus parvenait à me procurer. Sa présence à mes côtés me mettait à l'aise.

Le dîner en l'honneur de la Fondation Adrianna de Loughrey paraissait presque modeste en comparaison de l'événement auquel nous assistions. Peut-être que c'était simplement une ambiance différente, mais je n'avais qu'un seul point de comparaison.

La lumière tamisée, les scintillements, sans parler de la musique, me donnaient l'impression d'arriver à une réception de mariage. La pièce était déjà envahie par le bourdonnement des conversations. Nous venions à peine d'entrer et je me sentais déjà submergée.

— Souviens-toi : dos droit, épaules dressées. Lève la tête et n'oublie pas à qui tu appartiens.

Ses dernières paroles me provoquèrent un tiraillement au niveau du ventre et une chaleur dans le cou. Elles me faisaient penser à ses doigts enfouis au fond de moi, qui me menaient à l'orgasme à la vitesse de l'éclair.

J'étais à lui. Mes orgasmes lui appartenaient.

— Tu m'appartiens, avait-il grondé en me faisant basculer, trembler dans ses bras.

Il gloussa tout contre mon oreille.

— Est-ce que j'ai dit quelque chose qui t'a… perturbée ?

Je redressai les épaules pour me tenir le plus droite possible.

— Pas du tout.

Il se pencha de nouveau.

— Tes tétons ne sont pas de cet avis.

Je baissai les yeux. Évidemment, sous le tissu aussi fluide que du liquide pointaient mes tétons. Je hoquetai, horrifiée, et me plaquai brusquement contre lui pour me mettre à l'abri des regards.

— Oh ! mon Dieu.

Sans soutien-gorge, rien ne pouvait les dissimuler. En fait, je ne portais aucun sous-vêtement à cause du tissu qui marquait le moindre détail et, même si la robe s'évasait à partir de la taille, je ne prenais aucun risque. Malheureusement, je n'avais pas pensé à ce qui se passerait si mon fiancé décidait de m'exciter au beau milieu d'une soirée très chic.

Je sentis sa poitrine vibrer sous ma main et je donnai une petite tape sur ses pectoraux.

— Ce n'est pas drôle.

— Oh que si, mais je ne veux pas non plus que quelqu'un voie ça. J'ai déjà du mal à me retenir de glisser mes doigts dessus.

Mes tétons durcirent encore davantage.

— Arrête, l'implorai-je, les joues rouges de honte.

— J'aime bien te voir aussi embarrassée. C'est adorable.

— Ce n'est *pas* adorable dans un dîner de bienfaisance pour les enfants à dix mille dollars l'assiette, sifflai-je.

— Tu n'as peut-être pas tort.

— Je le sais.

— Georgiana, lança Atticus à la brune qui approchait.

Ses cheveux sombres et ondulés étaient retenus en arrière, et ses yeux bleus étincelaient autant que les diamants qui ornaient son cou et ses oreilles.

Elle afficha un grand sourire.

— Atticus.

Il lui prit la main pour y déposer un baiser.

— Tu es absolument sublime, comme toujours.

Elle m'adressa un sourire.

— Ravie de te revoir, Ophelia.

Elle se comportait avec la même attitude de princesse et la même gentillesse que la dernière fois que je l'avais vue.

Elle était vraiment très agréable, et c'était l'accueil le plus chaleureux qu'on m'avait réservé dans la famille de Loughrey.

— Je suis ravie de te revoir aussi.

Elle me prit la main et s'apprêtait à dire quelque chose lorsque ses yeux se posèrent sur ma poitrine et s'agrandirent.

— Oh ! ça alors.

Gênée, je me tournai de nouveau contre Atticus.

— Vraiment, cousin ? lui lança-t-elle.

Sa perplexité indiquait qu'il ne comprenait pas plus que moi à quoi elle faisait allusion. Georgiana soupira puis croisa mon regard.

— Les hommes. Il y a vraiment des choses qu'ils ne comprennent pas. (Elle me fit signe de l'accompagner.) Viens, on va voir ce qu'on peut faire.

Je la suivis en me servant de mon autre bras pour me couvrir. Atticus grogna.

— Attends. (Je le vis retirer sa veste.) Étant donné que je suis en partie responsable.

Il sourit et déposa sa veste sur mes épaules.

— Merci.

Il m'embrassa sur le front et me serra la main avant que je m'éloigne.

— C'était... intéressant, dit Georgiana une fois que nous fûmes hors de portée de voix.

— Intéressant en bien ou en mal ? demandai-je avant de jeter un coup d'œil en arrière à Atticus.

— Oh ! en très bien, crois-moi. Je ne me serais jamais attendue à voir le roi s'incliner devant une roturière.

Le terme me fit tressaillir. Ce n'était pas la première fois qu'on m'appelait ainsi, mais c'était tout de même vexant.

Georgiana s'en rendit compte et me tapota la main.

— Excuse-moi, je ne voulais pas t'offenser. À en juger par ta réaction, mes cousins, oncles et tantes ont probablement déjà utilisé ce terme ou pire encore.

— Tu as vu juste.

— J'ai peur de te mettre encore plus mal à l'aise si j'ajoute quelque chose, et ce n'est pas ce que je veux. Ce que je voulais dire, c'était que, de toute ma vie, je n'ai jamais vu Atticus aussi détendu, charmant, ou aussi prévenant avec une autre personne.

— Vraiment ?

— Il ne l'admettrait jamais devant aucun de nous, mais je sais que sa position est incroyablement solitaire. Il donne l'impression d'être dur et impétueux parce qu'il n'a pas le choix. Pour être roi, il faut faire des sacrifices, et il en a fait beaucoup.

Elle ne m'apprenait rien que je n'avais pas déjà observé par moi-même. L'air qui entourait Atticus et la lueur que je captais parfois dans ses yeux exprimaient une solitude froide et obscure.

Notre entrée dans les toilettes nous valut quelques regards incrédules. Georgiana m'entraîna dans l'une des plus grandes cabines. Une fois la porte verrouillée, elle fouilla dans son petit sac et en sortit un petit étui en plastique.

— J'en ai toujours un de rechange sur moi. Ce ne sont pas ceux dont je me sers habituellement, mais ça devrait faire l'affaire. Je peux ? demanda-t-elle en désignant ma robe.

Je tendis la main.

— Je peux le faire.

Elle soupira et me sourit.

— Je t'en prie, Ophelia. Nous sommes toutes les deux des femmes.

Je déglutis et me retournai, retirai la veste d'Atticus que je plaçai sur un crochet. Elle baissa ma fermeture Éclair de ses doigts délicats.

— Tourne-toi.

Je m'exécutai en retenant le haut de ma robe. Elle baissa doucement les bretelles et je lâchai le tissu jusqu'à exposer ma poitrine.

— C'est gênant, dis-je en évitant de la regarder.

— Tu n'as qu'à voir ça comme une occasion de nouer des liens, dit-elle en riant. Ah.

Elle s'interrompit, et je m'aperçus qu'elle était légèrement embarrassée. C'était curieux ; elle avait bien dit que nous étions toutes les deux des femmes. C'est alors que je remarquai la marque du suçon que m'avait laissée Atticus sur la poitrine l'autre jour.

Je blêmis, incapable de croiser son regard.

— Je suis ravie de constater que vous vous entendez bien, tous les deux, dit-elle d'un ton affectueux mais sérieux.

Je me détendis, et ma gêne se transforma en un rire auquel elle se joignit. Quand on eut retrouvé notre sérieux, elle plaça des disques ronds sur mes tétons et appuya.

— Tout ce que nous, les filles, on doit faire pour rendre ces robes fabuleuses, les garçons ne peuvent pas le comprendre.

Elle sourit et m'aida à remonter ma robe.

— Ce ne sont pas les seuls, dis-je. Merci.

— Je t'en prie.

— Merci, mais pas que pour ça.

Elle me serra le bras.

— Nous ne sommes pas simples à assimiler, mais je te promets que tout le monde n'est pas complètement odieux.

— Je te crois sur parole.

— En plus, peu importe ce qu'on pense. Ça ne concerne qu'Atticus.

J'attrapai la veste d'Atticus et nous sortîmes des toilettes. Le téléphone de Georgiana se mit à sonner à ce moment-là. Elle consulta l'écran avant de me regarder.

— Je suis désolée, Ophelia, tu vas réussir à retrouver Atticus toute seule ?

— Je suis sûre que oui.

— À tout à l'heure.

Je lui adressai un signe de la main tandis qu'elle s'éloignait dans la direction opposée. La foule avait grossi pendant notre absence, et je dus me frayer un chemin en sondant les visages, à la recherche de quelqu'un de familier, même si je n'en guettais qu'un seul.

Je retrouvai Atticus de l'autre côté. Je m'attendais à ce qu'il soit plongé dans une conversation avec du monde, mais lorsqu'il s'écarta du mur et croisa mon regard, je compris qu'il m'attendait.

— C'est réglé ? demanda-t-il.

J'écartai les bras, et il hocha la tête.

— Je crois que j'ai un béguin pour ta cousine, dis-je en lui rendant sa veste.

Il ouvrit de grands yeux.

— Vraiment ?

— Je suis aussi pratiquement certaine que c'est la meilleure de vous tous.

— Je commence à penser que tu l'aimes plus que moi, dit-il d'un ton espiègle.

Je m'approchai et fourrai mon nez dans son cou.

— Tu as quelque chose qu'elle n'aura jamais.

Je vis son regard s'assombrir.

— Tu ne devrais pas me dire ce genre de choses… tentantes.

— Qu'est-ce que ces quelques mots ont de tentant ? Je les trouve bien innocents, moi.

— Tu n'as qu'un mot à dire, ma chérie, et tu auras ce qu'elle n'aura jamais. Je te traînerai de l'autre côté de la rue dans l'hôtel dans lequel je t'ai traînée il y a un an pour te faire les mêmes choses innommables que ce jour-là. Avec mon très gros truc qu'elle n'aura jamais.

Je soufflais, frémissante. C'était tentant. Très tentant. Il n'y avait personne autour de nous. Nous n'aurions aucune difficulté à nous glisser par la porte à quelques mètres et à disparaître dans la nuit.

Le problème était que je n'avais pas encore cédé, que je ne lui avais pas encore cédé à la seule chose dont nous mourions tous les deux d'envie. Je devais m'écarter pour nous remettre les idées en place, sinon je savais que ce serait moi qui le traînerais là-bas.

— Atticus ? lança une voix féminine, faisant éclater notre bulle enflammée.

Lorsqu'il détourna les yeux de moi, toute la chaleur se dissipa, et un seau d'eau glacé refroidit l'air autour de nous.

— Antonia. Bridget. Ravi de vous voir toutes les deux.

Les deux femmes qui se trouvaient devant moi incarnaient l'image qu'on se faisait des femmes de la haute société.

Antonia avait une peau dorée, des cheveux noirs et des yeux gris-vert brillants comme du cristal. L'adjectif « belle » ne suffisait pas à la décrire. Elle était surnaturelle.

Bridget possédait le maintien et la grâce des personnes nées avec une cuillère d'argent dans la bouche, un peu comme Georgiana, avec des traits parfaits : des yeux marron clair perçants et une longue chevelure brune qui ondulait dans son dos.

Aucune des deux ne sembla me remarquer ou se soucier de ma présence à ses côtés. On aurait dit que j'étais invisible.

— Ça fait des mois, Atticus chéri. Tu m'as manqué, dit Bridget d'une voix séductrice en posant la main sur son torse.

Antonia s'approcha et se colla contre lui avant de passer son bras autour de sa taille.

— Ça fait trop longtemps qu'on n'a pas passé de temps ensemble.

Je me raidis en les regardant s'enrouler autour de mon fiancé. C'étaient les femmes auxquelles je me comparais. Celles qui étaient « plus si affinités » avec Atticus. Les femmes qui lui tenaient le bras quand il en avait besoin et qui s'occupaient de sa queue quand il en avait envie.

Atticus remua, saisit le bras d'Antonia, l'écarta de lui et fit de même avec Bridget. Il recula et passa son bras autour de ma taille pour me rapprocher de lui.

— Vous ne lisez pas les journaux ? Je suis fiancé.

Les deux paires d'yeux se posèrent sur moi, et je redressai les épaules.

— Elle ? Atticus, bébé, tu n'es pas sérieux.

— Je suis très sérieux, répondit-il.

Sa voix était glaciale, et toutes deux le regardèrent, médusées. Elles semblaient totalement désorientées d'être repoussées. La lèvre d'Antonia trembla, et elle serra les dents.

— Après tout ce qu'on a vécu, tu as choisi une moins que rien plutôt que moi ?

— Tu suces très bien, Antonia, mais j'ai besoin de plus qu'un aspirateur humain qui veut bien se la prendre dans le cul.

Antonia resta bouche bée. Son corps se mit à flageoler et elle sembla sur le point de le gifler, mais quelque chose la retint. Disons que frapper un de Loughrey n'était pas la plus sage idée, peu importe à quel point sa remarque était répugnante.

— On se connaît depuis que j'ai douze ans ! s'écria Bridget. On couche ensemble depuis dix ans et c'est une serveuse qui obtient la bague ? Une employée ?

L'aura qui émanait d'Atticus se refroidit encore. Je n'arrivais pas à savoir si ça m'effrayait ou si ça m'excitait, mais c'était puissant.

— Je ne vous ai fait aucune promesse ni à l'une, ni à l'autre. Vous connaissiez toutes les deux les enjeux. Je vous ai répété à de multiples reprises que je ne voulais pas de relation avec vous. Je vous gardais sous le coude pour les événements et pour me vider les couilles. Notre relation n'était rien de plus qu'un échange de bons procédés. Rien de plus.

L'indignation qui bouillait en elles était amusante à regarder. Il les traitait purement et simplement de putes de luxe. L'espace d'un instant, je crus qu'au moins l'une d'elles exploserait mais, avec le regard noir et glacial que leur adressait Atticus, aucune des deux ne sembla tentée de s'attirer ses foudres. C'était de la glace, et elles étaient figées sur place.

— Vous avez fait votre boulot, mais ma *femme* s'occupera de combler mes besoins à partir de maintenant.

Mon cœur donna un coup violent quand il m'appela sa « femme ». Je savais que c'était ce qui allait arriver, que c'était notre accord, mais sa façon de le dire me fit défaillir. Si je n'avais été qu'un contrat, il se serait montré plus conciliant avec elles, mais la façon dont il leur avait définitivement fermé la porte et dont il m'avait revendiquée ne laissait aucune place à l'espoir pour elles.

D'une certaine manière, je me sentais légitimée. Tous mes complexes à leur sujet furent balayés. C'était lui qui les avait chassées par un discours déterminé.

Il m'empoigna par la taille et m'entraîna avec lui, les laissant toutes les deux s'apitoyer sur leur sort.

— Ta femme, hein ?

Son regard était sombre.

— Fiancée, ça ne sonne pas assez fort. Femme, si.

— Ton père n'est pas de cet avis. Une alliance n'empêche pas les gens d'être infidèles.

Il s'arrêta pour me retourner vers lui.

— Je ne suis pas infidèle.

— Tu voulais bien avoir des maîtresses.

Il me jeta un regard perçant.

— C'était quand tu disais que tu ne voulais pas que je te touche, et je voulais que tu cèdes.

Minute…

— Alors tu as essayé de te servir d'elles pour me menacer, dans le but de me faire renoncer à ma clause ?

— Oui, mais ça a échoué.

Je ne savais pas si j'avais envie de le gifler ou de l'embrasser. Il se fichait d'elles, il ne voyait que moi, même lorsqu'il avait essayé de me faire croire qu'il les garderait à disposition.

— Tu ne leur as plus adressé la parole depuis le contrat, n'est-ce pas ?

— Et des mois avant ça. J'étais obsédé par une autre femme. Une femme de caractère. Et têtue.

Ce ne fut que lorsqu'il révéla combien de temps s'était écoulé depuis qu'il n'avait pas eu de contact avec elles que je réalisai que j'avais supposé, avant de signer, qu'il coucherait avec l'une d'entre elles. Cette jalousie bouillonnait sous la surface pour des femmes que je ne connaissais même pas. Était-ce à cause du classeur ? Parce que le fait d'y avoir vu leurs noms leur donnait une sorte d'importance, de permanence dans sa vie ?

— Tu as torpillé tes arrières avec elles. Je ne pense pas qu'elles te reprendront dans cinq ans, dis-je en me maudissant pour cette remarque passive-agressive.

Il avait beau avoir érigé des murs d'acier entre elles et lui après son discours, j'avais encore ce doute.

Je savais pourquoi.

Je n'étais seulement pas prête à l'admettre.

Il redressa mon menton et me cloua sur place de son regard noir.

— Je ne veux pas d'elles. Ni aujourd'hui ni dans cinq ans.

— Qu'est-ce que tu veux ? demandai-je dans un murmure.

— Qu'est-ce que tu cherches, Ophelia ?

Je clignai des yeux en avalant ma salive. Mes questionnements venaient de mon manque d'assurance. Atticus était direct, et il attendait la même chose des autres, même si je n'avais pas le sentiment qu'il était très direct à cet instant.

Je m'efforçai de calmer mon rythme cardiaque effréné en cherchant les mots pour exprimer le poids qui m'oppressait. J'avais envie de savoir une seule chose.

— Est-ce que tu auras encore envie de moi dans cinq ans ?

La tension entre nous se multiplia par cent, et je sentis mon souffle s'accélérer lorsqu'il me plaqua contre lui. Aucun mot ne fut prononcé. Il saisit mon visage en silence, fit adroitement glisser son doigt dans mon cou, marqua une pause sur ma clavicule avant de descendre le long de mon épaule.

Les flammes dans son regard s'éteignirent, et il me relâcha.

— On devrait rejoindre notre table.

La déception fut amère, et je déglutis en baissant les yeux. Je dus refouler une larme. Pendant un instant, très bref, j'avais cru qu'il allait dire oui.

Je savais qu'il avait du mal à exprimer ses émotions malgré les progrès qu'il avait faits. Mes propres prises de conscience n'avaient fait que souligner notre similitude sur ce point. Je m'étais protégée de lui pendant un an, et je me retrouvais tout à coup à nu, le cœur ouvert et battant, en quête d'une connexion.

À chaque pas, j'étouffais mes émotions et me libérais de mes incertitudes, sa voix résonnant dans ma tête : « le dos droit, les épaules en arrière ». Il m'avait choisie entre toutes pour devenir sa femme. Cette information suffit à m'apporter la force qu'il me fallait pour ne plus fléchir.

Sur le chemin qui menait à notre table, Atticus salua de nombreux invités. Je constatai avec surprise qu'il connaissait le nom de tout le monde. Son sourire surgissait à l'occasion, sans atteindre l'éclat de ses yeux ; il s'agissait d'un masque de politesse toute professionnelle – il n'était pas réel.

Ses vrais sourires étaient spéciaux, réservés, précieux. Et destinés rien qu'à moi.

— Vous devez être Ophelia. C'est un plaisir de vous rencontrer, ma chère, dit une femme âgée avec un sourire doux.

Je lui rendis son sourire en réalisant que, perdue dans mes pensées, son nom m'avait échappé.

— Merci beaucoup. Tout le plaisir est pour moi.

Elle dirigea son sourire vers Atticus.

— Elle est tellement adorable. Comment as-tu réussi à te dégoter une aussi jolie créature ?

— Les mots auxquels je pense ne conviennent pas à tes oreilles délicates, Miriam.

Une rougeur lui monta aux joues.

— Oh ! mon Dieu.

Il hocha la tête.

— Passe une bonne soirée, dit-il en plantant la vieille dame.

— Quelles pensées perverses lui as-tu insufflées dans le cerveau ? demandai-je une fois hors de portée de voix.

Il ricana.

— Seulement ce que son imagination sera capable de lui évoquer.

Un éclat de rire retentit à quelques mètres de là, un son qui m'était très familier.

— Et merde, dis-je tout bas.

— Qu'y a-t-il ?

Jennifer.

Des mois s'étaient écoulés depuis la dernière fois que je l'avais croisée mais, après des années d'amitié, j'aurais reconnu ce son n'importe où. Ses yeux bruns se relevèrent soudain. Sa stupeur fut manifeste lorsqu'elle me reconnut. Elle tira la main de son fiancé, Luthor, dont la couleur de peau contrastait avec la sienne. Ce dernier m'adressa un grand sourire sincère.

— Ah, tiens, Ophelia, comment ça va ?

Je lui rendis son amabilité en me souvenant pourquoi je le préférais à la femme qui tenait son bras.

— Très bien. Comment se passe la saison ?

Il s'apprêtait à répondre lorsque Jennifer l'interrompit.

— Ophelia, je suis surprise de te voir ici. Tu travailles ?

Je grinçai des dents. Je devais garder mon calme. Enfin quoi, elle ne me regardait même pas, comme si j'étais tellement inférieure à elle qu'elle refusait de me reconnaître.

J'affichai mon sourire de Loughrey le plus malhonnête.

— Non, je ne suis plus serveuse.

— Qu'est-ce que tu fais, dans ce cas ? demanda-t-elle en avisant ma tenue avec de grands yeux. C'est une Givenchy ?

Je baissai les yeux et lissai ma robe avant de croiser son regard.

— Honnêtement, je ne suis pas sûre.

— Tu portais un T-shirt Givenchy l'autre jour, alors c'est possible, dit Atticus en me serrant la taille.

Ce petit geste fut plus rassurant qu'auraient pu l'être n'importe quels mots.

— Oh ! oui, fis-je.

Il était blanc et tellement basique que je n'avais pas prêté attention au nom imprimé à l'avant.

— Un T-shirt Givenchy coûte des centaines de dollars. Où as-tu trouvé ça ?

Elle fulminait.

Luthor s'écarta de sa fiancée et la dévisagea. La stupeur était imprimée sur ses traits.

Je me tournai vers Atticus.

— Plusieurs centaines de dollars pour un T-shirt ?

Il haussa vaguement les épaules.

— La facture montait à quelques centaines de milliers. Je l'ai juste réglée.

Jennifer attrapa ma main pour l'approcher d'elle avant que j'aie pu le questionner davantage.

— Oh ! mon Dieu. (Elle tourna ma bague à la lumière.) C'est une vraie ?

Atticus eut un rire moqueur.

— À près d'un million de dollars, ce serait une imitation particulièrement impressionnante.

Jennifer écarquilla les yeux et sembla enfin remarquer l'homme qui balançait des chiffres aberrants à côté de moi. C'était curieux de sa part. Atticus ne parlait jamais du prix des choses, à l'exception de l'allocation de Genevieve, et je dus en conclure qu'il ne faisait ça que dans mon intérêt.

— Je t'avais dit que je ne voulais pas en connaître le prix ! m'exclamai-je en m'efforçant d'oublier ce qu'il venait de dire au sujet de La Pierre.

Il haussa les épaules et posa son regard calculateur sur Jennifer. Elle était figée. C'est alors que je compris. Il avait vu clair en elle et voulait la détruire comme n'importe quel ennemi qui m'aurait attaquée.

Il prenait ma défense, prêt à anéantir. Le Roi Mauvais était à l'œuvre et il ne laisserait personne nuire à sa reine.

— Un diamant taille coussin de neuf carats, précisa Atticus.

Jennifer crispa la mâchoire.

— Qu'est-ce qui se passe à la fin, Ophelia ?

Sa colère était amusante. Les flammes dans son regard me prouvaient que notre amitié n'avait toujours été que de convenance.

Elle aimait sentir qu'elle s'en sortait mieux que moi. Que j'étais inférieure à elle. Pour mon anniversaire, ce fameux soir, elle avait probablement préféré ne pas être associée à moi et c'était pour cette raison qu'elle n'était pas venue.

J'aurais dû la remercier, car son absence avait permis à Atticus de m'approcher. Sans ça, nous n'aurions pas passé cette nuit ensemble, nuit qui nous avait menés à aujourd'hui.

— Excuse-moi, j'ai oublié de te présenter mon fiancé.

À en juger par son comportement, c'était à se demander si elle était égocentrique au point de ne pas avoir lu les journaux ni appris la nouvelle. Et, même si c'était le cas, il était possible qu'elle ne m'ait pas remarquée ou pas reconnue. Elle ne devait jamais penser à moi sauf quand elle avait besoin de se sentir mieux avec elle-même.

Atticus tendit la main.

— Atticus de Loughrey. Enchanté, mademoiselle…

Jennifer pâlit et le dévisagea, incrédule, avant de tourner son visage perplexe vers moi.

Luthor lui serra la main.

— Enchanté de vous rencontrer, monsieur de Loughrey. Ou devrais-je dire patron ? ajouta-t-il en riant avant de se tourner vers moi. Le monde est petit, hein ?

— Comment ça ? demandai-je.

— Ton fiancé possède l'équipe dans laquelle je joue.

Atticus lui rendit son sourire.

— Vous avez beaucoup de talent, Luthor, et j'ai hâte de voir ce que vous allez nous faire en une saison entière.

Je laissai échapper un grognement.

— Tu possèdes l'équipe ?

Il laissa échapper un ricanement et se pencha vers moi.

— Lis le classeur, Ophelia.

— Je l'ai fait, mon cher. Mais ça fait beaucoup d'informations à retenir.

Un couinement aigu interrompit notre conversation, et tout le monde dans un rayon de cinq mètres se tourna vers Jennifer.

La colère déformait ses traits et elle tremblait de tout son corps, les poings serrés.

— Je n'arrive pas à croire que tu aies pu utiliser des moyens aussi sournois pour te trouver un homme. Tu es si bonne que ça au lit ?

— Jennifer…, commença Luthor.

— Non ! éructa-t-elle. Ce n'est pas censé se passer comme ça. (Elle me fusillait du regard, les lèvres retroussées, les larmes aux yeux.) Tu n'es qu'une…

— Ça suffit, la coupa Atticus. (Le volume de sa voix était inchangé, mais la puissance de ses mots la réduisit immédiatement au silence.) Vous semblez avoir l'impression qu'Ophelia s'est introduite dans ma vie d'une manière peu honorable, en usant de moyens de persuasion peu scrupuleux.

— Comment, sinon ? siffla-t-elle.

Atticus s'approcha d'elle et se pencha, un rictus sur les lèvres.

— Ces moyens tordus sont entièrement de mon fait. C'est moi qui ai usé de tous les moyens à ma disposition pour qu'elle soit à moi. Je n'apprécie pas beaucoup ceux qui essaient de rabaisser ma précieuse petite fleur.

Jennifer frémissait de colère. Le regard éberlué de Luthor laissait penser qu'il n'avait jamais vu sa fiancée dans un état aussi déplorable. Elle était peut-être sublime en apparence, mais à l'intérieur c'était une autre histoire. Les traits crispés, les lèvres pincées, elle tourna les talons et s'éloigna d'un pas furieux.

— Je suis navré pour tout ça, monsieur de Loughrey. Ophelia, dit Luthor avant de la suivre.

— Tu as été un peu brutal, là, dis-je tandis qu'on prenait place à notre table.

— Es-tu en train de suggérer qu'elle ne méritait pas d'être remise à sa place ? Je sais voir la vérité en face, Ophelia. Elle se pensait meilleure que toi parce que tu étais serveuse.

— Regarde-toi, tu t'estimes bien meilleur que tout le monde.

— Parce que c'est le cas, et ça ne veut pas dire que je traite ceux qui sont au-dessous de moi avec un manque de respect flagrant à cause d'un ego immérité.

— Tu as bien un gros ego.

Je n'avais rien à redire au sujet du manque de respect, car il était très respectueux envers les gens qui travaillaient pour lui. Certes, il était dur et difficile à appréhender, mais j'avais été témoin de son attitude avec Jack, Loreno et Holly, sans parler des innombrables autres membres du personnel. C'était un patron exigeant, mais il gardait son personnel. Il y avait une loyauté en lui qui ne se gagnait que par le respect.

— Mais pas immérité.

— Pourquoi faut-il que tu sois d'une beauté diabolique, que tu sois incroyablement riche et que tu aies une grosse bite ?

Il rit.

— Je suis béni, que veux-tu.

Une heure plus tard, le dîner s'achevait et la présentation avait été effectuée. Il ne restait plus que les enchères silencieuses et des discussions en fond. L'aspect social m'avait fatiguée, et je me retrouvais à l'exposition des lots mis aux enchères.

La collection d'objets sur lesquels je n'aurais jamais pu envisager d'enchérir me fit tourner la tête. Mon entrée dans la famille de Loughrey impliquait que tout était à ma portée, mais ce n'était pas une démarche que je mettais personnellement en application. Les offres portaient sur un large assortiment de voyages, d'antiquités et d'objets à l'air fragile.

— Tu vois quelque chose d'intéressant ? demanda une voix familière.

La proximité de la voix me fit sursauter, et je portai ma main à mon cœur en me retournant.

— Tu m'as fait peur, Gen.

Elle gloussa.

— Désolée, c'était trop tentant.

Elle paraissait plus raffinée qu'à son habitude, et je me demandai s'il s'agissait d'une injonction des de Loughrey qu'elle avait décidée de respecter.

— Je ne savais pas que tu serais là.

Elle jeta un regard alentour.

— Avec autant du monde, c'est impossible de voir qui que ce soit. Je vous ai aperçus tout à l'heure. Tu as l'air tellement heureuse avec lui. C'est bien différent de l'autre jour.

Ses paroles me firent réfléchir. Heureuse ? En fait, oui. La soirée avait été merveilleuse à bien des points de vue, et je me sentais plus proche d'Atticus qu'au début.

— Je le suis.

Sauf pour ce fichu dossier.

Je pâlis en la fixant.

— Il n'a pas fait ça.

— Oh si, il l'a fait.

Je secouai la tête et nous nous mîmes toutes les deux à rire.

— Qu'est-ce qui vous amuse autant, vous deux ?

J'agitai la main devant mon visage dans l'espoir de sécher mes larmes.

— Rien. Rien du tout.

— Hmm. (Il m'attira contre lui.) Genevieve.

— Atticus.

— Je ramène ma fiancée à la maison.

— Je vous souhaite une bonne partie de jambes en l'air.

On se figea tous les deux en la regardant.

— Quoi ? Il est évident que vous couchez enfin ensemble, tous les deux.

Je me mis à rougir et détournai les yeux.

— On se voit plus tard, dit Atticus en me faisant pivoter pour enfouir mon visage contre son torse. Bonne nuit.

La soirée ne s'était pas déroulée comme je l'avais imaginé, à savoir ennuyeuse, abrutissante, remplie de riches connards qui exhibaient leur fortune. Même s'il y avait eu un peu de ça, cette seule soirée m'avait ouvert les yeux sur de nombreux points concernant mon fiancé. Si je n'avais pas déjà été en train de tomber amoureuse de lui, ça aurait été le cas à présent.

Toutes mes craintes au sujet de ses anciennes maîtresses s'étaient envolées, les vieilles amies malveillantes étaient remises à leur place, les de Loughrey devenaient plus aimables, et mon lien avec Atticus s'était renforcé. Nous avions formé un vrai couple tout au long de la soirée. Ses mains quittaient rarement mon corps et, quand elles le faisaient, ce n'était jamais pendant très longtemps.

Au début, je pensais simplement qu'il essayait de calmer ma nervosité, mais en chemin je m'étais rendu compte que ça l'apaisait lui aussi.

Chapitre 36

Ophelia

Dans l'ascenseur de notre immeuble, l'électricité était palpable. Après une soirée remplie d'affection, nous nous retrouvions chacun à un bout de la cabine. Il n'était pas question de colère mais d'un sentiment latent qui bouillonnait entre nous. Une force qui nous attirait. Une force dont l'explosion, si on se percutait, ferait trembler la terre sur son axe.

— Arrête de me regarder comme ça.

— Comme quoi ?

— Je vais te dévorer, Ophelia.

Les portes de l'ascenseur s'ouvrirent et nous pénétrâmes dans le hall.

Je déglutis une fois devant ma chambre, et je croisai ses yeux bleus avant d'entrer et de refermer la porte derrière moi. Je m'effondrai contre le montant en bois en fixant le plafond des yeux le temps que mon exaltation s'apaise.

La tension entre nous s'intensifiait chaque jour un peu plus et malgré les hic de la soirée, malgré mon sentiment d'infériorité par rapport à toutes les femmes qu'on croisait, y compris les deux qui le connaissaient plus intimement que moi, tout ce que je voulais, c'était sentir ses mains partout sur mon corps.

La question était : est-ce que je sautais le pas, où est-ce que je m'en tenais aux papillons qui battaient des ailes dans mon ventre. Si je ne succombais pas ce soir, quand le ferais-je ?

C'était inévitable. Je le savais, et lui aussi. Ma peau l'implorait, mon sexe se languissait de lui, et mon cœur le désirait.

J'en étais déjà arrivée à la conclusion que j'allais céder, alors pourquoi hésiter encore, après une soirée pareille ? J'avais envie de lui.

J'envisageai de débarquer nue dans sa chambre, mais je réalisai que j'avais l'excuse parfaite pour aller le trouver. Je commençai par retirer mes talons et les accessoires sur mes seins – rien ne devait entraver ce que je désirais depuis si longtemps.

Je sortis dans le couloir, ma robe froufroutant sur le parquet. Une fois devant sa porte, je pris une profonde inspiration avant de frapper.

Quelques instants plus tard, Atticus se trouvait devant moi. Je l'avais surpris en train de se déshabiller et je dus fournir un effort incommensurable pour me retenir de lui arracher sa chemise.

— Oui ? demanda-t-il d'une voix plus profonde que d'habitude.

J'entrai dans sa chambre pour la première fois et je jetai un regard par-dessus mon épaule.

— Tu peux m'aider ?

Une lueur traversa son regard, et il gonfla les narines. Je sentais la chaleur qui irradiait de lui, la charge électrique qui s'intensifiait à mesure que l'espace diminuait entre nous. Son regard puissant n'était rien comparé à la douceur de ses doigts sur ma peau.

Je retins mon souffle, et la chair de poule monta sur mes bras. Il baissa lentement la fermeture. Le sillage de ses doigts dessinait des flammes sur ma peau.

Il se rapprocha et, au moment où la fermeture atteignit sa limite, mon dos se retrouva collé contre lui. Je sentis la chaleur de son souffle sur ma nuque. J'étais incapable de bouger, complètement aspirée dans sa gravité.

Il posa les lèvres sur mon épaule, et je laissai échapper un petit gémissement. Il passa un bras autour de moi.

— Tu joues avec le feu, Ophelia.

— Je sais.

Il baissa les bretelles de ma robe, et le poids du tissu la fit tomber jusqu'à ce que les bretelles soient retenues au creux de mes coudes pliés. Je gémis de plus belle en sentant sa main chaude caresser ma peau dénudée.

Des mains dont je rêvais, qui touchaient ma peau et s'emparèrent de ma poitrine.

— Dis-moi ce que tu veux, murmura-t-il à mon oreille.

— Je… j'ai envie de toi.

— Supplie-moi.

— Pardon ?

— Tu voulais connaître les failles dans le contrat. (Il étira ses doigts sur ma peau.) Supplie-moi de te baiser, gronda-t-il.

J'avais beau me jeter sur lui, il gardait suffisamment de lucidité pour penser au contrat. Je sentais la force de son désir au bas de mon dos, mais il se contenait.

Alors je lui jetai les mots qu'il avait prononcés, cette nuit-là, à Stronghold.

— Cède-moi, dis-je en me retournant dans ses bras. (Ses yeux étaient plus sombres que jamais.) Baise-moi, je t'en supplie. J'ai besoin que tu me baises.

Il retroussa les lèvres et se pencha pour écraser sa bouche contre la mienne. Je fondis dans la possessivité de sa langue et me pliai à sa volonté, à son avidité. Mon sang se transformait en flammes liquides à chacun des battements frénétiques de mon cœur.

Il me lâcha pour retirer sa chemise, puis sa ceinture et son pantalon. Je dépliai les bras et laissai ma robe tomber à mes pieds.

Il contempla mon corps dénudé en grognant, et j'esquissai un petit sourire en me laissant tomber à genoux devant lui. Je vis ses abdos se contracter lorsque je glissai mes doigts sous la ceinture de son boxer.

Je voulais le taquiner. L'obliger à me supplier comme il l'avait exigé de moi.

Mes gestes étaient lents et précis, et j'exposai progressivement sa peau jusqu'à faire apparaître son sexe. Il reposait près de sa hanche et je me penchai pour le prendre dans ma bouche. Il poussa un juron lorsque je léchai l'extrémité sensible. Je continuai de baisser son boxer petit à petit pour l'engloutir de plus en plus.

Il m'empoigna par les cheveux et me tira en arrière pour me fixer de son regard noir.

— Arrête de jouer et suce-moi.

Je gardai mes yeux plantés dans les siens en glissant ma langue sur le dessous de son membre.

— Tu es sûr que c'est dans ma bouche que tu veux jouir, cette fois ?

Je refermai mes lèvres autour de son extrémité.

Un grondement vibra dans sa poitrine, et je retirai entièrement son boxer. Sa queue lourde claqua contre mon visage. Je me tournai et repris mon petit jeu avec mes lèvres.

— Je ne jouirai pas tant que tu ne seras pas exactement là où tu dois être.

— Où donc ?

Il me releva brusquement du sol et me prit par la taille. Puis je sentis mes pieds quitter le sol. Mon centre de gravité changea soudain, et je retombai sur le matelas. Il grimpa, me prit au piège entre ses bras et me plaqua avec son bassin.

— Ici. Dans mon lit, les cuisses écartées, prête à m'accueillir.

Je pris une brève inspiration qui se transforma rapidement en gémissement au contact de son gros membre contre ma chair.

— Mmm, la symphonie de ton plaisir est la musique que je préfère au monde. J'ai attendu plus d'un an avant d'être de nouveau en toi. Je n'attendrai pas une seconde de plus.

Sur ces mots, il s'enfonça en moi.

Je poussai un cri tandis qu'un plaisir insensé traversait mon corps. Je laissai ma tête retomber sur le matelas et serrai mes jambes autour de lui pour qu'il s'enfouisse plus profondément. Il s'enfonça jusqu'au bout en poussant des grognements gutturaux.

— Putain, c'est trop bon, siffla-t-il. Tu es tellement étroite et trempée.

Ses paroles provoquèrent une vague d'excitation électrique en moi. Il instaura un rythme lent et régulier, de longs et puissants coups de reins. Chacun d'eux me comblait, embrasait les étincelles qui s'allumaient à chaque coup.

Je dressai les hanches pour aller à la rencontre des siennes et me rapprocher de l'extase.

— Regarde-moi.

Ma vue s'aiguisa, et le regard chargé de désir que je rencontrai ne fit qu'accentuer le mien.

— Plus fort, murmurai-je.

Sa bouche se plaqua sur la mienne tandis qu'il reculait son bassin et s'écrasait de nouveau, m'arrachant un cri. Il n'y avait plus rien de lent et sensuel, mais une euphorie abrutissante. Mon corps se raidit, concentré sur le plaisir croissant qui l'emplissait, jusqu'à ce que je m'effondre.

Je ne pus détourner mes yeux des siens tandis que je jouissais dans ses bras, le corps tremblant, l'entrejambe palpitant autour de lui.

Je n'étais même pas encore redescendue lorsqu'il se retira, et le vide soudain m'arracha un cri de protestation. Il retourna mon corps pantelant et souleva mes fesses.

Je poussai un nouveau cri lorsqu'il s'enfonça jusqu'au bout. Il siffla en agrippant ma chair. Ce nouvel angle lui permettait de s'enfouir plus profondément et, à chaque assaut, je perdais la raison.

Il saisit ma gorge et la tira en arrière, forçant mon corps à se cambrer, et glissa son autre main au-dessus de ma poitrine pour me maintenir en place.

— Je vais te remplir de mon sperme, me dit-il à l'oreille d'une voix bourrue. Ma première fois sans artifice, sans capote. Souviens-t'en. Prends-y du plaisir, parce que je ne te prendrai plus jamais autrement.

Ses coups de reins s'intensifièrent, s'accélérèrent, me poussant vers un nouvel orgasme prêt à me déchirer, forçant mon corps à réagir au sien.

— Tu m'appartiens, gronda-t-il dans mon oreille. Ta chatte m'appartient.

— Oui, m'écriai-je, les muscles tremblants.

Un couinement aigu m'échappa au moment où ma chair se contracta autour de lui.

— Tu es à moi, répéta-t-il en me percutant une dernière fois.

Je le sentis convulser en moi et propager son sperme tout au fond de mon corps.

Il se laissa retomber sans me lâcher, et je posai la tête contre son épaule. Au bout d'un moment, il se retira et me regarda en grognant.

— Il y a quelque chose de très primitif et d'érotique dans cette vision.

Il s'allongea à côté de moi et m'attira dans ses bras. Sa poitrine se soulevait à un rythme rapide tandis qu'il reprenait son souffle.

Waouh.

Cette fameuse nuit, un an plus tôt, n'était rien comparée à celle-ci. Aucun retour en arrière n'était possible, car j'allais avoir envie de lui en permanence.

Nous restâmes ainsi quelques minutes, le temps de se calmer, lovés dans la chaleur l'un de l'autre, nous prélassant dans le changement qui s'opérait dans notre relation.

— Et c'est comme ça qu'on va concevoir nos enfants, dit-il.

Surprise, je compris que je m'étais assoupie.

— D'accord, répondis-je en reculant la tête pour le regarder, un sourire aux lèvres.

Je fus stupéfaite du sourire qu'il m'adressait, de la douceur sans précédent dans ses yeux. Il posa la main sur ma joue et caressa ma lèvre avec son pouce.

— Tu es tellement belle que je ne peux pas détourner les yeux.

— Qui dit que tu dois le faire ?

Il saisit mon menton et m'attira à lui jusqu'à ce que nos lèvres se touchent.

— Comment tu te sens ?

— Complètement désarticulée, répondis-je en gloussant. Et toi ?

— J'aimerais que ce moment ne s'arrête jamais. Et je suis revigoré.

Je clignai des yeux.

— Revigoré ? (Je baissai les yeux, et la vue de son membre dur posé contre son ventre m'arracha un hoquet.) Déjà ?

Il me mordit l'épaule, générant un courant électrique à travers mon corps.

— Tu me taquines depuis plus d'un an. Je déborde d'un désir refoulé, et une seule fois ne suffira pas à me rassasier.

Je passai mes bras autour de ses épaules pour l'attirer contre moi.

— Alors fais le plein.

Chapitre 37

Atticus

Au lever du soleil, m'extraire de la chaleur des bras d'Ophelia fut une véritable torture. Tout ce que je voulais, c'était passer la journée au lit avec elle à explorer le moindre centimètre de son corps, trouver toutes ses zones érogènes, chaque millimètre qui la rendait folle.

Le devoir et les obligations m'arrachaient à ses bras. Des responsabilités que je ne pouvais pas repousser. L'acquisition d'une société d'électronique sud-coréenne allait assurer notre développement pour les années à venir. Ils exigeaient une réunion en présentiel pour accepter notre offre, ce qui me forçait à monter dans un avion plutôt qu'entre ses cuisses.

Après avoir pris une douche, j'enfilai un pantalon, un polo et des mocassins. Pour un vol de quinze heures, je privilégiais le confort.

En sortant de la salle de bains, je poussai un grognement à la vue qui s'offrait à moi. Ophelia s'était tournée et le drap s'était baissé, révélant sa poitrine parfaite, ses tétons durcis par l'air frais.

Jamais aucune femme n'avait dormi dans mon lit ; je ne l'avais jamais désiré ou permis. Mon lit à Stronghold ne comptait pas. Ophelia était à sa place ici, enveloppée dans mon parfum, nue. Une déesse à vénérer.

Une déesse que je devais laisser.

Je me penchai pour déposer un baiser sur son front.

— On se revoit bientôt, ma chère, murmurai-je. (J'écartai une mèche de cheveux de son visage, totalement fasciné.) Comment arrives-tu à me faire cet effet ?

Je fus incapable de résister à l'envie de l'embrasser, de sentir ses lèvres contre les miennes avant de la quitter pour plusieurs jours. À ce moment-là, elle tendit les bras pour me serrer contre elle. Surpris, je m'imprégnai de la chaleur dans laquelle elle m'enveloppait. Ses paupières papillonnèrent et elle esquissa un sourire avant de me relâcher pour se rendormir.

Je résistai à l'envie de caresser son téton pointu et le recouvris avec le drap avant de m'éloigner à contrecœur. Avec un dernier regard en arrière, je mémorisai cette image qui me tiendrait compagnie jusqu'à mon retour.

Je fis un détour par mon bureau pour récupérer mon ordinateur et quelques dossiers. En me dirigeant vers l'ascenseur, je guettai un son indiquant qu'elle s'était peut-être levée, mais je n'entendis que le silence.

Quelques instants plus tard, je débarquai sur le toit dans l'air estival.

Carlo m'accueillit à mon approche de l'hélicoptère.

— Bonjour, monsieur de Loughrey.

— Bonjour, Carlo. (Je lui tendis la main avec un sourire.) Qui vous accompagne aujourd'hui ?

— Vincent. Vous devriez être à l'aéroport dans dix minutes. Le jet est déjà prêt et vous attend.

— Merci.

Il referma la porte et nous décollâmes. Je regardai l'immeuble s'éloigner avec regret, sachant qu'elle se réveillerait bientôt et que je ne serais pas là.

Quelques minutes plus tard, nous atterrissions, et on me guida dans le hangar où m'attendait l'un de nos plus petits avions. Le De Loughrey Aviation Express contenait dix places assises et un lit à l'arrière. Comme j'étais seul à effectuer le trajet, c'était la taille idéale.

— Bonjour, monsieur, dit Damien en approchant.

— Ces quelques jours devraient être tranquilles. Comment va-t-elle ?

— Bien, merci. Et merci pour l'aide à domicile, monsieur.

— C'est le moins que je puisse faire puisque je vous enlève au moment où votre femme a besoin de soins.

Damien était mon garde du corps personnel, et sa femme venait de se faire opérer d'une fracture de la jambe. Un autre garde aurait pu le remplacer pour ce voyage, mais Damien parlait couramment le coréen. C'était le seul de notre équipe de sécurité, et c'était un avantage énorme. La plupart pensait que cet homme costaud d'un mètre quatre-vingt-dix n'était qu'une montagne de muscles, alors qu'il était le membre le plus intelligent du dispositif et maîtrisait plusieurs langues.

— Bonjour, monsieur de Loughrey. Damien.

— Brandy. Comment allez-vous aujourd'hui ? lançai-je avec un sourire en montant dans l'engin, avant de déposer mon sac sur l'un des fauteuils et de prendre place sur celui d'en face.

Damien rangea son sac et s'installa sur le siège une rangée plus loin et de l'autre côté de l'allée par rapport à moi.

— Très bien, monsieur. Et vous ? demanda-t-elle.

— Fatigué.

— Voulez-vous que je prépare la chambre pour quand nous aurons atteint l'altitude de croisière ?

— J'ai du travail mais, finalement, oui.

Elle hocha la tête.

— Un café ?

— Merci.

— Atticus, bonjour, lança John en sortant du cockpit.

— Capitaine. Comment vont les enfants ?

— Les ados, c'est quelque chose. (Il gloussa comme si cette explication se suffisait à elle-même.) Pour votre information, nous nous arrêterons à Anchorage pour faire le plein, mais nous avons adapté la trajectoire et cela ne devrait rajouter qu'une demi-heure à la durée du vol.

— Ce sera un long vol de toute façon.

— En effet. Nous terminons notre check-list et nous décollerons sans tarder.

— Merci.

Brandy déposa mon café à côté de moi puis disparut à l'avant.

— Puis-je faire autre chose pour vous ?

— Non, merci, Brandy.

— Jack a sélectionné quelques options pour le déjeuner, et il a rangé votre valise dans le compartiment.

Je lui adressai un bref signe de tête, puis reportai mon attention sur le téléphone dans mes mains, sur le point de composer le numéro de l'un des nombreux emmerdeurs de ma vie.

— C'est dimanche. Qu'est-ce que tu veux ? grogna Hamilton à l'autre bout du fil.

— Tu as passé une merveilleuse nuit, n'est-ce pas ?

Un nouveau grognement.

— Elle est encore là.

— Tu as ramené quelqu'un chez toi ?

Ramener un coup d'un soir, ou qui que ce soit, à la Tour était presque du jamais vu.

— Bon sang, non. Je l'ai emmenée à l'hôtel. (Il baissa la voix.) Mais elle est encore là, putain.

— Tu n'as qu'à partir.

— J'y pense. J'envisage aussi de me faire sucer une dernière fois. Elle a une bouche digne d'un Hoover[1].

Des images de la nuit passée, des lèvres d'Ophelia étirées autour de ma queue surgirent dans mes pensées, réveillant mon entrejambe.

— Et toi, tu as ramené quelqu'un hier soir ?

— Ophelia.

Il grommela.

— Elle ne compte pas. Tu ne la sautes pas.

Je n'avais pas l'intention de divulguer à Hamilton, ni à qui que ce soit d'autre, ce qui s'était passé la nuit précédente.

— Eh bien ce sera la seule que je ramènerai à la maison pendant un bon bout de temps.

— Tu m'appelais pour quoi ?

— Je suis dans l'avion, prêt à décoller, et je voulais m'assurer que tu auras préparé l'offre quand j'aurai atterri.

— J'ai transmis les renseignements à Rhys mercredi. Regarde tes mails.

— Je ne les ai pas regardés depuis que j'ai quitté le bureau vendredi, alors elle y est peut-être.

— Je fais encore quelques recherches, mais je veux m'assurer que tu examines de près les parties R&D avant de leur faire signer quoi que ce soit. Les informations étaient vagues et ont déclenché quelques signaux d'alarme.

— Je vérifierai.

— Combien de temps vais-je avoir la paix ? demanda-t-il avec une pointe d'amusement dans la voix.

— Je devrais rentrer mercredi ou jeudi. Mais ne t'imagine pas

1 Célèbre marque d'aspirateurs.

avoir la paix. En mon absence, tu sais qu'il sera plus souvent au bureau.

Il grogna.

— Il n'a pas pris une nouvelle assistante ? Il ne devrait pas être quelque part en train de la sauter ou je ne sais quoi ?

— Il va sûrement te mettre la pression en te sortant une autre héritière de son chapeau.

— Contente-toi d'épouser l'une de ses filles et mets fin à mes souffrances, d'accord ?

— Pour que, moi, je souffre jusqu'à la fin de mes jours ? demandai-je.

— C'est toujours mieux que le mariage sans sexe que tu vas te taper.

— Hmm. C'est discutable. En plus, je lui ai fait peur, alors il devrait se tenir à carreaux, même s'il essaie de s'en mêler.

Brandy capta mon regard en verrouillant la porte.

— Je décolle, dis-je.

— Fais-moi signe dès que tu atterris.

— Hamilton, est-ce que je détecte une pointe d'attention concernant mon bien-être ?

Il ricana.

— Oui, parce que j'ai décidé que je ne voulais pas être le roi. Je suis très heureux de ma condition de prince, alors reviens.

Je laissai échapper un rire avant de raccrocher.

Mes conversations avec Hamilton ne comportaient généralement pas de bavardages futiles car je n'avais pas le temps pour ça. Cependant, depuis qu'Ophelia était entrée dans ma vie, je commençais à m'ouvrir davantage à mes frères et sœurs. Elle avait raison – je ne les connaissais pas. Genevieve et moi avions plus de dix ans d'écart, ce qui creusait un fossé. Les cinq années qui me séparaient de Hamilton suffisaient à nous empêcher d'être proches.

Elizabeth était la seule avec laquelle j'avais une véritable relation et, malgré tout, j'étais plus proche de Rhys. Nous n'avions qu'un an et demi d'écart et avions grandi ensemble entre les murs de Stronghold.

Tandis que l'avion se lançait sur la piste, mon esprit revint sur la merveilleuse blonde que je laissais ici. Ce n'était qu'une question de jours mais, compte tenu des progrès qu'on avait faits, je ne voulais pas risquer de tout faire foirer.

Tout avait changé, la nuit dernière. On ne se tournait plus autour en luttant contre l'attirance qui nous submergeait constamment.

Je me rappelais pourquoi je l'avais choisie. Chacune des raisons pour lesquelles je n'arrivais pas à me l'ôter de l'esprit depuis un an était de plus en plus claire. Le goût de sa peau, les sons qui passaient la barrière de ses lèvres. Son corps était un temple que je voulais vénérer pour le restant de mes jours.

Je n'avais pas pu lui répondre, la veille, car ce n'était qu'à ce moment-là que j'avais compris.

Je ne la voudrais pas seulement dans cinq ans. Je la voudrais dans dix, vingt, trente, quarante ans. Jusqu'à mon dernier souffle, je la voulais à mes côtés.

Elle a toujours été la seule.

Aucune autre.

Le centre de ma poitrine me brûlait. Des émotions que je n'avais jamais ressenties me bombardaient. Ce qui avait commencé comme un contrat, un moyen de me rapprocher d'elle, s'était mué en un sentiment que je n'aurais pas su définir avec des mots.

De toute ma vie, je n'avais jamais ressenti le besoin aussi écrasant d'être avec quelqu'un comme j'avais besoin d'être avec Ophelia.

Je voulais rester avec elle toute ma vie.

Chapitre 38

Ophelia

Je serrai les paupières pour empêcher la lumière du jour de rentrer et j'essayai de sombrer de nouveau dans le sommeil. Dans cet état de semi-conscience, les souvenirs de la nuit passée m'assaillirent et m'arrachèrent un sourire. Les mots qu'il avait prononcés, ses mains qui avaient enflammé chaque centimètre de ma peau, son regard qui pénétrait mon âme.

L'aboutissement de plusieurs mois avait crépité dans la nuit. J'étais transformée à jamais, possédée par lui. Ce n'était pas seulement physique. Mon cœur et mon âme avaient été capturés par le Roi Mauvais.

Après plusieurs mois de conflit et de lutte, mon vœu formulé un an plus tôt avait été exaucé. Ces rêves initiaux concernaient un homme dont je ne connaissais pas grand-chose, pas même son nom de famille, pourtant cette impression de possibilité ne m'avait jamais quittée.

Lorsqu'il m'avait annoncé qu'il voulait que je l'épouse, ces rêves m'étaient revenus en mémoire. Mais les rêves et la réalité étaient deux mondes bien différents. Le véritable Atticus était émotionnellement scellé, jusqu'au moment où il s'était fissuré et où son affection avait débordé de lui sans retenue. Cette affection était la manifestation d'émotions qu'il avait du mal à analyser et à exprimer avec des mots.

La profondeur de ses yeux bleus était aussi infinie que l'océan, avec ses marées, ses vagues calmes et ses tsunamis. Puissant, attirant et impossible à contrôler – c'était la définition d'Atticus.

Un sourire fendit mon visage et je tendis la main mais, en m'éveillant totalement, je découvris que j'étais seule.

Les draps étaient froids.

— Atticus ? appelai-je.

J'attendis, mais aucun son ne me répondit.

Je me redressai et jetai un regard autour de moi. La vue sur l'extérieur était presque la même que depuis ma chambre, mais la pièce était beaucoup plus vaste. Je tendis l'oreille, à l'affût d'un bruit évoquant sa présence, mais le silence était total.

Il était parti sans me réveiller ? On était dimanche. Je m'étais attendue à ouvrir les yeux dans ses bras et à ce qu'il me comble de nouveau. Une douche, puis un petit déjeuner, puis encore une fois sur l'îlot de la cuisine ou sur la table, pour se rassasier l'un de l'autre après des mois de retenue.

Au lieu de quoi je ne percevais que le silence. Une sensation de néant m'envahit.

La poitrine serrée, je déglutis avant de poser les pieds au sol. Je passai une main dans mes cheveux, où je démêlai quelques nœuds.

Mon esprit était traversé d'images fugaces de la nuit. J'avais oublié à quel point il pouvait se montrer possessif, exigeant. Quand il m'embrassait de ses lèvres enivrantes, c'était comme s'il essayait de me dévorer, et mon nom était une litanie qu'il prononçait comme une prière.

Il était peut-être dans la cuisine ?

Je m'apprêtai à me lever, mais mes jambes cédèrent et je retombai sur le lit. Je renouvelai ma tentative, mais mes jambes tremblaient.

Mon corps palpitait de la plus délicieuse manière. Atticus n'était pas le seul homme que j'avais connu, mais aucun ne m'avait autant satisfaite. C'était un synchronisme parfait, comme si nous étions ensemble depuis des années.

Il me comprenait d'une manière qui ne cessait de m'épater. Et je ne pourrais jamais le confier à mon futur mari, car il souffrait déjà d'un complexe de toute-puissance. Inutile de gonfler encore son ego.

Un sourire flotta sur mes lèvres. Il me jouait vraiment un sale tour.

Je posai la main sur la poignée, mais je m'arrêtai soudain. J'étais complètement nue. Si j'avais l'habitude de me balader comme ça me chantait chez moi, c'était parce que j'étais toujours seule. Ce n'était pas le cas dans la Tour. Des gens entraient et sortaient sans prévenir, en silence, furtifs comme des ninjas, et je ne pouvais pas être certaine que personne ne se trouvait de l'autre côté de la porte.

Nos vêtements étaient toujours éparpillés par terre et je ramassai la chemise d'Atticus avant de l'enfiler et de la boutonner. Elle était suffisamment longue pour tout couvrir.

J'ouvris timidement la porte et remontai le couloir, en quête du moindre signe de vie. Toutes les pièces devant lesquelles je passai étaient désertes. Au niveau de ma chambre, je récupérai mon téléphone, mais je n'avais ni message ni appel.

Je fronçai les sourcils et me rendis dans la cuisine. Rien ne semblait dérangé. Il n'y avait même pas de tasse de café dans l'évier.

Un bruit de pas résonna dans le couloir, et je me tournai, tout excitée.

Mais ce n'était pas un grand blond renfrogné qui fit son apparition. Jack s'arrêta en me voyant.

— Bonjour, Ophelia, dit-il avec un sourire chaleureux.

— Jack ? Vous avez vu Atticus ?

— Atticus est dans un avion en ce moment.

Je clignai des yeux en essayant de me rappeler s'il avait évoqué un voyage.

— Un avion ? répétai-je, confuse.

— Oui, il a une réunion à Séoul demain.

À Séoul ? Il se rendait en Corée du Sud ?

Pourquoi ne m'avait-il rien dit ? Plus important encore, pourquoi ne m'avait-il pas dit au revoir ?

— Il m'a demandé de vous donner ça, dit-il en me tendant une enveloppe.

— Qu'est-ce que c'est ? demandai-je en m'en emparant.

— Il n'a rien dit. (Il tourna les talons.) Je suis en bas si vous avez besoin de moi.

— Merci, dis-je en le regardant partir.

L'enveloppe était épaisse, et je fronçai les sourcils en passant mon doigt sous le rabat. Je me figeai en sentant le papier familier des billets de banque. J'en sortis quelques-uns pour constater leur valeur – rien que des billets de cent dollars. Il devait y en avoir quarante ou cinquante.

— Qu'est-ce que… c'est… que… ça ?

Mon ventre se noua, et une vague de nausée me prit par surprise.

S'agissait-il d'un paiement ? De ce que j'avais gagné pour cette nuit ?

L'enveloppe m'échappa des doigts, et les billets se répandirent par terre. Ma pire crainte semblait se réaliser.

Je n'étais qu'une pute.

Il avait gagné. Il avait obtenu ce qu'il voulait. Il ne me désirait pas vraiment – seulement le sexe.

Sinon, il serait resté ou, s'il n'avait pas pu rester, il m'aurait réveillée. Mais non, il était simplement parti.

Ça ne signifiait rien pour lui.

Je ne signifiais rien pour lui. Du moins pas en dehors de notre contrat.

Quelle idiote, Ophelia.

La douleur dans ma poitrine faillit exploser en sanglots et mon visage se froissa. Toutes mes angoisses menacèrent de me renverser, et le besoin de fuir m'assaillit tandis que mon cœur commençait à s'émietter. J'avais promis à Atticus de ne plus m'enfuir, mais cette envie grandissait de nouveau. Lorsque je lui avais fait cette promesse, je n'aurais jamais pensé me retrouver dans cette situation.

Je croyais qu'il avait des sentiments pour moi – j'étais convaincue qu'on pourrait devenir un vrai couple – mais les émotions semblaient à sens unique. Il ne me considérait que comme une poupée qui lui tiendrait compagnie et réchaufferait son lit. S'occuperait de sa queue.

Oh mon Dieu. Exactement ce qu'il avait dit quand on s'était vus avant la signature du contrat.

J'avais toujours été une fuyarde. Pour me protéger, je fuyais ce qui me faisait souffrir. Cette réaction expliquait pourquoi j'avais préféré vivre dans des dortoirs aussitôt que je l'avais pu, pour m'éloigner de Lou. Quelques mois plus tôt, j'avais essayé de quitter Atticus, et la douleur dans ma poitrine m'indiquait que j'aurais dû aller jusqu'au bout. Mais il m'avait rattrapée.

Et j'avais développé encore plus de sentiments pour lui. Des sentiments si forts qu'ils avaient étouffé les avertissements, mes instincts viscéraux, et avaient surmonté mes peurs avec des promesses en l'air.

Il était temps de m'enfuir de nouveau. Pour épargner mon cœur de la souffrance qui submergeait mon organisme.

Cette fois, j'avais besoin d'aide. La situation avait changé et je ne pouvais pas simplement partir en courant comme je l'avais fait la première fois.

J'entrai dans ma chambre et enfilai un legging avant de récupérer mon téléphone et de me diriger vers l'ascenseur. Les portes s'ouvrirent quelques étages plus bas et je tambourinai à la porte de Genevieve.

— Ophelia ? fit-elle avec de grands yeux.

Avais-je l'air aussi pitoyable ?

— J'ai besoin de ton aide.

— Qu'est-ce qui se passe ? s'exclama-t-elle en me laissant entrer.

J'étouffai un sanglot tandis que les larmes coulaient sur mes joues.

— Je ne peux pas rester ici. Je ne peux pas rester avec lui.

— Calme-toi et dis-moi ce qui s'est passé.

Je déballai tout, en larmes, libérai ma souffrance. L'effet fut cathartique au début mais, quand j'eus terminé, ma confidente ne semblait pas aussi sûre que moi de mon interprétation des événements.

Je n'avais jamais vu Genevieve aussi songeuse, presque inquiète. De quoi avait-elle peur ?

— Tu es sûre que c'était en guise de paiement ?

— Qu'est-ce qu'il pouvait vouloir dire d'autre ?

— C'est seulement…

Elle s'interrompit.

— Quoi ?

Elle m'adressa un sourire triste, une image inhabituelle pour cette reine de la fête.

— On a tous remarqué la différence, surtout hier soir. Je pense que tu comptes vraiment beaucoup pour Atticus. Je ne suis pas sûre que son geste signifie ce que tu crois. Deux mille dollars, pour lui, c'est le montant d'un déjeuner. Il voulait peut-être s'assurer que tu prendrais du bon temps pendant son absence.

— Tu le défends ? demandai-je, incrédule.

— Ne te méprends pas. Atticus est dur et froid, mais je sais aussi combien il était seul.

— Vraiment ?

Elle m'adressa un nouveau sourire triste.

— C'est un trait de caractère familial.

Genevieve avait toujours été débordante de vie mais, en la regardant, je décelai une chose surprenante – il y avait dans ses yeux la même noirceur que celle qui assombrissait souvent le regard d'Atticus.

— Pourquoi tu ne l'appelles pas ?

Je secouai la tête.

— Il est dans l'avion.

Elle émit un bourdonnement en se tapotant la lèvre du bout du doigt.

— D'accord, j'ai une idée. Quitte-le.

— Est-ce que ce n'est pas ce que je viens de te dire ?

Elle agita la main.

— Ton instinct de fuite est très fort, alors assouvis-le, mais ne le quitte pas pour de vrai. Pars simplement… en vacances. Ne le contacte pas. Disparais. À son retour, sa réaction te donnera ta réponse.

— Et si ce n'est pas la bonne réponse ?

— Alors je t'aiderai à t'en aller pour de bon.

Ses paroles me déchirèrent le cœur. Le quitter pour de bon ? Cette seule perspective fit renaître mes larmes.

— Va chercher tes affaires et retrouve-moi ici quand tu seras prête. Je commande une voiture, et on s'en va.

— Où ça ?

— Laisse-moi faire.

Je hochai la tête avant de repartir vers l'ascenseur.

— Merci. Je sais qu'on ne s'est pas beaucoup parlé ces derniers temps, mais…

— Atticus. Crois-moi, je comprends.

De retour au penthouse, je commençai à remplir mes valises. Tout comme la dernière fois, je n'emportai que mes propres affaires car, malgré ce qu'avait dit Genevieve, il y avait une chance que je ne revienne pas.

Toutes les affaires achetées par les de Loughrey restèrent sur place, à l'exception des vêtements que je portais. Je ne voulais pas donner de doute à l'équipe de réception ou de sécurité. Les valises suffiraient déjà à me trahir, mais avec Genevieve à mes côtés, il fallait espérer qu'ils ne me scruteraient pas de trop près.

« Ne le quittez plus », avait dit Michael, et j'allais à l'encontre de son avertissement.

J'avais besoin de ce break pour réfléchir. Pour reprendre le contrôle de mes émotions avant qu'elles ne m'échappent totalement. Malgré l'assurance de Gen, je ne pouvais pas leur faire confiance.

Je ne pouvais pas faire confiance à Atticus.

Je serrai les dents pour retenir mes larmes. Qu'est-ce qui n'allait pas chez moi ?

Tu connais la réponse, Ophelia.

Tu es amoureuse de lui.

C'était la raison pour laquelle je devais partir. Je n'avais pas l'intention d'être un trou à la disposition d'Atticus.

Je sortis les cartes des de Loughrey de mon portefeuille, comme engourdie, et les déposai sur l'îlot de la cuisine, ainsi que La Pierre. C'étaient le signe, le symbole, que je n'étais plus là et que, s'il voulait me revoir, il aurait besoin de me retrouver.

J'avais fait la seule chose à ne pas faire – j'étais tombée amoureuse de lui. Il était impossible que je passe les cinq prochaines années à ses côtés sans qu'il partage les mêmes sentiments. Je me consumerais à petit feu en vivant aux côtés de l'homme que j'aimais sans être autre chose, à ses yeux, qu'une épouse contractuelle.

À cet instant, je détestais véritablement le contrat.

J'étais malheureuse quand les portes de l'ascenseur se refermèrent, et je me sentais nauséeuse en frappant à la porte de Genevieve.

Tout au fond de moi, je priais pour qu'il ne s'agisse que d'un malentendu, que Gen ait vu juste. Mais, jusqu'au retour d'Atticus, il fallait que je m'éloigne de la Tour.

Gen était prête à partir. Elle tendit la main.

— Laisse ton téléphone.

— Pourquoi ? demandai-je en lui remettant.

— Il peut te pister en un rien de temps. Ils sont tous reliés. Il te retrouvera en quelques minutes.

Je le savais, mais n'était-ce pas ce que je voulais ?

— Oblige-le à te courir après.

— Je ne sais pas, dis-je en me mordillant la lèvre.

— Tu veux qu'il fasse ses preuves auprès de toi, non ? Pourquoi ne pas essayer ?

— Parce que j'ai peur que toutes mes craintes ne soient fondées.

Je n'avais pas réellement envie de le quitter.

— Mets à profit ce temps passé loin de lui. Une pause bien méritée. Un moment pour te remettre les idées au clair sans influence des de Loughrey. Tu n'y arriveras jamais ici. Même là, je t'influence.

Ça valait mieux que de m'enfuir pour de bon. Malgré tout, mes mains tremblaient d'inquiétude. Un répit. Une pause dans la lourde atmosphère de la Tour pour me recentrer.

— Allons-y, dit Genevieve en saisissant l'une de mes valises. Il est temps de te cacher.

Chapitre 39

Atticus

Quatre jours.

Huit heures.

Trente-six minutes.

C'était le temps qui s'était écoulé depuis que j'avais laissé Ophelia dans mon lit. Depuis que j'avais dû faire appel à toute ma volonté pour m'extraire de sa chaleur, pour m'éloigner de sa peau douce. De la seule chose au monde que j'aie jamais voulu chérir.

C'était également le temps qui s'était écoulé sans le moindre contact quel qu'il soit avec ma fiancée.

Au troisième jour, j'avais demandé à Hugo de prendre de ses nouvelles, mais je n'avais pas encore de retour. Une crainte sourde s'emparait de moi à chaque message sans réponse ou chaque appel renvoyé directement sur la messagerie.

— Où est-elle ? demandai-je au moment où le nom de Hugo apparut sur mon écran.

— Je ne sais pas.

Je me figeai et rejetai la tête en arrière sur l'appuie-tête.

— Comment ça, vous ne savez pas ?

— On vient tout juste d'avoir la confirmation de plusieurs

endroits où elle n'est pas. On va continuer, inspecter l'appartement et parler avec le personnel.

— Tenez-moi au courant. On a encore quelques heures de vol.

Mon cœur martelait mes côtes, et mon pied n'arrêtait pas de s'agiter. Mon angoisse atteignait un niveau inégalé. Tous les scénarios les plus ignobles que mon cerveau pouvait imaginer tourbillonnaient dans mon esprit et menaçaient de m'étouffer.

Je ne savais rien, mais ça n'empêchait pas mon imagination de se débrider.

Avait-elle été enlevée ? Quelqu'un était-il en train de la torturer ? De lui faire du mal ?

Je n'aurais jamais dû la laisser. J'avais eu un mauvais pressentiment et j'aurais dû faire confiance à mon instinct. Maintenant, je n'avais aucune idée de l'endroit où elle se trouvait ni si elle allait bien. Était-elle blessée ? En train de chercher de l'aide sans trouver personne ? Enlevée dans la rue à l'insu de tous ?

Toutes mes inquiétudes me confirmaient une chose : je ne la quitterais plus jamais. À chacun de mes futurs déplacements, elle serait assise à côté de moi dans l'avion.

— Monsieur de Loughrey, le capitaine vous fait savoir que nous atterrirons dans trente minutes et qu'un hélicoptère vous attend pour vous emmener à la tour Olympus.

— Merci, Brandy.

Il n'y eut aucun temps mort. À l'instant où nous touchâmes le sol et où la porte s'ouvrit, je courus vers l'hélicoptère. Quelques secondes plus tard, nous nous élevions de nouveau dans les airs.

Nous avions à peine décollé lorsque je reçus un appel.

— Hugo, qu'est-ce que vous avez ?

— Ça ne va pas vous plaire, dit-il.

Le froid s'imprégna dans mes entrailles.

— Quoi ?

— Tout indique qu'elle est encore dans la Tour, mais elle n'y est pas.

Je serrai les poings pour empêcher ma main de trembler.

— Elle doit y être.

— Je suis désolé, patron, elle n'y est pas. Avec Jack et trois de mes hommes, nous en avons fouillé le moindre recoin. Le concierge ne l'a pas vue depuis que vous êtes revenus du dîner de bienfaisance.

— Son téléphone est là ? demandai-je tandis que mon esprit essayait de comprendre.

— Non. Le plus étrange, c'est que son signal le détecte dans le bâtiment, mais nous n'avons pas été en mesure de le localiser.

— Vous avez inspecté les étages communs ?

— Dans tous les sens.

— Je suis dans l'hélicoptère. Je serai là dans dix minutes.

— Vous voulez que je vous rejoigne ?

— Non. Continuez à chercher. Il faut bien qu'elle soit quelque part.

— Très bien, patron. Damien descend au garage pour se tenir prêt à tout moment.

— Merci.

Je t'en prie, Ophelia, où es-tu ?

Je courus vers l'ascenseur en faisant claquer les marches en métal. Chaque seconde où je restais immobile était une autre seconde où elle manquait à l'appel.

— Ophelia ! lançai-je aussitôt que j'entrai dans l'appartement.

Je jetai mon ordinateur dans mon bureau avant de me mettre à courir dans tous les sens.

Il n'y avait qu'un silence mortel. Un calme qui était habituel, mais aussi incongru. Ça ne faisait que quelques mois, mais je m'étais habitué à sa présence, à ne plus être seul. À la chaleur et à la lumière qui émanaient d'elle.

Je parcourus toutes les pièces, en vain. Aucun signe que quelque chose clochait.

Dans sa chambre, un sentiment de déjà-vu s'empara de moi. Là non plus, rien ne clochait, mais la présence d'Ophelia manquait dans la pièce. Hugo l'avait-il remarqué aussi ? Ou trouvait-il seulement que quelque chose ne tournait pas rond ?

En entrant dans la cuisine, je notai que rien ne semblait avoir été déplacé, mais quelque chose attira mon regard sur l'îlot. Contrastant avec le granite blanc du comptoir se trouvaient deux objets noirs. Je m'approchai prudemment et je les reconnus. Le premier était sa carte de crédit de Loughrey, et au-dessous la carte pourvue des armoiries de la famille.

Je récupérai le petit écrin noir d'une main tremblante et, en l'ouvrant, je découvris sa bague de fiançailles nichée à l'intérieur.

Elle m'avait quitté.

Une nouvelle fois.

La douleur me plia en deux. Un hurlement de détresse s'échappa de mes poumons. Une douleur comme je n'en avais jamais connu dans ma vie.

Pourquoi ? Que s'était-il passé ? Qu'est-ce que j'avais fait pour la faire fuir une nouvelle fois ?

Et comment était-elle sortie de la Tour ?

Je lançai l'application de localisation. La dernière notification avait été activée cinq étages plus bas.

Genevieve.

En quelques secondes, j'étais dans l'ascenseur et, une minute plus tard, je frappai du poing sur sa porte.

— Ouvre ! hurlai-je.

La fureur qui coulait dans mes veines atteignait des niveaux destructeurs. J'allais retourner la ville pour la retrouver, et ma sœur n'y échapperait pas.

Il lui fallut quelques minutes, mais Genevieve finit par apparaître, avec une tête de saut du lit. Je la repoussai en inspectant l'appartement.

— Où est-elle ?

— Calme-toi, Atticus.

Je pivotai vers elle.

— Dis-le moi. Où est-elle, putain !

Je tremblais et ne tenais plus qu'à un fil.

Elle déglutit.

— Je ne sais pas.

— Putain de menteuse, crachai-je sans la quitter des yeux. Son téléphone est ici, Gen.

Elle écarquilla les yeux, consciente d'avoir été grillée.

— Tu le sais très bien. Dis-moi immédiatement où elle est, ou je te jure que je te coupe les vivres pour de bon et je te retire l'accès à la moindre propriété de Loughrey.

Il n'y avait aucune place pour la négociation. Si Genevieve continuait à me cacher des informations, je mettrais ma menace à exécution et elle ne poserait plus les pieds dans une seule de nos propriétés, à commencer par celle où elle se trouvait actuellement.

Elle avala sa salive.

— Au Magnifique, murmura-t-elle.

— Depuis quand ?

Elle secoua la tête et haussa les épaules.

— Quelques heures après ton départ ? Je ne sais pas. (Elle se pencha en avant avec un regard implorant.) Elle était dans un état lamentable, Atticus. Je ne pouvais pas supporter de la voir comme ça.

— De quel droit t'immisces-tu dans notre relation ? sifflai-je.

— J'essayais seulement de l'aider.

— L'aider ? Pourquoi aurait-elle besoin de ta putain d'aide ? Est-ce que tu l'as encouragée à me quitter ?

Elle fixait le sol des yeux.

— Tu as disparu sans un mot, en lui laissant une liasse de billets. Comme un paiement. Elle a cru que tu la payais pour le sexe.

Les billets ? L'argent pour ses sœurs ? Alors c'était ainsi que tout avait vrillé ?

— On a fait l'amour. Et ensuite, j'ai dû prendre un avion. Ce n'était pas du sexe, pas une partie de jambes en l'air, grondai-je en percevant la fissure dans ma voix.

Elle la perçut aussi, et une expression de regret s'afficha sur son visage.

— La chambre est à mon nom. Je ne pense pas qu'elle l'ait quittée.

Je tournai les talons et la plantai là pour reprendre la direction de l'ascenseur.

Une fois à l'intérieur, j'écrivis à Damien pour le prévenir de mon arrivée imminente. En m'apercevant, Michael bondit du siège passager d'une berline pour m'ouvrir la portière. Je montai en le fusillant du regard. Elle était sous sa responsabilité et il l'avait perdue de vue. Après la première fois, je ne pensais pas qu'il échouerait de nouveau.

— Au Magnifique, lançai-je.

L'excès d'énergie et l'inquiétude faisaient rebondir mon genou. Rien ne me calmerait tant que je ne la verrais pas, que je ne la tiendrais pas dans mes bras. Jusque-là, mes intentions meurtrières bouillonneraient à la surface.

La voiture s'était à peine arrêtée que je m'élançai sur les marches de l'hôtel, Michael sur mes talons. Le hall d'entrée était bondé, et je dus me frayer un chemin jusqu'à la réceptionniste.

— Monsieur de Loughrey, quel plaisir de…

— Dans quelle chambre est Genevieve ? l'interrompis-je.

Elle cligna des yeux et consulta son écran.

— Elle est, hum…

— La 1208, monsieur, répondit le directeur, Tomas, avant de contourner la direction. Laissez-moi vous accompagner.

Je hochai brièvement la tête et le suivis jusqu'aux ascenseurs.

La lenteur des secondes qui s'écoulaient me rendait fou. On aurait mieux fait de prendre les escaliers.

Je contins ma colère à l'approche de la porte et laissai Tomas frapper à ma place.

On attendit, mais seul le silence nous répondit. Pas un bruit ne résonnait à l'intérieur.

Ma colère se transformait en angoisse. Je ne pourrais pas me calmer tant que je ne la verrais pas.

— Ouvrez, dis-je, incapable de supporter les images qui tournaient dans mon cerveau.

Tomas ne perdit pas une seconde. Dès que la porte fut ouverte, je déboulai à l'intérieur mais, à l'exception des valises d'Ophelia, les lieux étaient déserts.

Elle n'était pas là.

Je m'approchai de ses affaires. Les valises étaient ouvertes, sa trousse de toilette posée sur un sac de linge qui ne comportait qu'une tenue sale. Les seuls autres signes de vie étaient son ordinateur et sa sacoche éparpillés sur le lit, le cordon d'alimentation fiché dans le mur.

Quelque chose clochait, et des alarmes commencèrent à se déclencher dans ma tête. Genevieve avait dit qu'elle l'avait déposée le jour de mon départ. Il n'y avait qu'une tenue sale.

Une crainte glacée me traversa à mesure que la vérité se profilait.

Ophelia n'était plus dans cette chambre depuis plusieurs jours.

Il était impossible qu'elle ait pu tout abandonner, ce qui m'amenait à une seule conclusion.

— Donnez-moi l'historique des accès à cette chambre. Et le relevé téléphonique. Transmettez-les immédiatement à mon bureau.

— Oui, monsieur, dit Tomas avant de sortir.

— Patron ? appela Michael.

— Procurez-vous les vidéos de surveillance de l'hôtel. Repérez-la et suivez-la, ordonnai-je avant de quitter la chambre. Je vais à mon bureau. Appelez-moi dès que vous trouvez quelque chose.

— Bien, monsieur.

Damien m'attendait dehors et, quelques minutes plus tard, nous nous arrêtions devant la tour de Loughrey. Je ne portais pas ma tenue de bureau habituelle, mais je m'en souciais comme d'une guigne et ignorai tout le monde sur mon chemin vers l'ascenseur.

Holly m'accueillit à l'ouverture des portes, le front soucieux.

Ah… quelqu'un de l'équipe de sécurité l'avait appelée.

Elle me prit par la main et m'entraîna dans mon bureau. Je la laissai faire. Un froid inconnu imprégnait mes os, et j'avais l'impression de me refermer sur moi-même. Le froid ne cesserait de m'engourdir tant que je ne l'aurais pas retrouvée, jusqu'à me paralyser totalement.

— Du nouveau ? demandai-je.

Elle secoua négativement la tête. Je penchai la mienne en arrière, les poings serrés. Je ne la quitterais plus jamais des yeux.

— Où est-elle, Holly ?

Cet inconnu était suffocant. Elle n'était pas seulement partie, elle avait disparu.

— Atticus, lança Genevieve en déboulant dans la pièce, les yeux larmoyants. Elle voulait seulement s'accorder une pause. Elle était à l'hôtel. Je l'ai laissée à l'intérieur !

— Qu'est-ce qui se passe ? enchaîna Hamilton, sur le seuil, Rhys derrière lui.

— Ophelia a disparu, répondis-je d'une voix sans timbre.

— Quoi ? s'écria Rhys.

— Je ne sais pas ce qui s'est passé, mais il n'y a plus aucun signe d'elle.

— Elle aurait été enlevée ? suggéra Rhys. On a beaucoup d'ennemis.

Je me tournai vers Genevieve.

— Comment tu l'as appris ?

— Michael a prévenu Jason.

— Mince. Il nous faut des réponses avant que ça sorte aux infos.

Mes émotions contenues finirent par imploser, et j'écrasai mon poing sur le bureau.

Putain !

Il fallait que je me ressaisisse, mais je ne savais pas comment gérer l'ouragan qui se déchaînait en moi.

À en juger par la tête que faisaient les membres de ma famille présents dans mon bureau, il fallait à tout prix que je verrouille mes émotions avant qu'elles ne causent d'irrémédiables dégâts dans leur sillage.

— Qu'est-ce qui se passe ici, bon sang ? demanda Penelope en surgissant.

Personne ne semblait accorder le moindre respect à l'intimité de mon bureau.

— Qu'est-ce que tu fais ici ? rétorquai-je.

— Gen m'a appelée, répondit Penelope.

— Qu'est-ce que vous faites tous ici ? ajoutai-je en les toisant.

Penelope cligna des yeux.

— On t'aime, Atticus, et Ophelia compte beaucoup pour toi, ce qui la rend importante pour nous.

Quand est-ce que mes frères et sœurs s'étaient mis à se soucier de moi ? Au point de tout laisser tomber pour venir me soutenir ?

— Atticus, on a un problème.

La porte de mon bureau s'ouvrit à la volée pour laisser la place à Hugo, et tout le monde sursauta.

J'avais si peu vu cet homme qu'il me fallut un moment pour le reconnaître : une petite cinquantaine, des cheveux bruns grisonnants, des yeux marron et enfoncés, à peu près ma taille avec un ventre proéminent. Nous communiquions toujours par téléphone ou par e-mail, par conséquent sa venue en personne me mit aussitôt en alerte.

— Qu'est-ce qui se passe ? demandai-je, alarmé.

Il s'arrêta devant mon bureau en soufflant à cause de l'effort.

— C'est Milner.

Il déposa une feuille de papier devant moi.

Je parcourus le document, et mes yeux s'écarquillèrent.

— Quand ?

— Il a payé la caution. Ils lui ont délivré un mandat, mais la maison a été vidée. La propriétaire a dit qu'ils avaient des loyers impayés et qu'ils ont pris la fuite plus tôt dans la semaine.

Je m'assis sur mon fauteuil et posai mes doigts sur mes lèvres. Lou Milner avait réussi à se faire libérer sur caution. C'était un mystère car il n'avait aucun capital, ce qui signifiait que celui qui lui avait prêté l'argent se retrouvait à court d'un million de dollars quand il ne s'était pas présenté devant le juge, deux jours plus tôt.

Mon estomac se retourna, et je serrai les poings. Toutes les alarmes hurlaient au fond de moi.

— Des pistes sur l'endroit où il peut se trouver ?

— Aucune. Amy Milner a vidé leurs comptes il y a trois jours et elle a retiré du liquide avec ses cartes de crédit ces dernières semaines. Elles sont toutes épuisées. Leurs téléphones n'émettent plus de signal. Je me suis servi de la reconnaissance faciale, mais il n'y a aucune correspondance depuis deux jours.

— Où sont les filles ? demandai-je. Toujours à New Haven ?

Il hocha la tête.

— Il a été confirmé qu'elles sont toujours avec la sœur d'Amy Milner dans le Connecticut. Toutes mes informations me poussent à croire qu'elles n'ont aucune idée de ce qui se passe et ne savent pas quel genre de parents elles ont.

— Elles le savent, mais elles n'en connaissent pas toute l'ampleur, répondis-je en me rappelant l'appel désespéré d'Ophelia pour les sortir de leur foyer.

Pour l'instant, elles semblaient plus en sécurité là où elles se trouvaient, et il fallait que ça reste ainsi. Une fois qu'Ophelia serait localisée et qu'on aurait géré Lou et Amy, je parlerais avec Ophelia de leur avenir.

Je me reconcentrai sur elle, et mes alarmes s'intensifièrent.

— Supprimez Milner. Tout de suite.

— Qu'est-ce qui ne va pas ? s'enquit Rhys.

Je serrai les poings.

— Je ne sais pas, mais j'ai un pressentiment.

— Tes pressentiments sont souvent bons, dit Penelope.

— Alors, que se passe-t-il ? demanda Hamilton.

— Ophelia a disparu. Sa putain de brute de beau-père qui a essayé de la faire chanter est tout à coup libéré sur caution.

Tout le monde se figea et un chœur de « putain » se fit entendre.

Hugo pencha la tête, et je me relevai d'un coup.

Un étau m'enserrait la poitrine. Son beau-père mijotait quelque chose et je craignais qu'il ne s'en prenne à Ophelia pour se venger de mes actes.

Mon téléphone sonna, rompant le silence et attirant l'attention de tout le monde. Mon sang se glaça lorsque je lus le nom de Michael à l'écran.

— Dis-moi.

— Monsieur, on a un problème.

Chapitre 40

Ophelia

L'obscurité et la douleur.

C'étaient les deux seules choses que je ressentais. Une palpitation dans ma tête, la morsure d'un objet pointu contre l'un de mes flancs et le fourmillement de l'un de mes bras.

J'ouvris lentement les yeux, prise de vertige, pour essayer de distinguer quelque chose, mais il n'y avait rien. Plus je reprenais conscience, plus je commençais à discerner mon environnement. Plus je commençais à ressentir mes muscles raides et endoloris. Combien de temps étais-je restée évanouie ?

J'essayai de me souvenir, de me rappeler comment j'avais pu me retrouver avec cette douleur dans un endroit inconnu, mais mon esprit était trop embrouillé. Je laissai échapper un grognement en essayant de m'asseoir mais, lorsque j'essayai de me servir de mes bras, je me rendis compte que mes poignets étaient retenus ensemble par des liens. Le plastique s'enfonçait dans ma peau. Je sifflai.

Heureusement, mes jambes étaient libres, mais rien n'empêcha une crainte sourde de s'emparer de moi. Un million de questions se mirent à se bousculer – comment avais-je atterri ici ? Que s'était-il passé ? Combien de temps s'était écoulé ?

Je retraçai mes pas à mesure que la brume dans mon cerveau se dissipait.

Je travaillais sur mon ordinateur quand mon téléphone avait sonné.

Andrea.

Elle était dans tous ses états. En arrivant à l'hôtel, j'avais appelé Brooke et avais donné à mes sœurs numéro de la chambre parce que j'avais laissé mon téléphone à Gen.

Les gémissements d'Andrea me revinrent en mémoire.

— Maman est revenue nous prendre. Elle a dit qu'elle avait quitté papa, que tout allait s'arranger. Elle a promis !

— Qu'est-ce qui s'est passé ? Qu'est-ce qui se passe ?

Je distinguai quelqu'un en arrière-fond, et un cri qui était à la fois loin et proche.

— Il fait mal à Brooke !

Il y eut un bruit de bagarre, un nouveau cri, cette fois d'Andrea.

— Non !

L'adrénaline s'était déversée dans mon sang et m'avait fait bondir sur mes pieds. Je voulais savoir où elles étaient pour pouvoir aller les chercher.

— Arrêtez ! m'écriai-je, la poitrine serrée.

Comment pouvaient-ils faire ça ?

Le souffle irrégulier qui avait empli la ligne m'avait donné des frissons.

— Viens prendre leur place et j'arrêterai.

— Espèce de sale connard.

— Ah-ah. Vas-y, énerve-moi et je m'en prends à la petite Drea, siffla-t-il en l'appelant par le surnom qu'elle détestait.

— Qu'est-ce que tu veux ?

— *Je veux que tu viennes ici. Tout de suite. On va parler, arriver à un arrangement et, en échange, j'arrêterai de faire du mal à tes sœurs.*

— *Ce sont tes filles, sale malade !*

Un cri avait retenti dans le fond.

— *Ouais, les miennes. Tu as une heure pour rappliquer avant que je commence à les fouetter avec ma ceinture.*

J'avais tressailli en me rappelant les marques laissées par la lanière de cuir.

— *Donne-moi l'adresse et ne touche plus à un seul cheveu de leurs têtes.*

— *Content d'avoir capté ton attention. Quand tu quitteras ce bel hôtel dans lequel tu es, assure-toi que personne ne te suit.*

Avant de partir, j'avais essayé de joindre Atticus, mais j'étais tombée sur la messagerie. Je n'avais pas laissé de message, et je le regrettai au moment où je quittai l'hôtel. Il remarquerait bien mon appel, n'est-ce pas ?

Malgré la gêne que m'évoquait le statut de notre relation, j'avais compris depuis longtemps qu'il était le seul sur qui je pouvais compter dans ma vie. Quoi qu'il arrive, Atticus m'aiderait. Il me retrouverait.

J'avais pris un taxi jusqu'à une espèce de maison délabrée à Jersey City. Le trajet avait duré près d'une heure. Ma mère avait ouvert la porte et j'avais à peine posé le pied à l'intérieur quand j'avais ressenti une piqûre dans mon cou.

Et voilà comment on prenait conscience du monstre absolu qu'était sa mère.

Elle n'avait jamais été du type aimant, à cuisiner et préparer de bons gâteaux. Plus du genre bières et cigarettes, comme Lou. Son modèle d'éducation, c'était la négligence. J'avais cuisiné davantage pour mes sœurs qu'elle au cours de leur vie, et je m'étais assurée de leur apprendre à se débrouiller avant mon départ.

Je ne m'inquiétais pas pour elles, car c'était moi le punching-ball. Elles étaient leurs princesses. Elles étaient les filles de Lou, après tout, alors que j'étais juste celle qu'il était forcé de nourrir.

En définitive, elles semblaient s'être transformées en Cendrillon – des esclaves qui ne recevaient aucune affection.

Sans fenêtre, sans lumière, je n'avais aucune idée du temps qui s'était écoulé depuis mon arrivée dans cet endroit. Une cave ? Ou bien m'avaient-ils emmenée ailleurs ?

Plutôt que de me recroqueviller contre le mur, je savais que je devais appréhender l'espace dans lequel je me trouvais. Je me levai et tendis mes mains liées devant moi en avançant prudemment. Le ventre noué, le souffle court, je m'efforçai de continuer, un centimètre après l'autre. Je finis par toucher la paroi rassurante d'un mur.

Je suivis lentement le mur à tâtons. Ni mes pieds, ni mes mains ne rencontrèrent quoi que ce soit. Après être arrivée à un coin, je suivis le mur suivant, mais ce ne fut que sur celui d'après que je sentis la surface changer. Il y eut une bosse, puis un bord, un joint, suivis par une étendue, puis la même chose.

Je baissai les mains le long de ce que je devinais être une porte. Je finis par tomber sur la poignée ronde et la tournai, mais rien ne se passa. Elle tournait dans ma main, mais j'avais beau tirer et pousser, rien.

— Merde.

Suivant le rebord, je remontai la main jusqu'à toucher une autre bosse, plus petite celle-ci. Il y avait une fente pour une clé et je me penchai en avant ; mon front heurta la porte.

Il n'y avait aucune issue. Aucun moyen de m'évader du trou dans lequel on m'avait jetée.

Je voulais seulement m'accorder un répit. Prendre le temps d'apaiser mon esprit et mon cœur loin, comme l'avait dit Gen, de l'influence des de Loughrey. À présent, tout ce que je désirais, c'était être enfermée dans cette tour de nouveau. La peur s'insinuait en moi comme de longues lianes qui s'entortillaient autour de mon corps.

— Atticus, gémis-je, les larmes aux yeux. Aide-moi.

Je me laissai glisser le long du mur en m'efforçant de maîtriser ma respiration avant de faire une crise d'angoisse. Le silence était tellement absolu que je percevais les remous de mon sang. Je ne sais pas combien de temps je restai assise là, abattue, mais, au bout d'un moment, le stress me poussa à m'assoupir.

Le son d'un verrou qu'on tire, suivi par les bruits de pas qui résonnèrent dans la pièce sombre et vide, me remit en alerte. Une lumière aveuglante emplit l'espace, et je dus me couvrir les yeux.

— Espèce de sale idiote, gronda une voix bourrue.

Lorsque je relevai les yeux, une silhouette familière se dessina.

Lou.

Il semblait ne pas s'être rasé depuis plusieurs jours. Il portait une chemise grise et sale sur ses épaules rondes, et sa bedaine ressortait pour exposer le marcel miteux qui lui était caractéristique.

— Il était temps que tu te réveilles, feignasse.

— Où suis-je ? demandai-je.

— T'occupe, dit-il.

— Depuis quand je suis ici ?

La porte se rouvrit, et ma mère entra. Une minuscule étincelle d'espoir s'alluma en moi, mais s'éteignit tout aussi rapidement. Elle faisait partie du plan et n'était pas de mon côté.

Elle ne l'avait jamais été.

Elle me jeta une bouteille d'eau puis un sandwich.

— Ce produit était plus fort que prévu. Tu es restée dans les vapes pendant plus d'un jour.

Un jour ? Pas étonnant que je me sente endolorie.

— Et personne dans cette putain de famille n'a remarqué ton absence. C'est dire ce que tu représentes pour eux.

Personne ? Ça n'avait aucun sens. Atticus ne ferait pas…

Je déglutis.

Malgré mes peurs et mes doutes, j'étais certaine d'une chose : Atticus viendrait me chercher. Il chercherait jusqu'à me trouver, quoi qu'il arrive.

Contrat ou pas, j'étais certaine de ça. Le but était de tenir, de ne pas perdre espoir en attendant sa venue.

Il viendrait.

— Où sont Brooke et Andrea ?

— On les avait, mais on les a ramenées chez ta tante. On voulait pas que ton prince charmant comprenne trop vite.

Au moins, elles étaient en sécurité. Pour l'instant.

— Qu'est-ce que vous voulez ?

La situation était extrême, même pour eux.

— Je veux que ton connard de fiancé raque, et je veux qu'il te voie tomber en disgrâce. Je ne suis pas sûr qu'il voudra de toi quand j'en aurai fini.

Un frisson parcourut ma colonne vertébrale.

— D'abord, je vais aller récupérer tes sœurs, dit ma mère.

Le sang quitta mon visage.

— Quoi ? Vous venez de dire qu'elles étaient avec Stacey.

Elle esquissa un sourire en coin en me riant au nez.

— Faut bien sauver les apparences et empêcher ma salope de sœur de tout déballer. La petite traîtresse s'est mise à crier quand je l'ai attachée. Elle s'est débattue. Je les ramène juste parce que tu auras peut-être besoin d'une motivation pour coopérer.

Lou sortit un trousseau de clés de sa poche et les lui tendit.

— Je vais m'occuper de cette garce. Va chercher les filles.

Je poussai un ricanement, ce qui attira leur attention.

— Tu es vraiment la mère la plus pourrie du monde.

Ses traits se déformèrent, et elle s'approcha de moi, prit son élan et me gifla.

— Tu t'es toujours crue meilleure que nous. À me regarder avec ces yeux, comme ton père. Mais ne t'inquiète pas, Lou va te redresser.

Je posai le dos de ma main sur ma joue brûlante.

Ils s'embrassèrent, ce qui me donna la nausée, puis elle disparut et me laissa seule avec lui. Il plissa ses yeux sombres.

— Alors, je commence avec mon poing ou…

Il sortit quelque chose de sa poche, et un son familier retentit. Il fut un temps où ce son me faisait trembler de peur. Il s'en servait sans cesse pour me menacer.

— Qu'est-ce que j'ai bien pu te faire ? Tu n'es qu'un pauvre soûlard qui se mettait dans des rages folles et me frappait. Et tu recommences maintenant avec Brooke et Andrea !

— Ferme-la ! rugit-il en brandissant le bras qui tenait le couteau.

Un tremblement parcourut tous mes muscles tandis que je fixai sa main des yeux en me demandant où il me frapperait en premier. Je dus puiser dans tout ce que j'avais pour ne pas m'effondrer, mais j'étais suffisamment résistante pour lui cacher ma peur. Plus jamais je ne lui donnerais ce pouvoir sur moi.

— Tout ça, c'est uniquement ta faute, salope. J'aurais dû t'écraser quand ton raté de père a cessé de respirer.

— Ne parle pas de mon père comme ça.

C'est ça. Reste forte.

— Quand il est parti, tu valais plus rien. S'il avait accepté de laisser la garde à ta mère pour qu'on récupère la pension alimentaire… mais non, il m'a forcé à le percuter avec la voiture.

Je me figeai. Le sang quitta mon visage. Je le dévisageai. Le monde sembla pivoter sur son axe, et le sol se dérober sous mes pieds.

— Quoi ?

Il ricana.

— Ouais, c'était moi. J'ai foncé sur ton enfoiré de papa. Ce connard était pas censé mourir. Il devait seulement capter le message.

Un éclair me traversa la poitrine. Le barrage céda en moi, me clouant sur place. Pendant des années, depuis que Lou avait épousé ma mère, je n'avais pas eu le droit de parler de mon père. Si je pleurais parce qu'il me manquait, Lou s'énervait et me poussait contre le mur ou me giflait.

Tout prenait son sens à présent.

— Et alors, maintenant ? demandai-je.

Que me réservait-il, à moi ?

— Maintenant, je vais réfléchir à ce que je vais te faire. On a le temps. Je compte bien passer ma rage sur ton joli minois.

Je restai immobile essayant de trouver une issue à la situation. Si je cherchais à m'enfuir en courant, il me poignarderait, voire me tuerait. Si je restais, il me tuerait probablement. Mes mains liées me désavantageaient. Sinon, j'aurais pu facilement le manipuler et l'enfermer ici à ma place.

— Qu'est-ce qui t'emmerde autant pour te mettre dans cet état ? lançai-je.

Je ne l'avais jamais vu aussi remonté et je commençais à me demander s'il avait pris quelque chose.

Je ne savais pas depuis quand j'étais là, et ma seule tactique était de gagner du temps. Atticus avait bien dû remarquer ma disparition à l'heure qu'il était, non ? Il voudrait prendre de mes nouvelles ou me rappellerait et, face à mon silence, il enverrait quelqu'un me traquer.

— On a porté de fausses accusations contre moi. J'ai une idée de celui qui les a diffusées.

— Ce n'était pas moi.

— Non, mais le salopard à qui tu t'es fiancée, gronda-t-il. C'est à cause de lui qu'on nous a enlevé les filles. Ta mère était malheureuse sans ces petites merdes.

Après son petit numéro et vu mes souvenirs de l'époque où j'habitais avec eux, en plus de ce que m'avaient dit Brooke et Andrea, je savais que c'était un pur mensonge. Ce qui lui manquait, c'était sûrement de se servir d'elles comme esclaves pour pouvoir rester le cul sur son canapé toute la journée.

— Si tu les détestes autant, tu aurais dû foutre le camp.

— Espèce de petite…

Il me fonça dessus, m'attrapa par les cheveux, les enroula autour de son poing et tira.

La douleur m'arracha un cri, et je m'efforçai de le faire lâcher.

— Tu vas m'obéir. Sinon, je vais te faire très mal.

— Je ne pense pas que tu sois assez musclé pour ça.

Sa main me serra la gorge, et il commença à m'étouffer.

— Et si on commençait maintenant ?

— Quelle importance ? Tu as déjà dit que personne ne me cherchait. Alors pourquoi tout ce cinéma ? S'il se fiche de moi à ce point-là, comment tu vas faire pour que ça change ?

Continue de le faire parler, Ophelia. Déniche tous ses secrets. Découvre la vérité.

Trouve un moyen de revoir Atticus.

— T'as toujours été une salope arrogante comme ça ?

— Eh oui. (Une nouvelle question surgit dans mon esprit, et je le fixai des yeux.) Comment tu savais où j'étais ?

Il m'avait spécifiquement demandé de m'assurer qu'on ne me suivait pas en sortant de l'hôtel où je me trouvais.

— Je te suivais, avoua-t-il. Je pouvais pas t'approcher dans cette tour surprotégée, mais alors tu es allée dans cet hôtel. Et je sais que ces gamines sont ta faiblesse.

Il me repoussa au sol et se dirigea vers la porte. La peur s'empara de nouveau de moi lorsqu'il éteignit la lumière, me plongeant dans le noir.

— Il était temps que tu serves à quelque chose. Quand les sous arriveront, tu perdras toute utilité. Pigé ?

Il claqua la porte et la verrouilla, me laissant seule dans la pièce vide. Ses paroles tournoyaient dans ma tête. Une chape de terreur s'abattit sur mes épaules, et je dus prendre sur moi pour ne pas sombrer.

Atticus viendrait me sauver.

Il viendrait.

Tiens bon.

Chapitre 41

Atticus

Peu après avoir failli perdre mon sang-froid, toujours sans nouvelles d'elle, je reçus sur mon téléphone un lien vidéo en provenance d'un numéro inconnu. Je partageai aussitôt l'écran avec la télévision accrochée au mur de mon bureau pour que tout le monde puisse la voir.

Mon corps entier s'engourdit lorsque j'aperçus Ophelia dans la vidéo infrarouge. Seule dans le noir, les joues baignées de larmes.

Ce qui me déchira le cœur et aiguisa ma soif de sang, ce fut de l'entendre appeler mon prénom. C'était un gémissement dans le noir, une quête de réconfort. Je lui avais promis la sécurité. J'avais fait tout ce qui était en mon pouvoir pour la venger de ceux qui lui avaient fait du tort, mais mon ego n'avait pas envisagé les représailles.

— Est-ce qu'on peut remonter l'origine de la vidéo ? demandai-je.

— L'équipe technique est dessus, répondit Damien.

Ma maîtrise ne tenait plus qu'à un fil.

Les lumières se rallumèrent subitement, et les couleurs apparurent à l'écran. La lumière la fit tressaillir ; elle se protégea les yeux avec les mains, laissant apparaître sa peau écorchée et un peu de sang qui coulait de ses blessures superficielles. C'est alors que je remarquai les liens autour de ses poignets.

Je vis rouge, et tout le reste fut occulté.

— C'est où ?

J'allais tuer le responsable.

— On est en train de préciser la localisation en ce moment même.

Ophelia baissa les mains. Ses yeux luttaient encore pour s'adapter. Combien de temps avait-elle été retenue dans le noir ? Je pus enfin avoir un bon aperçu de son état, et tous mes muscles se raidirent. La question n'était pas simplement de savoir combien de temps elle avait été retenue dans le noir, mais combien de temps elle avait été retenue dans cette pièce.

Ses vêtements étaient couverts de poussière, ses cheveux emmêlés, et de la saleté maculait sa peau couverte de sueur. Son visage était couvert de bleus, et elle avait la lèvre fendue.

— Dis-le, gronda une voix grave à travers les haut-parleurs.

Je m'attendais à la voir abattue et, même si les larmes coulaient sur ses joues, elle avait la mâchoire tendue et fixait la personne présente à ses côtés d'un regard virulent.

— Va te faire voir.

Une silhouette entra dans le champ, et un cri résonna lorsqu'elle retomba au sol. Une main lui empoigna les cheveux et tira. Elle se débattit pour se libérer avec une grimace de douleur.

Un hoquet retentit derrière moi, suivi par un sanglot étouffé. Tout le monde dans la pièce, tous mes frères et sœurs, Rhys et mes autres cousins et cousines, ainsi que l'équipe de sécurité et Holly, regardaient, impuissants, les images qui défilaient sous nos yeux.

Je ne m'étais jamais senti aussi désarmé de toute ma vie. Malgré mon pouvoir et ma fortune, je ne pouvais rien faire pour arrêter ce qui arrivait à la femme que j'aimais. J'étais coincé, obligé de la regarder se faire agresser sans pouvoir réagir.

L'homme qui la détenait la traîna plus près de la caméra et passa une main autour de sa gorge, l'autre lui accrochant toujours les cheveux.

— Dis-le !

Ses joues étaient rouges, ses yeux emplis de larmes, et sa coupure à la lèvre s'était rouverte. La peur, la douleur dans son regard faillirent me faire plier en deux, mais je refusai de détourner les yeux. C'était ma pénitence pour ma fierté, et je me fis la promesse que le responsable allait connaître le même sort au centuple.

— Espèce de fils de pute, j'ai dit non, siffla-t-elle, mais un petit sourire flotta sur ses lèvres lorsqu'il rugit de fureur.

Puis son sourire disparut lorsqu'il la projeta contre le mur. Sa tête heurta le plâtre puis retomba sur sa poitrine. Elle parvint à la redresser pour regarder son ravisseur.

— Tu ne gagneras pas. Il ne te laissera pas faire.

— Tu le feras pour Andrea, non ? Pour Brooke ? Si tu ne le dis pas, je les ramène ici et je leur fais la même chose jusqu'à ce que tu obéisses.

Son visage se tordit de douleur.

— Sale enfoiré !

— Dis-le !

Sa tête retomba, et ses épaules tremblèrent. Elle planta son regard dans l'objectif.

— Ce connard veut un million de dollars avant de te dire où je suis. Ne le lui donne pas.

Un rictus flotta sur son visage avant que son corps ne tressaute sous le coup de pied qu'il lui asséna dans le ventre.

Il continua de la frapper jusqu'à ce que la caméra tombe, ne laissant plus entrevoir que ses doigts délicats qui bloquaient le reste.

— Trouvez-moi tout de suite la localisation ! hurlai-je.

Le visage gras et crasseux de son beau-père emplit l'écran, le souffle court à cause de l'effort.

J'allais le tuer.

— Tu la veux, de Loughrey ? Je te la rends à un certain prix. Un million. Plus tu attends, moins je pourrai te garantir l'état dans lequel tu la récupéreras. (Il y eut une pause, avant qu'un couteau n'entre dans le champ.) À chaque heure qui passe sans mon argent, je vais me servir de ça. Je me demande combien d'heures elle tiendra avant de se vider de son sang. Me fais pas attendre.

À l'écran apparurent un numéro de téléphone et un numéro de compte en banque.

— Je veux qu'il meure.

Mes muscles étaient tellement tendus que mon corps tout entier tremblait de rage.

Chapitre 42

Ophelia

Je pris une brusque inspiration, ce qui déclencha une toux qui ne fit qu'empirer la douleur dans mon ventre. J'avais oublié à quel point Lou pouvait frapper fort.

Sans fenêtre, je n'avais aucune idée du temps qui s'écoulait, mais j'étais peut-être ici depuis plusieurs jours. Je faiblissais et devais faire appel à toute ma volonté pour rester optimiste. Ils ne me donnaient pas souvent à manger, et encore moins à boire.

Mon corps dépensait toute son énergie à essayer de se rétablir les dommages infligés toutes les quelques heures.

Une odeur de rouille imprégna ma langue, et je léchai la coupure sur ma lèvre. Elle s'était ouverte au moins vingt-quatre heures plus tôt. Le visage baigné de larmes de Brooke surgit dans mon esprit, et ses cris qui imploraient Lou d'arrêter de me malmener résonnèrent dans mes oreilles. Il l'avait plantée devant moi, et j'avais rassemblé toutes mes forces pour le tacler au sol.

J'avais détourné sa colère et j'étais devenue son exutoire tandis que ma mère essayait de le sortir de la pièce.

La dernière série fut la plus brutale. Je payais ma rébellion, mais l'espoir renaissait. Cette vidéo était destinée à Atticus. La fin de mon calvaire approchait.

Lou sous-estimait Atticus et, bientôt, le Roi Mauvais mettrait mes ravisseurs à feu et à sang. Ça, je pouvais en être certaine.

J'avais confiance en lui.

Confiance dans sa colère destructrice – la noirceur qui sommeillait juste sous la surface.

La porte s'ouvrit soudain et je toisai Lou d'un œil noir. Il se tourna pour la refermer, et sa chemise se souleva juste assez pour me laisser entrevoir l'éclat d'un objet familier.

Je blêmis en apercevant le revolver calé à sa ceinture.

C'était donc ainsi que ça se terminerait. Le dénouement selon Lou.

Mon ventre se noua, et une vague de nausée me submergea.

Dépêche-toi.

— Déjà une heure d'écoulée, lança Lou en pénétrant dans la pièce. (Le couteau reparut dans sa main, et il l'agita vers moi.) Par où je commence ? Qu'est-ce que tu dirais de tes yeux ?

Le sourire qui se dessina sur ses lèvres me fit frissonner.

— Super idée. (Il s'accroupit devant moi et saisit mon visage.) Ta maman a toujours détesté tes yeux. Imagine comme elle sera contente quand je les aurai crevés.

J'écarquillai les yeux et me débattis pour me libérer. Il rapprocha le couteau, et je me dégageai en me servant de mon poids.

— N-non !

Je fermai mes paupières de toutes mes forces en levant les bras devant moi pour me protéger. Le tranchant de la lame entailla ma pommette.

Je sentis son souffle irrégulier contre mon visage.

— Ouvre les yeux.

— Non, répliquai-je en sentant la pointe s'enfoncer dans ma peau.

Le claquement soudain de la porte contre le mur nous fit sursauter tous les deux. Lou tourna la tête pour s'apprêter à crier après ma mère, mais nous nous figeâmes en même temps devant la silhouette qui se tenait sur le seuil.

Submergée par une vague de soulagement, je laissai les larmes couler sur mes joues.

Atticus.

Nos regards se croisèrent, et je vis une lueur de souffrance passer à l'intérieur avant que la fureur s'empare de ses traits.

Lou me relâcha et recula en regardant Atticus.

Mon cœur martelait mes côtes. Un sanglot m'échappa, et la joie explosa en moi. Il était venu. Il avait réussi.

— Tiens, tiens, tiens, si ce n'est pas le putain d'enfoiré qui a détruit ma vie.

Atticus s'approcha prudemment de moi sans quitter Lou des yeux.

— Et je recommencerai autant de fois qu'il le faudra si vous la retouchez une seule fois.

Lou me jeta un regard par-dessus son épaule.

— Cette garce respire encore, non ?

Émotionnellement, j'essayais frénétiquement de me contenir. La peur me secouait tandis que l'euphorie me soulevait. Et s'il le blessait ? Lou était clairement d'humeur vengeresse, et je savais ce qu'il cachait à sa ceinture.

— Peut-être, mais vous vous en êtes pris à ce qui m'appartient et, pour ça, vous pousserez votre dernier souffle avant la fin de la soirée, gronda Atticus.

— C'est un si bon coup que ça ? J'aurais dû vendre son corps il y a bien longtemps.

Cette pensée me comprima l'estomac. Je me souvenais de ses « amis ». Ils étaient aussi tordus et sordides que lui.

— Vous allez vous abstenir de parler de ma fiancée de cette manière.

— Putain de langage bien comme il faut. Encore un de ces

crétins qui est né avec une cuillère en argent dans la bouche et du fric qui coule des nichons de maman.

— Relâchez-la. Immédiatement.

Lou tendit le bras vers moi et m'attrapa par les cheveux pour me tirer vers lui. Je poussai un cri et retombai par terre quand il me lâcha.

— Montre-moi les putain de thunes, et je te la rends. Tu as l'air d'avoir les mains vides, et mon compte en banque n'a pas l'air bien rempli non plus, alors pourquoi je vous tuerais pas tous les deux ?

Je fus enfin capable de regarder Atticus. Une lueur meurtrière brillait dans ses yeux mais, quand il me jeta un regard, je pus y déceler sa souffrance.

— Et ensuite quoi ? J'ai ruiné votre vie et, en me tuant, vous ruinerez votre avenir. À ce propos… où est votre femme ?

— Elle est partie récupérer les gamines. On les emmène avec nous.

Atticus ricana.

— Vous en êtes certains ?

Lou plissa les yeux.

— Qu'est-ce que vous avez foutu ?

— Ce qu'il fallait.

La noirceur de son aura s'intensifiait et engloutissait la pièce, menaçant de tout consumer.

— Vous me menacez, je prends ce qui vous appartient, reprit-il. Vous prenez ce qui m'appartient, je vous détruis. Pas de pitié, pas de seconde chance.

L'attention de Lou était entièrement focalisée sur Atticus. J'étais faible, mais je devais essayer de m'échapper. J'avais tout juste la force pour me propulser. Je me relevai et me jetai vers Atticus. Lou hurla, et Atticus me rattrapa par mes poignets liés avant de me serrer contre lui.

— Tu crois que tu as pris le dessus parce qu'il est là ? ricana Lou avant de se tourner de nouveau vers Atticus. Je te laisserai pas l'emmener. C'est ma façon de me rembourser, parce que je t'ai jamais rien fait.

Atticus me tenait fermement.

— Mais vous vous en êtes pris à Ophelia. En tant que ma future épouse, elle est une extension de moi-même. C'est moi que vous avez menacé. C'est à moi que vous vous êtes attaqué.

— Il a tué mon père, dis-je.

Une larme coulait sur ma joue.

Lou m'enlèverait-il aussi le seul autre homme que j'avais aimé ?

— Je m'en doutais.

Je relevai les yeux vers lui, mais il ne quittait pas Lou des siens.

— Vraiment ?

Il hocha la tête.

— Hugo enquête depuis un mois. Il y a plus qu'assez de preuves pour le faire condamner.

Fou de rage Lou et récupéra l'arme qu'il cachait dans son dos. Il leva le bras et le pointa sur nous. Atticus me mit à l'abri derrière lui. Je m'agrippai à lui en fixant Lou.

Qu'allait-on faire maintenant ? J'étais un frein pour lui, je le ralentissais, et on ne pouvait pas s'enfuir.

— Vous n'allez pas faire ça, dit Atticus.

Mais Lou avait dépassé le stade de la raison.

— Oh ! que si. Vous buter tous les deux me fera beaucoup de bien après ce que vous m'avez fait traverser. Vous servir de votre fric pour me niquer… Mais je me contenterai d'elle. (Il esquissa un sourire en coin.) Si tu ne veux pas mourir, bouge pour que je me débarrasse d'elle.

Atticus serra le poing sans mordre à l'hameçon.

— Je vous le répète, vous ne la toucherez plus.

La seconde qui suivit parut durer une éternité. Atticus se tourna et croisa mon regard avant de me pousser par les bras, me projetant loin de lui. Je trébuchai et tombai par terre jusqu'à heurter le mur. Ce mouvement inattendu dérouta Lou, et Atticus profita de sa confusion pour se jeter sur lui.

Je n'étais plus dans la ligne de mire, mais Atticus, si. Ses années de sport et d'entraînement lui donnaient une meilleure forme physique que son adversaire, et il parvint à repousser le bras de ce dernier vers le haut.

Un coup partit et je poussai un cri, terrifiée à l'idée qu'Atticus ait été touché. Ils s'effondrèrent tous les deux en cherchant à s'emparer de l'arme. Atticus chevaucha Lou et le plaqua au sol sous son poids. Un deuxième coup retentit, le bras d'Atticus fut projeté en arrière, et l'arme vola à travers la pièce.

Alors, une force dont je n'avais été témoin qu'une seule fois s'empara d'Atticus. Il prit son élan et frappa Lou en plein visage, avec une puissance telle que j'aurais juré entendre les os craquer.

Il frappa encore et encore jusqu'à ce que Lou cesse de se débattre. Debout, Atticus respirait avec difficulté et se tourna vers moi sans quitter Lou des yeux. Son poing était en sang, mais ce n'était pas celui avec lequel il avait frappé.

Prise de panique, je me ruai vers lui et je vis toute l'adrénaline le quitter. Il s'effondra, et je ne parvins pas à le retenir. Nous tombâmes à genoux, et je pris son visage entre mes mains, les larmes aux yeux.

— Regarde-moi, dis-je en gémissant.

Il cligna des yeux, le regard vague, et secoua la tête pour essayer de se ressaisir. Le sang commençait à former une flaque autour de lui, et je laissai échapper un sanglot.

— Oph… elia, articula-t-il péniblement. (Il posa son front contre le mien et finit par me regarder.) Je t'aime.

Les secondes s'écoulèrent au ralenti, et la terreur me submergea ; ses yeux roulèrent vers l'arrière et il s'écroula au sol.

— Atticus !

Chapitre 43

Ophelia

Quelques secondes plus tard, une poignée d'hommes en costume envahirent la pièce, mais mon attention restait concentrée sur Atticus. Ils n'étaient qu'un mouvement flou à la périphérie de mon champ de vision tandis que je me retenais de craquer. Quelqu'un me prit par les bras et me tira en arrière. Je poussai un cri en me débattant, et je les regardai soulever Atticus de sa flaque de sang et l'installer sur une civière.

La scène se déroula dans un mélange de ralenti et d'avance rapide, avec le son coupé. Puis soudain, pour la première fois depuis des jours, mes poignets furent libérés de leurs liens et un bras passa sous mes jambes pour me soulever. Je relevai les yeux pour trouver les yeux verts familiers de Michael posés sur moi. Il parlait, mais je n'entendais rien.

Le rebond sur chacune des marches réveillait mes blessures, et la douleur commença à se rappeler à moi. La lumière vive qui pénétrait par les baies vitrées m'aveugla.

À l'extérieur, je dus fermer les yeux pour les protéger du soleil. Du monde fourmillait tout autour de moi. Des voitures noires et des SUV étaient garés des deux côtés de la route, et l'un des hélicoptères des de Loughrey, posé sur un parking de l'autre côté de la chaussée, projetait des lueurs stroboscopiques au sol. Ils y chargèrent Atticus.

Nous montâmes à notre tour, mais Michael me garda dans ses bras au moment où l'hélicoptère décolla quelques secondes plus tard. Je ne quittai pas Atticus des yeux. Je voulais m'approcher de lui, me jeter sur lui, mais on lui prodiguait des soins et on lui posait un garrot au bras.

J'observai, le corps tremblant, pétrifiée, sa poitrine qui se soulevait et redescendait.

L'hélicoptère atterrit sur le toit de l'hôpital quelques minutes plus tard, et Atticus disparut dans l'ascenseur. Michael m'y emporta à mon tour, et nous descendîmes en compagnie d'un garde.

On pénétra dans un service de l'hôpital qui paraissait vide. Je fus installée dans un fauteuil roulant. Coupée de tout contact humain, je me sentis submergée par une sensation glacée. Mes dents se mirent à claquer.

Quelqu'un s'approcha de nous, mais je gardai les yeux rivés sur le couloir, pour guetter Atticus.

— Je pense qu'elle est en état de choc, dit Michael.

Sa voix fut le premier son à pénétrer ma conscience depuis les derniers mots d'Atticus.

En état de choc ?

Le médecin se pencha devant moi, croisa mon regard, et je dus cligner des paupières.

— Madame de Loughrey, on doit vous examiner.

— Evans, rectifiai-je.

Il ouvrit de grands yeux surpris.

— Pardon ?

— Nous ne sommes pas encore mariés. C'est Evans.

Tout remonta à la surface, et un cri s'échappa de ma gorge, libérant toute mon angoisse réprimée.

Des bruits de pas retentirent, et Penelope apparut devant moi. Elle me prit la main et la serra. Même si je ne la connaissais pas véritablement, sa seule présence m'apaisa.

— Vous pouvez me raconter ce qui s'est passé ? demanda le médecin.

Je hochai la tête. Les tremblements de mon autre main se calmèrent lorsqu'une sensation de chaleur l'imprégna.

— On vous accompagne, annonça Genevieve de l'autre côté.

Je relevai les yeux vers mes deux futures belles-sœurs et m'agrippai à leurs mains.

— Vous êtes là ?

— On était en état d'alerte. On est là pour toi.

Le médecin sembla vouloir protester, puis il observa la famille et se ravisa.

Dans une chambre individuelle, et avant même que je m'assoie sur le lit, le corps médical prit de multiples photos de l'étendue de mes blessures, puis on me déshabilla et on rangea mes vêtements dans des sacs de pièces à conviction. Une nouvelle série de photos, puis on me palpa, on me manipula, on me frotta avant que le médecin soit en mesure de m'examiner. Je n'avais pas l'énergie de me sentir gênée de me retrouver en sous-vêtements devant une dizaine de personnes.

Le médecin m'examina avec une grimace. J'avais les bras couverts de sang séché, et il était impossible de dire s'il s'agissait du mien ou de celui d'Atticus.

— Ce n'est en grande partie pas le mien, murmurai-je.

— Il y a une douche, là. Aller vous nettoyer pour qu'on puisse mieux se rendre compte de vos blessures.

Je hochai la tête et passai dans la salle de bains, accompagnée par deux infirmières.

— Laissez-moi vous aider, dit l'une d'elles avec un petit sourire.

Je pénétrai sous le jet d'eau chaude. Je gémis de douleur lorsque des plaies se rouvrirent sous les frottements. Une fois la torture terminée, je m'efforçai de me détendre un petit peu, enveloppée par la chaleur.

Je me sentais mieux à la sortie malgré ma faiblesse, mais je pris soudain conscience que je n'avais plus de vêtements.

— Jack a apporté ça, dit Penelope en me tendant l'une des valises que j'avais laissées au Magnifique.

— Merci, dis-je avant de la fouiller en quête d'une culotte et d'un soutien-gorge de sport.

— Vous pourrez vous rhabiller après l'examen, me signala le médecin en m'indiquant de m'allonger.

Nouvelles palpations au cours desquelles je poussai quelques gémissements, en particulier quand il appuya sur les ecchymoses sur mon ventre provoquées par les coups de pied de Lou. Ce n'était pas la première fois que je les subissais, mais il n'avait jamais été aussi furieux.

Après de multiples tests, il fut déterminé que le pire consistait en une commotion mineure. Les douleurs laissées par les coups de pied dans mon ventre étaient intenses et contribuaient à mon état de choc, mais je ne souffrais d'aucune hémorragie interne. Tout le reste était superficiel, et seuls quelques points de suture furent nécessaires. On me banda, on m'administra une intraveineuse et des antibiotiques, puis on m'autorisa à quitter la chambre.

— Tu devrais te reposer, me dit Penelope en guise de protestation, tandis que Genevieve m'aidait à enfiler un jogging et un sweat à capuche.

Je secouai la tête.

— Il faut que je sache.

Elle fronça les sourcils et rapprocha le fauteuil roulant.

— Tu vas au moins t'asseoir là-dedans.

À notre arrivée dans la salle d'attente, Hamilton et Rhys se levèrent et m'adressèrent des regards peinés.

— Du nouveau ? demandai-je.

Ils secouèrent la tête.

Chaque minute, les portes de l'ascenseur tintaient pour annoncer l'arrivée d'un nouveau membre de la famille. Je finis par remarquer l'absence de personnel soignant ou d'autres patients. En fait, la disposition n'était pas celle d'un service hospitalier habituel. Pour commencer, la salle d'attente s'ouvrait sur les chambres.

— C'est l'aile des de Loughrey, m'apprit Genevieve qui semblait remarquer ma confusion.

— L'aile des de Loughrey ?

Elle hocha la tête.

— Ce service est réservé à notre famille, et notre famille uniquement.

Avec tout ce que je savais, ça n'aurait pas dû me surprendre.

Je fixai des yeux la moquette et les pieds luxueusement chaussés qui arpentaient le sol. Des mots étaient échangés, mais aucun ne pénétrait mon cerveau. Des voix et des pleurs frôlaient ma conscience mais, là non plus, je ne parvenais pas à en assimiler le sens.

La poitrine serrée, je laissai l'engourdissement m'emporter et perdis le fil. Je contemplai mes mains et les traces rouges qui zébraient mes poignets et cuticules.

Qu'est-ce qui leur prenait autant de temps ? Les larmes que j'avais réprimées jusque-là se remirent à couler sur mes joues.

J'essayai d'assimiler la réalité de ces derniers jours – les vérités qui avaient été révélées – pour contenir ma panique de ne pas être à ses côtés.

Je ne savais pas où il avait été touché, seulement qu'il y avait eu beaucoup de sang.

Atticus avait été touché par balle.

Une nouvelle vague de détresse me submergea, et je me mis à hyperventiler.

— Là, là, dit une voix familière, tandis qu'on passait des bras autour de moi. Il va s'en sortir. Il est pris en charge par les meilleurs médecins.

C'était de nouveau Penelope, dont la chaleur humaine ne parvenait pourtant pas à dissiper ma culpabilité.

— C'est ma faute.

— Ça oui, vous pouvez le dire ! siffla Vera alors que ses chaussures vernies s'arrêtaient devant moi.

— Mère ! s'exclama Penelope.

— Michael est son garde du corps, tonna Charles en gagnant l'attention de toute la pièce. Il aurait dû être avec elle.

Je me figeai.

— Qu'est-ce que vous venez de dire ?

Charles me toisa en ricanant.

— Vous ne servez vraiment à rien. Michael aurait dû rester avec vous. C'est sa seule et unique mission.

— L'autre partie.

— Quelle autre partie ? demanda Penelope.

— Sur le garde du corps.

Vera persifla.

— Pensiez-vous réellement que mon fils vous laisserait sortir toute seule sans protection ?

Je secouai la tête.

— Mais c'est un chauffeur.

— Tous nos gardes du corps sont chauffeurs, clarifia Vera. Êtes-vous vraiment assez naïve pour croire qu'on se balade comme on veut sans avoir en permanence un garde du corps ? Nous sommes les de Loughrey, Ophelia. Nous sommes constamment accompagnés d'une équipe de sécurité. Le fait que vous ne vous en soyez jamais rendu compte ne fait que prouver à quel point vous en avez besoin.

Je m'efforçai d'analyser ses paroles, le ventre noué. Je savais que la sécurité était présente, mais je ne l'avais jamais vue et je n'y avais donc jamais pensé. En effet, souvent, quand Atticus et moi étions ensemble, il y avait un autre homme, Damien.

Ils se fondaient tellement dans le décor que je n'avais jamais remarqué leur présence.

— Madame de Loughrey ? lança un médecin en entrant.

La pièce entière tourna la tête dans sa direction, et je me levai à son approche. Il m'avisa avec de grands yeux écarquillés.

— Comment va-t-il ? demandai-je.

Penelope glissa son bras autour de moi pour me stabiliser. Sa bienveillance m'apaisait.

— Il va bien. La balle a traversé son bras, a manqué de peu l'artère brachiale et a frôlé son humérus. Il a eu une chance incroyable. Il est en état de choc. On a réussi à stopper l'hémorragie et à lui faire une transfusion.

— Quand pourra-t-on le voir ? s'enquit Vera.

— Bientôt.

Il nous adressa un signe de tête avant de disparaître.

Submergée par le soulagement, je regardai Penelope, qui retenait ses larmes. Elle sourit.

— Il est trop têtu pour mourir, de toute façon.

Charles s'approcha et se dressa au-dessus de moi, la mâchoire crispée, le regard empli de mépris.

— C'est entièrement votre faute ! S'il ne vous avait pas rencontrée, mon fils n'aurait jamais reçu de balle. Vous n'êtes pas faite pour cette famille. Partez. Immédiatement.

Ce fut un coup de massue. Sa colère me rappela celle de Lou.

Si je n'avais pas cédé face à Lou, ce n'était pas pour laisser Charles me piétiner. Je lui lançai un regard noir.

— Jamais. Je me fous pas mal de ce que vous pensez de moi. Vous n'êtes rien d'autre qu'un tyran. Vous tyrannisez vos enfants, votre femme et bien d'autres encore, mais vous ne détenez pas ce pouvoir sur moi. Atticus seul peut exiger mon départ.

Il retroussa les lèvres et souleva son bras en arrière. Je tressaillis et levai instinctivement les miens pour me protéger, comme je l'avais fait pendant des années, mais il n'y eut aucun impact. Lorsque je relevai les yeux, Silas avait saisi le poignet de son oncle.

— Si tu la frappes, personne ne pourra plus rien pour toi quand il l'apprendra. Tu veux la rendre responsable de sa situation sans même remarquer qu'un seul geste suffit pour qu'elle se recroqueville sur elle-même. Les agissements de cet homme ne sont pas sa faute. C'est une victime.

Je dévisageai Silas, dont le regard froid et sombre fixait Charles. Mes seules interactions avec les jumeaux se résumaient à un échange de regards à travers une pièce, et je fus stupéfaite qu'il vole à mon secours. Je distinguai Silas de son jumeau uniquement à la longueur de ses cheveux.

Charles dégagea son bras, et Silas vint se poster devant moi. Son frère l'imita, me protégeant de mon futur beau-père.

Charles vociféra et sortit en trombe de la pièce. La porte claqua, faisant trembler le mur.

— Est-ce que ça va ? me demanda Silas après son départ.

Je hochai la tête.

— Vous êtes intuitif, Silas. Merci.

Il m'observa d'un regard vide.

— J'observe. En plus, j'ai vu la vidéo. Pas lui.

— La vidéo ? Vous l'avez vue ?

Il confirma.

— Nombre d'entre nous étaient présents dans le bureau d'Atticus après la découverte de votre disparition et au moment où le lien est arrivé.

— Vous avez fait preuve de beaucoup de courage, ajouta Atlas.

— Avec toutes les tentatives d'enlèvement que la famille a eu à affronter, découvrir que c'était ta propre famille qui t'avait trahie nous a choqués, déclara Rhys.

Je me figeai sur place.

— Tous les enlèvements ?

— Tu as terminé le classeur ? demanda Genevieve en s'approchant.

— Oui, mais je ne me souviens pas de ça. Je devrais, pourtant.

Dans tous les livres que j'avais lus sur la famille de Loughrey, il n'était fait mention que d'un enlèvement au cours des années trente.

— Je ne pense pas qu'elle ait accès au dossier de la famille, dit Rhys dans mon dos. Il y a certaines informations que le classeur ne mentionne pas.

— Jack aurait dû arranger ça, dit Hamilton.

— Mais si ni lui ni Atticus ne lui en ont parlé, on ne peut rien y faire, dit Georgiana.

— Atticus voulait peut-être la protéger. La garder entièrement pour lui le plus longtemps possible, ajouta Silas.

Tout le monde le regarda.

— La vérité sort de la bouche du prince ténébreux, lança Rhys.

— Ne m'oblige pas à te frapper, répliqua Atlas en tournant son expression impénétrable vers son frère.

À eux tous, ils remplissaient un peu trop copieusement l'espace qui m'entourait mais, pour la première fois, je les voyais sous un nouveau jour. C'était une famille comme les autres. Ils se préoccupaient les uns des autres même s'ils ne savaient pas l'exprimer.

— Viens, dit Penelope, tandis que Georgiana me prenait l'autre main. Il faut que tu te rassoies.

Une heure plus tard, le médecin reparut et nous fit signe de le suivre. Des hommes, que je savais maintenant faire partie de l'équipe de sécurité, flanquaient la porte de la chambre d'Atticus. Certains visages étaient familiers, mais je notai l'absence de Michael et de Damien.

Plus d'une dizaine de membres de la famille de Loughrey emplissaient le couloir bruyant.

Je dus jouer des coudes pour atteindre la porte, mais quelqu'un m'aida à me frayer un chemin.

Les larmes me montèrent aux yeux lorsque je le vis allongé sur le lit. Il toisait les personnes présentes dans sa chambre d'un air agacé.

— Vous faites trop de bruit. Tout le monde dehors, sauf Ophelia, s'écria-t-il avant de laisser sa tête retomber sur l'oreiller.

Un tollé s'éleva, mais il ramena son entourage à l'ordre d'un regard qui ne laissait aucune place à la discussion. Dès que la porte se fut refermée, nos regards se croisèrent, et je fus incapable de retenir mes larmes plus longtemps.

— Pourquoi tu as fait ça ?

Je me mis à sangloter dans mes mains bandées, au bord de la crise de nerfs.

Chapitre 44

Atticus

Mon esprit était toujours embrumé, mon corps épuisé, mais je ne supportais pas de la voir pleurer.

— Approche, dis-je en tendant le bras pour l'inviter à s'asseoir à côté de moi.

Elle secoua la tête en fronçant les sourcils.

— Je ne veux pas te faire mal.

— Tu me fais très mal et tu me mets très en colère en refusant de poser ton cul ici sur-le-champ.

Elle sursauta, puis hocha la tête et s'approcha précautionneusement du lit. Des bandes de gaze dépassaient des manches de son pull au niveau des poignets, et d'autres bandages et points de suture parsemaient sa peau et son visage enflé. Je me décalai légèrement, et la douleur dans mon bras gauche m'arracha une grimace. Elle grimpa sur le lit en me regardant de ses yeux embués.

— N'y pense même pas. Allonge-toi, lui ordonnai-je.

Une fois qu'elle fut installée dans mes bras, je poussai un soupir et mon corps se détendit. Je me penchai en m'efforçant d'ignorer la douleur, et j'inspirai son parfum. Elle était avec moi. En sécurité. Tout allait bien.

— Bon, maintenant dis-moi… Pourquoi as-tu essayé de me quitter, bordel ?

Ses traits se froissèrent, et son corps fut agité par un spasme avant qu'elle n'enfouisse son visage contre ma poitrine. De grosses larmes chaudes coulèrent sur ma peau.

Je lui caressai le dos et déposai un baiser sur le sommet de son crâne.

— Il était hors de question que je laisse ce cafard te faire du mal.

Elle releva mon menton en reniflant.

— J'ai failli te perdre.

— Ne pleure pas. Je ne supporte pas de te voir pleurer.

Elle posa une main sur ma joue.

— Ne refais jamais ça. Promets-le moi.

— Impossible, dis-je en secouant la tête. Si tu es en danger, je ferai tout pour te protéger.

— Je suis désolée. J'ai eu peur.

— Développe. Peur de quoi ?

— Qu'on ne soit qu'un contrat.

— Je sais qu'à l'origine ce n'était qu'un contrat. Mais, pour moi, c'est devenu bien plus que ça. Est-ce que je ne suis pas assez bien pour toi ? Est-ce que je ne vaux pas la peine que tu te battes pour moi ? demandai-je d'une voix vulnérable, éraillée.

Je détestais montrer mes émotions mais, entre mes blessures et sa détresse, je n'étais plus capable de les garder pour moi.

— Pourquoi tu es partie ?

— Parce que l'autre nuit, c'était réel pour moi alors que, pour toi, ce n'était qu'une affaire parmi d'autres.

— À mes yeux, tout est contractuel, mais cette nuit n'en faisait pas partie.

— Alors qu'est-ce que c'était, cette liasse de billets, si ce n'est un paiement pour mes services ?

J'écarquillai les yeux.

— L'argent pour tes sœurs ?

Elle me fixa, les yeux agrandis par l'horreur. Quelques jours plus tôt, elle m'avait dit qu'elle devait régler les frais de scolarité de ses sœurs, que l'école ne prenait pas les cartes de crédit et qu'elle ne possédait pas de chéquier.

— Tu ne m'avais pas dit que tu partais en voyage, et c'est là que Jack m'a donné cette enveloppe… J'ai pensé… j'ai pensé…

Lorsque je compris enfin, je sentis la colère me gagner. Depuis le début, malgré notre attirance, Ophelia ne voulait pas avoir l'impression de me vendre son corps – c'était la raison précise de la clause qu'elle avait voulu ajouter au contrat. Lui donner une liasse de billets après une nuit de sexe, sans explication, c'était lancer des signaux contradictoires.

— Tu as pensé quelque chose de stupide, n'est-ce pas ?

Elle hocha la tête entre deux sanglots.

— Tu es parti et… et sans me dire au revoir.

— Je ne t'ai pas dit au revoir ? (Je penchai la tête.) Tu penses vraiment que je suis assez froid pour partir comme ça ?

Elle hocha la tête.

Je grognai.

— Hmm, bon, la prochaine fois, je m'assurerai que tu sois complètement réveillée pour que tu ne tires pas de conclusions idiotes. Mieux encore, je t'emmènerai.

— Pardon ?

J'écartai une mèche de cheveux de son front pour exposer ses magnifiques yeux marron.

— Je suis venu te dire au revoir. Je t'ai embrassée sur la bouche et tu m'as serré contre toi. J'ai eu du mal à me détacher de toi, mais tu t'étais rendormie avant que ta tête touche l'oreiller.

Elle fronça les sourcils et secoua la tête.

— Je ne m'en souviens pas.

Je poussai un profond soupir.

— Tu es la créature la plus exaspérante que j'aie jamais rencontrée. Tant pis pour ce putain de contrat. Je te veux, c'est tout.

— Pardon ?

— Tu as bien entendu.

— Pourquoi ?

Je serrai les dents et gardai le silence un instant. Je n'avais jamais prononcé les mots que je m'apprêtais à dire. Ils n'avaient jamais passé la barrière de mes lèvres : étrangers, graves, c'était l'expression verbale des sentiments que j'avais pour elle.

— Je suis amoureux de toi, Ophelia. Entièrement, éperdument amoureux de toi au point d'en devenir fou.

— Vraiment ?

— Vraiment.

— Moi aussi, je t'aime.

Elle laissa échapper un nouveau sanglot ; ses traits n'exprimaient plus la détresse, mais un éclat hypnotique et un sourire aveuglant.

— Qu'est-ce que je vais faire de toi ?

— Comment ça ?

— Je te mange dans la main et tu n'en as même pas conscience. Et tu as la mauvaise habitude de t'enfuir quand tu as peur. Arrête ça.

Elle serra la fine couverture dans son poing.

— C'est ma façon de réagir. Je m'enfuis. Je suis une fuyarde.

— Arrête de me fuir.

Elle croisa mon regard.

— Mais tu représentes le plus grand danger pour moi.

— Pourquoi ?

— Parce que tu peux me briser.

— C'est la dernière chose que je veux. Parle-moi, et dis-moi ce que tu ressens.

— Qu'est-ce que tu ressens, toi ?

— Je me sens submergé et, en dehors de la douleur, j'oscille entre la panique qui s'estompe, l'euphorie de t'avoir retrouvée indemne, et l'envie de t'enchaîner à mon lit pour que tu ne me quittes plus jamais.

Elle ouvrit de grands yeux.

— Que je ne te quitte jamais ?

— Jamais. Ni dans cinq ans ni dans cinquante.

Je pris son visage dans ma main pour m'assurer qu'elle me regarde, et repris.

— Je suis sérieux, Ophelia. Je t'aime. Je ne veux plus vivre sans toi. Et la prochaine fois que tu ne me trouveras pas et que tu seras inquiète, appelle-moi jusqu'à ce que je réponde.

— Je suis désolée.

Je secouai la tête.

— Qu'est-ce que je vais faire de toi ?

— Tu m'as déjà posé la question.

— Tu as une réponse à me donner ?

Elle se mordit la lèvre inférieure.

— M'aimer pour l'éternité ?

Je caressai sa lèvre avec mon pouce et savourai la teinte rosée qui colora ses joues.

— Ça ne devrait pas poser de problème.

J'étais certain que je n'aimerais jamais personne d'autre qu'elle.

Chapitre 45

Ophelia

L'avalanche d'événements qui suivit la blessure d'Atticus était floue dans mon esprit. Lou et ma mère étaient tous les deux en prison, dans l'attente de leur procès pour de multiples délits dont séquestration et agression à main armée, sans parler de l'enquête en cours au sujet du meurtre de mon père.

Entre les aveux de Lou et les informations qu'avait déterrées l'équipe d'Atticus, la question que j'avais posée dès l'apparition des policiers sur notre seuil avait trouvé sa réponse. Un homme mauvais, avide et égoïste m'avait enlevé la personne qui comptait le plus au monde pour moi, et avait bien failli recommencer.

J'avais bon espoir qu'à l'issue de leur procès ils finissent leurs jours en prison. Je n'éprouvais plus la moindre bienveillance envers ma mère après avoir découvert son implication, en plus de tout ce qu'elle avait fait pour aider Lou. Elle avait le sang de mon père sur ses mains tout autant que lui.

Rhys avait tenté d'apaiser mon angoisse en me certifiant que l'accusation d'enlèvement avec préméditation à elle seule garantissait une peine minimum de vingt-cinq ans, qui s'appliquait à la fois à Lou et à ma mère. C'était sans parler de la liste des autres méfaits dont ils étaient accusés.

Brooke et Andrea resteraient chez notre tante à New Haven, avec notre aide financière, à Atticus et moi. Leur lycée privé ainsi que leur future université étaient pris en charge. Je leur avais également réservé deux des chambres d'amis chaque fois qu'elles voudraient venir nous rendre visite.

Elles ne me reprochaient rien de ce qui était arrivé et ne s'en voulaient qu'à elles-mêmes de ne pas m'avoir prévenue plus tôt de ce qui se passait, mais je savais que Lou avait insufflé la peur en elles. La peur était une chose très difficile à surmonter. Au cours des derniers mois, elles avaient entendu ma mère et Lou parler, comploter, et même murmurer : « On tuera Ophelia s'il le faut. »

Heureusement, Brooke et Andrea restaient aussi douces et innocentes que dans mon souvenir et ne semblaient pas avoir hérité des ignobles caractéristiques de leurs parents, même si elles restaient des adolescentes comme les autres avec leurs chamailleries. Nous avions prévu de les accueillir quelques jours, la semaine suivante, avant la rentrée scolaire.

Pour l'instant, nous nous accordions un repos bien mérité, pour qu'Atticus se remette de sa blessure, et moi des miennes. Mes entailles étaient en voie de guérison ; les hématomes restaient visibles mais s'estompaient un peu plus chaque jour.

À la sortie d'Atticus de l'hôpital, on séjourna quelques jours à la Tour avant de s'installer dans la maison des Hampton – l'Asile – pour quelques semaines. Le médecin d'Atticus lui avait enjoint le repos, et il ne le trouverait pas en ville. Quelques autres de Loughrey suivirent : la très enceinte Elizabeth et sa famille, Rhys, Georgiana, Hamilton et Penelope. Même si la famille de Georgiana possédait sa propre maison, elle resta avec nous.

Je devais reconnaître que j'aimais quand il y avait du monde, ça me rassurait. Michael et Damien étaient constamment avec nous, et Michael ne me quittait pas des yeux. Disons que je l'avais bien mérité.

Les membres de la famille allaient et venaient à leur guise ; aucun d'entre eux ne resta pendant l'intégralité de notre séjour. Nous avions beau être loin de la ville, impossible de forcer Atticus à se couper complètement du travail et à se détendre. Holly était même venue travailler, accompagnée de sa compagne, Becca, ce qui ne fit que qu'accroître mon embarras au sujet de la crise de jalousie que je lui avais faite quelques semaines plus tôt.

La résidence était immense, comme toutes celles de la famille, bien qu'elle pût paraître petite comparée à Stronghold. Mon endroit préféré, c'était le porche, où je m'installais pour écouter les vagues se briser sur le rivage. Si seulement l'eau avait pu être plus chaude !

Affalée dans une confortable chaise longue sur la terrasse, j'étudiai la liste des invités pour le mariage. Heureusement, je n'allais pas devoir écrire personnellement aux sept cents personnes, Vera ayant déjà engagé un calligraphe.

Sept cents.

J'en avais invité six – tante Stacey, Brooke, Andrea, Mitchell, mon ami Dani de l'université, et mon grand-père.

Atticus avait confié à son détective privé, Hugo, la mission de le retrouver, et j'avais été enchantée d'apprendre que le dernier lien qui me rattachait à mon père était toujours en vie. J'avais obtenu son adresse et son numéro de téléphone la veille, et je rassemblais mon courage pour lui parler. Ma mère m'avait bourré le crâne en me faisant croire que la famille de mon père ne voulait pas de moi, mais j'avais décidé de le contacter avant la fin de la semaine.

Bien avant que j'apparaisse dans le tableau, Vera avait engagé une organisatrice de mariage qui, fort heureusement, me consultait souvent. Après avoir réellement pris conscience de l'ampleur que prendrait la cérémonie, je finissais même par m'en réjouir. Je me contentais de soumettre des idées, et j'étais ravie de voir qu'elles étaient prises en considération. C'était moins de stress pour moi.

Et, pour la première fois, j'étais tout excitée à la perspective de cet événement.

Pourquoi ?

Parce que j'étais bêtement tombée amoureuse du roi. Du Roi Mauvais. Je n'aurais pas pu être plus heureuse.

Il m'aimait aussi. Il me le répétait sans cesse, et mon cœur était prêt à éclater.

Nous étions amoureux et nous allions nous marier. Nous formions un couple légitime qui organisait son mariage, et non plus seulement deux partenaires qui se contentaient d'exécuter les termes d'un contrat.

Je détournai mon attention de la liste interminable de noms qui m'étaient inconnus, même si la moitié se terminaient par de Loughrey, et la reportai sur mon ennemi juré – le Classeur Maudit. Au bout de deux mois et après être passée directement à la fin, qui contenait le code de conduite et la liste des entreprises appartenant à la famille, j'avais enfin terminé ma lecture.

Entre plusieurs années abrutissantes de détails sur mon futur époux, j'avais parcouru l'histoire familiale et la généalogie, le tout mélangé à d'autres livres que j'avais achetés. Les informations étaient tellement nombreuses que je n'étais pas certaine de pouvoir tout retenir.

Ma motivation résidait dans le fait que, ces jours-ci, j'en apprenais davantage sur sa vie d'une manière naturelle. Le Classeur Maudit ne pouvait pas m'apprendre qu'il avait le regard en coin le plus effrayant que j'aie jamais connu, ni ce sourire qui donnait l'impression d'avoir gagné au loto.

L'homme était largement plus intéressant que son livre d'histoire.

Je refermai mon ordinateur et m'imprégnai du son apaisant des vagues. Le son le plus apaisant de tous. Si notre séjour était globalement reposant, il restait des moments de tension, en particulier quand tout le monde était réuni à la table du dîner.

Quelques heures plus tard, nous étions tous installés autour de cette table. Atticus esquissa une grimace de douleur en essayant de lever son bras pour couper sa nourriture.

— Laisse-moi faire, dis-je en approchant mes couverts de son assiette.

— Je peux y arriver tout seul, grogna-t-il.

Il s'emportait encore de temps en temps ; le Roi Mauvais faisait une percée. Paraître faible et ne pas avoir le contrôle, c'étaient deux choses qu'il détestait.

Je retombai sur ma chaise.

— Comme tu veux, mais tu n'es pas obligé d'être aussi têtu.

— Tu vois ce qui arrive quand tu t'acoquines avec le personnel, dit Hamilton avec un rictus, un soir.

De tous les de Loughrey, c'était lui qui me fatiguait le plus. Le prince sans pitié ne mâchait pas ses mots et exprimait constamment son opinion de la manière la plus brutale possible.

— Qu'est-ce qui te dérange autant ? demandai-je, lasse de son comportement.

— Tu n'es pas assez bien pour devenir une des nôtres.

— Surveille tes paroles, Hamilton, intervint Atticus en fusillant son frère du regard.

— Je te préviens, tu vas finir par les ravaler ; et ce jour-là, je rigolerai bien, dis-je.

Je savais d'expérience que le plus fier des hommes pouvait être mis à genoux par la plus inoffensive des femmes.

Il plissa les yeux encore davantage.

— Ce jour-là, l'enfer aura gelé.

— Prépare ta tenue de ski, répliquai-je avec un sourire.

Il jeta sa serviette sur la table et se leva abruptement avant de quitter la pièce d'un pas résolu.

— Je crois que tu as touché un point sensible, Ophelia, dit Penelope en gloussant.

— Ils se chamaillent comme un frère et une sœur, ajouta Holly.

Rhys secoua la tête.

— Ils se disputent parce qu'Ophelia ne s'incline pas devant lui, ce qui lui donne l'air d'un gamin insolent.

Je commençai à rire, avant de me tasser subitement sur moi-même, la tête traversée par un éclair de douleur. Je soupirai et repoussai mon assiette. Mon appétit diminua à mesure que la douleur s'intensifiait.

— Est-ce que ça va ? me demanda Atticus.

Je secouai la tête.

— Migraine.

Il pinça les lèvres.

— Tu en as de plus en plus souvent.

J'acquiesçai.

— Le médecin m'a dit que ça se calmera quand tout sera réglé.

Depuis que j'avais tout raconté à la police, en présence d'Atticus, nous n'avions plus reparlé de mes quelques jours d'enfermement au sous-sol. Sa colère devenait pratiquement ingérable quand le sujet était abordé. Il avait déjà fait des efforts depuis son lit d'hôpital. Mon calvaire n'avait peut-être duré que quelques jours, mais il était difficile de rebondir après tous les coups que j'avais subis, combinés à la malnutrition et à la déshydratation.

— Je vais m'allonger, dis-je en repoussant ma chaise.

Atticus me prit la main pour la porter à ses lèvres.

— Je viendrai te voir.

Je me rendis dans notre chambre. Elle me rappelait beaucoup

sa chambre à Stronghold avec ses teintes bleu marine mais, au lieu du bois sombre, elle était peinte en blanc, ce qui lui conférait un air de maison de vacances plus lumineux.

Le soleil se couchait, et je m'installai confortablement dans le lit. Chaque nuit, en dormant, je ne pouvais m'empêcher de le toucher. Même si ce n'était qu'en posant la main contre lui, du moment que je pouvais le sentir, tout allait bien.

Il était en sécurité.

J'étais en sécurité.

Nous étions en sécurité.

Chapitre 46

Atticus

J'avais une drôle de sensation dans la poitrine. C'était comme si mon corps était plus léger, et je surpris mon esprit à vagabonder de nouveau.

Ophelia occupait toutes mes pensées et détournait mon attention de mon travail.

Est-ce que c'est ça, l'amour ?

Il fallait que ce le soit car, après lui avoir avoué mes sentiments, c'était comme si mon cœur s'était libéré d'une menotte pour se gonfler d'un désir dévorant de la posséder tout entière.

Plus aucun obstacle ne se dressait sur notre route, et ce qui s'annonçait autrefois comme un mariage de convenance était désormais un mariage d'amour. Avec la seule femme à avoir attrapé mon cœur.

Le problème était qu'elle obnubilait mon esprit et que j'avais gaspillé une bonne partie de ma journée de travail. À ma sortie de l'hôpital, j'avais emmené Ophelia à l'Asile. Son sourire avait disparu, dissipé par l'incident, et j'étais bien décidé à le lui redonner. C'était aussi l'occasion de nous éloigner du déferlement constant de la presse et du stress que cela engendrait.

Celle-ci avait fini par avoir vent de l'enlèvement et de ma blessure par balle, et elle s'était acharnée à essayer d'obtenir des photos. L'incident faisait la une, et j'avais même été forcé de divulguer certaines informations aux journalistes pour les empêcher de tourner le tout à la sauce qui leur convenait.

Lorsqu'une photo d'Ophelia assise sur la terrasse avait été diffusée, nous avions fait nos valises et pris la fuite. Je m'accordais rarement un week-end, ce qui rendait difficile le fait d'être obligé de lever le pied. Je ne savais pas comment faire.

J'éprouvais des difficultés à accomplir la moindre tâche, non seulement à cause des ordres du médecin, mais aussi à cause de mon bras en écharpe.

Si les blessures d'Ophelia étaient superficielles et qu'elle guérissait rapidement, la mienne prenait plus de temps. La balle avait traversé mon bras en évitant de peu certaines artères vitales.

Malgré mon invalidité, je réussis à la forcer à se détendre, à se vider la tête. Sa peau rosie et ses tétons durs, associés aux petits sons qu'elle émettait, suffisaient à rendre n'importe quel homme fou.

— Tu as l'air beaucoup trop imbu de ta personne. Arrête immédiatement, lança Rhys, m'arrachant à mon souvenir du visage empourpré d'Ophelia.

Ce qui valait probablement mieux, car la suite aurait été le souvenir auditif de ses gémissements.

— Excuse-moi ?

Il avait réussi à me prendre de court. Il fallait sérieusement que je retrouve ma concentration. Je ne m'étais jamais retrouvé dans un état aussi absurde.

Rhys s'assit, un rictus aux lèvres.

— Je dois te rendre justice, cousin. Je doutais de toi quand tu m'as dit que tu la mettrais dans ton lit en moins de six mois. Ce à quoi je ne m'attendais pas, c'était que tu tombes amoureux d'elle en cours de route.

— Vraiment ?

Quelque part, au fond de moi, je l'avais toujours su. C'était pourquoi je n'arrivais pas à faire une croix sur elle, la raison pour laquelle je l'avais choisie.

Il pencha la tête sur le côté en m'observant.

— Hmm. Bon, peut-être. C'était elle, après tout. Ta sirène. Elle t'a ferré sans difficulté.

— Tu trouves que les derniers mois se sont déroulés « sans difficulté » ?

Ce n'était pas l'expression qui me venait à l'esprit pour décrire la lutte, l'enfer qu'on avait traversé pour en arriver là où on en était.

— Tu ne t'es pas beaucoup plaint. (Il souffla.) En tout cas, j'imagine qu'il était temps que ça arrive à l'un de nous. Je suis sûr que nos ancêtres se retournent dans leur tombe avec dix… neuf descendants qui ne sont pas pressés de se marier et de passer à la procréation.

Il avait paru inconcevable, aux yeux de notre grand-père, que seulement un de ses petits-enfants ait donné naissance à la future génération d'héritiers. Elizabeth avait été à la fois louée et rejetée pour avoir accouché d'un enfant qui ne portait pas le nom de Loughrey.

— Avant Ophelia, je considérais les enfants comme une obligation.

— C'est parce qu'on ne te voyait que comme ça.

C'était exact. C'était une obligation de remplir le rôle de successeur. Je n'avais pas été créé par amour, et cela expliquait pourquoi le concept de l'amour me posait autant problème.

Mais plus maintenant.

— C'est difficile d'admettre que je n'ai pas confiance en mes capacités à devenir père, mais ça ne suffit pas à étouffer mon désir d'avoir des enfants avec elle. Il se trouve que j'ai envie et même hâte de donner naissance à un parfait mélange de nous deux.

— Ophelia fera une mère formidable.

Une image d'elle avec un bébé me vint à l'esprit, et je souris.

— Oui, en effet.

Son dévouement à sa famille était on ne peut plus palpable avec ses sœurs. Son instinct maternel de protection était très fort.

Ses gémissements résonnèrent de nouveau dans mon esprit, et je jurai intérieurement. Il fallait que je guérisse, et vite, car je ne savais pas combien de temps j'allais encore pouvoir tenir sans pouvoir m'enfoncer en elle.

Plus que ça, j'avais envie de faire le premier pas qui m'assurerait qu'elle serait à moi pour toujours, et c'était de l'épouser.

Chapitre 47

Ophelia

Plus d'une semaine s'était écoulée depuis notre arrivée dans les Hampton. J'allais nager chaque matin sans exception afin de me perfectionner. Je sortais de la piscine au moment où le soleil atteignait son zénith. Je devais admettre que l'Asile était rapidement devenu l'une de mes résidences préférées. Je n'en avais pas visité beaucoup, certes, mais j'aimais être près de la ville tout en ayant l'impression d'en être loin. C'était revigorant.

Rhys était revenu la veille au soir, et Atticus et lui avaient passé la matinée enfermés dans son bureau. Atticus avait du mal à renoncer à ses responsabilités, ne serait-ce que pour une courte période, et je craignais que ça n'entrave son rétablissement.

Un kinésithérapeute devait venir bientôt et j'espérais que son aide porterait ses fruits. Voir Atticus souffrir ne faisait qu'alimenter ma culpabilité.

Je remontai le couloir jusqu'à notre chambre, les cheveux humides et emmêlés. Une douche me ferait le plus grand bien, suivie par un déjeuner, puis je pourrais peut-être arracher Atticus à son travail pour faire une pause à la piscine.

J'écarquillai les yeux en ouvrant la porte. Atticus était assis au bout du lit, son écharpe à moitié retirée.

— Qu'est-ce que tu fais ? demandai-je en me propulsant vers lui.

— Je n'en peux plus de ce truc, grommela-t-il avant d'étirer son bras avec une grimace.

J'inspectai la blessure.

— Ça commence à s'améliorer. L'hématome s'estompe.

— Efface cette expression de ton visage, gronda-t-il.

Je clignai des yeux.

— Je ne supporte plus de la voir. Tu n'as aucune culpabilité à éprouver.

Il me tira par la main jusqu'à me planter entre ses jambes.

— Ce n'est pas toi qui m'as fait ça. Je m'en sortirai. La guérison prend du temps, c'est tout. (Il tendit la main pour effleurer les dernières traces de mes propres blessures.) C'est moi qui devrais me sentir coupable. Pendant combien de jours as-tu souffert parce que je n'ai pas su te protéger ?

Je pris son visage entre mes mains pour l'embrasser.

— Tu m'as sauvée. C'est tout ce qui importe. Et tu n'as plus jamais le droit de me faire peur comme ça. Compris ?

— Oui, ma chère.

Je lui donnai une tape sur le torse.

— Tu sais que je déteste quand tu m'appelles comme ça.

Sa mauvaise humeur s'envola.

— Je pense que secrètement tu adores ça.

— Tu ne pourrais pas trouver un autre surnom affectueux ?

— Qu'est-ce que tu préférerais ? Ma Lia ?

Je fronçai les narines.

— Ma mère m'appelait Lia.

— Bébé, et autres termes passe-partout sont hors concours. (Il bourdonna, pensif.) Mon amour ?

Je pinçai les lèvres.

— C'est mieux.

— Mon ange ?

Je secouai la tête.

— Serveuse ?

Je m'écartai pour le fusiller du regard, et il rejeta la tête en arrière pour éclater de rire.

— Oh ! tu te trouves mignon alors que tu ne l'es pas du tout, dis-je.

— Ma merveilleuse femme.

Mes joues s'empourprèrent.

— Tu aimes m'appeler ta femme.

Ses yeux pétillèrent.

— Beaucoup.

— Plus que quelques mois.

Il tourna les yeux vers la fenêtre.

— Est-ce qu'on est obligés d'attendre aussi longtemps ? (Il reposa ses yeux sur moi.) Est-ce qu'on ne pourrait pas aller à la mairie, un après-midi, et ensuite je pourrais t'appeler comme ça de manière légitime ?

— Et la réception ?

— Tu n'as pas dit non. Il y a de l'espoir. En ce qui concerne la réception… ma mère m'assassinerait dans mon sommeil si on n'allait pas jusqu'au bout, mais qui interdit de se marier légalement et d'organiser une cérémonie quelques mois plus tard ?

— Rien, j'imagine. Mais elle va péter les plombs.

Le visage furieux de Vera, à l'hôpital, surgit dans mon esprit.

— Je n'ai pas peur d'elle. Et toi ?

— À mort, répondis-je avant de rire.

— Eh bien si tu ne m'épouses pas sur-le-champ, ce pour quoi je te ferai culpabiliser pendant les cinq prochains mois, surtout si ma mère te rend folle, il y a une chose qu'on peut faire.

— Quoi donc ? demandai-je, curieuse de savoir ce qu'il mijotait.

— Un bon petit feu.

Je m'écartai pour le regarder.

— Un petit feu ?

— J'ai notre contrat avec moi.

J'écarquillai les yeux et restai bouche bée un instant.

— Vraiment ?

Il hocha la tête.

— Tu m'aimes. C'est tout ce que j'ai toujours voulu.

Ma poitrine se serra et mon cœur se gonfla comme un ballon tandis qu'un sourire fendait mon visage.

— Oui, je t'aime. D'accord. Faisons ça. Ensuite, on ira se marier.

Il fronça les sourcils.

— Pardon ?

Je haussai les épaules.

— Une fois que ce contrat sera brûlé, je ne pourrai plus vraiment te laisser m'échapper. Il faut que je te mette le grappin dessus. Que je conclue l'affaire. Que tu m'appartiennes.

Il posa son front contre moi.

— Je t'appartiens depuis la première fois que je t'ai vue.

J'avais l'impression que mon cœur allait exploser s'il continuait à me dire des choses pareilles.

— Est-ce qu'on peut rajouter le Classeur Maudit ?

Il se rembrunit.

— Est-ce que tu l'as lu ?

— J'ai survécu à toutes ses pages d'un ennui mortel jusqu'à la dernière. Je trouve que te parler à toi, en chair et en os, est un bien meilleur moyen d'apprendre à vous connaître, toi et ta famille. Cela dit, on pourrait garder l'arbre généalogique, la liste des propriétés et des entreprises.

Ce seraient des références utiles.

— Si tu deviens ma femme aujourd'hui, je vais chercher les allumettes.

Une expression démente s'empara de mes traits.

— Donne-moi dix minutes pour prendre une douche.

Ce fut certainement la douche la plus rapide de ma vie. L'adrénaline pulsait dans mes veines. J'enfilai une robe légère et des sandales, tout en laissant mes cheveux sécher à l'air libre, puis j'appliquai un simple trait d'eye-liner et du mascara.

— Est-ce que ça va ? demandai-je en me tournant vers lui.

Ce n'était assurément pas un look approuvé pour une de Loughrey, et je fus stupéfaite par le sourire chaleureux qui fendit son visage.

— La perfection.

Il me prit la main et on descendit au rez-de-chaussée, en quête de Rhys. On le trouva dans le bureau, assis à l'une des trois tables de travail qui occupaient la pièce.

Il releva les yeux à notre entrée.

— Pourquoi toute cette excitation ?

— Tu as le contrat de mariage sur toi ? s'enquit Atticus.

C'était la première fois que j'en entendais parler, mais je n'étais pas surprise. Pour un homme de son statut, c'était une évidence.

Il planta son regard dans le sien.

— Cher cousin, tu n'aurais pas l'intention de t'opposer à tante Vera, n'est-ce pas ? Si c'est le cas, je ferai une petite prière pour toi.

— La ferme et réponds-moi oui ou non.

— Oui, mais il n'a pas été revu depuis mon ébauche originale, il y a des mois de ça.

Il reporta son attention sur son ordinateur et, un moment plus tard, tourna l'écran vers nous.

En parcourant le document, ce qui était, je le savais, une nécessité, quoi que stipulait notre contrat original, je me sentis submergée.

Dès le début, alors qu'il ne me devait rien d'autre que notre contrat, il s'était assuré que je ne manquerais de rien. Que je n'aurais aucune difficulté financière et que chacun de nos enfants serait à l'abri. Il m'avait même prévu un logement sans loyer à payer.

Je hochai la tête en refoulant les émotions qui me submergeaient.

— Imprime. Je le signerai.

— Maintenant ?

Je lui souris.

— On part faire une petite excursion éducative, tu veux venir ?

Rhys écarquilla les yeux et consulta Atticus du regard.

— Maintenant ?

Il haussa les épaules.

— Pourquoi pas ?

Il souffla.

— Appelle Penelope. Il nous faut un témoin.

Deux heures plus tard, nous ressortions de la mairie du coin, sous les noms d'Atticus et Ophelia de Loughrey. Officiellement mariés.

Mon cœur était tellement comblé que je ne pouvais pas m'arrêter de sourire. La Pierre n'était plus uniquement un accessoire hors de prix. Elle avait une signification qui nous liait tous les deux.

— Eh bien, cousin, tu t'es enfin trouvé une fille, déclara Rhys avec un sourire.

Atticus m'attira contre lui.

— Oui, en effet. (Il se pencha pour m'embrasser.) Et je ne la laisserai plus jamais m'échapper.

— Parce qu'elle a tendance à s'attirer des ennuis, hein ?

— Exact.

— Hé !

Tout le monde éclata de rire, et ça faisait du bien après les épreuves qu'on avait traversées.

— Je vais consulter le chef pour qu'il nous prépare un dîner festif, annonça Penelope en remontant le couloir.

— Et je vais vérifier les réserves de champagne et de vin, ajouta Rhys avec un clin d'œil.

Georgiana laissa échapper un gloussement et avisa Hamilton, qui regardait au loin d'un air renfrogné. Elle le prit dans ses bras et le tira.

— Viens, Hamilton. Je crois que les jeunes mariés ont besoin d'un petit moment d'intimité.

Les traits de Hamilton se déformèrent, et il me jeta un regard noir. Avait-il un complexe fraternel ou bien me détestait-il vraiment ?

— Tu pourras tout me raconter au sujet de l'assistante de mon oncle.

Hamilton ouvrit de grands yeux avant de les plisser.

— Qu'est-ce que tu crois savoir ?

Elle lui adressa un sourire radieux, puis me regarda, me lança un clin et l'attira à l'extérieur.

— Je me demande ce qui vient de se passer, dit Atticus en les regardant s'éloigner.

— Peut-être que les poules ont enfin des dents ?

— Hmm. Bon, inutile de s'inquiéter pour lui. (Il me serra contre lui de son bras valide.) Je pense qu'on devrait aller consommer notre mariage.

Cette seule perspective fit fourmiller ma peau.

— Et ton bras ?

Ses lèvres effleurèrent mon cou.

— Ça fait bien trop longtemps que je ne me suis pas enfoui au fond de toi. En tant qu'épouse, il est de ton devoir de me soulager, tu ne penses pas ?

— Je ne voudrais pas me soustraire à mes devoirs.

Je l'attrapai par la ceinture, le tirai vers l'escalier et ajoutai :

— Ce serait prendre un mauvais départ en tant qu'épouse.

Il gloussa et se pencha vers moi, un sourire malicieux aux lèvres.

— Et je devrais te punir.

— Il faudra m'attraper d'abord, dis-je en grimpant les marches deux par deux.

— Il faudra être plus rapide que ça, gronda-t-il en me donnant une claque sur les fesses.

Je laissai échapper un rire et accélérai le pas, puis je poussai la porte de notre chambre. Je m'arrêtai au milieu de la pièce, le corps tendu par l'anticipation, et je sursautai en entendant la porte claquer.

Il enroula son bras autour de ma taille et m'attira contre lui.

— Je t'ai eue, murmura-t-il contre mon oreille en créant de délicieux frissons le long de ma colonne vertébrale.

Une vague de chaleur m'envahit, et je me tournai vers lui. Ses pupilles étaient dilatées, ses paupières lourdes.

— Retire-moi ce putain de truc, dit-il en tirant sur son écharpe.

Une fois que ce fut fait, on s'agrippa aux vêtements de l'autre, mus par un désir effréné. Nos bouches s'écrasèrent l'une contre l'autre, nos langues s'emmêlèrent et des décharges électriques se propagèrent entre mes cuisses.

— Ma femme, murmura-t-il.

Notre peau à peau était empreint d'amour, de désir et de tendresse. Atticus seul était capable de me procurer ce genre de sensations. On grimpa sur le lit, et je pris son visage entre mes mains.

Il me serra dans ses bras et se figea en grimaçant.

— Ton bras…

Il empoigna ma mâchoire, le regard sombre.

— Ne t'inquiète pas pour mon bras. Oublie mes grimaces de douleur, car je vais les ignorer pour une seule raison : ton plaisir.

Je le poussai pour l'allonger sur le dos.

— Alors on va faire à ma manière, dis-je en le chevauchant.

Les mains posées à plat sur son torse, je remuai les hanches contre son membre pour l'humidifier et nous mettre en appétit. Chaque fois que mon clitoris frottait contre sa chair dure, le désir et l'humidité entre mes jambes s'accentuaient.

Il enfonça ses doigts dans mes cuisses en grognant.

— Ophelia, ça fait des semaines. Arrête de jouer avec moi.

Je me mordis la lèvre en lui souriant.

— Quel petit chef.

Je me dressai, plongeai la main entre nous et l'empoignai avant de m'empaler lentement sur sa queue.

Ses yeux roulèrent à l'arrière de son crâne, et tous ses muscles se contractèrent. Je savais que, même s'il appréciait la vue, il avait envie de reprendre le contrôle. Chaque mouvement de mes hanches lui arrachait un nouveau grognement.

Je me penchai en avant, et ma poitrine effleura son torse.

— Il y a une chose que j'ai oublié de te dire.

— Quoi ? demanda-t-il d'une voix inquiète, les tendons du cou saillants.

Je caressai ses lèvres avec les miennes et m'assurai qu'il me regarde dans les yeux.

— J'ai arrêté la pilule.

Ce fut comme si j'avais actionné un interrupteur. Ses pupilles se dilatèrent et, tout à coup, je me retrouvai projetée sur le dos. Ses hanches s'écrasèrent sur les miennes.

Je contemplai le désir incontrôlable qui émanait de lui. Avec son bras valide, il plaqua mes mains au-dessus de ma tête tandis que, de l'autre, il maintenait ma jambe contre lui.

— Prends ma queue, gronda-t-il en se reculant, avant de s'enfoncer brutalement.

Ma vue se brouilla sous l'effet de l'impact.

— Oui. Donne-moi tout.

— À qui appartient ce corps ?

— À t-toi, répondis-je d'une voix étouffée.

Il resserra sa poigne autour de mes poignets, et ses coups de reins s'intensifièrent.

— À moi tout entière. Ton cœur. Ton corps. Tes orgasmes. À moi.

— Tout entière. (Je comprimai mes parois internes autour de son membre, et il jura contre mon oreille.) Tout comme tu es à moi tout entier.

— Tout ce que je suis t'appartient.

Mon esprit se vidait, absorbé dans le plaisir que me provoquait chacun de ses coups de reins. Tous mes muscles se tendaient à mesure que l'extase se rapprochait.

— Regarde-moi, dit Atticus, dont le ton autoritaire perça le brouillard.

L'intensité de ses yeux bleus suffit à me cambrer et à m'arracher un cri tandis que mon corps s'agitait sous la puissance de mon orgasme.

— Pour toujours, parvins-je à articuler une fois que je fus revenue à moi.

Il proféra un juron et écrasa son bassin contre moi, poussa un rugissement et tressaillit au fond de moi. Je le regardai haleter, et son regard s'éclaircit peu à peu. Vidé de ses forces, il se laissa tomber à côté de moi sur le lit.

Nous étions mariés. J'étais officiellement Ophelia de Loughrey, et folle amoureuse de mon mari.

Allongée, inerte, les yeux rivés au plafond, la chaleur corporelle d'Atticus contre moi, je sentis un sourire se dessiner sur mes lèvres.

— Comment tu te sens ? demandai-je.

— C'est indescriptible.

Il se tapota le torse et le frotta avec une expression curieuse.

— Cette sensation dans ta poitrine… ça s'appelle le bonheur.

Il porta ma main à ses lèvres et embrassa mes doigts.

— C'est toi qui me procures cette sensation. Rien que toi, ma merveilleuse femme.

Un soupir de contentement m'échappa, et je me rapprochai pour poser la tête sur sa poitrine et écouter les battements rassurants de son cœur.

Pendant si longtemps, on m'avait négligée, délaissée, sans personne pour me défendre.

Puis un beau roi était apparu et m'avait pris la main, et, pour la première fois depuis longtemps, je me sentais aimée.

Il s'avérait que même les créatures mauvaises étaient capables d'aimer.

Épilogue

Ophelia
Janvier

Je contemplai mon reflet et me mordis la lèvre, incrédule. J'aurais sûrement dû m'y être habituée, après tout ce temps, et pourtant, chaque fois que je passais entre les mains des stylistes des de Loughrey, je me transformais en quelqu'un d'autre.

Aujourd'hui, la coiffure était un peu différente, et la robe, blanche.

Alors qu'Atticus et moi étions techniquement mariés depuis cinq mois, la cérémonie officielle avait lieu aujourd'hui.

— Lia ! Lia ! lança Andrea en déboulant dans la loge, bondée comme d'habitude, avant d'écarquiller les yeux en me découvrant.

J'espérais qu'Andrea resterait toujours aussi joyeuse et pétillante.

— Tu sais que, maintenant, elle va raconter à tout le monde à l'école que sa sœur est une princesse ? dit Brooke avec une expression pincée.

— C'est méchant ! protesta Andrea.

Brooke leva les yeux au ciel.

— Oh ! grandis un peu !

Andrea tapa du pied par terre.

— Non, parce qu'après je serai méchante comme toi.

— Calmez-vous, les filles, lança tante Stacey depuis le seuil de la porte. (Elle entra et vint me prendre la main, tout sourire.) Tu es magnifique, Ophelia.

— Merci.

— Ton père serait fier de toi. Pour tout ce que tu as fait.

— C'est Atticus qu'il faut remercier.

Il s'était préparé bien en amont à ce que Lou pose problème. Cet homme avait toujours deux longueurs d'avance sur tout le monde.

— Mais c'est grâce à toi, et pour toi, qu'Atticus a fait tout ça. Paul était pareil. Il t'aimait plus que tout.

Mes yeux s'embuèrent, et je dus m'éventer pour empêcher les larmes de couler. Stacey aimait vraiment mon père et elle l'avait beaucoup aidé quand les choses avaient commencé à s'effondrer avec ma mère. Les liens familiaux étaient les plus forts, et elle restait fidèle à mon père.

— J'aurais aimé qu'il soit là, dis-je d'une voix brisée.

— Il l'est. Dans ton cœur, et dans celui de ton grand-père.

Je retrouvai le sourire.

— Il est venu ?

Depuis que j'avais repris contact avec mon grand-père, nous nous parlions presque chaque jour sous une forme ou une autre. Cette connexion avec mon père était la dernière pièce dont mon cœur en miettes avait besoin pour guérir de la souffrance que j'avais enfouie pendant si longtemps.

Elle acquiesça.

— Il attend pour te conduire à l'autel.

— Hé, Lia ? appela Brooke, debout sur le seuil.

— Oui ?

Elle se mordit la lèvre, le front plissé.

— Merci pour tout.

— Oui, oui ! On t'aime, Lia ! s'exclama Andrea en surgissant à côté de Brooke avec un sourire éblouissant.

— Je vous aime toutes les deux. On fera quelque chose aux vacances de printemps, d'accord ?

Brooke esquissa un petit sourire en coin, ce qui n'était pas monnaie courante chez mon adolescente de sœur morose et bourrée d'hormones.

— Vivement.

La porte se referma derrière elles, et je me retrouvai seule. C'était curieux. Où étaient passées toutes mes demoiselles d'honneur ?

À l'origine, Vera en voulait dix, mais je l'avais convaincue de se limiter à Holly et aux sœurs d'Atticus. Compte tenu de l'ampleur de la liste d'invités, restreindre le cortège me procurait un semblant d'intimité.

La porte grinça, et je m'attendis à trouver l'une d'entre elles mais, au lieu de ça, ce fut le plus bel homme de la terre qui apparut.

— Atticus, qu'est-ce que tu fais ici ? demandai-je en le regardant s'approcher.

Il passa son bras autour de ma taille, saisit mon menton et me donna un baiser qui me coupa le souffle.

— J'ai réussi à me tenir à l'écart toute la nuit. Je ne peux plus tenir, dit-il.

— Tu brises toutes les règles, le réprimandai-je avec un sourire.

— Tu es déjà ma femme. À ce stade, la superstition n'a plus lieu d'être.

— Tout de même, tu m'aurais vue dans quelques minutes.

— Mais je vais devoir te partager avec beaucoup de monde. (Il porta ma main à ses lèvres pour l'embrasser, puis me mordilla les doigts.) J'ai besoin d'un moment de calme avant la tempête imminente. Et j'ai quelque chose pour toi.

— Qu'est-ce que c'est ?

Il retira son bras de ma taille et me présenta une boîte. Je fronçai les sourcils en lisant le nom. Puis j'écarquillai les yeux et croisai son regard.

— Oh ! oui, je suis ton cycle de près, ma chérie, dit-il avec un sourire.

Je secouai la tête.

— C'est seulement le stress lié au mariage. (J'avais trois jours de retard, mais ça arrivait parfois. Et si je n'étais pas prête à faire un test de grossesse, mon mari, lui, semblait l'être.) Très bien, c'est ton cadeau de mariage.

Il sourit et poussa la boîte vers moi. Je m'en emparai d'un geste sec et me dirigeai vers les toilettes attenantes.

— Tu n'aurais pas pu me l'apporter avant que je sois ficelée comme une dinde de Noël ? fis-je en me demandant comment j'allais pouvoir uriner sur un bâtonnet sans en mettre partout sur ma robe luxueuse.

— Tu veux un coup de main ? demanda-t-il depuis le seuil.

— Je n'ai aucune confiance en tes mains.

— C'est un affront que tu me fais.

— En effet. Mais je sais ce qui se passe quand tu poses les mains sur moi, et je te jure que, si tu me décoiffes, ta mère va te tuer.

Il ne put que glousser, mais c'était une véritable menace. Si on bousillait le grand jour de Vera, ça risquait de barder. Elle avait fini par laisser couler notre mariage à la mairie, mais seulement après avoir prétendu qu'on avait tout gâché.

Je finis par trouver un moyen de soulever ma robe et de la protéger. Je parvins également à viser correctement, puis je laissai retomber ma robe sans avoir causé de dommage à l'exception du film de transpiration provoqué par les dix kilos de tissu qu'il m'avait fallu soulever.

Ensuite, je me lavai les mains et on attendit, Atticus debout sur le seuil.

— Tu as intérêt à jouer la surprise quand tu me verras, le prévins-je en passant mes bras autour de sa taille.

— Ta beauté me surprend chaque fois, donc ce ne sera pas difficile. Surtout un jour comme aujourd'hui. (Il jeta un regard vers le lavabo, et un sourire se dessina sur ses lèvres.) Encore plus depuis que je sais que tu portes mon enfant.

Je baissai vivement les yeux et le mot « enceinte » apparut clairement en lettres majuscules.

— Waouh.

Il glissa ses lèvres dans mon cou, et une chair de poule me couvrit immédiatement tout le corps.

— Je suis toujours perfectionniste.

— Comment ça ?

— J'ai dit à Rhys que je te mettrais dans mon lit en moins de six mois, et regarde tout ce que j'ai accompli en à peine plus que ça.

Nous étions tombés amoureux, nous nous étions mariés et il m'avait mise enceinte, le tout en l'espace de neuf mois.

— Je t'aime, dit-il.

Son regard autrefois froid et impassible brûlait à présent des flammes de la passion.

— Pas autant que moi je t'aime.

Il prit mon visage entre ses mains et m'embrassa.

— Atticus William, ne t'avise pas de la décoiffer ! s'écria Holly dans son dos.

Il grogna contre mes lèvres avant de s'écarter.

— À tout de suite, mon amour.

Je me mordis la lèvre, et mon cœur manqua un battement. Chaque fois qu'il m'appelait ainsi, je fondais. Je le regardai partir à contrecœur mais, avant de passer le seuil, il se retourna et m'adressa le sourire le plus nostalgique que je lui aie jamais vu.

— Sérieusement, qu'est-ce qui lui a pris ? grommela Holly en vérifiant ma coiffure et mon maquillage, avant d'attacher le voile à la couronne posée sur ma tête. (Elle me sourit.) Mais comment lui en vouloir ? Je suppose que c'est positif, alors on peut le comprendre.

— Qu'est-ce qui est positif ? demandai-je avant de comprendre. C'est toi qui as acheté le test de grossesse ?

Elle m'adressa un grand sourire.

— Atticus de Loughrey, acheter un test de grossesse ?

— Totalement insensé !

— Je sais, à cause d'un malentendu de ta part, qu'on a eu des débuts un peu compliqués, mais je veux que tu saches combien je suis heureuse qu'Atticus t'ait dans sa vie. En près de vingt ans, je ne l'ai jamais vu heureux. Puis il t'a rencontrée. Merci de l'aimer.

Je pinçai les lèvres et dus m'éventer les yeux de nouveau.

— Mince, Holly.

Elle me prit la main en riant, puis me tira en avant.

— Viens. Allons montrer au monde qui a dompté le Roi Mauvais.

— Je ne l'ai pas vraiment dompté.

— Hmm, peut-être pas aux yeux des autres, mais il est tellement mignon quand il parle de toi, ou avec toi, ou qu'il est en ta présence…

— Qu'il ne t'entende surtout pas dire de lui qu'il est mignon.

— Je n'ai pas peur de lui. J'ai neutralisé ce lion et je lui ai imposé mon amitié de force depuis bien longtemps.

Je rejetai la tête en arrière pour éclater de rire. Leur amitié était étrange à mes yeux, mais je savais que ma capacité à toucher le cœur d'Atticus était due au travail de fond qu'elle avait effectué des années plus tôt.

Mon grand-père nous attendait au niveau des portes qui menaient dans le hall, ses grands yeux bruns remplis de larmes.

— Tu es absolument magnifique, Ophelia, dit-il.

— Merci.

Holly me tendit mon bouquet avant de s'excuser pour aller rejoindre la procession, au moment où la première demoiselle d'honneur apparaissait déjà dans l'allée.

— Je suis tellement heureux d'être ici pour te voir comme ça, dit-il tandis qu'on se mettait en place.

— Moi aussi.

— Prête ? demanda-t-il, les yeux pétillants.

Je hochai la tête et lui pris le bras.

— Prête.

Le volume de la musique s'éleva. Je soufflai, et on se mit en marche. L'allée était longue. Plus de mille personnes étaient présentes, mais une seule importait à mes yeux.

Debout, à l'autre bout, avec un grand sourire qui n'était destiné qu'à moi, se tenait mon époux – mon amour, et le père de mon enfant. C'était le dirigeant de notre famille et le roi de mon cœur.

Cinq années avec lui ? Cinq cents ne suffiraient pas.

Nous n'avions plus besoin de contrat, d'affection factice ou de Classeur Maudit.

J'étais à lui, et il était à moi.

Ensemble. Pour toujours.

Remerciements

Je remercie tout d'abord Ashley Jade et A. Zavarelli, que j'ai rencontrées à une convention en 2019. Elles ont été les premières avec qui j'ai partagé ma petite idée, et m'ont donné le courage de me lancer dans *Heartless Kingdom*.

Je vous aime !

Comme toujours, merci à toi mon *boo*. Tu es mon âme sœur.

Merci aussi à Danielle pour son aide dans la création de ce monde.

Merci aux Golden Ho's pour m'avoir motivée tous les matins.

Merci à mes lecteurs – ce livre est pour vous.

Mot de la fin

Ce livre est le fruit de longs travaux. Entre les tragédies familiales, une bataille de plusieurs mois contre une pneumonie, et des vacances, j'ai dû affronter de nombreux obstacles.

L'idée de ce livre m'est venue par hasard, en tombant sur une photo. J'y ai vu une famille de milliardaires, et cette étincelle s'est enflammée en huit histoires différentes. Ce fut le déclencheur de ma première série volontaire. *Heartless Kingdom* est née de ce flash. Les titres s'enchaînaient dans mon esprit. J'ai sans tarder commencé à construire leur monde, leur empire, et j'ai découvert le pouvoir de chacun d'entre eux.

La royauté américaine.

Des dieux américains.

L'histoire d'Atticus et Ophelia est la plus complexe et la plus longue. J'ai compris dès le départ qu'ils seraient les fondations de cet univers. Il y a aussi dans ce livre un aperçu des autres personnages qui nous annonce ce que leur histoire va contenir. Avez-vous repéré des indices ?

Continuez à lire pour savoir.

Maintenant… que va-t-il se passer pour Hamilton de Loughrey ? Avez-vous croisé la femme qui va tenter de faire battre son cœur de pierre ?

Peut-être… *clin d'œil*

Composé et édité par HarperCollins France.

Achevé d'imprimer en avril 2023.

CPI FIRMIN-DIDOT

à Mesnil-sur-l'Estrée (Eure)

Dépôt légal : mai 2023.

Pour limiter l'empreinte environnementale de ses livres, HarperCollins France s'engage à n'utiliser que du papier fabriqué à partir de bois provenant de forêts gérées durablement et de manière responsable.

Imprimé en France